AF298445

CHARLES MÉROUVEL

UNE NUIT DE NOCES

LES MAITRES du ROMAN POPULAIRE

ARTHÈME FAYARD et Cᵢᵉ

Editeurs

18-20, Rue du Saint-Gothard, PARIS

UNE NUIT DE NOCES

I

LE PACTE D'ALLIANCE

Le 5 janvier 1869, à neuf heures du soir, quatre jeunes gens étaient réunis, au café Anglais, autour d'une table chargée de porcelaines et de cristaux qui resplendissait sous le feu des lustres et des girandoles.

Tous les gentlemen du globe qui ont séjourné à Paris connaissent au moins de réputation ce restaurant célèbre situé à l'angle du boulevard des Italiens et de la rue de Marivaux.

La scène se passait dans un cabinet.

Le dîner touchait à sa fin.

Point de domestiques.

Les portes, le service achevé, demeuraient soigneusement closes.

Celui des convives qui semblait présider ce festin intime fit de la main un geste pour réclamer le silence, et, sans se lever, commença le discours suivant :

— Messieurs, nous sommes rassemblés dans un but sérieux. Je crois le moment venu de traiter l'affaire qui nous réunit.

Les trois autres firent un geste d'assentiment.

L'orateur, en frac noir, cravaté de blanc, était de moyenne taille, trapu, carré des épaules. Les cheveux châtains, presque noirs, très épais, assez rudes, taillés court, les pommettes saillantes, la mâchoire forte, le nez écrasé, il offrait une physionomie assez vulgaire, mais énergique, relevée seulement par l'éclat intense de deux yeux perçants, gris d'acier, d'une singulière vivacité d'expression.

En face de lui se trouvait un jeune homme qu'on pouvait prendre pour son sosie, tant la ressemblance était frappante.

Les deux autres placés à sa droite et à sa gauche présentaient aussi quelques traits indiquant plutôt une communauté de race qu'une parenté quelconque.

Tous les quatre étaient en effet Bretons d'origine.

Celui de droite, grand et maigre, au visage doux et possédant roux de cheveux, à l'œil bleu des Celtes, s'appelait le comte Hugues de Plélan.

Au sortir de Sainte-Barbe, où il avait subi les épreuves du collège avec ses trois amis, il avait pris ses inscriptions à la Faculté de médecine, tandis que les autres suivaient les cours de l'École de droit.

Hugues de Plélan disséqua des sujets pendant cinq ans, approcha l'anatomie, la chimie et le Codex, toutes les branches de l'art souvent illusoire de guérir. Il se fit recevoir docteur non pour se créer une carrière, mais surtout pour employer utilement son temps et rendre service à ses compatriotes, lorsqu'il se retirerait au fond de sa Bretagne, dans le vieux manoir que ses parents avaient habité toute leur vie et leurs ancêtres avant eux.

Plélan est une bourgade de l'arrondissement de Ploërmel, au Morbihan.

Les médecins n'y abondent point, et le comte Hugues se disait qu'il aurait là un champ libre et vaste pour exercer gratuitement ses talents.

Le convive de gauche était un garçon de même taille, mais pétillant de verve et de malice, aux cheveux crépus, aux lèvres fortes, respirant la belle humeur. Il devait rendre, quelques années plus tard, le nom de Georges Renaudet presque célèbre. Dans les derniers temps de l'Empire, il passait pour une des gloires du barreau parisien, et son luxueux cabinet de la rue Cambon a vu défiler, entre ses quatre murs garnis de velours, toute une foule de clients et entendu de curieux secrets, dont quelques-uns pourraient fournir le sujet de récits émouvants.

L'orateur s'appelait le baron Noël Bresson.

Le sosie était son frère cadet, Jacques Bresson.

Tous les deux, dès cette époque déjà lointaine, se trouvaient à la tête de la maison de banque si connue dans le monde des affaires sérieuses, sous cette raison sociale : Bresson frères.

Les Bresson, d'une ancienne famille de finance, jouissaient d'une réputation d'honorabilité universelle.

Tous les commerçants de Rennes marque savent le chemin des bureaux de la rue Bergère, et la caisse de la maison ne s'est jamais fermée, même pendant la formidable débâcle de 1848.

Ils sont barons, et leur titre date du premier empire.

Le grand-père, Noël Bresson — dans la famille l'on a gardé ce prénom en l'honneur de l'aïeul — était fournisseur de Napoléon pendant les campagnes d'Austerlitz et d'Iéna, et particulièrement apprécié de l'empereur qui se connaissait en hommes.

Les Bresson, indépendamment des qualités d'ordre qui les distinguent, sont doués d'un entêtement au-dessus de la moyenne.

Ils ont gardé toutes les qualités de leur race et quelques-uns de ses défauts.

Une forte caboche de paysan morbihannais n'est pas plus dure que le crâne de ces hommes d'argent, et certains mulets du Poitou pourraient seuls rivaliser d'obstination avec eux.

En certains cas, il faut le reconnaître, l'entêtement élevé à cette puissance devient une force incalculable.

Très honnêtes, d'ailleurs, d'une loyauté à toute épreuve et en possession d'une estime aussi légitimement acquise que leur fortune, ils les méritent l'une et l'autre.

— Je crois, reprit le baron Noël, après avoir consulté du regard ses trois amis, que nous sommes tous d'accord sur les bases de notre accord.

— Complètement, dit Renaudet.

— Nous nous promettons, sous la loi du serment, assistance et soutien dans toutes les circonstances de la vie ?

— C'est entendu, et je vous remercie de votre générosité, observa Renaudet. Plélan est, sinon riche, du moins indépendant. Noël et Jacques possèdent des millions. Moi, seul, je n'apporte rien dans l'association.

Renaudet était le fils d'un simple meunier du Morbihan, des environs de Scaër, le château patrimonial des Bresson, et tenancier de Plélan, le domaine du comte Hugues.

Les Bresson et le comte l'avaient aidé de leur bourse pendant ses études et protégé de leur influence.

— Ton amitié nous suffit, dit le baron Noël. Depuis quinze ans, nous avons appris à nous connaître. Nous t'apprécions comme il faut. Tu es un loyal camarade, et tu arriveras par ton seul mérite à une position honorable. Je continue. Au premier appel de l'un de nous, les autres arriveront. Nous nous aiderons en conscience dans le danger. Nous jurons de nous avertir, de nous défendre mutuellement, qu'il s'agisse de fortune, d'honneur, de famille ou de quelque intérêt que ce soit.

Toutes les têtes s'inclinèrent.

— Cette alliance doit rester secrète. Ni femmes, ni enfants n'en seront les confidents. Notre parole nous suffit. Pour perpétuer le souvenir de l'engagement d'honneur qui nous lie, j'ai fait graver des cartes avec nos initiales et une date : 5 janvier 1860. Les voici.

Chacun des convives en prit une, les verres se choquèrent et le baron Noël sonna.

— L'addition ! ordonna-t-il.

Cette alliance, si simplement et si dignement cimentée, n'était pas contractée à la légère.

Les quatre amis s'estimaient à fond.

Unis depuis leur enfance comme les doigts de la main, ils étaient sûrs que cet engagement serait fidèlement tenu.

Ils allèrent achever la soirée à l'Opéra, où l'on donnait *les Huguenots*.

A la « bénédiction des poignards » ils s'entre-regardèrent et ne purent s'empêcher de sourire.

Leur association, pour rester mystérieuse et couverte du silence le plus profond, ne cachait ni but romanesque, ni projets illicites proscrits par les règles de la morale ou le code de l'honneur.

Elle devait être mise plus tard à l'épreuve dans une horrible aventure qu'à cette époque il était impossible de prévoir.

Elle n'eut au début qu'un effet : celui de maintenir entre eux la plus étroite amitié et d'aplanir au moins favorisé de la fortune, Georges Renaudet, les difficultés que rencontre, au milieu de la foule serrée des concurrents, un jeune homme ambitieux qui essaie de s'ouvrir un chemin dans une carrière quelconque.

Les Bresson, qui venaient d'hériter de leur père et possédaient plus de quinze millions chacun, destinés à se doubler en dix ans dans cette période d'affaires et de spéculations fiévreuses qui suivit le dîner du café Anglais, lui furent d'un puissant secours.

Ils lui procurèrent une foule de clients triés parmi les industriels qui fréquentaient leur maison.

Un banquier est une sorte de conseiller et de confesseur pour les commerçants qu'il soutient et patronne.

Grâce aux deux frères, Renaudet devint en peu de temps un des avocats les plus occupés de Paris, et ne tarda pas à réaliser une fortune considérable.

Hugues de Plélan, qui n'avait à sa disposition qu'un capital d'une centaine de mille francs, en dehors de son domaine, et n'était tourmenté ni par le démon de l'ambition ni par celui de l'avarice, se borna à partager son temps entre le petit entresol qu'il occupait à la rue Tronchet et sa terre de Bretagne.

Cette terre, d'une étendue à donner le vertige à un habitant du Marais habitué à estimer le sol au mètre carré, comprend une forêt, une lande immense autant que sauvage, semée d'étangs, et une douzaine de métairies.

Le tout couvre une superficie de deux lieues et ne rapporte pas plus de trente mille francs, bon an mal an.

Il est juste de reconnaître que le comte est le plus débonnaire des propriétaires.

Ses dépenses n'excédaient pas le produit de sa terre, administrée par une famille de vieux serviteurs, les Rebec, qui ne se composait, vingt-trois ans plus tard que de deux personnes, le père, Laurent Rebec, et une fille de dix-huit ans, Yvonne Rebec, dont le comte Hugues était le parrain.

Il vivait de ses fermages et ne s'enquérait jamais du produit de son capital, déposé à la caisse des Bresson et abandonné à leurs soins.

Il le réservait pour l'époque incertaine où il prendrait femme afin de ne pas laisser s'éteindre la lignée des Plélan qui remonte aux temps les plus reculés et se perd dans la nuit des âges.

En 1883, le comte Hugues avait cinquante ans et restait toujours célibataire.

L'aîné des Bresson, le baron Noël, lui en donnait l'exemple.

Les deux frères, alors immensément riches, habitaient deux hôtels contigus bâtis à l'avenue de Messine sur des terrains constituant une part du bénéfice réalisé dans une opération comme en peuvent seuls entreprendre les capitalistes dont la caisse regorge d'argent.

Le cadet, Jacques Bresson, avait épousé sept ans plus tôt une orpheline dont il s'était violemment épris en la rencontrant dans le salon d'un de leurs amis communs.

Il avait, au moment de son mariage, quarante ans.

Les deux frères se chérissaient tendrement.

On peut dire que tout était commun entre eux, fortune, affection et pensées.

Ils avaient habité ensemble leur hôtel de la rue Bergère jusqu'au mariage de Jacques.

La future, pour laquelle les hôtels de l'avenue de Messine furent bâtis et qui y occupait un appartement digne d'une reine, était douée d'une beauté saisissante.

Fille d'un colonel tué à Sedan, Louise Renaud ne possédait que quelques milliers de francs et semblait condamnée à une médiocrité voisine de la gêne, lorsqu'elle attira l'attention du richissime financier.

On peut croire que ce qui la séduisit le plus en lui ce fut sa fortune.

Louise Renaud était ambitieuse et ressentit une joie profonde le soir où Jacques Bresson, après quelques mois de réflexion, lui demanda simplement, entre deux valses :

— Voulez-vous me faire l'honneur de m'accorder votre main ?

Le banquier méritait cependant d'être aimé pour son caractère noble et la générosité de ses sentiments.

La jeune femme devint l'idole des deux frères, gagna leur confiance et régna dès lors en souveraine sur cette opulente maison.

D'une intelligence hors ligne, elle sut flatter délicatement ces hommes dont la journée se passait le plus souvent à leurs bureaux, et qui, le soir venu, trouvaient chez eux l'intérieur le mieux ordonné de Paris.

Elle n'ignorait pas l'intimité qui unissait les Bresson, le comte de Plélan et Georges Renaudet. Elle les voyait souvent à ses réceptions, aux dîners intimes ou dans le cabinet de son mari, mais elle ne se doutait pas plus que le monde du pacte qui les liait, et ne les considérait que comme des amis un peu plus affectueux et plus chers que les autres.

A l'époque où commence ce drame, la baronne Jacques s'approchait doucement de la trentaine par un chemin semé de fleurs.

Jamais un nuage ne s'était élevé entre les époux. Jamais un soupçon n'avait effleuré la réputation de la jeune femme. Jamais elle n'avait exprimé un désir qui ne fut aussitôt satisfait.

Adorée de son mari, gâtée par son beau-frère comme une enfant préférée, elle pouvait passer pour une des femmes les plus enviées et les plus heureuses du monde.

Sa beauté, du reste, n'avait fait que s'accroître, et la

maternité tant désirée par les deux frères ne déformait pas ce corps d'une merveilleuse fraîcheur.

Elle brillait dans sa splendeur de blonde complètement épanouie, et rarement on prononçait son nom sans y adjoindre cette épithète : la belle Mme Bresson.

Personne ne la méritait mieux qu'elle.

De taille élevée, svelte et forte à la fois, blanche comme un cygne, les cheveux cendrés très abondants, les yeux d'un bleu noir comparable à la nuance du saphir le plus foncé, les attaches délicates, la peau d'un éclat éblouissant, les bras et les dents superbes, elle était faite pour inspirer de véritables passions.

On peut affirmer sans crainte d'erreur que nul n'en éprouvait de pareille à celle que sept ans de possession n'avaient fait que rendre plus vivace et plus ardente dans le cœur de son mari.

Libre comme l'air, elle allait où elle voulait, gouvernait sa vie et sa maison à son gré, sûre d'être accueillie par les deux frères avec le sourire radieux qui lui prouvait l'empire qu'elle avait su conquérir sur ces deux puissants du jour.

Jacques se croyait et pouvait se croire aimé, sinon avec ardeur, du moins fidèlement.

Il n'en demandait pas davantage.

L'astuce de la baronne endormait sa confiance.

Il fallait un coup de foudre pour l'éveiller.

II

LE RENDEZ-VOUS

Le 26 février 1883, dans la soirée, un coupé de maître stationnait devant un cercle de la place de l'Opéra qui passe pour un des plus luxueux et des plus redoutables tripots qui soient au monde.

Un homme jeune encore, svelte, de haute taille, et qu'on pouvait juger pressé, à son pas rapide, sortit du vestibule monumental de cette maison, enveloppé dans un pardessus de fourrures.

Ce gentleman que le Tout-Paris mondain a connu s'appelait le duc Hubert de Vaudrey-Langon.

A cette époque, il avait trente-deux ans et jouissait d'une réputation d'élégance et d'esprit indiscutable, et surtout d'une renommée d'homme à bonnes fortunes que son luxe et sa tournure justifiaient amplement.

M. de Vaudrey semblait, ce soir-là, d'une détestable humeur. Les cartes avaient dû lui être funestes, et il était joueur comme s'il les avait inventées.

Le jeu est une contagion de ce siècle aussi dangereuse que tous les typhus et les phylloxeras du monde.

L'aiguille de l'horloge pneumatique du refuge marquait onze heures moins dix.

M. de Vaudrey s'avança promptement vers le coupé et jeta à son cocher cette adresse :

— Avenue Vélasquez. Vite.

Le temps était sec et froid, les passants rares.

Le cheval fila d'un trot élastique vers le boulevard Malesherbes et le remonta d'une allure très vive jusqu'à la grille du parc Monceau.

Là, il s'arrêta.

Le duc descendit, renvoya sa voiture d'un signe, releva son collet, autant pour n'être pas reconnu que pour éviter la bise qui était piquante, franchit la grille et traversa le parc d'un bout à l'autre.

Puis il descendit l'avenue de Messine et, parvenu au milieu, il s'orienta et tourna au coin de la rue de Téhéran.

A cent pas environ de l'avenue, il s'arrêta quelques secondes au milieu de la chaussée et promena en avant et en arrière son regard perçant.

La rue était déserte, presque noire.

A l'extrémité seulement, des fenêtres d'un premier étage, des lueurs assez vives se projetaient sur le trottoir, et on entendait les sons affaiblis d'un orchestre de bal.

Le duc s'approcha d'une porte à cintre surbaissé, pratiquée dans un mur en pierre de taille qui semblait clore de ce côté le jardin d'un somptueux hôtel.

Il poussa cette porte, qui céda sans difficulté.

Cette opération fut faite sans bruit.

Au fond du jardin, sur la gauche, on distinguait confusément la silhouette imposante d'un hôtel Louis XV, dont la façade devait donner sur l'avenue de Messine.

Le duc, après un temps d'arrêt très court, se dirigea vers cet hôtel par une large allée circulaire tournant autour d'une pelouse vallonnée plantée de massifs d'arbustes ; il avait à peine fait quelques pas, lorsqu'il fut accueilli par une femme qui se détacha du tronc d'un marronnier dont elle se masquait et dit à voix basse :

— C'est vous, monsieur le duc ?

— Oui.

— Veuillez me suivre. Madame vous attend avec impatience.

Elle le précéda sans ajouter une parole.

Tous les deux s'engagèrent dans un escalier dérobé, pratiqué dans une sorte de pavillon avancé à l'extrémité de l'hôtel, du côté de la rue de Téhéran.

Cet escalier n'était éclairé que par un seul bec de gaz.

Du reste, la façade entière de l'hôtel était sombre, comme s'il eût été inhabité, à l'exception des combles et de deux fenêtres d'angle.

— Les domestiques sont rentrés chez eux ou sortis, dit le guide de M. de Vaudrey, une femme de chambre qui répondait au nom de Lucienne. Mme la baronne et moi, nous sommes à peu près seules, cette nuit.

Au premier étage, elle ouvrit une porte donnant sur l'appartement particulier de sa maîtresse.

Le duc traversa d'abord une salle de bain aménagée avec un luxe extrême.

La baignoire de vermeil encastrée dans une boiserie de chêne scintillait dans la pénombre à la lueur du bougeoir que la femme de chambre élevait devant le duc.

D'épais tapis étouffaient le bruit des pas.

A la troisième porte, Lucienne écarta une lourde tenture chatoyante du plus merveilleux lampas que Lyon ait tissé, s'effaça pour livrer passage à ce visiteur nocturne, et dit :

— Entrez, monsieur le duc.

La tenture retomba avec son bruissement doux sur le tapis.

M. de Vaudrey était arrivé.

Du seuil de la chambre dans laquelle il pénétrait, il put jouir du spectacle le plus charmant que l'amour réserve à ses privilégiés.

Une femme d'une rare élégance, enveloppée dans un peignoir de satin mauve, se soulevait à demi d'un divan bas et large sur lequel elle était étendue et murmurait à son aspect ce mot plein de reproches et aussi de promesses :

— Enfin !

Il s'avança en souriant, se pencha sur la main qu'on lui tendait et y appuya ses lèvres, dans une longue caresse.

Les deux amoureux en présence, car il s'agissait évidemment d'un rendez-vous d'amour, étaient deux spécimens assez remarquables de la beauté humaine.

Mais si belle que fût la femme, l'homme lui était supérieur.

Hubert de Vaudrey passait à bon droit pour un des hommes les plus accomplis et les plus séduisants de son temps.

A sa vue, on s'expliquait les bonnes fortunes dont il était, pour ainsi dire, accablé.

Son sourire prenait, quand il voulait, une douceur inexprimable. Aucun pinceau de maître ne pourrait rendre l'éclat et la pénétration fascinante de son regard.

Ses dents fines et blanches, ses lèvres rouges, ses cheveux noirs, son teint mat, légèrement ambré, ses moustaches fines, sa taille souple et vigoureuse, sa tournure de gentilhomme de race, en faisaient un véritable chef-d'œuvre de la création.

Nous entendons au physique.

Au moral, c'était une autre affaire.

Le duc était robuste comme tous ceux dont les proportions offrent une parfaite harmonie.

Habile à tous les exercices du corps, cavalier de premier ordre, tireur émérite, il avait cultivé l'épée et le pistolet avec passion, en se disant qu'il faut être, à un moment donné, maître de la vie des autres.

Un observateur aurait aisément découvert dans ses yeux, si caressants parfois, une certaine dureté presque cruelle, tandis que le pli de ses lèvres minces exprimait par moments une hauteur méprisante, un égoisme féroce.

Dix-huit mois plus tôt, pendant un séjour de quelques semaines à son château de Langon, situé à trois lieues environ de Scaër, la résidence favorite des Bresson, et à égale distance de Plélan, le domaine du comte Hugues, il avait entrepris, pour passer le temps, la conquête de Louise Renaud, devenue depuis cinq ans environ la baronne Jacques Bresson, et s'était engagé dans une intrigue qui flattait son orgueil et peu à peu s'empara de son esprit plus qu'il n'aurait voulu.

Était-ce la beauté seule de la jeune femme qui l'avait frappé, ou sa fortune exerçait-elle sur lui une attraction à laquelle il cédait sans même y réfléchir, parce que l'or posséderait la puissance de l'aimant ?

Ce qui est certain, c'est qu'à mesure de la diminution de ses ressources et du désastre croissant ou plutôt de la déroute de ses affaires, déroute que nous expliquerons un peu plus loin, il avait souvent pensé en calculant l'influence presque magique qu'il exerçait sur Louise Renaud, devenue sa maîtresse, que, veuve et en possession de la fortune de son mari, elle eût été une idéale duchesse de Vaudrey.

Mais ce que nous pouvons dire dès à présent, c'est qu'entre les deux complices, la fille du colonel Renaud était la plus criminelle.

Ce calcul auquel le duc n'osait songer que vaguement, alors même qu'il pressentait sa ruine, elle l'avait fait plus d'une fois dans cet hôtel où elle était comblée des bienfaits de l'honnête homme qu'elle trahissait.

Et elle s'était dit nettement :

— Quel dommage de n'être pas veuve et libre ! Je m'appellerais la duchesse de Vaudrey.

Le duc, en poursuivant la jeune femme de ses obsessions, avait remué en elle des passions qui sommeillaient depuis son mariage.

Les premières années avaient été remplies par les jouissances de cette fortune princière qu'elle n'avait pu jusque-là entrevoir que dans ses rêves et comme un mirage impossible à atteindre.

C'étaient chaque jour des surprises assez captivantes pour ne pas laisser place à d'autres désirs.

Les magnifiques châteaux de Scaër en Bretagne, de Villers en Seine-et-Marne, une villa princière que son mari lui fit bâtir à Tourville, près Dieppe, l'hôtel de l'avenue de Messine, lui causèrent au début des éblouissements qui l'empêchaient de prêter attention aux hommages que lui valait sa grande beauté, rehaussée de tout le luxe que lui permettait sa nouvelle opulence. Lorsque le duc la rencontra dans les solitudes du Morbihan, où la proximité des deux résidences engendrait une suite de relations mondaines, la séduction de cette fortune n'était plus aussi puissante.

L'habitude était prise.

La satiété venait et avec elle d'autres aspirations.

Le jeune homme, avec son expérience déjà complète, comprit que le terrain était merveilleusement préparé et sut profiter avec une infernale habileté des circonstances qui lui livraient cette proie superbe.

Louise Renaud avait d'abord ardemment désiré la richesse.

Il ne lui restait rien à souhaiter de ce côté.

Elle voulut l'amour.

Elle fut prise, à l'âge des entraînements redoutables, d'une violente passion pour le brillant gentilhomme qui réalisait son idéal.

Il le réalisait d'autant mieux qu'il s'efforçait de ne lui apparaître que sous ses beaux aspects, et dissimulait de son mieux les fâcheux côtés de son caractère.

Elle se livra à des comparaisons qui ne furent pas à l'avantage de son mari.

Si l'un était plus stable, plus sûr, plus sincère, plus digne d'estime et d'attachement, l'autre était plus richement pourvu des agréments frivoles et des dehors gracieux qui entraînent et charment les femmes.

La baronne Jacques ne tarda pas à se dire que le suprême bonheur pour elle eût été de rencontrer plus tôt le duc Hubert de Vaudrey et de devenir duchesse, au lieu de s'enchaîner par un lien qui lui devint insupportable dès que cet amour adultère, deux fois coupable à cause de la reconnaissance qu'elle devait à l'homme qui l'avait prise pauvre et la comblait de biens, se fut emparé d'elle et l'affola.

Le duc lui dépeignait sa passion en termes si chaleureux qu'elle se laissait prendre à ses protestations mensongères ou banales, mais débitées avec la grâce théâtrale qui était sans doute la plus réelle de ses trompeuses qualités.

Elle en arriva à cette monstruosité de penser que ce serait pour elle une immense félicité de mettre aux pieds de son amant les millions qu'elle tenait de la tendresse d'un mari que de jour en jour elle prenait en aversion, payant ainsi son amour et ses bontés de la plus lâche des ingratitudes et de la plus odieuse des trahisons.

Au moment de l'entrée du duc, elle semblait préoccupée, mécontente.

Ses yeux étincelants se fixèrent sur les yeux noirs de son amant avec une si opiniâtre persistance qu'il en fut surpris.

Il s'assit auprès d'elle sur le divan et l'attira à lui en disant :

— Que se passe-t-il donc ? D'où vient cette humeur sombre ?

— Vous voulez le savoir ?

— Sans doute.

— Eh bien ! je suis jalouse.

Il poussa un soupir de soulagement.

— N'est-ce que cela ? dit-il.

La chambre à coucher où elle le recevait était un véritable nid d'amour.

Le lit, adossé au mur, s'avançait en face de la cheminée sous un flot de draperies bleues et grises de nuances éteintes, dont la seule vue produisait une sensation de bien-être.

Un tapis couvrait le parquet de ses fleurs pâles, presque invisibles, et sur les murs les mêmes nuances chatoyaient à la lueur de deux lampes voilées de dentelles.

A peine l'or de quelque ciselure des meubles semait-il çà et là des éclairs sur ce fond tendre, dans le demi-jour de cette retraite dont le mari seul aurait dû franchir le seuil.

— Alors, c'est une scène qui m'attend ? reprit le duc, des reproches, des plaintes ? Allez, ma chère Louise, je vous écoute.

Il jeta un regard soupçonneux autour de lui et interrogea la pendule, indifférent aux charmes des trois baigneuses nues qui s'enlaçaient au-dessus du cadran dans une voluptueuse farandole.

Et comme sa maîtresse se taisait :

— En vérité, dit-il, vous êtes d'une audace !... qui finira par causer quelque catastrophe.

— C'est vous qui tremblez, répliqua-t-elle. Vous craigniez une surprise ! Vous n'y songiez pas autrefois. Vous étiez tout flamme ! Maintenant, vous réfléchissez... Vous calculez... Donc, vous n'aimez plus. Voilà pourquoi j'ai voulu vous voir...

— Que ne m'appeliez-vous à notre rendez-vous ordinaire ? Là, du moins, nous n'avons rien à redouter. Se voir ici, dans l'hôtel du baron, c'est insensé.

Il lui prit les mains et parla plus doucement.

— Raisonnons, reprit-il. Ton mari peut concevoir des défiances. Il est froid, politique, silencieux. C'est ce qui constitue sa force. S'il veut employer sa finesse à pénétrer nos intrigues, nul doute qu'il n'y parvienne, grâce à tes imprudences. Il peut soudoyer les domestiques... acheter ta confidente, cette Lucienne...

— J'en réponds comme de moi-même.

— Soit. Mais les autres ? C'est pour toi seule, au reste, que je suis effrayé, car quel risque puis-je courir ?... Je n'ai peur ni d'un coup d'épée ni d'une balle de pistolet ; mais, à tort ou à raison, j'ai des pressentiments...

Il se tourna vivement vers la porte du cabinet de toilette.

— Et tiens, justement, dit-il en fronçant le sourcil, je ne me trompe pas, on a marché là.

Il s'élança, souleva la portière et promena son regard dans l'ombre du cabinet.

C'était en réalité un vaste boudoir encombré de meubles bas et d'objets précieux, miroirs admirablement ciselés, boîtes à poudre, flacons de vermeil à enrichir une famille, de tout l'attirail enfin, luxueux plutôt que nécessaire, des coquetteries féminines.

Une veilleuse suspendue à la rosace du plafond, où des Amours de Chaplin, le peintre des élégances, se jouaient dans un ciel bleu, jetait sur ce paradis des Grâces sa lumière tamisée par des vitraux à camaïeux.

Le duc ne vit rien et parut désappointé.

Le cabinet était vide.

Rien n'y indiquait la présence ou le passage d'un fâcheux.

Il lui semblait cependant impossible de s'être trompé, mais il fallait se rendre à l'évidence.

— Eh bien ? lui demanda sa maîtresse d'un ton railleur, lorsqu'il revint de son côté.

— Rien.

— Vous avez d'étranges hallucinations, en vérité, dit-elle.

— Soit.

— Vous seriez passé à travers un incendie pour arriver à moi, jadis ; du moins vous le disiez ; vous en souvenez-vous ? reprit-elle.

— Certes.

— Je ne sais si je dois vous croire. Pour moi, je suis comme vous, Hubert ; j'ai peur aussi, mais non des défiances de mon mari, qui ne pense pas à nous.

— De quoi alors ?

— Je sens que votre amour s'éteint, que vous vous éloignez...

— Chimères !

— Que vous n'êtes plus le même.

— Illusion.

— Et enfin j'ai entendu des paroles qui m'ont troublée !

— A quel sujet ?

— N'est-il pas question de mariage ?...

— Pour qui, juste ciel ?

— Pour vous.

Le duc, qui répondait jusque-là distraitement, l'oreille tendue vers le cabinet de toilette, comme s'il avait eu l'esprit frappé et qu'il s'attendait à voir, à chaque minute, la tenture s'écarter et quelque fantôme apparaître, se mit à rire, d'un rire assez forcé, et, haussant les épaules, quitta le divan et alla s'adosser à la cheminée.

— Ah ! je comprends enfin, dit-il. La voilà donc la cause de cette folie et pourquoi vous êtes si pressée de me questionner que vous ne reculez pas devant une profanation de ce sanctuaire conjugal ! Un mariage ? Pour calmer vos craintes, faut-il vous jurer que je n'y ai pas songé une seconde !

— Bien vrai ?

— Par les cendres de mes ancêtres !

— Et vous n'y songerez pas demain ?

— Oh ! voilà ce dont je ne saurais répondre...

Les traits de Louise Renaud se contractèrent si subitement que le duc fut effrayé et ajouta :

— Si je ne vous aimais aussi passionnément,

Mais le coup était frappé.

Le duc reprit avec son ironie dédaigneuse :

— La vérité, c'est que j'aurais besoin d'une forte dot pour mettre ordre à mes affaires.

La jeune femme se rapprocha brusquement de lui, et, plongeant ses yeux dans ceux de son amant pour essayer de pénétrer sa pensée :

— Tu as subi des pertes ?... demanda-t-elle.

— Énormes.

— Tu es gêné, peut-être ?...

— Quelquefois. Je ne suis pas comme les Bresson, moi ! Je n'ai pas du sang de fournisseur dans les veines. Je ne sais ni calculer, ni économiser, et alors un certain désordre s'est insinué dans ma fortune... Je ne saurais dire au juste ce qui me reste... J'ai semé l'argent au hasard... Mais laissons ces misères. Elles regardent les régisseurs et les notaires.

— Et, continua la baronne, le mariage serait un remède à cette situation embarrassée ?

— Dame !

— Tu crois ?

— Sans doute. J'ai reçu la visite de mon intendant ce matin, et cet homme, qui parle comme la sagesse des nations me l'assure.

— Et moi alors, qu'est-ce que je deviendrais ?

Il répondit cyniquement :

— Vous, ma chère Louise ? Mais ce que vous êtes, la baronne Jacques Bresson, la femme légitime d'un financier doré des pieds à la tête, de la cave aux combles. Est-ce que cela m'empêche de vous idolâtrer ? Quand je serais marié, moi ; vous l'êtes bien, vous !

Elle se mordit les lèvres, frissonnante, et revint à son idée :

— Ce n'est pas vrai, n'est-ce pas ? Tu ne penses pas ce que tu dis ? Tu veux m'éprouver. C'est un jeu cruel. Je t'aime tant, vois-tu, que s'il fallait renoncer à toi...

Elle hésita une seconde.

— Eh bien ! demanda-t-il.

— Il me serait impossible de vivre.

— Bah !

— Je me tuerais, je crois.

— Au milieu de ces splendeurs ? fit-il railleusement. Dans ce palais ? Ce serait de la démence ! Vous renonceriez à cette existence de luxe, de plaisirs et de triomphes ! Allons donc !

En vérité, je ne sais de quoi je serais capable pour défendre mon bien !

— Quoi, c'est à ce point ?

— Oui.

— Vous me faites frémir.

— Écoute, dit-elle avec passion, tu es tout ce que j'aime au monde ; je t'appartiens corps et âme, mais je te veux à moi seule. Et tiens, si je te désirais ici ce soir, c'est afin de me figurer ensuite que je t'y vois toujours. Puisque je ne peux avoir la réalité, je veux le rêve.

Si elle avait examiné les doigts de M. de Vaudrey, elle aurait pu les voir se crisper sous une impression d'ennui.

— Voilà ce que je redoute, dit-il. Je hais les exagérations, les violences, les peurs ridicules, les soupçons, les rêveries et tout l'odieux cortège d'une vaine jalousie. Si parfois je vous évite, Louise, c'est par nécessité, par raison. Notre liaison n'est pas de celles qu'on doive afficher sur les murs comme une profession de foi de candidat. Il faut garder les convenances, suivre la loi du monde, et songer aux milliers de paires d'yeux qui nous observent comme autant d'espions. Ce que je défends, en somme, ma chère, c'est votre réputation, c'est vous, et vous devriez me bénir au lieu de m'adresser vos doléances. Que j'en connais d'autres qui, fiers d'une conquête si flatteuse, publieraient leur félicité à son de trompe dans les carrefours et sur les places publiques ! Vous avoir pour maîtresse, vous, Louise, vous si charmante, si belle qu'il n'en existe pas d'autre qui puisse flatter à ce point les sens et la vanité d'un amant, n'est-ce pas un triomphe, et savez-vous beaucoup de gens qui ne fussent tentés d'en jouir, de s'en parer et de vous compromettre ? Soyez donc raisonnable et songez que je vous aime en amant discret, mais ardemment, que toutes mes pensées, de près ou de loin, vous appartiennent, et que mon bonheur serait de vivre sans cesse auprès de vous, de ne pas vous quitter un instant, de vous donner mon nom et d'être à vous seule, à vous toujours, ce qui, à mon grand désespoir, est impossible.

Il s'était animé peu à peu, électrisé par la capiteuse beauté de la baronne, qui écoutait sa voix vibrante comme une musique délicieuse.

— Ce désir est le mien, murmura-t-elle. Il n'est pas une heure où il n'occupe ma pensée. Que ne suis-je libre ! Quelle joie ! Quelle ivresse !

— Par malheur, dit amèrement le duc, le baron n'a pas envie de céder la place à d'autres. Il vivra cent ans. Ces Bretons sont de granit, bâtis à chaux et à sable. Il faut en prendre son parti et se contenter de la part qui nous est faite.

Il se rassit auprès de la jeune femme et la couvrit de baisers.

— Qu'il soit donc fait comme vous voudrez, monsieur le duc, dit-elle, en tressaillant de plaisir ; je veux vous croire. Ordonnez, je vous obéirai. Vous êtes tout à mes yeux, mon maître et mon Dieu !

Elle baissa la voix :

— Mais redis-moi que tu m'aimes, ajouta-t-elle.

— Ne le sais-tu pas ?

— Que tu m'aimeras toujours ?

— Toujours.

Elle était irrésistible.

— Jure-moi que tu ne te marieras pas ! dit-elle encore.

Ses yeux noyés de langueur le fixaient avec une tendresse extrême.

Cependant le duc ne répondit pas.

Il releva la tête et tendit de nouveau l'oreille.

Louise Renaud eut un mouvement d'impatience.

— Je ne t'ai jamais vu ainsi, dit-elle.

— C'est vrai.

— Qu'as-tu donc ?

— Moi ? fit-il très troublé, nerveux.

— Quelle inquiétude ?...

— Je ne sais.

— Mais encore ?...

— J'éprouve une sensation étrange. Il me semble qu'un malheur nous attend.

— Tu es superstitieux !

— Non.

— Alors c'est que ton esprit est ailleurs.

— Je n'essayerai pas de le nier. Où est le baron ?

— A son château de Villiers, près de Corbeil, pour des réparations, des ordres à donner. Tu sais à quel excès il pousse l'ordre. Il exécute de point en point ce qu'il a décidé. Il doit rentrer après-demain. Il ne devancera pas l'heure d'une minute. D'ailleurs, Lucienne veille.

— Lucienne ! objecta le duc avec défiance.

— Laissez donc là vos craintes, mon ami, dit la baronne.

Elle se moqua de ses frayeurs.

Jacques Bresson ? il pensait bien à elle ! En vérité, il ne manquait pas d'autres soucis plus pressants. L'argent seul jouissait du privilège de le passionner. Chaque soir, il dressait le bilan de sa journée en calculant de combien il était plus riche que la veille.

Elle le tourna en ridicule avec l'effronterie des femmes qui foulent aux pieds l'homme qu'elles n'aiment pas ou n'aiment plus pour le sacrifier à leur idole.

Est-ce que, quelques heures plus tôt, ayant son départ, il n'était pas resté dans cette chambre où tout invitait au plaisir, à l'entretenir d'affaires, à lui expliquer que sa fortune dépassait enfin trente millions, sans compter la part de son frère Noël ?

Elle lui fit une peinture aussi fausse que piquante de ce mari glacial comme un automate. Il s'expliquait par sentences, causait de chiffres et s'en allait comme il était venu.

Très large, d'ailleurs, ne lui refusant rien de ce qu'on achète avec de l'argent, prêt à courir au-devant de ses caprices, en tirant vanité de l'immensité de ses ressources.

Elle déclara à la fin qu'elle se sentait injuste à son égard, mais elle ne l'aimait pas et ne pouvait se résoudre à l'aimer.

Etait-ce sa faute après tout ?

Et l'éternelle plainte des femmes adultères !

Elle s'était mariée par nécessité, par horreur des privations auxquelles son peu de fortune la condamnait. Elle avait donné son consentement de force pour échapper aux humiliations qui attendent les filles pauvres.

Quelle différence si, au lieu de ce financier au cœur sec, aux formes raides, elle avait dû épouser le duc.

Avec quel abandon elle se serait livrée ! Avec quelle joie elle se donnerait encore si quelque hasard inespéré la délivrait et brisait une chaîne odieuse !

C'était lui, lui seul qu'elle aimait, lui seul qu'elle appelait de tous ses vœux, qu'elle devinait, avant de le connaître, dans ses insomnies de jeune fille.

— Ah ! tu me reproches mes imprudences, s'écria-t-elle ; mais si je te veux ici, dans cette chambre, je te le répète, c'est pour qu'elle soit pleine de ton souvenir ; c'est parce que, pour une heure que tu y passes, tu m'y laisseras des années de bonheur et d'illusion. Le danger ? Que m'importe ! Pour te posséder toujours, je descendrais au crime !

Elle lui dépeignit sa passion avec une suprême impudeur.

Elle se montra féroce et sans pitié pour ce mari qui la faisait si heureuse et si enviée.

A la fin, elle parvint à réchauffer au feu de son enthousiasme la froideur inquiète de son amant.

— Tu as raison, soupira-t-il dans un élan de désir ; oublions le reste du monde.

Il se laissait glisser à ses pieds lorsque la portière du cabinet s'écarta de nouveau.

Cette fois, si léger que fût le bruit, la jeune femme l'entendit.

Elle se redressa d'un bond en se dégageant des bras de son amant et en étouffant un cri.

Son mari était devant eux.

Le baron Jacques était pâle comme un spectre, mais il paraissait aussi calme et aussi maître de lui que s'il eût reçu un client dans ses bureaux de la rue Bergère.

Il promena un regard assuré autour de la chambre, et, sans prononcer une parole, il abattit la tenture, tira le verrou de la porte et procéda de même aux autres issues de la chambre.

Après quoi, il revint à la cheminée, s'appuya au chambranle et dit avec le plus grand sang-froid :

— Maintenant nous sommes entre nous, et nous pouvons causer. Personne ne nous dérangera.

III

LE BILAN DE M. DE VAUDREY

Pour l'intelligence des pensées qui envahirent l'esprit de M. de Vaudrey au moment de l'apparition du baron Jacques Bresson, nous sommes obligés de remonter en arrière de quelques heures et de raconter une scène qui s'était passée le même jour à l'hôtel de Vaudrey, situé rue Vaneau, au faubourg Saint-Germain.

Cet hôtel est à peine visible pour les passants.

Ils n'en distinguent qu'une grille d'un beau travail du dix-septième siècle, surmontée d'une couronne ducale autrefois dorée et un mur de clôture très élevé dont la crête est enfouie sous une abondante végétation de glycines, de lierres, de sureaux et de toutes les plantes grimpantes de la création.

L'hôtel, vaste construction aux lignes sévères, s'élève au fond du jardin ; il est flanqué à droite et à gauche de grands arbres qui accompagnent et encadrent son imposante façade.

En somme, rien qu'à sa vue, on est pris de respect pour le propriétaire qui ne saurait être le premier venu.

Vers neuf heures du matin, un valet de chambre d'une cinquantaine d'années s'était arrêté un instant en face d'une porte à deux battants, au fond d'un large corridor qui coupe en deux le premier étage de cet hôtel.

Il appuya son oreille au bois de cette porte.

On n'entendait aucun bruit dans l'appartement.

Le valet hésita quelques secondes.

— M. le duc a passé sa nuit au jeu et n'aime pas qu'on le dérange, pensa-t-il. Cependant M. Chapuzet a dit : pour affaires pressantes. Et M. Chapuzet est un personnage !

Après un instant de perplexité, ce domestique, qui semblait grave et réfléchi, prit son parti.

Il entra sur la pointe du pied, jeta un coup d'œil à l'alcôve, où son maître reposait, tourna dans la chambre en faisant un peu de bruit avec l'intention évidente d'interrompre un sommeil qui paraissait profond.

Ce valet n'avait point ce qu'on peut appeler un mauvais physique.

Au contraire.

Son visage, au premier abord, inspirait la confiance.

Cette figure glabre, soigneusement rasée, sillonnée de quelques rides, blanche comme si elle avait été poudrée, semblait presque respectable.

Cependant il aurait été plus prudent de ne point s'y fier sans réserves.

Le regard gris comme les cheveux était faux, inquiet. Il ne fixait rien en face. Le geste était furtif, le pas louvoyant, oblique comme celui d'un renard.

Si vous rencontrez des gens estimables qui ressemblent à ce digne homme, méfiez-vous.

Il est Tourangeau et s'appelle Germain Riboux.

Son pays, où les naturels valent mieux que lui, n'a rien à gagner à cette origine ; mais d'une bonne souche il peut sortir un mauvais rejeton.

Du reste, jusque-là Germain n'avait point de crimes sur la conscience, tout au plus quelques peccadilles, femmes trompées, amis trahis, fourberies d'homme adroit qui supplante les autres et encaisse les profits des petites affaires dont ils ont eu le mal.

Ce n'est que de l'habileté, et pour si peu les malins du jour ne lui jetteraient pas la pierre.

Au bout de quelques minutes, Germain, perdant patience, laissa tomber une brosse sur le tapis.

Le bruit fut très léger, mais il produisit l'effet voulu.

Le dormeur se redressa en sursaut et regarda autour de lui en se frottant les yeux.

— Eh bien ! Germain, dit-il, que signifie ce vacarme ? Quelle heure est-il ?

— Neuf heures un quart, monsieur le duc.

— Alors, va-t-en mon ami, décampe.

— Monsieur le duc pense bien que je ne me permettrais pas de l'éveiller pour mon plaisir. Monsieur le duc a déjà une visite.

— Qu'elle aille au diable.

Germain eut un sourire obséquieux.

— Je n'aurais pas osé l'y envoyer, dit-il.

— Qui est-ce donc ?

— M. Chapuzet.

Ce nom exerça une influence magique.

Le visage du maître changea tout à coup et prit une singulière expression de contrariété.

— M. Chapuzet s'est installé dans le cabinet de travail. Il lit son journal, les pieds sur les chenets, et m'a recommandé de ne pas presser monsieur le duc. Mais j'ai pensé que monsieur serait peut-être bien aise de le voir.

— Sans doute... sans doute. Cet excellent Chapuzet n'avait cependant pas besoin de se déranger. Il lui suffisait de m'envoyer et ce que je lui ai demandé par un de ses clercs, car il a des clercs comme trois notaires, M. Chapuzet. C'est toujours une bonne profession d'être intendant ; seulement, comme personne n'est assez riche pour entretenir un homme de l'importance de M. Chapuzet, M. Chapuzet nous collectionne et nous met en coupes réglées. »

Germain aussi s'était assombri.

Pour que M. Chapuzet, le docteur Chapuzet, docteur en droit bien entendu, qui administre de ses bureaux de la rue Jacob la fortune de trente grandes familles du faubourg Saint-Germain, se fût donné la peine de se rendre de sa personne à la rue Vanneau, il fallait qu'il eût quelque grave et difficile communication à transmettre à son client.

Germain mit, en réfléchissant, sous la main de son maître tout ce dont il avait besoin pour sa toilette du matin.

En un instant le duc fut prêt.

Mais la visite de M. Chapuzet lui causait une impression pénible.

Quelle cause pouvait le décider à se déranger à pareille heure ?

Fâcheuse, sans doute !

Or, le duc Hubert de Vaudrey n'était point sans se douter du motif de cette démarche.

Dernier et unique rejeton d'une souche célèbre, il avait hérité de son père dès sa majorité, c'est-à-dire onze ans plus tôt.

C'est toujours un malheur d'être trop jeune à la tête de sa fortune.

Et cette fortune était considérable.

Les Vaudrey-Langon sont ducs depuis François Ier.

Leur noblesse ne date donc pas d'hier, comme celle de quantité de barons et de comtes qui pullulent et dont on retrouverait difficilement les ancêtres dans les mémoires relatifs à l'histoire de France.

Les Vaudrey se sont illustrés de diverses façons, d'abord comme militaires dans les campagnes qui ont précédé la Révolution ; quelques-uns comme ministres ou ambassadeurs jusqu'à Louis XVI ; les derniers par leur haine profonde pour le régime qui les forçait à s'expatrier, et enfin par leur énergie à disputer des parcelles du fameux milliard des émigrés, qui leur permit de rétablir un patrimoine que les confiscations et les ventes nationales avaient fortement ébréché.

Hubert de Vaudrey avait vécu avec une insouciance ou plutôt un dédain de ses intérêts voisin de la folie.

C'était, on peut lui rendre cette justice, un gentleman d'une impeccable correction, et qui déguisait sous les dehors les plus séduisants l'égoïsme le plus profond et le plus complet mépris de la vie et des sentiments d'autrui.

Il menait grand train, avait une part dans une écurie de courses très connue, des maîtresses dans plusieurs mondes ; jouait gros jeu, pariait cinq cents louis avec une aisance extraordinaire, gagnait sans sourciller, ce qui était rare, et perdait de même ce qui lui arrivait souvent.

De ses affaires, personne ne s'inquiétait, lui peut-être moins que les autres. On savait sa fortune importante, son château de Langon en Bretagne, superbe, son rendez-vous de chasse de Seine-et-Marne, très giboyeux ; on lui connaissait plusieurs maisons sur le pavé de Paris, et on supposait, non sans motifs, qu'avec son nom et ses rentes, le duc de Vaudrey, jeune et brillant, était un personnage qu'on ne devait pas s'aviser de plaindre.

Il aurait fallu être fou en effet.

Ils sont rares ceux qui naissent sous une étoile aussi favorable.

Le jour pénétrait dans la chambre et dans l'immense cabinet de toilette qui la complète par trois hautes fenêtres, mais c'était un jour d'hiver froid et mélancolique, voilé de brumes et qui donnait le frisson.

M. de Vaudrey s'attarda en face du seul tableau qui ornât cette chambre, véritable retraite de célibataire mondain.

C'était un portrait de femme jeune encore, sur les traits de laquelle on remarquait une indéfinissable expression de tristesse.

Si on pouvait pénétrer l'avenir, on aurait dû penser que la duchesse, morte à trente ans d'une maladie de langueur, prévoyait, en contemplant son fils de ses yeux éteints, les effroyables péripéties du drame que nous allons raconter et la désastreuse fin de sa race.

On disait dans le monde qu'elle avait mené une existenue fort retirée, qu'on la voyait peu, que son mari la négligeait pour courir les aventures ; mais, en somme, les médisants eussent été fort en peine de fournir des preuves ou même des détails circonstanciés sur ces prétendues aventures, le duc de Vaudrey, comme son fils, auquel il avait transmis son caractère avec son sang, joignant une impénétrable discrétion à une hauteur dédaigneuse qui ne permettait pas de deviner ses intentions et encore moins ses secrets.

Enfin, après avoir tourné un instant dans sa chambre, le jeune homme se décida à se rendre auprès de M. Chapuzet.

Mais son visage se contractait de plus en plus.

Le duc n'aimait pas les remontrances. Il voulait se ruiner sans observations, si tel était son bon plaisir, et déjà M. Chapuzet s'était permis certaines réticences, des allusions à de trop grosses dépenses en remettant les sommes réclamées coup sur coup et sans autre explication que celle-ci : il les fallait pour telle heure, sans faute, à tout prix !

Il semblait donc très préoccupé lorsqu'il entra dans son cabinet.

C'était un salon situé au rez-de-chaussée de l'hôtel et meublé avec un luxe extrême, bien qu'il ne fût presque jamais habité.

M. de Vaudrey le traversait à peine chaque matin pour y prendre à la hâte sa correspondance.

Il existe ainsi dans Paris beaucoup de cabinets de travail où l'on ne travaille jamais. En général, ce sont les plus somptueux.

Le duc vivait au cercle, chez ses amis, au restaurant, au théâtre, sur les champs de course, en villégiature, aux eaux, aux bains de mer, rarement chez lui.

A son aspect, M. Chapuzet se leva doucement en repliant son journal.

M. Chapuzet était un homme de quarante-cinq ans, gras, court, rond, blond et joufflu comme un amour. Son œil bleu avait une extrême pénétration. Ses lèvres roses ne se desserraient qu'à bon escient.

— Je vous fais attendre et j'en suis désolé, commença M. de Vaudrey. A quoi dois-je l'honneur de votre visite ?

M. Chapuzet se rassit tranquillement, tapota ses genoux de ses doigts charnus, soignés comme ceux d'une coquette, et répondit :

— A une circonstance, monsieur le duc, que vous devez malheureusement prévoir.

Le duc ne s'émut pas :

— Ma foi non, dit-il ; mon intelligence est en défaut, je l'avoue.

M. Chapuzet tira de son carnet une lettre et la tint suspendue entre l'index et le pouce de sa main droite.

— Vous m'avez adressé, hier soir, ce petit mot ? reprit-il.

— Parfaitement. A minuit.

— Vous me demandez cinquante mille francs ?

— Sans doute.

— Vous en avez un besoin urgent ?

— Il me les faut ce matin même.

— Diable !

— J'en dois verser vingt-huit à midi. Le reste m'est nécessaire pour certaines raisons.

— J'entends bien.

M. Chapuzet se gratta délicatement l'oreille.

— Dois-je comprendre, dit le jeune homme, que vous éprouveriez quelques difficultés à me les procurer ?

— Peut-être.

— Et que je ne pourrais les toucher à l'heure dite ?

M. Chapuzet tapota de nouveau ses courtes jambes comme pour inviter son client à l'écouter de toutes ses oreilles, et reprit avec un accent plus bref :

— Je me ferais scrupule de vous laisser dans l'embarras.

— A la bonne heure !

— Seulement.

— Il y a un seulement ?

— Par malheur.

— Expliquez-vous.

— C'est un effort qu'il ne faudrait pas exiger de nouveau.

— Parce que ?... fit le duc avec quelque hauteur.

M. Chapuzet ne se départit point de son calme.

— Parce que nous sommes ruinés, de fond en comble, simplement.

Si le docteur Chapuzet comptait sur un effet considérable, il fut déçu.

Sa révélation rata comme une cartouche mouillée.

M. de Vaudrey haussa les épaules et sourit.

Ce sourire mit à découvert deux rangées de dents vraiment superbes.

— Vous connaissez la devise de ma famille, monsieur Chapuzet, dit-il.

— Sans doute.

— N'est-ce pas : J'ai valu, vaux et vaudrai ?

— Eh bien ! mon cher docteur, j'ai valu ; je ne vaux plus, mais je vaudrai à l'avenir.

M. Chapuzet s'inclina et sourit à son tour.

— Par un mariage ? dit-il.

— Hélas ! oui. Puisqu'il faut faire une fin, je me résigne. Je chercherai une dot.

— J'allais vous le conseiller. Voulez-vous que je vous aide ?

— Merci.

— Vous l'avez peut-être en vue ?

— Pas encore ! Mais je la trouverai, affirma le duc.

Il y eut une pause.

Ce fut comme un armistice entre deux combattants.

M. Chapuzet défendait sa caisse contre les entreprises de son client.

L'heure du danger était venue. Les millions des Vaudrey-Langon avaient fondu comme de la cire au feu d'une dissipation effrénée.

Ce qui restait des biens de cette opulente maison était criblé d'hypothèques, cette lèpre des patrimoines.

Hubert de Vaudrey se livrait quelquefois, à ses rares heures de raison, à des réflexions qui n'avaient rien de rassurant ; mais il aimait à s'étourdir et ne prévoyait pas la catastrophe si prochaine.

Quant au remède du mariage qui pouvait l'enrichir et, selon l'expression consacrée, redorer son blason, il n'y avait jamais songé sérieusement, reculant toujours la date où il faudrait aliéner une liberté dont il lui coûtait de sacrifier la moindre parcelle.

Dans son refus d'accepter l'assistance de M. Chapuzet, il entrait donc autant d'orgueil que de confiance en lui-même.

Il avait songé à la baronne Bresson, mais sans se faire illusion sur les obstacles insurmontables qui les séparaient.

— Laissons de côté le mariage, reprit-il, et parlons affaires.

— Je viens dans ce but, dit M. Chapuzet en déployant une menaçante feuille couverte de chiffres, qu'il offrit à M. de Vaudrey.

— Qu'est-ce que c'est que ça ? dit le duc.

— En parcourant ce bilan où vos domaines et biens de toute sorte sont cotés à leur valeur actuelle, vous pourrez remarquer que nous sommes victimes de la baisse énorme qui sévit sur les fortunes immobilières. Les terres en particulier perdent au moins un tiers de leur prix. C'est une fatalité qu'on ne pouvait prévoir il y a quelques années et qui nous atteint au cœur de nos intérêts. La liquidation s'impose donc comme une nécessité, et il est à redouter qu'elle ne soit désastreuse.

M. Chapuzet s'exprimait avec une netteté tranchante. Ce petit homme au teint fleuri était incisif comme un rasoir.

— Sans la ressource dont nous avons parlé, ajouta-t-il, nous serions perdus, à la côte ; mais cette ressource nous reste. Vous n'êtes pas de ceux qui puissent être embarrassés pour plaire aux plus opulentes héritières, et il ne manque pas de jeunes filles ou de veuves qui désirent mettre une couronne comme la vôtre et les armes des Vaudrey sur leurs voitures.

— Pouvez-vous me garantir un an de tranquillité sans

que je sois forcé de rien changer à mon train de maison? demanda le duc.

M. Chapuzet réfléchit :

— Un an? dit-il.

— Oui.

— Pourquoi ce délai?

— J'en ai besoin ; il faut chercher à loisir, réfléchir, ne pas s'embarquer à la légère dans cette grande aventure du mariage!

— Mais vous vous en occuperez activement?

— Puisqu'il le faut, soupira le duc.

— Vous me le promettez?

— Sans doute.

— Votre projet est sérieux?

— Tout à fait.

— Et vous avez besoin d'un an pour le mener à bien?

— Justement.

— Je ne comprends pas.

— C'est inutile.

— Agissez donc comme il vous plaira. Je vous ménagerai ce délai non sans peine, je vous en avertis. Mais pas de folies! pas de fautes! Nous n'en avons plus à commettre.

— C'est entendu. Et mes cinquante mille francs?

— Ils seront ici dans une heure.

— Vous êtes un homme précieux, monsieur Chapuzet.

Le docteur se leva.

— Je vous laisse cette note, dit-il. Vous l'examinerez à loisir. C'est une invitation à la sagesse.

— Merci.

— Soignez votre mariage, monsieur le duc. Un titre comme le vôtre constitue une valeur de premier ordre, mais on ne la négocie en général qu'une fois.

M. Chapuzet salua son client, qui le reconduisit jusqu'à la porte et sortit.

M. de Vaudrey vint se rasseoir auprès de la cheminée, parcourut d'un regard dur les colonnes de chiffres très clairs qui confirmaient sa ruine, et fit un geste de colère.

— Un Vaudrey-Langon réduit à vivre comme un rentier de province ou un boutiquier enrichi, murmura-t-il, — car il ne pouvait admettre l'idée d'une misère complète, sans ressources — voilà ce qu'on ne verra pas, quand je devrais mettre une ville à feu et à sang pour me refaire!

Il lança la note de M. Chapuzet au fond d'un tiroir, et son visage s'éclaira tout à coup.

— Je n'aurai pas tant de peine, je suppose, pensa-t-il en y prenant des photographies de femmes éparses en désordre.

Il les passa en revue d'un regard distrait.

— Les femmes m'ont ruiné, dit-il, une femme m'enrichira.

Il resta longtemps en admiration devant une mauvaise épreuve d'un portrait fait à Rennes, ainsi que l'attestait l'inscription gravée au revers de la carte.

C'était un portrait de jeune fille d'une mise simple, presque de pensionnaire au sortir du couvent ; mais la tête était d'une grâce sans rivale, virginale, angélique, avec ses grands yeux rêveurs, ses cheveux nattés retombant sur des épaules un peu grêles, et le pur ovale de son visage suave et chaste.

— Si ces veuves, ces filles de parvenus, reprit le duc, ces héritières entre lesquelles il me faudra choisir, possédaient seulement la moitié des charmes de ce bijou qui s'appelle Yvonne Rebec, mon parti serait bientôt pris. Quelle finesse de traits! quelle taille! quels yeux! quels grands yeux naïfs et pénétrants! Avec cette paysanne et mon château de Langon, j'aurais été heureux comme un roi! J'ai mal mené ma vie! Depuis un an, je ne peux pas l'éloigner de ma pensée! Qu'a-t-elle donc pour m'occuper à ce point? Douce créature! Fille délicieuse!

Il rejeta la photographie dans le secrétaire et lança les autres au hasard par-dessus, d'un mouvement nerveux et saccadé.

Puis, il se leva et fit quelques pas dans son cabinet.

— C'est étonnant, pensa-t-il, comme le souvenir de cette petite me pousse à l'amour des champs, moi qui ne peux pas les souffrir. Ah! la campagne, les forêts, la verdure, les horizons infinis, le chant des oiseaux dans les branches, quel ennui! Il a raison, ce Chapuzet! Un bon mariage peut tout rétablir. J'y songerai. Et cet argent qui n'arrive pas!

Aussitôt, comme s'il lui avait suffi de former un vœu pour qu'il fût réalisé, la porte s'ouvrit, et Germain s'effaça pour laisser entrer un des clercs du docteur Chapuzet, qui déposa sur le bureau une liasse de billets de mille francs.

— Que monsieur le duc prenne la peine de compter, dit-il.

— Cinquante? demanda le jeune homme.

— Oui, monsieur.

— Votre patron est l'exactitude même. Vous avez le reçu?

— Le voici.

— Donnez.

Il le signa d'une rapide et lourde écriture écrasée et le rendit au clerc, qui salua et sortit.

Resté seul, le duc divisa la liasse de billets de banque en deux paquets et sonna.

Germain reparut aussitôt.

Le jeune homme lui tendit un des paquets.

— La dame de pique m'est cruelle, dit-il. Fais porter cette somme chez Vernier, et qu'on mette Sultan au coupé.

— Monsieur le duc va sortir?

— Oui, Germain, dit le maître d'un ton railleur, M. le duc va sortir. Je déjeune au cabaret. J'ai besoin de changer d'air. Cette visite m'a désorienté.

Le valet de chambre sortit et rentra presque aussitôt.

Il tenait un billet à la main.

— C'est de Mme la baronne, dit-il d'un ton mystérieux. L'amour après l'argent.

— Qui l'apporte?

— Lucienne.

— Où est-elle?

— Dans un fiacre.

— Qu'elle entre.

— Bien, monsieur le duc.

M. de Vaudrey déchira l'enveloppe de la lettre et la lut avidement.

Voici ce qu'elle contenait :

Il faut que je vous voie ce soir. Lucienne vous attendra à onze heures dans le jardin. Vous n'aurez qu'à pousser la porte sur la rue de Téhéran. Je serai seule. Venez. Je le veux.

Et au dessous :

A toi, toujours!

LOUISE.

Le duc se mordit les lèvres.

— Elle est folle! dit-il. Quelle témérité!

Une femme de trente-quatre à trente-cinq ans, vêtue très élégamment de noir, le chapeau simple mais irréprochable, mince et grande, brune comme une créole et dont le seul attrait consistait en deux yeux noirs brillants comme des escarboucles, entra sans bruit.

Elle ne marchait pas, elle glissait sur le parquet et s'arrêta devant le bureau de M. de Vaudrey.

— Vous savez ce que contient ce billet, Lucienne? demanda le jeune homme.

Un sourire plein d'astuce effleura les lèvres minces de la soubrette.

— Madame la baronne a peu de secrets pour moi, dit-elle.

— Ce serait difficile.

— Oh! fit Lucienne modestement.

— Si votre maîtresse en avait, vous les perceriez à jour.

La femme de chambre baissa les yeux.

— Savez-vous qu'elle est terriblement mal inspirée, votre maîtresse? reprit-il.

— C'est ce que je me suis permis de lui faire remarquer, monsieur le duc.

— Vous avez eu raison. Pourquoi ne vous écoute-t-elle pas?

— Madame ne veut rien entendre. Elle prétend que ce souvenir sera le plus doux de sa vie.

— Le baron peut nous surprendre.

— M. le baron quitte Paris pour deux jours.

— Où va-t-il

— A son château de Villiers.

— Et s'il revenait?

— M. le baron ne change jamais ce qu'il a arrêté. Il est réglé comme un chronomètre. Il a dit deux jours ; il restera deux jours.

Le duc fit un geste d'indifférence.

— A la grâce, dit-il. Vous comprenez que si je tremble, ce n'est pas pour moi. Je n'ai de ménagements à garder que pour votre maîtresse. Jusque-là, grâce à votre dévouement, nous avons sauvé les apparences. Personne au monde, je le crois, ne soupçonne une liaison pleine de charmes pour moi. Mais tout peut se compromettre par un pareil trait de hardiesse.

Lucienne haussa les épaules.

— Madame le veut, déclara-t-elle ; que dois-je lui répondre?

— J'irai.

— Bien, monsieur le duc.

Hubert de Vaudrey semblait avoir oublié ses soucis. Son visage s'était épanoui.

La femme de chambre sortait.

Il la rappela.

— Lucienne, dit-il.

— Monsieur le duc !

— Voyons, soyez sincère, si c'est possible. Est-il vrai que le baron aime sa femme aussi passionnément qu'elle le croit ?

— Madame est si belle !

— C'est vrai. La merveille des blondes !

— M. le baron le lui a bien prouvé, d'ailleurs, en l'épousant pour elle-même, puisqu'elle n'avait rien.

— Il était riche pour dix. Et cette affection se maintient?

— Elle s'accroît plutôt. Il n'est pas de prévoyances, d'attentions, dont M. Jacques et son frère, le baron Noël, ne comblent madame. On pourrait presque dire qu'elle a deux maris, en tout bien tout honneur. L'aîné se montre plus empressé, plus tendre que l'autre. Il ne se marie pas parce qu'il dit qu'on ne peut trouver le pendant de sa belle-sœur. Du reste, les deux frères s'adorent. Jamais un désaccord entre eux. Et si riches !

— Oui. La vieille banque Bresson a prospéré, fit le duc d'un ton amer. Le siècle est à ces gens-là. La maison Bresson frères et les juifs tiennent le haut du pavé. Tout réussit à ces manieurs d'argent qui travaillent comme des employés du matin au soir ! Les millions abondent dans leurs caisses.

— Ah ! je crois bien ! soupira la femme de chambre.

Les lèvres de M. de Vaudrey se contractèrent en un méchant sourire.

— Il n'y a qu'une ombre au tableau, dit-il, et elle vient de cette charmante créature qu'ils ont comblée de tout. Ah ! misère !

Lucienne ne dit rien. Elle contenta de penser que sa maîtresse s'était montrée pour son mari, Jacques Bresson, une femme idéale et sans reproches jusqu'au jour où le duc de Vaudrey, par caprice et par désœuvrement d'oisif, était venu la tenter et remuer en elle les ferments mauvais qui sommeillent au fond du cœur humain.

— A ce soir, Lucienne, dit-il.

C'était un congé.

La femme de chambre regagna son fiacre.

A la porte de l'hôtel, Sultan, un superbe trotteur, noir de jais, attendait son maître.

Trois minutes plus tard, M. de Vaudrey, balancé mollement sur les coussins d'un excellent coupé, traversait la Seine au pont de Solférino, et répétait :

— Un bon mariage, sans doute, c'est le salut !

Et il ajoutait :

— Ah ! si la baronne était veuve ! Vingt-sept ans. Une perle et des amas d'or, comme si le Pactole rou-

lait chez elle ! Mais, par malheur, c'est une chimère ! Pourtant, à quoi tient la vie d'un homme ? A un fil ! Et je crois, en vérité, qu'elle m'aime à se damner, si je le voulais ! Après tout, elle ou une autre, qu'im-porte !

A midi précis, le cheval noir stoppait au seuil du café Anglais, et le duc descendait de son coupé, une rose à la boutonnière et le sourire aux lèvres.

Nous savons maintenant ce qui devait se passer dans la soirée du même jour et ce que M. de Vaudrey allait faire avenue de Messine.

IV

FACE A FACE

Madame Bresson demeurait pétrifiée.

Une fée l'aurait transformée d'un coup de baguette en statue de marbre qu'elle n'eût pas été plus immobile.

Avec son intelligence très subtile, elle comprenait d'un trait les conséquences de cette sinistre aventure. Ses yeux fixes s'agrandissaient dans la terreur de cette apparition imprévue.

La banale comparaison d'un promeneur frappé d'un coup de foudre sous un ciel qui semblait sans nuages ne s'appliqua jamais avec plus d'à-propos.

Le visage de M. de Vaudrey, au contraire, n'exprimait aucune épouvante.

Il conservait son air hautain, blasé, légèrement chargé d'ennui. On aurait pu voir seulement une flamme s'allumer dans ses yeux, une lueur pareille à celle de l'homme dont le cerveau s'éclaire et qui vient de trouver une idée.

D'ordinaire, un amant pris en flagrant délit par un mari justement irrité manifeste au moins un moment de trouble facile à concevoir.

Le duc restait froid en apparence, dédaigneux comme s'il avait tenu les cartes dans une partie dépourvue d'intérêt.

Il se contenta de lancer à sa complice un regard qui signifiait clairement :

— Vous voyez ! Que vous disais-je ? Je vous avais prévenue. Avec vos extravagances, nous devions en arriver là.

— Monsieur de Vaudrey, commença le banquier, nous avons un compte à régler ; vous le comprenez.

— Monsieur, répliqua le duc poliment, je suis à vos ordres.

— Je pourrais vous tuer. C'est mon droit. J'y ai d'abord pensé, je l'avoue, et votre vie n'a tenu qu'à un fil. J'ai réfléchi. Je puis me rendre cette justice que je n'ai rien à me reprocher dans le passé. J'entends qu'il en soit de même à l'avenir. Je ne vous assassinerai donc pas, même légalement. Il se pourrait que votre fantôme troublât mes nuits, et je ne veux pas m'y exposer. Seulement, comme l'un de nous est de trop, je vais vous faire une proposition, sûr que vous l'accepterez de bonne grâce.

— Monsieur, répondit le duc avec la même affectation de courtoisie, vous m'intéressez au plus haut degré.

Le baron Jacques était boutonné dans sa redingote noire, qu'il ne quittait presque jamais. Sur cette redingote, il portait un pardessus gris. Il cachait sa main droite dans la poche de ce pardessus.

A ce moment, il la retira.

Cette main tenait deux pistolets.

M. de Vaudrey ne put réprimer un mouvement non de crainte, mais d'étonnement.

Toutefois, il ne prononça pas une parole et attendit.

Le banquier saisit ce mouvement et fit un geste rassurant.

« Monsieur, dit-il, il y a deux heures, je vivais dans une sécurité profonde. J'étais à cent lieues de m'attendre à la trahison qui me frappe en plein cœur. J'avais la faiblesse d'aimer cette femme, qui me trompait avec une détestable adresse. C'est par hasard que je suis rentré chez moi. Aucun sentiment de défiance ne m'y ramenait. Aucune délation ne vous a perdus. Je suis venu. J'ai vu et j'ai entendu. Il ne m'est plus possible de conserver aucun doute non seulement sur la fidélité de celle à qui j'ai lié le sort d'une vie désormais détruite, mais encore sur les sentiments qui l'ont dirigée.

« En un instant, la lumière s'est faite pour moi. Mille détails qui ne m'avaient pas frappé d'abord, dans mon aveuglement, me sont revenus à la mémoire. Je pourrais vous dire où a commencé votre odieuse liaison, comment elle s'est poursuivie. Ce serait du temps perdu. Vous ne vous trompiez pas, monsieur de Vaudrey, j'étais là quand vous m'avez cherché dans ce boudoir où je passais sans défiance. D'un mot j'ai tout compris, et en une seconde j'ai pris mon parti. En quelques lignes, j'ai réglé mes affaires. Je suis prêt à mourir. Ma première pensée a été, comme je vous l'ai dit, de vous tuer, vous qui violez, ainsi qu'un malfaiteur, cette demeure où vous deviez au moins avoir la pudeur de ne pas entrer. J'ai choisi un autre moyen de vider notre querelle. »

La jeune femme revenait peu à peu de son abattement.

Elle recouvrait la faculté de penser.

Ces mots du baron : « En quelques lignes, j'ai réglé mes affaires ! » l'avaient frappée, elle aussi, en pleine poitrine.

Est-ce que cette fortune qu'elle avait convoitée avec tant d'ardeur pourrait lui échapper ?

Elle connaissait son mari, son esprit net et précis, sa décision rapide, son entente merveilleuse des affaires.

De quel péril était-elle menacée ?

En l'épousant, le banquier, avec la prudence des Bresson, avait réservé l'avenir. Sa générosité à l'égard de l'orpheline, qu'il prenait pauvre, devait être réglée sur le degré d'affection qu'elle lui inspirerait et en un mot sur sa conduite.

Elle se mordait les lèvres jusqu'au sang et réfléchissait.

Elle se dit que tous ses espoirs de fortune venaient de s'évanouir ; que, quelle que fût la conduite de son mari à l'égard du duc de Vaudrey, il ne lui pardonnerait pas à elle-même l'infamie de sa trahison. Le banquier, dans une heure de passion, avait écrit de sa main un testament qu'elle possédait dans son secrétaire. Nul doute que cet homme, inflexible comme son frère sur la question du devoir et de l'honneur, ne la chassât de sa maison après avoir anéanti les dispositions prises en sa faveur. Elle se vit pauvre et déshonorée, réduite du moins à une déchéance qui lui parut insupportable. Une rage sourde agita ses nerfs, et sa tête en feu chercha un moyen d'échapper à cette ruine et à ces hontes.

Elle épiait à la dérobée son mari et n'était pas rassurée par le calme qu'il affectait et que démentait par moments l'éclair glacé qui traversait ses yeux gris.

Les dernières paroles du banquier devaient la fixer sur le sort qui l'attendait.

« Monsieur, reprit-il, je ne vous cache pas que je vous hais mortellement ; vous passez votre existence d'oisif et d'inutile à troubler les ménages des autres, un mot banal qui exprime l'idée du foyer domestique, de la famille et de tout ce qu'on a l'habitude de respecter quand on est vraiment un galant homme. J'ai épousé une honnête fille que j'aimais de toute mon âme. Mon frère et moi nous l'entourions de respect et d'attentions. Je puis me rendre cette justice qu'elle ne saurait nous adresser un reproche et qu'elle a été traitée comme une reine dans cette maison dont elle aurait pu être la joie et qu'elle déshonore. Elle ressemblait sans doute à beaucoup d'autres et ne demandait qu'à vivre de l'existence tranquille et non sans charmes qui lui était acquise. Vous êtes venu, et, à dater de ce jour, tout cet édifice de bonheur laborieusement élevé s'est écroulé comme une ruine. La baronne Jacques Bresson, entraînée sur une pente funeste, s'est lancée dans ces intrigues détestables de rendez-vous dans des entresols louches, de correspondances, de rencontres au Bois, ou, ce qui vous était plus facile encore, dans ces solitudes de notre Morbihan où elle se plaisait à vivre seule pendant que mon frère Noël et moi nous restions attachés comme des esclaves à l'œuvre de travail qui entretenait son luxe et lui permettait de semer l'argent sans compter, pour ses caprices. Tout alors dans son existence est devenu prétexte, mensonge et fourberie. Je ne pardonnerai pas. Demain, si je vis, votre complice aura quitté cette maison. J'achèverai de rompre les liens qu'elle a brisés. La baronne Jacques Bresson s'appellera comme autrefois Louise Renaud et vivra des quelques rentes que je lui assurerai. Vous pourrez la prendre et la garder si toutefois les chances du combat vous sont favorables…

— Vous dites, monsieur ?… fit le duc.

— Je dis que nous allons nous battre. Voici deux revolvers. Ce sont eux qui décideront entre nous, comme un jugement de Dieu. Nous aurons le droit de tirer jusqu'à la mort de celui qui sera condamné.

— C'est un duel de sauvages.

— Il aura lieu dans cette chambre.

— Quand ?

— A l'instant même.

— Et si je refuse ?…

— Je vous brûle la cervelle.

— Diable !

— Vous acceptez ?

— Sans doute, puisque vous m'y forcez.

— Signez donc un mot constatant nos conditions. La baronne va nous donner ce qu'il faut. Vous êtes prêt ?

— Parfaitement.

Un tressaillement nerveux agita la jeune femme.

Elle se leva du divan sur lequel elle se tenait affaissée.

— Jacques, supplia-t-elle, vous n'exécuterez pas cette menace.

— Je vous jure que si.

— Chassez-moi, tuez-moi, si vous voulez, mais pas de cette lutte féroce ? Ce n'est pas le duc qui est coupable, c'est moi, moi seule.

— Vous l'aimez donc bien, que vous prenez tant de souci de sa vie ?

— Oui, je l'aime, dit-elle en se redressant devant son mari, et je commettrais un crime, vivant pour le garder, et mort pour le venger.

— Laissez-moi, dit le banquier en la repoussant, Vous me faites horreur.

Elle le regarda bien en face, de ses yeux rouges de fièvre et de colère.

— Vous persistez dans votre volonté ? reprit-elle.

— Oui.

— Que Dieu nous juge donc !

Elle ouvrit son secrétaire, en tira du papier et des plumes et les plaça devant le duc, qui s'était dirigé de son côté ; mais en même temps elle fit glisser près de sa main un objet qu'elle lui désigna d'un coup d'œil terrible.

Il est des regards plus expressifs que des paroles.

M. de Vaudrey et sa maîtresse se comprirent. Tous deux s'étaient rencontrés dans la même détestable pensée. Le duc cherchait une arme depuis l'arrivée du banquier.

Il frissonna de plaisir.

Le baron Jacques, toujours adossé à la cheminée, les revolvers posés à côté de lui, semblait rêver.

Peut-être songeait-il à son bonheur anéanti.

Les lèvres serrées, le front plissé, les sourcils rapprochés au point de se toucher, l'œil attaché au parquet, il ressemblait à ces généraux qui assistent navrés à la déroute de leurs troupes et à l'écroulement des dernières espérances.

Le duc s'était assis devant le secrétaire et écrivait ou feignait d'écrire.

Le bruit de la plume grinçant sur le papier arracha le banquier à sa rêverie.

— Si vous avez quelques dispositions à prendre, dit-il, faites-les en deux lignes, il faut s'attendre à tout.

M. de Vaudrey s'arrêta et tourna la tête de son côté. Jacques Bresson continua :

— Voici nos conditions. Je vous laisse le choix des revolvers. Ils sont pareils. Nous nous placerons aux deux extrémités de la chambre. Quel côté prenez-vous ?

— Celui-ci.

— Quand la pendule sonnera une heure, ce qui aura lieu dans cinq minutes, nous pourrons commencer le feu.

— Bien.

— Vous avez fini d'écrire ?

— Oui.

— Louise, dit le baron d'une voix où tremblaient les dernières palpitations d'un amour qui avait peine à mourir, laissez-nous. Vous pourriez être blessée.

Elle ne bougea pas.

Son œil, où passa une lueur sauvage, chercha celui de son amant et lui donna le courage qui lui manquait peut-être pour commettre une suprême infamie.

M. de Vaudrey se leva, fit un pas en avant.

Son bras se tendit subitement et deux détonations éclatèrent étouffées par le tapis, les tentures et les draperies de cette chambre magnifique, fermée comme une boîte à bijoux.

Jacques Bresson porta une main à sa poitrine ; ses traits exprimèrent un souverain mépris, un dégoût profond, et ces derniers mots fouettèrent le duc au visage : Misérable ! Assassin !

En même temps, il se pencha en avant, essaya vainement de se retenir au dossier d'un fauteuil, battit l'air de ses bras et roula sur la peau d'ours blanc étendue auprès du lit.

Deux balles lui avaient troué la poitrine.

La jeune femme, qui avait armé la main de son amant contre son mari, se précipita auprès du blessé non pour lui porter secours, mais pour s'assurer de sa mort.

Jacques Bresson expirait.

Mais il eut encore assez de force pour la repousser d'un geste indigné.

Il râlait.

— Ah ! tu voulais me chasser, murmura-t-elle, penchée sur son agonie, et tu meurs ! Tu me voulais pauvre, et je suis riche. Tu voulais me tuer mon amant, et je l'épouserai !

Le duc restait inerte, terrifié, contemplant avec stupeur cette femme parfumée, fraîche comme un camélia, blanche, roulée dans la soie et riche à millions, qui venait de le pousser, lui, le duc de Vaudrey-Langon, à un meurtre horrible, sans excuse, celui du mari qu'ils trompaient ensemble et qui l'avait épargné.

La plus exécrable et la plus déshonorante des lâchetés !

Agenouillée auprès du mourant, une main posée sur son cœur, elle épiait son dernier battement.

Elle n'attendit pas longtemps.

Une convulsion suprême secoua le blessé. Un souffle léger s'exhala de ses lèvres ; une écume sanglante rougit sa bouche.

C'était fini.

Les deux complices restaient seuls, l'un en face de l'autre, auprès de ce cadavre.

Désormais ils étaient enchaînés comme deux forçats par ce lien d'infamie.

Le duc entendait bruire à ses oreilles les mots que sa victime lui avait jetés en tombant et qu'il ne devait plus oublier.

La baronne passait ses mains devant ses yeux comme pour en effacer le regard de son mari, ce regard plein de mépris et en même temps ironique et menaçant, comme si le malheureux avait deviné qu'elle ne recueillerait pas le fruit du meurtre et le prix du sang versé.

Pendant quelques minutes ils demeurèrent sans voix, les yeux rivés à ce mort, dont la présence les accusait, écoutant le silence de la maison, croyant entendre les pas des gens qui devaient accourir, attirés par les détonations.

Les aiguilles de la pendule aux trois baigneuses marquaient une heure dix minutes.

Rien ne parut.

Les coupables étaient rassurés d'un côté, mais la situation n'en était pas moins critique.

Ce n'était pas l'homme qui la dominait.

C'était Louise Renaud.

Elle se tenait farouche en présence de sa victime, cherchant le moyen de sortir de la terrible impasse où ils étaient engagés.

Comment ?

Ce crime, il fallait en effacer les traces.

Tomber d'une position si haute et si privilégiée au banc de la Cour d'assises, elle ne le voulait pas.

Le duc, franchement atterré et incapable de rassembler ses idées, était blême comme le condamné qui voit l'échafaud à deux pas de lui, dressant dans les brouillards du matin sa sinistre charpente.

— C'est horrible, ce que nous avons fait, dit-il.

— En quoi, horrible ? répliqua-t-elle. Je t'ai sauvé la vie. Et puis je me suis défendue. Il me menaçait. Devais-je me laisser chasser comme une servante ? Fallait-il renoncer à cette situation bien gagnée après tout par un mariage odieux ? Comprends donc que j'ai recouvré ma liberté, que l'avenir m'appartient ! Est-ce qu'on peut se laisser abattre ainsi ? Si tu as du cœur, je te donnerai tout, amour, fortune. On ne livre pas de bataille sans laisser des morts sur le terrain. Et si nous voulons, qui saura ce qui s'est passé ?

Elle parlait d'une voix rauque, par saccades, très agitée, tourmentée d'une crainte qui l'obsédait, non du châtiment qu'elle ne croyait pas possible, mais de la menace contenue dans les paroles de son mari.

— La fortune ? reprit-elle. L'ai-je encore seulement ! Il a dû mettre ses affaires en règle ! C'était un homme, lui. Il savait ce qu'il voulait et ce qu'il faisait ! S'il avait déchiré ce testament, comme il le disait ; s'il était révoqué en deux lignes.

Ce n'était plus la femme du monde calme, imposante que Paris connaissait, qu'il admirait dans sa loge du Théâtre-Français ou de l'Opéra, qui passait superbe au Bois, couchée dans sa victoria à huit ressorts traînée par deux carrossiers de vingt mille francs ; c'était une voleuse prête à tout pour garder le prix du meurtre, effrayante d'audace et de cruauté.

Elle arracha plutôt qu'elle ne prit dans la poche du pardessus un portefeuille noir à coins d'or, et le fouilla avec rage.

— Rien, dit-elle.

Et se frappant le front :

— Dans sa chambre peut-être je verrai.

Et comme si une idée l'eût conduite à une autre, elle fit un pas en avant, se toucha les cheveux du poing et dit :

— J'ai trouvé.

Elle fut obligée de prendre le bras de son amant de le secouer.

— Il faut l'y porter d'abord, reprit-elle. Aide-moi.

Elle rouvrit avec précaution une des portes que le baron, en entrant, avait pris soin de verrouiller.

Cette porte donne sur un salon séparant la chambre de Jacques Bresson de celle où le drame venait de s'accomplir.

Au delà de cette pièce on voyait la chambre pure encore éclairée par une seule bougie.

— C'est par là qu'il est venu, dit-elle.

Le duc et la jeune femme transportèrent le cadavre sur le lit enfoncé dans une alcôve fermée par de lourds rideaux de tapisseries anciennes.

Cette alcôve, avec le mort étendu sur la couverture de soie presque noire, un grand christ d'ivoire au chevet, tranchant sur l'obscurité de la muraille, avait un aspect lugubre.

Jacques Bresson cependant semblait dormir.

Aucun désordre dans ses habits.

La baronne lui avait enlevé son pardessus pour le jeter négligemment sur le dossier d'une chaise. Son chapeau et ses gants étaient sur la cheminée. Il reposait sur son lit, dans sa redingote boutonnée. Les deux balles, en lui trouant la poitrine, avaient à peine laissé des traces à l'extérieur, mais avaient provoqué une hémorragie interne qui l'avait étouffé.

La jeune femme, avec un terrible sang-froid, plaça à côté de sa main l'arme dont le duc s'était servi. C'était un de ces pistolets de grand prix, à deux coups, que le revolver a détrônés. Il servait parfois à la baronne pour tirer à la cible, — un exercice qu'elle affectionnait et dans lequel elle déployait une certaine adresse.

Pour attester mieux encore l'intention que le baron aurait manifestée de se suicider, elle enferma dans le tiroir d'un petit meuble placé auprès du lit les revolvers chargés destinés au duel du banquier avec M. de Vaudrey.

Ces dispositions prises, elle bouleversa avec fureur les meubles de la chambre et du salon voisin, examina tous les papiers du secrétaire, les parcourut à la hâte et ne découvrit rien.

Alors elle revint à sa chambre après avoir fermé les portes derrière elle et remit tout dans un ordre parfait; puis, s'agenouillant sur le tapis, elle fit disparaître avec soin la trace de gouttelettes de sang qui se tachaient à l'endroit où son mari était tombé.

Elle poussa un cri de triomphe.

— Sauvés! dit-elle.

Les coupables purent respirer.

Le crime n'avait pas de témoins.

Eux seuls connaissaient la scène qui venait de se passer; et, quelle que fût l'invraisemblance d'un suicide, celle d'un meurtre était au moins aussi forte.

La maison restait plongée dans un profond sommeil. On n'y entendait que le craquement des meubles qui s'étiraient comme des êtres animés.

La baronne prit dans son secrétaire le testament rédigé deux ans plus tôt par son mari.

Il partageait sa fortune, quelle qu'elle fût, entre sa femme et son frère par moitié, en invitant sa veuve à en laisser la gestion à Noël, dont il lui garantissait la tendresse et le dévouement.

Ce testament, écrit en entier et mis en règle par Jacques Bresson, était conçu en termes touchants qui auraient dû soulever dans le cœur de la jeune femme une explosion de remords.

Elle le relut d'un œil sec.

— Quinze millions, dit-elle, et je serai duchesse.

Exaltée par son amour, elle se jeta dans les bras de M. de Vaudrey.

— Rien ne nous sépare plus, murmura-t-elle. Tu es à moi pour toujours.

Il restait froid et silencieux, étourdi par les événements qui venaient de se succéder avec tant de rapidité qu'il était tenté de se croire le jouet d'un cauchemar et se prenait à douter de leur réalité dans cette chambre luxueuse si peu faite pour être le théâtre d'un crime, en présence de cette femme dont les traits se reposaient par degrés dans leur tranquille assurance.

— Maintenant, dit-elle, comprends-moi. Il faut qu'on ignore notre liaison, que personne, excepté Lucienne, ne sache que tu es venu ici cette nuit. Je me charge du reste. Est-ce entendu?

Il s'inclina sans répondre.

Elle sonna.

Contre son habitude, Lucienne se fit attendre quelques minutes.

— Je prie madame de m'excuser, dit-elle sur un mot de la baronne, je dormais.

Toutefois, en entrant dans la chambre, elle eut un léger mouvement de surprise qui échappa à sa maîtresse.

Évidemment, la tranquillité apparente des deux amants l'étonnait.

Elle chercha d'un coup d'œil furtif une personne ou un objet qu'elle ne voyait pas et dont l'absence l'intriguait.

— Lucienne, ordonna la baronne, reconduisez M. le duc. Sans bruit!

— Bien, madame.

Le duc prit la main que sa maîtresse lui tendait et la serra dans les siennes sans la porter à ses lèvres.

Il lui semblait qu'elle était humide et rouge de sang.

Sur le seuil il se retourna.

Louise Renaud lui souriait, un doigt sur sa bouche.

Ce sourire, en un pareil moment, lui serra le cœur.

Il ne respira librement que lorsqu'il fut dans la rue de Téhéran et entendit le bruit presque imperceptible de la porte du jardin qui se refermait derrière lui.

Il descendit l'avenue de Messine du pas précipité d'un fuyard qui s'éloigne d'un poste où les balles pleuvent, et au boulevard Haussmann il héla un fiacre et s'y glissa en disant au cocher :

— Place de l'Opéra.

A la porte du cercle, toujours brillamment éclairé, d'où il était sorti trois heures plus tôt, il renvoya le fiacre, monta l'escalier, jeta son pardessus aux valets de pied et entra dans les salons de jeu, où il prit une banque et gagna, sans savoir ce qu'il faisait, une somme considérable avec son insouciance des belles nuits.

Il éprouvait le besoin de s'étourdir, d'être vu, remarqué, et comme les criminels vulgaires, de se ménager la ressource d'un alibi.

Que lui importaient le gain ou la perte de quelques chiffons de papier ?

N'aurait-il pas, quand il voudrait, les millions de sa victime ?

A cinq heures du matin, blême et soucieux, il rentra chez lui, rue Vaneau.

Dans sa chambre, il n'osa jeter les yeux sur le portrait de sa mère. Il lui sembla que cette mélancolique tête de martyre ne le regardait pas avec la même tendresse et le fixait avec une triste sévérité.

La veille, il sortait ruiné de cette maison qui appartenait depuis tant de siècles à sa famille et qu'il était forcé de vendre, mais il avait le droit de marcher la tête haute.

Il y rentrait la tête basse, chargé d'un exécrable forfait, acte d'un lâche, infamie qu'il ne pouvait se pardonner !

Et il était enchaîné à une femme qu'il ne savait plus s'il devait aimer ou haïr et dont le sang-froid l'épouvantait.

Inquiet et frémissant, poursuivi par le spectre de Jacques Bresson, il se mit au lit et ferma les yeux pour ne pas voir.

Le dernier des Vaudrey-Langon n'était plus qu'un assassin tremblant et livide dans cet hôtel d'où étaient sortis tant de maréchaux de camp, de prélats et de brillants gentilshommes !

Le poids de sa honte l'écrasait.

Mais il devait bientôt se redresser sous la main vigoureuse de sa complice.

V

MADEMOISELLE LUCIENNE

La femme de chambre, après avoir verrouillé la porte du jardin entre elle et M. de Vaudrey, revint, comme elle en avait reçu l'ordre, rejoindre sa maîtresse.

La fille du colonel Renaud possédait un cerveau suffisamment organisé.

Depuis quelques minutes, son plan était tracé comme si elle avait eu des semaines pour le méditer à loisir.

Nous ne saurions dire si le brave officier qui lui a donné le jour possédait de remarquables qualités de stratégiste, mais sa fille était douée d'un coup d'œil sûr et prompt, le coup d'œil qui gagne les batailles, et le père lui avait transmis du moins une partie de son courage.

Toutefois, avec Lucienne pour adversaire, elle avait affaire à forte partie.

Mlle Lucienne n'était pas facile à duper. Elle avait à son service un esprit très délié, pétri d'astuce et de finesse, de rouerie et de rusés perfides, et surtout elle triomphait par la dissimulation.

Au surplus, elle n'était gênée par des scrupules d'aucune sorte et n'admettait qu'une règle : son intérêt.

Mais cet intérêt, elle l'entendait à miracle.

Son histoire était son excuse.

Lucienne avait dû passer de terribles heures dans sa première jeunesse.

Venue au monde trente-quatre ans plus tôt dans un pauvre village de l'Eure, du côté des Andelys, elle pouvait invoquer une circonstance atténuante qui faisait défaut au duc de Vaudrey et à la baronne Bresson, l'extrême misère de son enfance, dont elle voulait prendre la revanche.

Elle avait perdu ses parents avant de les connaître.

Les malheureux ne tenaient pas un grand état dans le monde. Le père était berger dans une ferme, la mère vachère dans une autre, et l'héritage ne se composa que de quelques nippes usées dont le dernier des fripiers n'aurait pas voulu pour cent sous.

L'enfant jetée à la voirie fut recueillie par des sœurs qui lui donnèrent par charité une de ces instructions à l'aide desquelles on peut espérer, pour ses débuts, une place de bonne à tout faire.

En certains cas, c'est beaucoup, et toutes les filles nées dans la triste condition de l'enfant du berger et de la vachère ne parviennent pas à ces hauteurs.

Lucienne débuta en cette qualité chez un mercier de la rue Saint-Martin, d'où elle ne tarda pas à s'évader comme d'une geôle à laquelle, d'ailleurs, la soupente dans laquelle on l'avait internée ressemblait... en laid.

Après quelques expériences du même genre, elle eut la chance d'avoir pour voisine de mansarde une jeune couturière qui travaillait à la journée dans un de ces ateliers de confection riches qui ont, en général, pour enseigne ces trois mots : Robes et manteaux. L'ouvrière, très complaisante, une bonne nature, s'intéressa à sa voisine et eut assez de crédit pour faire entrer Lucienne dans sa maison.

C'était le pied à l'étrier.

Le bénéfice était maigre.

Il ne s'élevait pas au-dessus d'une haute paye de trois francs cinquante par jour, et ces trois francs cinquante étaient absorbés aux quatre cinquièmes par la gargotte à quinze sous et le loyer de la mansarde qu'il fallait nécessairement payer, les bonnes à tout faire jouissant de cette supériorité incontestée d'être mal nourries et plus mal logées, mais de ne rien devoir pour cette nourriture parcimonieuse et ce logement exigu.

Seulement, dans son atelier de la rue du Quatre-Septembre, Lucienne eût peut-être, comme tant d'autres, recueilli un supplément de salaires dont les sources auraient manqué de pureté.

Mais faut-il le dire ? Quand l'essaim joyeux prenait sa volée, midi sonnant, pour se répandre aux alentours et chercher sa pâture, ce n'était jamais sur sa personne que les lorgnons des oisifs et des passants se dirigeaient.

Lucienne était mal pourvue du côté des agréments naturels.

En revanche elle était largement récompensée du côté de l'intelligence; ce qui vaut mieux.

Au bout de dix-huit mois d'atelier, elle avait appris à connaître le monde parisien en l'examinant par en bas, ce qui n'est pas une méthode pire qu'une autre pour l'étudier à fond.

A tous les étages sociaux, les hommes et leurs passions se ressemblent. La plupart du temps, l'habit seul diffère, et aussi la tenue et le langage.

Du reste, elle n'eut pas sous les yeux que ses compagnes et ses égales. Ce monde subalterne tient aux autres par ses liaisons, et souvent, d'échelon en échelon,

les histoires du plus élevé, celles des femmes qui portent les confections à trois mille francs, descendent à celles qui les taillent ou les cousent.

Lucienne apprit encore autre chose.

Bientôt elle sut s'habiller et se donner une tournure à peu près élégante, se tailler, à elle-même des costumes, et les achever sans autre secours que celui de ses ciseaux et de ses aiguilles.

A vingt-quatre ans, l'élève des sœurs hospitalières avait le choix entre un établissement de province où elle aurait pu exercer ses talents au service des bourgeoises d'une sous-préfecture de troisième classe ou d'un fort chef-lieu de canton, et une place de femme de chambre chez une des riches clientes de la maison où elle avait fait son apprentissage.

Elle n'hésita pas.

Un Normand disait :

— Mon bon Dieu ! je ne vous demande pas de me donner du bien, mais mettez-moi seulement auprès de ceux qui en ont.

Lucienne n'était pas Normande, mais elle pensait comme eux.

Les riches sont à Paris.

C'est donc à Paris qu'est la seule mine à exploiter pour les filles de son caractère.

Comptez celles qui y accourent des coins les plus variés de l'horizon et celles qui se resignent à rester ailleurs.

Elle le comprit avec une intuition très positive des vices de son temps et du profit qu'un valet ingénieux peut en tirer.

Sa bonne étoile la fit entrer au service de la baronne Bresson presque aussitôt après le mariage du banquier.

Louise Renaud put se féliciter d'avoir une fine mouche sous ses ordres et n'eut qu'à s'en louer.

Lucienne était donc depuis sept ans environ, un joli bail pour les servantes de notre temps, auprès de la jeune femme lors de la catastrophe que nous venons de raconter.

Elle avait dès lors de fortes économies, trente-quatre printemps ou trente-cinq, et une expérience très étendue acquise aux dépens des diverses maîtresses près desquelles elle avait opéré.

Lorsque les deux femmes furent en présence dans la chambre de la baronne, elle s'observèrent un instant comme deux duellistes qui vont engager le fer.

Mme Bresson, pour la première fois, se défiait de Lucienne.

La question de son amant : Etes-vous sûre de cette fille ? lui revenait à la mémoire.

Vénale, elle l'était certainement; la belle blonde en savait là-dessus plus long que personne, elle qui pour acheter son silence lui donnait ce qu'elle voulait sans même lui laisser là peine de tendre la main.

Seulement il fallait la garder à tout prix, en ne lui livrant que ce qu'on ne pouvait lui cacher du secret fatal, plutôt que de s'en faire une ennemie.

Par bonheur, la mort de Jacques Bresson, cette mort déplorable qui pouvait la perdre, ne la rendait-elle pas immensément riche ? Et ne fallait-il pas avant tout, et à quelque prix que ce fût, détourner les soupçons de sa tête ?

— Lucienne, commença-t-elle, où étiez-vous il y a une heure ?

La soubrette riposta par une feinte.

— Madame la baronne me permettra-t-elle de répondre à cette question par une autre ?

— Comme il vous plaira.

Lucienne prit son air le plus ingénu.

— Pourquoi madame me demande-t-elle où j'étais ? Madame sait bien que j'exécute ses ordres à la lettre. Madame m'a recommandé de ne pas m'éloigner.

— Ah ! vous étiez là ?

— C'est-à-dire que je n'étais pas loin.

— Je vous ai sonnée et vous n'êtes pas venue.

— Madame a sonné ? fit la soubrette avec une moue incrédule.

— Deux fois.

— C'est étonnant. Je n'ai rien entendu.

— En vérité !

— J'étais dans ma chambre, où, sans doute, je me serai endormie.

C'était un joli mensonge.

La chambre de Lucienne touchait au cabinet de toilette.

La baronne pensa :

— Je ne saurai rien d'elle.

Et Lucienne :

— Attends. Je te vois venir.

Au fond, Lucienne, qui n'était en effet pas loin, ne connaissait pas toute la vérité, bien qu'elle eût essayé de la surprendre, en écoutant même aux portes. Elle avait très distinctement entendu non pas deux coups de sonnette, mais deux coups de pistolet. Seulement elle ignorait qui les avait tirés, ce qui l'intriguait au delà de toute expression.

À son estime ce devait être le mari, dont elle avait très nettement distingué la voix sans saisir les paroles, et son étonnement en rentrant dans la chambre résultait de ceci : qu'elle n'y voyait nulle part l'homme qu'elle s'attendait à y trouver debout, et qu'elle y trouvait vivant celui qu'elle croyait voir couché sur le parquet.

Peut-être — nous n'affirmons rien, — sa maîtresse l'eût-elle gagnée à tout jamais à sa cause par une confession à peu près sincère, accompagnée de la promesse d'une forte somme, mais elle devait la froisser jusque dans les moelles en essayant de dissimuler et de jouer, comme on dit, au plus fin avec elle.

Lucienne voulait bien tromper les autres, mais elle entendait n'être pas prise pour dupe.

On a sa vanité.

Celle de Lucienne se révoltait.

— J'ai l'oreille très fine, reprit-elle d'un ton où perçait une pointe d'ironie. Si madame a sonné, comme elle le dit, je n'y comprends rien, car je m'éveille au moindre bruit. Du reste, mon sommeil n'a pas été long, je peux l'affirmer à madame, et je n'ai pas quitté ma chambre.

La baronne se mordit les lèvres.

La voix de Lucienne était sèche.

On la sentait blessée et sur la défensive.

Si elle ne savait pas tout, elle en savait assez pour être dangereuse.

En outre, on pouvait croire qu'elle avait rôdé autour de l'appartement après les deux coups de feu. Avec son oreille, dont elle vantait à juste titre les qualités, il était impossible qu'elle ne les eût pas entendus.

La baronne l'examinait, le visage contracté.

— Que s'est-il donc passé ? demanda Lucienne du ton le plus naturel. Madame m'effraye.

— Ainsi, vous ne vous doutez de rien ?

— Si, dit nettement Lucienne.

Les yeux de sa maîtresse l'interrogèrent avec une angoisse mal déguisée.

Lucienne, à son estime, était le seul témoin qu'il importait de gagner.

— Il m'a semblé, reprit la femme de chambre, qu'on parlait haut. S'il faut tout dire, j'ai pensé que M. le baron avait dû rentrer à l'improviste, car j'ai reconnu sa voix dans une querelle. J'aurais pu m'en assurer, mais madame sait à quel point je suis discrète.

— Sans doute. C'est tout ?

— Non. A la suite d'une discussion, j'ai cru entendre une double explosion. Je ne voudrais pas tromper madame. J'ai eu un moment de frayeur terrible et me suis avancée jusqu'à la porte du cabinet.

— Ah !

— Madame comprend que j'étais inquiète à son sujet. Le bruit avait cessé... plus rien.

— Alors ?...

— J'ai pensé que tout s'arrangeait et je n'ai pas osé entrer.

Lucienne s'exprimait avec une apparence de sincérité tout à fait rassurante. Elle aurait dérouté les soupçons d'un juge d'instruction. Cette fille pouvait passer pour très forte, mais sa maîtresse était d'une astuce supérieure.

La baronne étudiait à la dérobée, sans se laisser prendre à l'accent franc et naturel de la fille du berger, le jeu des muscles de son visage.

Rien ne trahissait la ruse : gestes, son de voix, aspect de la tête, tout était d'accord.

Ou Lucienne était sincère, ce qui semblait douteux, ou elle avait le génie du mensonge.

En tout cas, il fallait compter avec elle et s'en faire une alliée.

La baronne brûla ses vaisseaux.

Elle était d'ailleurs à l'une de ces heures où le forfait d'un coupable l'étoufferait, s'il devait le garder pour lui seul, sans prendre de confident et se décharger sur un autre de son fardeau.

Par malheur, son secret était tellement odieux qu'elle n'osait tout révéler.

— Lucienne, dit-elle, vous ne vous êtes pas trompée. Il s'est passé une scène affreuse. Vous m'êtes dévouée ?

— Madame le sait bien. Madame a tant de bontés pour moi que je serais une malheureuse si je ne les reconnaissais pas.

— Aussi je veux tout vous confier.

— Madame me donne le frisson.

— Nous avons été trahis.

— Est-ce possible ? s'écria Lucienne en joignant les mains.

— Cela est. Au moment où M. de Vaudrey et moi nous allions nous quitter, un bruit s'est fait dans le cabinet et mon mari est apparu.

— Je m'en doutais.

— A l'aspect du duc, il est resté comme foudroyé. J'ai tremblé pour la vie de M. de Vaudrey. Mais, à mon profond étonnement, après quelques mots incohérents qui attestaient sa colère, son trouble, un certain désordre dans les idées, il nous a quittés. Il est entré dans sa chambre et, presque aussitôt, deux coups de feu nous ont appris le fatal dénouement. Le malheureux s'était suicidé.

— Vraiment !

L'exclamation de Lucienne était assez équivoque.

Au surplus elle sentait que sa maîtresse mentait à son tour et s'en irritait. Les coups de pistolet avaient été tirés dans la chambre de la baronne et non dans celle de son mari. Lucienne en était sûre.

Madame Bresson conçut une certaine inquiétude.

Décidément Lucienne avait résolu de rester une énigme et d'entretenir la terreur dans l'âme de sa maîtresse pour la garder à sa merci.

— Vous m'avez assurée de votre dévouement, reprit la jeune femme presque suppliante ; l'occasion est unique pour me le prouver. Personne ne se doute de la présence du duc à l'hôtel cette nuit ?

— Personne.

— Il faut qu'on ne la soupçonne pas. Il le faut, vous entendez ? Vous vous tairez ?...

— Si madame me l'ordonne !

— Je ne vous l'ordonne pas, je vous en prie. Grâce à vous, ma liaison avec M. de Vaudrey est ignorée. J'attribue la résolution désespérée de mon mari au chagrin qui l'a frappé en me sachant coupable. Le malheureux avait la faiblesse de m'aimer plus que je ne le méritais. Je me reprocherai éternellement sa mort. Ce n'est pas la fortune énorme qu'elle me livre qui pourra étouffer mes remords. Mon honneur est entre vos mains, Lucienne. Je ne redoute rien tant qu'un éclat, et il dépend de vous de me l'éviter. Ma reconnaissance pour un tel service sera sans bornes. Puis-je compter sur vous ?

Lucienne vit une pluie d'or s'abattre sur elle.

Ces demi-aveux, le trouble mal déguisé de la baronne, lui prouvaient des torts plus graves que ceux qu'elle avouait et lui promettaient une ample moisson de bénéfices.

— Madame a-t-elle besoin de me le demander ? dit-elle.

— Où sont les autres domestiques ?

— Chez eux.

— Personne ne se doute de cet effroyable événement ?

— Personne.

— Dieu soit loué ! Ce n'est que demain qu'on apprendra la triste nouvelle. Quel réveil ! Il est bien entendu qu'elle doit nous étonner plus que les autres. N'est-ce pas votre opinion, Lucienne ?

— Rien n'est plus facile, et madame a raison.

— On cherchera les causes de ce suicide étrange ; mais que d'autres morts restent inexpliquées !

— En effet.

Lucienne ajouta non sans méchanceté :

— A moins d'être pris dans la rue en train de dévaliser un passant, on peut être certain de l'impunité. Mais que dira le baron Noël ? Les deux frères s'adoraient !

C'était là le danger.

Lucienne le montrait dans cette courte phrase si menaçante.

La belle blonde laissa tomber sa tête sur sa poitrine en recevant ce trait pareil à une flèche de Parthe.

Mais elle se redressa et montra le poing à un personnage invisible comme pour le braver.

Et se levant, elle dit brièvement :

— J'ai votre promesse ?

— Oui, madame.

— Elle me suffit. Le surplus ne m'intéresse guère. Gardez le silence et votre fortune est assurée.

— Madame reste seule ?

— Oui.

— Madame n'a plus besoin de moi ?

— Non... Demain au point du jour soyez debout et venez me trouver.

— Bien, madame.

Lucienne rangea dans la chambre, prépara le lit de sa maîtresse et sortit.

La jeune femme ferma sa porte au verrou pour mettre une défense entre elle et ce cadavre qu'elle devait revoir souvent dans ses rêves.

Elle ne dormit pas.

Comme le duc, elle avait constamment sous les yeux la tête livide de l'homme généreux qui l'avait prise pauvre pour l'élever à lui et la rendre un objet d'envie pour les autres femmes, jalouses de son opulence et de sa beauté. Cette tête menaçante la suivait partout, et, auprès d'elle, Louise voyait l'autre, la tête du baron Noël, dont les yeux plongeaient jusqu'au fond de son âme, tandis que sa voix lui répétait : Qu'as-tu fait de mon frère ?

La nuit lui parut aussi longue qu'un siècle.

Elle la protégeait pourtant de son ombre, mais elle se dissipa enfin et le jour parut, un jour blafard et morne d'hiver, moins lugubre et moins noir que le fond de son âme.

VI

LE BARON NOËL

Il est rare qu'à Paris une année se passe sans que la curiosité publique soit surexcitée par quelque suicide retentissant, quelque mort mystérieuse dont le secret demeure impénétrable.

Pendant quelques jours, c'est une rumeur confuse, une profusion de suppositions plus ou moins erronées, d'histoires qui font honneur à l'imagination de ceux qui les propagent, la plupart du temps sans autre but que de paraître mieux informés que les autres.

Au bout d'un mois, l'affaire est enfouie dans les limbes de l'oubli.

Le dossier est classé.

Nous voulons croire pour l'honneur de la police qu'elle connaît beaucoup de secrets et les couvre d'une ombre complaisante.

Autrement son ignorance ne donnerait point une haute idée de ses capacités.

La mort du baron Jacques Bresson souleva une foule de commentaires.

Il possédait tout ce qui peut embellir une existence.

Sa fortune était de celles qui comptent, non en comparaison des scandaleuses accumulations de millions qui résultent de l'agiotage, des sociétés véreuses et des coupes sombres pratiquées dans cette forêt de Bondy qui s'appelle la Bourse, mais parmi les honnêtes fortunes commerciales ou industrielles de la vieille et loyale France. Elle était assez solide pour défier les revers et les événements les plus sinistres.

Jacques Bresson jouissait, comme son frère Noël, d'une considération universelle.

L'intimité des deux Bresson était notoire. Ils passaient à juste titre pour les frères siamois de la banque.

Sa santé était robuste et lui promettait de longues années.

Enfin, pour comble de prospérité, le baron Jacques possédait une femme d'une grâce et d'un esprit remarquables, et personne n'ignorait qu'il avait fait un mariage d'amour.

Le duc de Vaudrey avait eu du moins la délicatesse assez rare de la discrétion.

Les deux époux passaient pour des modèles d'union. Louise avait su ménager sa réputation et la garder intacte.

Lorsque la nouvelle de cette catastrophe éclata comme un coup de foudre, elle surprit donc tout le monde.

On flaira un mystère, un drame peut-être, mais lequel ?

Ce fut à six heures du matin que l'éveil fut donné à l'hôtel de l'avenue de Messine.

Voici comment :

Les deux frères étaient de laborieux travailleurs.

Chaque matin, le valet de chambre de Jacques Bresson frappait à la porte de son maître au coup de six heures.

Ce valet de chambre était un ancien soldat et accomplissait son service avec une exactitude militaire.

Plus jeune que son maître d'une dizaine d'années, il était Breton comme lui, mais Breton pur sang, né au château même de Scaër, chez les Bresson, où son père, le vieux Malo Cléguer, régissait le domaine des banquiers.

Ce domestique répondait au nom très commun du Morbihan de Jean-Marie.

Jean-Marie adorait ses maîtres.

Il se serait fait couper pour eux bras et jambes.

Les Bresson et les Cléguer s'aimaient de longue date. Ils étaient, les uns comme les autres, des produits du vieux sol du Morbihan, têtus, droits et loyaux, braves aussi, et ne connaissant point la trahison.

Les Bresson étaient les maîtres, les Cléguer les serviteurs ; mais, tout en gardant leurs distances, ils s'entendaient à demi-mot, sachant qu'ils pouvaient avoir confiance, que des millionnaires n'abandonneraient pas leurs gens, et que les petits entoureraient les grands de tout leur dévouement et de leurs forces.

Somme toute, les Cléguer se considéraient comme étant de la famille, et ils avaient raison.

Or, Jean-Marie se méfiait, et sa méfiance ne datait pas de la veille.

Jean-Marie avait l'œil vif d'un basilic, et certains propos de Lucienne, lorsqu'ils plaisantaient ensemble, lui faisaient dresser l'oreille.

En outre, il savait que Louise Renaud rencontrait souvent, là-bas, dans les solitudes de Scaër et de Langon, le beau duc de Vaudrey, qui ne lui revenait pas.

Le duc n'avait jamais obtenu les sympathies du fidèle Breton.

S'il faut tout dire, Jean-Marie n'avait pas vu avec plaisir le mariage de son maître avec la fille du colonel.

Pourquoi ?

On ne pourrait l'expliquer.

Jean-Marie entretenait une aversion pour la brillante blonde, comme d'autres en ont pour les araignées ou les souris.

C'était instinctif.

Mais il se gardait de la laisser entrevoir ou même soupçonner.

Il n'était point de valet plus correct que lui dans son

ce, et enfin il était bien forcé de reconnaître que la
conduite ne donnait aucune prise à la critique.
Elle semblait impeccable.

Le matin du meurtre, Jean-Marie se présenta ponc-
tuellement à l'heure et frappa à la porte.

Il n'obtint pas de réponse.

On en sait la cause.

Il frappa de nouveau un peu plus fort.

Même silence.

C'était d'autant plus singulier que d'ordinaire le maître
était sur pied avant le serviteur.

Jean-Marie supposa que le baron était fatigué de sa
course de la veille, et lui accorda une demi-heure de
répit de sa propre autorité.

Lorsqu'il revint, il recommença son exercice avec le
même insuccès et se décida à entrer.

Un navrant spectacle l'attendait.

Le baron était étendu sur ses couvertures, tout vêtu.

Au premier aspect, on pouvait supposer qu'il dormait.

Au second, la lividité de son visage, ses yeux vitreux
démesurément ouverts épouvantaient.

Le Breton était d'une trempe solide.

Il s'assura de la mort et ne poussa point de cris.

Après avoir attentivement considéré son maître, examiné l'appartement, vu l'arme gisant auprès de la main
du mort, pesé les circonstances de cette fin incroyable
d'un homme heureux, fin que rien ne faisait prévoir la
veille encore, Jean-Marie consterné, mais calme, sortit
de la chambre, en ferma soigneusement les portes, traversa le jardin commun aux deux frères et se rendit
tout droit à la chambre de l'aîné.

Noël était debout depuis une heure.

Jean-Marie le trouva seul.

La figure du domestique était sans doute fort expres-
ive, car le banquier lui demanda vivement :

— Qu'y a-t-il ?

— Un malheur, monsieur.

— Que dis-tu ?

— Un malheur inouï, incroyable.

— De quoi s'agit-il ?

— C'est à peine si j'ose vous l'apprendre.

— Parle donc, Jacques ?...

— Il est mort, monsieur le baron.

— Mort ?

— Il s'est tué.

Le baron Noël devint aussi livide que son frère.

— C'est impossible, murmura-t-il.

— C'est vrai, monsieur le baron.

— Mais comment ?...

— Voilà ce que je ne peux comprendre et pourquoi je
viens vous avertir avant tous les autres.

— Tu n'as rien dit ?...

— A personne.

— Pas même à ma belle-sœur ?...

— Surtout à madame la baronne, fit le Breton avec
un regard singulier.

Le baron comprit la pensée de Jean-Marie.

L'ancien soldat soupçonnait la femme de Jacques, leur
rôle, d'être mêlée à cette horrible aventure.

C'était clair.

Le banquier ne prononça pas une parole et demeura
une minute anéanti sous ce désastre.

Une immense douleur s'emparait de lui.

Jacques représentait à ses yeux tout ce que d'autres
ont en ce monde, femme, enfants et famille.

Cet homme d'aspect sévère et froid, cette machine à
chiffres et à calculs, semblait n'avoir dans tout son être
qu'une parcelle vulnérable : le coin de son cœur où
sa grande et pure affection s'était concentrée.

C'était justement là qu'il était frappé.

En même temps, comme Jean-Marie, mieux encore
que son fidèle Breton, il pressentait, avec sa finesse
aiguë, un affreux secret, un drame inconnu, dont les
causes lui échappaient et qui déroutait sa pénétration.

— Allons, dit-il en se disposant à suivre le valet.

Jean-Marie refit en compagnie de son autre maître le
chemin qu'il venait de parcourir.

Les deux hommes croisèrent dans le jardin et dans le
vestibule de l'hôtel des domestiques allant et venant à
leurs affaires, ignorants de ce qui se passait.

Personne ne savait rien.

Le baron Noël, mis en face du cadavre, demeura longtemps, en tête à tête avec son frère, cherchant à pénétrer le secret que le mort emportait avec lui dans la
tombe.

Ce n'était pas Jacques qui s'était frappé.

Noël n'en douta pas une seconde.

Son frère était bon chrétien et de force à supporter les
adversités de la vie, s'il avait dû souffrir comme tant
d'autres.

En outre, Noël était sûr de l'affection de son frère.
Jacques n'eût pas pris une telle résolution sans lui en
confier au moins les causes.

Cependant la perplexité du banquier était grande.

D'où venait le coup ?

Qui avait frappé ?

Pourquoi ?

— A quelle heure Jacques est-il rentré ?

— Vers minuit, monsieur le baron.

— Tu étais avec lui ?

— Nous revenions de Villiers, M. Jacques avait dû y
passer la nuit. Il a changé d'idée.

— Pourquoi ?

— Je l'ignore. En arrivant, il m'a envoyé à ma
chambre.

— Quel air avait-il ?

— Son air ordinaire. Il paraissait même assez satisfait.

— Tu n'as rien entendu ?

— Non.

— Rien vu ?

Jean-Marie secoua la tête.

— Tu ne soupçonnes personne ?

— Non, monsieur le baron.

— Tu as paru te défier de Louise ?

Jean-Marie serra les lèvres et se tut.

— Réponds.

Jean-Marie hésita.

— Aurais-tu quelques raisons de douter d'elle ?

Jean-Marie fit un effort sur lui-même.

— Des raisons ? non, dit-il. Seulement, si j'ose vous
donner ma pensée, je crois que M. Jacques aurait eu
des ennuis du côté de madame.

— Et pourquoi le crois-tu, Jean-Marie ?

— Pour rien. Une idée.

— Bien. Il faut la garder pour toi.

En un instant la volonté du banquier fut nettement
arrêtée.

Jusque-là sa vie n'avait eu qu'un but : les affaires. Il
cédait au courant, pris du vertige de l'or, occupé de cet
entassement de richesses qui donne la fièvre et devient
pour ainsi dire l'unique passion, le seul ressort des âmes
qu'elle domine.

Désormais il en aurait un autre.

Il posa ses lèvres sur le front décoloré, froid comme
un marbre, de son frère, de cet autre lui-même, dont il
était séparé violemment, et se dit :

— Je saurai, et je punirai !

A dater de cette minute, il devait tenir son esprit
attaché à cette pensée et s'y cramponner avec une ténacité de paysan breton.

Le vieux sang qui bouillonnait dans les veines des
Bresson depuis des générations n'avait rien perdu de
ses qualités.

Jean-Marie se tenait debout près du lit, attendant un
ordre.

Noël se retourna.

La chambre du mort était décorée avec une imposante
sévérité.

Des tapisseries l'entouraient, encadrées de boiseries
noires polies comme de l'ébène.

Un seul portrait était placé au-dessus de la cheminée,
juste en face de l'alcôve dans laquelle gisait le cadavre.

Ce portrait était celui de la mère des Bresson.

Noël le contempla un instant et fit à cette femme, qui
les avait aimés tous deux d'une égale tendresse, une

muette promesse : celle de venger ce crime et d'en attendre l'auteur, quel qu'il fût, sans recourir à la justice des hommes.

Et comme si cette mère qui les avait tant et si énergiquement aimés avait voulu lui en fournir les moyens, pendant qu'il la regardait fixement d'un œil humide, il aperçut sous le cadre, dépassant à peine la boiserie d'un mince filet blanc, une enveloppe vers laquelle il se sentit attiré par une force inconnue...

Il s'approcha, étendit la main et prit cette enveloppe.

Elle portait pour suscription ces mots écrits d'une main fiévreuse :

À mon bien aimé frère Noël Bresson.

Il l'ouvrit en tremblant lui-même et en tira une feuille de papier pliée en quatre qui portait ceci :

Je révoque toutes les donations, de quelque nature qu'elles soient, faites par moi à Louise Renaud, ma femme, et ce pour cause d'indignité.

Fait, écrit, signé et daté de ma main, en mon hôtel, le 23 février 1883, à minuit.

JACQUES BRESSON.

Le baron demeura une minute immobile, frappé de stupeur.

Jean-Marie attendait toujours ses ordres.

Noël l'aperçut et fut rappelé à la réalité de la situation.

Il reprit son sang-froid, plia le papier, le remit dans son enveloppe et le glissa, sans dire un mot, dans son portefeuille.

Et se tournant vers Jean-Marie :

— Prie ma belle-sœur de venir dès qu'elle pourra, ordonna-t-il.

Le valet se disposait à sortir.

Le baron l'arrêta.

— Sans autre avis, ajouta-t-il en posant un doigt sur ses lèvres.

Les yeux du baron venaient de s'ouvrir.

Louise, cette femme qu'il avait idolâtrée par amour pour son frère, à laquelle il accordait toute son amitié, qui régnait dans cette maison en souveraine, avait trahi leur confiance.

Il n'en pouvait douter.

Cette lettre de Jacques confiée à leur mère, qui l'avait fidèlement remise, en disait assez dans sa simplicité.

Le « pour cause d'indignité » contenait une accusation trop claire et que le mort n'aurait pas formulée, dans sa justice, s'il n'avait eu des preuves certaines de la trahison.

Mais précisément de cette révélation la perplexité du baron Noël s'augmentait.

Jacques, atteint par ce coup terrible, par exemple en surprenant chez lui, à l'improviste, la preuve de la faute ou le complice de Louise Renaud, avait pu perdre la raison d'autant plus vite que, dans son aveuglement, il adorait avec une exclusive passion cette femme criminelle.

Peut-être il s'était suicidé.

C'était invraisemblable.

Noël ne pouvait croire à une telle faiblesse de son frère ; mais, d'un autre côté, son équité se refusait à accuser les coupables et surtout à les frapper sans preuves précises, n'eût-il conservé que l'ombre d'un doute.

Ce doute, il fallait le dissiper. Il voulait la pleine lumière.

Le châtiment serait d'autant plus terrible que la certitude du crime serait plus complète.

Jusque-là, il était nécessaire de dissimuler, d'endormir les coupables dans l'espérance de l'impunité et de les laisser se trahir eux-mêmes par leurs propres imprudences.

Le banquier se fit à lui-même toutes ces réflexions en une seconde.

Si un grand pays comme le nôtre, était entre des mains aussi fortes et aussi prudentes que celles de cet homme d'affaires de génie, Dieu sait à quelles destinées il pourrait prétendre !

En attendant le retour de Jean-Marie, il étudia l'aspect de la chambre de manière à se le fixer à jamais dans l'esprit.

Elle n'offrait aucune trace de lutte.

La baronne avait tout prévu, tout disposé avec un sang-froid prodigieux.

Jacques conservait sa redingote boutonnée selon son habitude. Seulement le drap était troué de deux étroites déchirures à peine rougies d'une goutte de sang desséché.

Le pistolet, vide de cartouches, était de ceux dont il se servait quelquefois, mais la présence des deux revolvers chargés parut inexplicable au baron Noël.

En outre, il crut reconnaître, en ouvrant quelques meubles, qu'on les avait fouillés avec soin, sans prendre le temps d'en réparer le désordre, et il frémit en pensant que c'était peut-être la lettre qu'il tenait enfermée dans son portefeuille qu'on avait essayé de découvrir et de dérober.

Mais, si de ces recherches et de ces réflexions la certitude résultait pour lui de la culpabilité de la fille du colonel, elles ne lui apprenaient rien sur son complice.

Le point important de l'affaire restait donc pour lui environné d'une obscurité impénétrable..

À la fin, il renonça à réfléchir, tira les rideaux de l'alcôve pour dérober d'abord la vue du cadavre aux regards de la jeune femme et attendit son arrivée, la tête dans ses mains, enfoncé dans un large fauteuil.

Elle ne devait pas tarder.

La rêverie du baron fut interrompue par un léger bruit d'étoffes traînant sur le tapis du salon voisin.

Sa poitrine se gonfla. La lutte allait commencer.

Louise s'arrêta sur le seuil, le visage souriant, d'un sourire qui avait dû lui coûter un terrible effort.

— C'est vous, Noël, qui me faites demander ? dit-elle. En vérité, je pensais à mon mari et non à vous. Il n'est pas de retour ?

Le banquier éluda la question.

— Pardon de vous déranger, dit-il. J'ai à vous entretenir, et les circonstances sont graves.

— Graves ? répéta-t-elle vivement. Je ne vous comprends pas. Que peut-il se passer de si intéressant ? Est-ce d'argent qu'il s'agit ?

— Non.

— De quoi donc, alors ?

Elle parlait du ton le plus tranquille, en femme intriguée par une visite qui la surprend, mais sereine, reposée, sûre d'elle-même.

Noël fut dérouté par cette assurance.

— Ignorerait-elle réellement son malheur ? pensa-t-il.

— Vous n'avez pas accompagné Jacques à Villiers ? reprit-elle.

Villiers est un domaine princier que les deux frères possédaient en Seine-et-Marne, entre Melun et Corbeil.

— Non, dit Noël. C'est lui qui s'occupe des terres, vous le savez. Moi, je reste sur la brèche.

— J'aurais voulu le suivre. Il m'a refusé ce plaisir.

— C'était vous épargner une fatigue. La campagne n'a rien d'attrayant en cette saison.

Le banquier l'examinait de son regard perçant.

Il était impossible de saisir quelque indice sur ce masque frais et charmant. Aucun trouble. À peine un semblant d'inquiétude dans ses yeux mobiles ; mais cette inquiétude s'expliquait naturellement par la visite matinale qu'elle recevait.

— Vous ne me dites pas ce qui vous amène ? demanda-t-elle.

— C'est juste. Je suis fort ému.

— Vous ?

— Oui, moi.

— Vous m'étonnez.

— Il survient un... accident qui me consterne, je l'avoue.

— Est-ce possible ?

— Hélas !

— Parlez vite, vous me faites peur en vérité.

— Vous aimiez votre mari, Louise?

— En doutiez-vous? fit-elle avec vivacité.

— Lui, il vous adorait. Vous étiez tout à ses yeux, son orgueil, sa joie...

— J'espère l'être longtemps encore.

— Qui sait?... La vie a des revers inattendus.

— Que voulez-vous dire?

— Vous devez penser que je ne viens pas sans raison troubler ainsi votre repos?

— Expliquez-vous, de grâce! vous me faites souffrir avec ces énigmes. Vous m'épouvantez. Que se passe-t-il? Est-il arrivé un malheur?

— En effet, irréparable!

— Qu'est-ce donc? s'écria-t-elle. Dites-moi la vérité, si affreuse qu'elle soit. Jacques est mort, peut-être?

— Ayez du courage, Louise.

— Du courage, mais j'en ai.

— Il s'est tué.

— Tué!

— Vous êtes veuve.

— Où est-il?

— Près de vous.

— Là! fit-elle en s'élançant vers le lit, dont le baron tira brusquement le rideau.

Elle recula d'un pas.

Il y eut entre ces deux êtres une scène muette horrible.

Pareil à un juge, l'aîné des Bresson plongeait son regard dans les yeux de la jeune femme, placée face à face avec sa victime.

Il épiait un cri du cœur, un aveu, un geste, une défaillance, qui fussent pour lui une révélation.

Mais les traits de Louise n'exprimèrent qu'une désolation navrée.

Elle tomba sur les genoux, appuya son visage sur le lit en sanglotant, et Noël l'entendit qui murmurait, abîmée dans son désespoir:

— Ah! mon Dieu!

Lorsqu'elle revint de cette douloureuse prostration, le baron l'attendait, assis sur un divan où il l'attira près de lui.

Alors, il lui parla avec douceur.

— Rien ne vous faisait prévoir cette catastrophe, Louise? lui demanda-t-il.

— Rien.

— Jacques était heureux hier encore?

— Oui. Il le paraissait du moins.

— Pour moi, dit Noël, je ne lui connaissais aucun chagrin. Et vous?

— Aucun, répéta-t-elle.

— Il vous confiait ses pensées les plus secrètes?

— Non, puisqu'il me cachait ce projet.

Ses larmes redoublèrent.

— C'est un malheur sans remède, reprit Noël. S'il en existait un, nous le trouverions dans notre commune affection. Nous étions trois, Louise; désormais, nous serons deux. J'espère que notre union restera inaltérable, comme elle l'était avant ce coup si cruel. Elle sera cimentée par cette épreuve. Je ne peux comprendre la cause de cette étrange résolution. On ne saurait l'attribuer qu'à un instant de folie.

Il se chargea de tous les détails de la funèbre cérémonie, promit de donner le change à l'opinion publique, se montra d'une prévenance et d'une bonté extrêmes envers la jeune veuve, dont la douleur n'avait pas plus de bornes que la reconnaissance promise par elle à Lucienne.

Noël ne laissa percer aucun soupçon et parut ne pas douter une seconde que la fin tragique de son frère ne fût le résultat, comme il l'avait dit, d'une minute de folie.

Dès le lendemain, le duc de Vaudrey, en ouvrant un journal du matin, put y lire, avec une joie concentrée, cette courte note:

« C'est avec une profonde stupéfaction que le monde des affaires a appris, dans la matinée d'hier, la mort subite autant qu'imprévue d'un des princes de la banque parisienne, de celle qui escompte le bon papier des commerçants et des industriels. Nous voulons parler du baron Jacques Bresson, le plus jeune des deux frères Bresson, dont le grand-père fut le fournisseur des armées victorieuses du premier Empire.

« Le baron Jacques a été trouvé mort dans son lit, à sept heures environ, au moment où son domestique venait l'éveiller, selon sa consigne.

« Le décès remontait au milieu de la nuit.

« Personne, dans l'hôtel princier que le banquier occupait à l'avenue de Messine, ne s'était aperçu de cette mort qu'on attribue à la rupture d'un anévrisme.

« Le baron Jacques avait épousé, il y a sept ans environ, la fille du brave colonel Renaud, tué à Sedan.

« Ce fut un mariage d'amour justifié par la triomphante beauté de celle qu'on n'a cessé d'appeler depuis, malgré sa modestie et son effacement volontaires, la belle madame Bresson.

« On affirme que son mari, qui l'adorait, lui lègue par testament la moitié de sa fortune, dont nous ne saurions préciser le chiffre. Des gens bien informés nous affirment que cette fortune doit s'élever à une trentaine de millions environ.

« La douleur de la jeune veuve est inconsolable. »

Hubert de Vaudrey éprouva un soulagement énorme. Ainsi tout soupçon était écarté.

La terre allait recouvrir à la fois sa victime et son crime.

Presque en même temps il recevait, à son hôtel de la rue Vaneau, un billet de deux lignes apporté par Lucienne.

Ce billet était ainsi conçu:

« Aucun danger. J'ai subi un interrogatoire. La crise est passée. Prudence et mystère! Tout est fini. A toi. »

Quatre jours après, la baronne trouva moyen de donner rendez-vous à son amant, devenu son complice, le soir, au Cours-la-Reine.

Ils se rencontrèrent auprès du pont des Invalides, aux abords de ces terrains vagues où se tient en été le concert du Jardin de Paris, à l'extrémité de l'avenue d'Antin.

Louise Renaud, en grand deuil, était plus séduisante encore.

Elle apprit à M. de Vaudrey que le baron Noël lui témoignait la même affection qu'auparavant; qu'il ne soulevait aucune objection aux droits qu'elle tenait de la donation de son mari, donation qu'il connaissait parfaitement, car les deux frères n'avaient aucun secret l'un pour l'autre; qu'il lui avait proposé, selon le vœu exprimé par Jacques, de laisser tous les biens dans l'indivision, comme ils étaient du vivant des deux frères; qu'il se chargeait de tout et lui éviterait ainsi les ennuis d'une gestion difficile, aussi longtemps du moins qu'elle resterait veuve; car il lui avait déclaré, avec une grande délicatesse de termes, qu'à son sentiment, elle était bien jeune pour se condamner, malgré ses regrets, à une solitude éternelle.

Tout était donc pour le mieux et le ciel semblait sans nuages.

Les deux amants s'entendirent et adoptèrent un plan de conduite pour l'avenir.

La baronne se montra plus ardente, le duc plus soucieux et plus sombre.

Il expliqua qu'ils devaient user d'une réserve extrême et s'imposer par prudence une séparation momentanée; il confia à sa maîtresse que depuis cette nuit tragique Paris lui semblait insupportable; qu'il avait besoin de changer d'air, et qu'aux premiers beaux jours il se retirerait en Bretagne, à son château de Langon; que ses affaires étaient dans un tel désarroi qu'il avait chargé son notaire de les régler et devait se résoudre à des économies nécessaires en attendant l'époque où ils pourraient penser au mariage.

La Bretagne souriait à la jeune veuve.

N'était-ce pas là qu'ils s'étaient connus?

N'était-ce pas dans les landes de Scaër que le roman de leur amour s'était ébauché?

Le duc ne pourrait-il pas venir à Paris aussi souvent qu'il le voudrait, et pendant l'été ne se rejoindraient-ils pas au Morbihan, tout naturellement, puisque Scaër, Plélan et Langon se touchent ?

De cette façon, au contraire, l'intimité des deux amants semblerait naître, grandir et se resserrer de la façon la plus simple et la plus naturelle.

Là-bas, enfin, dans cette contrée sauvage, la baronne pensait que le duc lui appartiendrait mieux qu'à Paris, où elle redoutait des rivalités.

Elle fut donc heureuse du projet de retraite de son amant.

Elle lui répéta sa phrase de la nuit funeste :

— Je t'adore, et rien ne nous sépare !

En se quittant, ils étaient d'accord sur tous les points.

A la même heure, le baron Noël, le comte Hugues de Plélan et Renaudel tenaient conseil dans le cabinet du banquier, à la rue Bergère.

Le baron Noël lut à ses amis le testament suprême de son frère, que lui seul connaissait.

— Messieurs, dit-il, Louise Renaud avait un amant, et mon frère a été assassiné. C'est à nous de découvrir les meurtriers et de les juger.

VII

PLÉLAN, SCAËR ET LANGON

La route de Rennes à Ploërmel, en arrivant aux limites du Morbihan, traverse un pays sauvage, presque inhabité sur un parcours de sept à huit lieues.

Le centre de cet espace considérable est entièrement occupé par trois domaines qui combleraient de joie les Parisiens amateurs de chasse.

Les pêcheurs à la ligne pourraient de même s'y plonger dans un océan de voluptés, car les marais n'y sont pas plus rares que les bois ou les bruyères, et une foule de ruisseaux, larges comme des rivières, le Guer, l'Oyon, la Seille et tant d'autres, y sèment la lande d'étangs poissonneux.

Ces domaines s'appellent Plélan, la terre du comte Hugues ; Scaër, le lieu d'origine des Bresson, et Langon, le château le plus important des ducs de Vaudrey.

Plélan, Scaër et Langon sont plantés en pieds de marmite, selon l'expression locale, à trois lieues de distance environ les uns des autres ; mais Plélan, le moins luxueux des trois manoirs, domine les autres par sa position.

C'est aussi le seul qui soit bâti à l'entrée d'une assez forte bourgade, tandis que ses voisins sont à peu près construits dans le désert.

Scaër se forme d'une masse imposante de constructions monumentales, incessamment accrues avec la fortune croissante des Bresson. Le château affecte les caractères de la Renaissance.

Le vieux Bresson, le fournisseur de Napoléon I⁰, l'a bâti sur ses bénéfices, vers 1809, à l'emplacement de sa maison natale. Parti de Bretagne, il y est revenu mourir, comme le lièvre à son gîte, et ses enfants ont augmenté le domaine chaque fois qu'une occasion s'est présentée.

Langon remonte à Louis XIV. C'est Mansart qui en a fourni les plans. Le duc de Vaudrey, qui n'aimait que Paris, les cercles, les cartes, les chevaux et les femmes, l'avait négligé ; mais la masure résistait aux efforts du temps et se soutenait quand même, en dépit de l'incurie du propriétaire.

Plélan n'était, en comparaison des deux autres résidences, qu'une simple maison, mais grandiose, seigneuriale, flanquée d'une tour carrée de granit, reste des anciens bâtiments, plantée sur un mamelon couvert de futaies séculaires, à gauche de la colline qui supporte le petit bourg de Plélan, et entretenue avec le soin pieux d'un homme qui conserve le culte des ancêtres.

La vieille tour à créneaux, coiffée d'un toit quadrangulaire, fait face à l'église et domine toute la contrée comme un observatoire.

De l'esplanade sur laquelle elle se dresse, on découvre un immense horizon. La vue, en passant sur un espace infini de landes, de marais, de plaines et de taillis houleux comme les flots de la mer sauvage, arrive jusqu'aux sommets de Lanvaux et de Kerdroguen, à soixante kilomètres de distance.

Deux points se détachent sur le fond de cette suite de vallons et de collines.

Ce sont les bosquets qui entourent les deux châteaux de Scaër et de Langon.

Ces trois domaines, en l'absence des maîtres, sont gouvernés par des régisseurs qui peuvent passer pour les personnages principaux de la contrée.

Ces régisseurs, manières de vice-rois, coupent, tranchent, taillent à leur guise, nomment aux emplois de garde, choisissent les métayers, en un mot dispersent des terres, des bois, du marais, des landes et de la chasse comme ils l'entendent.

On peut croire qu'ils se traitent entre eux avec déférence et de pair à compagnon.

Or, le 10 mai, qui suivit la nuit du 26 février, dont nous avons raconté la catastrophe, le petit bourg de Plélan était en fête.

C'était le « pardon », et pour un bourg breton l'affaire est de conséquence.

Le pardon, c'est l'assemblée normande, la kermesse des Flandres. Les Bretons ont nommé cette réjouissance le pardon, parce qu'on n'y doit point venir avec de mauvaises pensées dans l'esprit.

C'est une réconciliation universelle, un embrassement général.

Les vieux ont ainsi fait sur cette brave terre de grand, et les jeunes les imitent.

Cela ne veut pas dire qu'on y pratique l'oubli des injures dans le sens évangélique du mot, et que les Judas y soient inconnus ; mais on dissimule comme ailleurs, et plus d'un Morbihannais cache les rancunes de son âme sous les caresses des lèvres et les serrements de mains.

Au reste, les haines sont rares sur ce sol natal de la bravoure, et il faut de grosses raisons pour qu'on s'obstine à se vouloir mal de mort.

D'ordinaire, une querelle est bientôt réglée. Après quelques horions, les ennemis s'embrassent et vident de nombreux pichets de maître cidre pour rétablir la bonne harmonie.

Mais, par sainte Anne ! quand la plaie s'envenime et que la cause est grave, la haine passe à l'état aigu, et il n'est ni remède qui la guérisse, ni pouvoir qui en arrête les effets.

Le Breton est tenace comme un dogue, qu'on couperait en deux avant de lui faire lâcher prise.

Il tient toujours de ces corsaires des guerres d'autrefois, qui regardaient avec orgueil et sacrifiaient sans peine leur bateau criblé de boulets et prêt à sombrer, quand l'autre, l'anglais, coulait à pic, effondré sous leurs coups.

Le bourg de Plélan n'est point un lieu sans charme pour les amants de la belle nature. Il se campe pittoresquement sur la croupe d'une colline élevée.

L'aspect du pays est celui du Bocage normand, moins la richesse du sol. Partout des arbres s'élèvent jusqu'au fond du marais, semé d'aunes, de saules et d'ajoncs.

On dirait une interminable forêt, maigre et pauvre où parfois la terre se dénude et change le taillis en une lande rocheuse.

Le roi de Plélan, c'était sans contredit le comte Hugues, l'ami des Bresson, le descendant des seigneurs du pays.

Mais le comte Hugues était retenu à Paris, contrairement à ses habitudes.

En son absence, pour le grand jour du pardon, son régisseur, le vieux Laurent Rebec, n'aurait eu garde de manquer à ses devoirs.

Dès dix heures, au premier coup de la messe, la cuisine flambait.

Sa cuisine était celle du château.

Le vieux Rebec cumulait les fonctions de régisseur et de majordome, quand le comte Hugues arrivait à sa terre.

Le bonhomme, en vareuse brune, de la couleur des robes des frères trappistes, guêtré, ses longs cheveux gras et plats lui battant les tempes sous son feutre à larges bords, roussi par un trop long usage, activait ses deux servantes.

— Allons, Catiche, une brassée de bois dans le feu, ma fille. Qu'on se remue ! Gotte, plus vite, mon enfant, et que tout reluise comme il faut !

L'affaire méritait considération.

La messe dite, on allait se trouver pour le moins une vingtaine de convives à table.

D'abord, et avant tout, les Cléguer, de Scaër, les plus près du cœur, de vieux amis, Malo Cléguer, le père, et son fils Corentin, le frère de Jean-Marie, le valet de chambre du baron Jacques, le plus beau gars du pays et le plus brave.

C'était jugé.

Et riche, ce qui ne gâte rien. Au service des Bresson, l'argent ne chôme point et la paie est bonne.

Et enfin, les plus honnêtes gens du monde, les Cléguer, estimés partout. Ce n'était qu'une voix sur leur compte : obligeants et le cœur sur la main.

Mais Corentin, qui aurait pu se marier vingt fois depuis son retour du régiment, où il était maréchal des logis au 6e dragons, était toujours garçon.

Et cependant, on n'aurait pas trouvé une fille pour le refuser.

Elles en raffolaient à cinq ou six lieues à la ronde.

Et il arrivait à la trentaine !

Certains s'en étonnaient.

Mais il avait son idée et attendait. Quoi ? C'est ce qu'on savait chez les Rebec.

Ce n'était pas pour rien qu'à Plélan une belle fille grandissait sous la garde de son vieux père, une besogne, entre nous, à laquelle les hommes n'entendent rien.

Yvonne Rebec allait avoir ses dix-huit ans avant que les sarrasin fleurissent, et c'était l'époque fixée pour son mariage.

Au surplus, tout était convenu entre les parents.

Plélan et Scaër étaient d'accord, et tout présageait aux futurs l'avenir le plus heureux.

Jean-Marie aimait son frère et haïssait le mariage. Il viendrait vivre à Scaër en vieux célibataire quand il prendrait sa retraite. Corentin Cléguer aurait donc tout le bien, et chez les Rebec, Yvonne, la belle Yvonne, comme on disait de Ploërmel et plus loin jusqu'à Pipriac et Malestroit, n'avait ni frère ni sœur.

Donc, point de partage.

Enfin, il faut être juste, ces calculs, pour avoir leur mérite, n'occupaient guère les Cléguer et les Rebec.

On se plaisait, on s'aimait ; c'était le principal.

Et il n'est pas besoin de grosses sommes pour être heureux au fond du Morbihan.

Qu'est-ce qu'on en ferait, je vous le demande ?

Heureux pays !

Le déjeuner qui devait réunir à Plélan tous les amis des Rebec, deux heures plus tard, était presque un repas de fiançailles.

Aussi le vieux régisseur actionnait-il ses servantes, deux grosses filles courtes, ébouriffées, joufflues, jaunes de cheveux et rouges de peau :

— Allons Gotte, Catiche, du courage !

Et les deux bonnes s'escrimaient, remuant les casseroles, surveillant le pot-au-feu qui bouillonnait devant l'âtre et enfilant à la broche, longue comme l'épée de du Guesclin le connétable, un chapelet de poulets et de canards pour le rôti des convives.

On devait avoir aussi les Guéhennec, de Langon, des amis, mais moins intimes que les Cléguer ; en somme, plutôt des collègues à ménager.

Quand les chiens de Scaër chassaient, ils passaient sur Langon sans se douter qu'il existait des fossés et des bornes, et ceux de Plélan ne se gênaient pas davantage.

Il faut de la tolérance quand on se touche de si près.

Autrement il survient des querelles à tout propos.

Les trois châteaux vivaient en bonne intelligence, et l'été ou l'automne, quand les maîtres étaient là, ils voisinaient, et c'étaient des réceptions qui n'en finissaient plus.

— Est-ce vrai, demanda Catiche, la plus jeune des servantes, que le monsieur de Langon est déjà au pays ?

— Oui bien. On l'a déjà vu maintes fois au bourg.

— Qu'est-ce qui lui prend donc, à lui qu'on ne voyait quasiment point ? observa la petite bonne.

— Langon est un beau domaine, déclara le vieux Rebec, et si je l'avais, je ne le quitterais guère ; mais le duc préfère son Paris, ce qui n'est point à propos.

Et il ajouta comme un homme qui en sait plus long qu'il n'en veut dire :

— Là-bas on dépense l'argent ; chez nous, on l'amasse.

— On en gagne aussi à Paris, affirma Gotte, qui était tentée par le démon de l'avarice. Voyez plutôt Jean-Marie, le domestique de feu le baron Jacques. Il est riche comme un monsieur. On m'a dit plus d'une fois que j'y gagnerais pour le moins deux louis le mois, au lieu de quatre pauvres écus que vous nous donnez, vous, le maître.

— Vas-y donc, si le diable te tourmente, dit le bonhomme, mais c'est un lieu de perdition. On s'y use le corps et l'âme.

Gotte se tut. Elle n'était point convaincue.

Elle rêvait d'or et de grandeurs.

Catiche ne laissa point tomber la conversation :

— Il est mort bien vite, le monsieur de Jean-Marie. Jean-Marie en est tout bouleversé, à ce que dit Corentin, qui l'attend de jour en jour. On fait des préparatifs à Scaër. Le baron Noël doit y passer un bout de l'été avec la belle veuve.

— En voilà un, murmura Gotte entre ses dents, en remontant son tournebroche — une machine compliquée comme une horloge d'église, — qui ne manque pas de foin dans ses bottes !

— Allons, fit Catiche avec philosophie, tu vois bien que l'argent n'empêche pas de mourir.

Les cloches de Plélan se mirent à tinter d'abord, et bientôt à sonner à toute volée.

— Pressons-nous, les filles, dit le régisseur en se plaçant en observation sur le seuil de son pavillon, on sort de l'église.

Ce pavillon touche au château, avec lequel il communique par la cuisine, une salle monumentale que le comte Hugues abandonne aux soins des Rebec.

Il est complètement environné de massifs de lilas, de cytises et de sureaux ou de noisetiers.

Quelques tilleuls séculaires se penchent sur les toitures.

Tout auprès, sur la même ligne, le château étend sa façade sur une vaste pelouse.

Ce pavillon se compose de deux pièces, au rez-de-chaussée, et au-dessus, de chambres auxquelles on accède par un escalier de pierre abrité sous un auvent d'ardoises lourdes comme des pavés.

Par les fenêtres ouvertes, on voyait une longue table couverte d'assiettes à fleurs et de brocs de grès et d'étain attendant les convives.

La salle du bout sert de chambre et de bureau au régisseur ; Yvonne et les servantes habitaient à l'étage supérieur.

Tout à coup le visage du vieux Rebec s'éclaira.

Il venait d'apercevoir deux couples qui se dirigeaient de son côté, à l'extrémité de l'avenue à double rang de hêtres et de trembles qui conduit au bourg.

Le premier se composait de son collègue Malo Cléguer et de sa femme.

Malo Cléguer était un gros homme rond et souriant, à l'œil madré, plein de ruse et de malice rustique.

Sa femme Nicole, la mère de Jean-Marie et de Corentin, était une bonne vieille déjà grise et ridée, et qu'on devinait simple et douce à son paisible sourire.

Corentin Cléguer, qui suivait son père et sa mère, le

bras de sa promise passé sous le sien, était un type vraiment superbe.

Brun de cheveux, haut de taille, nerveux et robuste,
le visage sympathique, aux traits fins, aux belles dents,
le regard droit, il était fait pour plaire et plaisait à tout
le monde, aux femmes surtout, aux vieilles parce qu'il
était bon, aux jeunes parce qu'il était beau.

Il couvait des yeux sa compagne, qu'il dominait de la
moitié de la tête.

On sentait qu'il était heureux et vain de la promener
à son bras, et que, dans son bonheur présent, il ne lui
restait rien à envier à personne.

Les murmures flatteurs qu'il avait recueillis au sortir
de l'église lui résonnaient dans le cœur.

Et, en vérité, c'était un couple magnifique.

Seulement, si Corentin Cléguer rayonnait de contentement, la fille du régisseur de Plélan, la filleule du
comte Hugues, semblait, en y regardant de près, un
peu languissante pour une fiancée satisfaite de son
lot.

Pendant que Corentin lui serrait les mains, de jolies
mains fines et soignées comme celles d'une marquise, en
suivant l'avenue dont les branches se rejoignaient à quarante pieds sur leurs têtes, elle s'abandonnait à cette
caresse avec une visible nonchalance, craintive comme
si elle avait eu peur d'être vue.

Aux yeux d'un homme moins épris et, par conséquent,
moins aveugle, cette nonchalance aurait même pu passer
pour de la froideur.

Yvonne tenait la tête baissée vers le sable de l'allée,
de sorte que Corentin ne voyait que ses abondants cheveux châtains, dont les ondes rebelles retombaient librement sur ses épaules ; ses frisures lui couvraient le front
jusqu'aux sourcils, plus bruns que ses cheveux.

Sa bouche, un peu grande, mais vermeille, comme le
sang le plus pur, avait une expression de mélancolie,
peut-être un peu dédaigneuse, qui laissait croire que la
fille des serviteurs de Plélan n'était pas flattée de sa
condition et que ses rêves l'emportaient plus haut en
battant des ailes ; le nez, droit, semblait assez impérieux,
de même que ses yeux noirs, grands et veloutés, sa
principale beauté.

Peut-être cette apparente dureté provenait-elle d'une
secrète contrariété.

Somme toute, Yvonne était douée d'une beauté remarquable, frappante, d'autant mieux qu'on ne pouvait
s'attendre à découvrir un pareil trésor dans une maison
de régisseur, au fond d'un village perdu dans la lande.

Sa peau, d'une blancheur éclatante, éblouissait.

Elle était vêtue, non sans coquetterie, d'une robe noire
en simple lainage, mais d'une coupe élégante. Le corsage, couvert d'un fichu d'étamine blanche et un peu
ouvert en pointe, laissait à nu le cou, aux lignes vraiment admirables.

Yvonne portait à la main son chapeau de paille, fière
de ses cheveux, qui flottaient au vent et qu'elle ne voulait pas cacher.

A son attitude, aux plis de ses lèvres, à la fierté de
son regard, il était facile de comprendre qu'elle connaissait sa valeur, ou du moins qu'elle la soupçonnait.

Elle répondait distraitement aux paroles de Corentin,
qui lui expliquait ses espérances, ses projets.

Il est juste de dire qu'elle le jugeait un peu banal.

Corentin était sans contredit un gars superbe dont il
aurait été difficile de trouver le pendant, mais son édu-
cation était incomplète ; il ne savait que ce qu'il avait
appris à l'école de Scaër et au régiment. D'une nature
assez épaisse, toute de flamme pour les sentiments, terre
à terre pour le reste, il avait fait son devoir au service
avec une exactitude modèle.

Jamais de punitions.

Habile à tous les exercices du corps, taillé en lutteur
antique, il cachait sous une apparente hardiesse une
timidité excessive ; les filles lui faisaient peur.

Yvonne, qu'il avait vue toute petite, jouissait seule du
privilège de faire battre violemment ce cœur, solidement
attaché dans une vaste poitrine.

Elle, au contraire, on l'avait envoyée dans un couvent
de Rennes, aux frais de son parrain, le comte Hugues.

Là, elle fut élevée comme une fille de gentilhomme.

Ses compagnes, moins jolies qu'elle, portaient toutes
des noms aristocratiques, ou appartenaient à la magis-
trature, à de riches familles du pays.

Sans devenir jalouse des autres, car son naturel était
bon, Yvonne se livrait parfois à des comparaisons inévi-
tables. Un regret s'emparait d'elle en songeant à l'avenir
qui lui était réservé. Elle voyait les frères, les parents,
quelquefois les fiancés de ses amies qui venaient au
parloir, et se disait qu'elle serait la femme de quelque
rustre comme Corentin, dont on lui parlait souvent, dont
on lui parlait trop.

Pendant les vacances, à Plélan, elle entendait des
murmures flatteurs ; elle surprenait des gestes d'admiration, des regards non équivoques, lorsqu'elle passait
auprès des hôtes de son parrain, des Parisiens en dé-
placement, les Bresson, Renaudet et quelquefois le voisin
de campagne, le plus élégant de tous, le duc Hubert
de Vaudrey, dont le château resplendissait au soleil
dans les beaux jours d'été, là-bas, au-dessus des
taillis et des futaies, à trois lieues environ de ses fenêtres.

Empêchez donc dans ces conditions l'imagination
d'une jeune fille de chevaucher dans les espaces ! Prê-
chez-lui une humilité impossible ! Essayez de la convaincre qu'elle est justement condamnée par le sort à
subir sa condition sans murmure, qu'elle doit admettre
qu'il n'est pour elle ni paix ni bonheur au delà des
étroites limites dans lesquelles elle est internée !

Il n'y avait pas jusqu'à son parrain, le plus digne
homme de la terre, qui ne la perdît avec ses flatteries.

Lorsqu'il venait à Plélan, il la voyait grandir avec
orgueil, comme une chose à lui ; il la prenait sur ses
genoux, par habitude, en l'accablant de caresses, sans
s'apercevoir qu'elle devenait d'enfant jeune fille et de
jeune fille femme ; il s'extasiait sur ses yeux de velours
noir, sur ses sourcils arqués, sur sa peau de satin blanc,
sur ses cheveux sans pareils, sur sa taille de la souplesse
d'un jonc.

Il lui répétait sans penser à mal :

— Sais-tu que tu es belle comme tout, mon Yvonne,
et que tu vaux ton pesant d'or !

Elle n'avait pas besoin qu'on le lui dît ; tout le lui
apprenait, son miroir, les flaques d'eau, et surtout, par
malheur, les regards brûlants que le duc, très épris, lui
décochait chaque fois qu'il avait l'occasion de la voir.

Et à mesure qu'elle se développait, il serait impossible de dire comment ni pourquoi ces occasions étaient
devenues plus fréquentes.

Deux ou trois fois par semaine, à l'automne précédent,
M. de Vaudrey passait sous les fenêtres de la pauvre
fille, en compagnie de quelques amis, et jamais il ne
s'éloignait sans se retourner à diverses reprises pour lui
lancer des regards plus éloquents que des déclarations
et qui lui entraient dans le cœur comme autant de traits
enflammés.

Et pendant qu'en revenant de la messe, Corentin lui
balbutiait, le cœur gonflé de joie, des phrases qu'elle entendait à peine, elle était à trois lieues de là, au château
de Langon ; elle songeait que, ce printemps, le châtelain,
qui n'arrivait guère les autres années qu'au mois de
septembre, pour rester en Bretagne cinq à six semaines
au plus, était déjà dans le pays ; qu'il avait trouvé le
moyen de passer, depuis une quinzaine, presque chaque
matin devant son pavillon, à cheval sur une bête alezane
qu'il montait avec une élégance extrême.

Si bien qu'elle n'avait pas été un seul jour sans recevoir l'honneur d'une visite et d'une œillade qui, à
chaque retour, devenait plus ardente et la faisait plus
violemment tressaillir.

Elle songeait en outre à un certain billet qu'elle tenait
sur son cœur et qui la brûlait comme un fer rouge,
et enfin que sûrement le pardon de Plélan, par une
belle journée de soleil comme celle qu'il faisait, ne se
passerait pas sans que la jument alezane ne fît au moins
une courte apparition au bourg, et cette idée lui causait
de telles distractions qu'à la fin Corentin s'en aperçut

interrompit ses déclarations et dit en lui pressant le bras :

— A quoi penses-tu ?

Elle rougit comme un coquelicot et répondit :

— Moi ? à rien.

— Tu ne m'écoutes pas.

— Si.

— Qu'est-ce que je te disais ?

Elle haussa les épaules et sa blanche poitrine souleva son fichu d'étamine.

— Oh ! que vous m'aimez ! je le sais, puisqu'il n'y a pas de jour que vous ne me le répétiez.

Franchement, elle paraissait assez lasse de cette confidence prévue.

— Oui, je t'aime ! lui dit-il encore. Il y a longtemps, Yvonne, et je t'aimerai toute ma vie !

— C'est entendu, fit-elle en essayant de sourire, et nous vivrons comme nos parents dans cette maison où à Scaër, et nous tiendrons les comptes des métairies, des étangs et des bois ; j'ai une belle écriture, et les livres seront en règle ; et nous inviterons nos voisins, le jour du pardon, et nous serons heureux, tout à fait heureux dans notre village !

Il y avait bien un grain d'ironie dans ces phrases débitées rapidement, mais l'ancien dragon ne s'en aperçut pas.

D'ailleurs, il faut en convenir, personne ne s'en fût douté à sa place.

Pour toute réponse, il se pencha sur les cheveux d'Yvonne et les effleura de ses lèvres.

Un rire strident lui fit redresser la tête.

Une femme d'une trentaine d'années, hâve, maigre et flétrie, vêtue de haillons, était appuyée au tronc d'un arbre.

— C'est toi, Jeannie ? dit Corentin.

— Bonjour, les amoureux ! fit-elle de sa voix traînarde et cassée.

C'était une malheureuse fille du bourg de Plélan, une « diote », comme on dit en Bretagne, c'est-à-dire une insensée, une idiote !

Elle errait aux environs, nuit et jour, vivant d'une petite rente qui lui restait et habitant une maison en ruines au bout du communal. Personne ne la maltraitait. Au contraire, on l'accueillait partout avec pitié, presque avec respect.

— Veille sur ta poulette, reprit-elle en s'adressant à Corentin. Les coqs chantent à Langon comme à Scaër, à Plélan comme à la Gacilly, mon gars. Et la petite en vaut la peine. Veille et prends un bon bâton de houx pour la défendre.

— Allons-nous-en, dit Yvonne en pressant le pas.

Le même éclat de rire inquiétant les suivit.

La folle ne bougea point et les regarda s'éloigner en chantant d'une voix plaintive :

> Cette nuit, dans la bruyère
> J'ai suivi les Korrigans,
> Ils emportaient une bière ;
> Mon amoureux est dedans.
> Lanlaire !
> Que j'étais belle à seize ans,
> Emportez-moi, Korrigans,
> Comme mon pauvre Pierre !

Son histoire était navrante.

Son père, un paysan âpre au gain, avait amassé quelques misérables champs qui pouvaient donner cinquante écus de rentes, une somme, au fond du Morbihan.

— Elle était donc riche !

Elle aimait un pauvre diable de soldat que les parents avaient éconduit. Il n'était pas digne d'une si opulente héritière.

Pensez donc !

Le soldat se fit tuer.

La fille devint folle, « sotte » comme on dit encore en Bretagne, et c'était tout.

Yvonne restait sous une impression de malaise.

Heureusement une diversion s'opéra.

Une carriole attelée d'un bidet trapu et crottée jusqu'au moyeu entrait dans l'avenue au grand trot de la bête, excitée par une artillerie de coups de fouet qui sonnait joyeusement.

C'étaient des amis, les Caudan, de Brignac.

Puis ce furent des cousins, les Ploemeur de Beugnon, puis d'autres, qui accouraient à la file, et enfin les gens de Langon, qui fermaient la marche.

Aux environs de midi, l'assistance était au complet où peu s'en fallait. On pouvait toujours se mettre à table en attendant les autres, et la belle humeur des convives éclata à l'aspect du couvert, du feu qui flambait dans la cuisine et des bonnes figures qu'on voyait.

Il règne une grande cordialité dans les campagnes bretonnes.

Les braves gens n'y sont pas rares.

Une demi-heure après, dans le pavillon des Rebec, comme d'un bout à l'autre du bourg de Plélan, les amis et les parents festoyaient avec ardeur.

Ce qui se consomme de sarrasin et de victuailles un jour de pardon ne peut se calculer. Les saloirs et les tonneaux de la paroisse se vident, mais c'est à charge de revanche.

Un brave Morbihannais vivrait plutôt six mois de pain noir et d'eau claire que de rester en affront.

Dieu merci, les Rebec n'avaient pas besoin de jeûner pour traiter les amis. La maison était garnie de tout. La farine ne manquait point et la basse-cour grouillait de volatiles.

On arrivait au dessert, quand un cri de joie s'éleva.

Un nouveau venu se montrait sur la porte, mais vêtu autrement que les campagnards réunis autour de la table. On aurait dit un élégant du boulevard, n'eût été sa figure rosée, garnie de deux courtes côtelettes qui le trahissaient.

Ce n'était qu'un valet de bonne maison.

— Jean-Marie ! s'écria-t-on.

C'était lui, en effet.

— C'est le pardon, dit-il. Je viens prendre ma part.

Corentin s'était levé et se jetait dans les bras de son frère.

Le Parisien fit le tour de la table, et, arrivé auprès d'Yvonne :

— Bonjour, petite sœur, lui dit-il, en l'embrassant sur les deux joues.

Le cœur de la pauvre fille se serra.

Sa sœur, elle ne l'était pas encore, mais elle sentait que le moment critique approchait et qu'il faudrait s'expliquer.

Par moments, une rougeur violente lui montait jusqu'à la racine des cheveux, et ensuite elle devenait pâle comme son fichu d'étamine.

C'était comme un flux au bord de la mer quand le flot se retire et qu'il revient plus fort.

Corentin était écarlate, mais de plaisir.

Le roi de la fête n'était pas difficile à trouver.

C'était lui.

On sentait que le dîner n'allait pas se passer sans quelque déclaration solennelle, et dans l'assemblée, pas un des Caudan, des Guéhennec ou des Ploemeur qui ne fût certain de ne point s'en retourner sans être prié à une noce qui ferait du bruit dans le canton et plus loin.

Jean-Marie s'était assis auprès d'Yvonne.

Tout à coup il la sentit tressaillir, comme si une angoisse subite lui avait étreint la poitrine à l'approche du moment décisif.

Le père de Corentin et de Jean-Marie, le vieux Malo Cléguer, venait de se lever, son verre à la main.

La jolie fille de Plélan faisait franchement pitié, mais on pouvait prendre son attitude à la rigueur pour la modestie d'une pudeur alarmée.

Les yeux de Malo Cléguer pétillaient de malice.

Il les dardait sur Yvonne, qui ne savait où se mettre, effarouchée comme une perdrix sous le vol circulaire d'un émouchet.

— Faut profiter de la fête, déclara le père de Corentin.

et faire, comme on dit, d'une pierre deux coups. Je propose de boire à la santé des jeunes gens, et si on est d'accord, comme je le pense, on pourrait fixer le jour des noces. Le plus tôt sera le mieux.

Un murmure de satisfaction accueillit ces paroles.

La bande des Guéhennec, des Caudan et des Ploemeur, grands et petits, opina du bonnet avec ensemble.

Les jeunes filles entrevirent une perspective flatteuse de jupes neuves, de tabliers de soie et de coiffes de dentelles. Les vieux songèrent aux festins, joies de l'âge mûr.

Toute l'assemblée jeta un coup d'œil aux futurs.

Corentin était épanoui comme un tournesol. Yvonne tenait la tête courbée sur son assiette.

— Qu'est-ce que tu en dis, toi ? demanda l'ancien dragon.

— Oui, qu'est-ce que tu en dis, Yvonne ? répéta le vieux Malo Cléguer.

Yvonne resta muette.

Une vague inquiétude courut comme une brise autour de la table.

— C'est à toi de décider, lui dit doucement son père. Tu sais que personne ici ne voudrait te contraindre.

— Yvonne, reprit à son tour Jean-Marie, Corentin t'attend depuis dix ans. Tu ne voudrais pas nous refuser ?

Elle se décida, non sans peine, à se redresser. Tous les regards fixés sur elle la gênaient comme s'ils l'eussent violentée.

— Non, murmura-t-elle, Jean-Marie, je ne vous refuse pas, mais plus tard... pas encore.

On aurait, dans une bonne lutte, assené un coup de poing formidable sur la tête de Corentin, qu'il n'aurait pas ressenti une pareille commotion. Il croyait toucher au port, et pour lui ce retard, car évidemment il ne s'agissait que d'un délai, contenait une cruelle déception.

— La vie est courte, Yvonne, dit-il, et c'est du bon temps de perdu.

— Je vous en prie, balbutia-t-elle, en levant sur lui des yeux suppliants.

Et pour le gagner tout à fait, elle ajouta :

— Ne sommes-nous pas heureux ainsi ? Une année est bientôt passée !

Une année ! Ce n'était pas son compte, mais il fallait se résigner.

Pour dire la vérité, il était horriblement froissé, mais il fit contre fortune bon cœur.

Le Breton est vaillant et ne se décourage point.

— Tout ce que tu veux, je le veux, dit-il, mais cette année-là me semblera longue, et j'espère que tu l'abrégeras.

Jean-Marie fronçait le sourcil. Le caprice d'Yvonne ne lui semblait pas naturel.

Elle sourit. Après tout, la minute difficile était franchie. Elle avait obtenu ce qu'elle voulait.

— On verra, dit-elle en feignant une gaieté qui était loin de son cœur. Donnez-moi votre bras, Corentin, et allons au bourg.

La compagnie quitta la table à regret. Le refus d'Yvonne jetait un froid. La perspective des danses, des toilettes et des festins se reculait.

Qui aurait pu dire quand on la reverrait d'aussi près que ce jour-là ?

VIII

LE PARDON DE PLÉLAN

A l'heure où les amis des Rebec se dirigeaient, par l'avenue de hêtres, vers le communal du bourg, le duc Hubert de Vaudrey se promenait mélancoliquement dans son parc de Langon.

Si les dieux qui distribuent la fortune à tort à travers vous veulent du bien, priez-les de vous donner un domaine comme Langon avec la sagesse d'y demeurer et d'en jouir en paix.

Langon est un paradis terrestre, un peu rude, mais c'est un paradis.

Il s'étend sur trois lieues de territoire, ce qui ne veut pas dire qu'il produise des revenus énormes.

On peut posséder douze kilomètres de terrain en Sologne ou dans la Lozère et n'avoir pas de quoi souper avec des truffes.

Langon n'est pas si défectueux. C'est maigre, mais c'est beau.

Demeure princière, bois immenses, étangs vastes comme des lacs, métairies pittoresques, tout s'y trouve.

Pourtant le maître s'ennuyait.

Depuis la nuit du vingt-trois février, il se sentait humilié, avili.

Lui, le gentilhomme en vue, adulé, fêté partout, prodigue assurément, mais se disant avec confiance qu'il lui resterait toujours un moyen de rétablir ses affaires en vendant son titre à quelque opulente parvenue, il ne s'était pas contenté de voler le baron Jacques Bresson en lui prenant sa femme, il lui avait lâchement pris la vie.

On a beau être cuirassé contre les remords et posséder une conscience élastique, ce sont là, du moins pour quelque temps, d'insupportables pensées.

Le duc Hubert cherchait donc des distractions à cette idée fixe qui prenait la forme d'une obsession.

Il s'était réfugié au fond des solitudes du Morbihan dans l'espoir que la tranquillité de ce pays perdu rendrait le calme à son esprit troublé.

Une autre séduction l'attirait.

Il se souvenait de la figure pleine de charme entrevue les années précédentes et gravée dans son âme capricieuse et changeante, comme tant d'autres dont quelques semaines de possession l'avaient lassé.

Certes, Yvonne Rebec n'était pas faite pour inspirer une passion durable à ce cœur blasé, mais elle suffisait à le distraire pendant le court délai de petite prudente retraite.

Il s'était donc décidé à fuir la complice dont la vue lui rappelait un infamant attentat, et, avant de quitter Paris, il avait chargé son notaire de liquider sa position, de vendre ses biens et de solder ses créanciers.

S'il éprouvait une sorte d'éloignement pour la femme dont l'amour l'avait si subitement rendu criminel, la baronne, au contraire, redoublait pour lui de tendresse.

Chaque jour elle lui adressait de longues lettres, pleines de détails sur le présent et de projets d'avenir.

Le matin même, le facteur lui en avait apporté une de quatre pages pendant qu'il déjeunait seul, tristement, dans son immense salle à manger, boisée de chêne noirci par le temps, au milieu de laquelle il était perdu comme un flot dans l'Océan.

La belle veuve lui apprenait qu'elle vivait avec le baron Noël, dans les termes les plus affectueux.

Le banquier ne parlait jamais de son frère et se faisait un devoir de consoler par une touchante amitié, l'apparente douleur de celle qu'il appelait toujours sa sœur.

Malgré sa pénétration hors ligne, Louise Renaud se prenait aux marques d'attachement qui lui étaient prodiguées.

La lettre contenait des protestations brûlantes, mille serments d'être à celui qu'elle aimait.

Encore quelques mois, ils pourraient afficher sans contrainte leur amour. Qui donc les en blâmerait ? Le baron Noël lui-même ne prévoyait-il pas pour elle un nouveau mariage ? Le monde n'exigerait pas qu'elle se condamnât à un isolement prématuré.

Et lui, n'était-il pas libre de la choisir parmi tant d'autres qui seraient fières de porter son nom ?

C'est une étrange chose que la passion.

Louise Renaud ne paraissait même pas se douter de l'odieux de sa conduite.

Elle ne voyait dans la mort de son mari que la suppression de l'obstacle qui la séparait de son amant.

Sa conscience était muette.

Le duc relut plusieurs fois cette lettre en se promenant sous ses ombrages.

Puis il la déchira en morceaux et la sema dans les broussailles en s'abandonnant à ses réflexions.

Décidément, il prenait la baronne en aversion.

Tout sceptique que l'on soit, sans autre loi que son caprice, on n'aime pas se trouver sans cesse en face d'un visage qui vous rappelle de tels souvenirs.

Certes, le bagage de scrupules du duc était des plus légers, mais il aurait donné dix ans d'existence pour reprendre sa liberté et briser la chaîne de forçat qui le liait à sa maîtresse.

Ah! si M. Chapuzet avait eu le pouvoir de lui rendre ses millions.

Avec quelle joie il se serait abandonné mollement au courant de sa vie passée!

Mais il lui fallait une fortune nouvelle, et celle de Jacques Bresson était là.

Après tout, il se dit qu'il avait devant lui quelques mois d'attente et qu'il serait temps d'aviser plus tard.

Et tout à coup il consulta sa montre.

Deux heures et demie? On devait en finir des festins du pardon de Plélan et quitter la table pour les divertissements du communal.

Il se secoua en essayant de chasser ses idées importunes, se dirigea vers les communs et, s'adressant à un palefrenier qui se tenait sous la voûte d'entrée, appuyé sur sa fourche:

— Selle ma jument, ordonna-t-il.

— Faudra-t-il accompagner M. le duc?

— Oui; Gib me rejoindra.

— De quel côté?

— A Plélan.

Gib était un groom anglais, très jeune, aux jambes maigres, arquées comme celles des lads des écuries de courses.

Cinq minutes après, la jument alezane, au poil doré, aux jarrets nerveux, prenait un galop de chasse souple et cadencé sur la route de Plélan, et son cavalier pensait, un mauvais sourire aux lèvres, qu'il allait revoir la jolie fille qu'il n'aurait peut-être pas remarquée à Paris dans la foule, mais que son cadre de verdure et de fleurs rendait cent fois plus désirable.

En approchant du bourg il ralentit son allure.

Gib l'avait en effet rejoint, sanglé dans sa tunique bleue à boutons d'or, les tibias serrés dans ses petites bottes à revers, et se tenait à une distance respectueuse.

Les retardataires, tout ce qui pouvait marcher d'un bon pas, femmes, enfants et vieillards, bergers et bûcherons, se hâtaient sur les chemins pour courir au pardon.

Ce ne sont pas des fêtes qu'on manque.

Elles ont trop de racines dans les cœurs, bien qu'aujourd'hui tout se relâche et que les vieilles coutumes tombent en ruines, pièce à pièce, en Bretagne comme ailleurs. Seulement, là-bas, la chute est plus lente.

Le Breton se cramponne et résiste.

Ce jour-là, la place du bourg était trop étroite.

On y affluait de partout. Les gens de Paimpont y coudoyaient ceux de Ruffiac. Les coiffes de Bruc embrassaient les calottes de Comblessac, car chaque paroisse a son bonnet. Les gars des Fougerays, qui sont fûtés, pouvaient causer d'affaires avec les filles de Pleucardeuc, qui sont coquettes, et celles de Saint-Congard, qui se seraient plutôt passées de boire et de manger six semaines que de se priver d'un tablier de soie pour se faire belles.

La Bretagne est la terre classique des têtes dures, mais il ne se passe guère de pardon qu'on n'en fête une demi-douzaine. Les coups sont au programme et la boisson en est cause, mais ils n'engendrent pas de rancunes. Le Breton à jeun est doux comme un agneau.

Sur les quatre heures, la jument de M. de Vaudrey montra sa fine tête aux environs de l'église.

La fête était dans toute son animation.

Trois violoneux, campés sur des tonneaux raclaient le boyau avec entrain. Ce qu'on dansait n'a point de nom, mais les jambes des deux sexes se trémoussaient de-ci de-là avec furie.

Le communal donne d'un côté sur l'avenue qui conduit au château.

Cette avenue n'est point fermée par une grille, mais seulement par quatre piliers de granit, reliés par de grosses chaînes de fer.

Un quatrième violoneux était posté là, sur un des piliers de granit, et autour de lui une foule bigarrée s'en donnait à cœur-joie, à l'ombre des hêtres séculaires sous lesquels le soleil traçait de longues traînées lumineuses.

Le duc distingua dans ce groupe une danseuse en robe noire recouverte au corsage d'un fichu blanc de crème.

Il vit de plus que le visage de la jeune fille s'était tourné du côté de la jument alezane et du cavalier.

Alors, il se dirigea, en tournant la foule compacte des villageois qui le regardaient, la main au chapeau, vers l'unique rue du bourg.

Au milieu, une enseigne se balançait, portant sur ses deux faces une bête qui devait appartenir à la race chevaline, si on en croyait la légende: « Aux deux mulets. »

L'écurie contenait une stalle spéciale pour le châtelain de Langon, qui jeta la bride de sa monture au groom et regagna le communal.

Le populaire se ruait sur un terrain en friche qui se trouve au-dessous de l'église.

C'était l'heure des émotions fortes.

On allait déchirer la grenouille.

Les gens de Montmartre ou des Batignolles ne sont pas familiers avec cet amusement.

En dépit du chemin de fer de Brest, il y a loin des boulevards aux villages du Morbihan.

Déchirer la grenouille est une distraction locale qui remonte aux âges reculés. Elle est d'une grande simplicité, comme on va le voir.

Deux champions saisissent un bâton de cormier chacun par un bout, de forts gars autant qu'on en peut trouver, vaillants et ne craignant pas leur peine. Deux autres rustres s'attellent aux jambes des champions et les soulèvent. Derrière eux les paroisses rivales se pressent en longues files.

Et on tire.

Les champions passent du rouge à l'écarlate, de l'écarlate au violet et du violet au noir.

A la queue, le serpent s'allonge à l'infini. Les ménagères elles-mêmes viennent à la rescousse.

Parfois, dans une immense glissade, une file entière s'aplatit.

Mais si le tenant ne lâche point le bâton la partie n'est pas perdue.

On se relève et on tire de plus belle. On tire à écarteler les patients et à s'arracher les membres, mais on s'amuse ferme et la gloire est bonne.

On comprend qu'en présence de cette grande affaire le reste ne compte pas.

Les violons se taisaient.

Le groupe de l'avenue se mêlait à la foule enthousiaste.

M. de Vaudrey en flânant, l'observait avec soin et se dirigea de son côté.

Les danseurs s'étaient joints aux lutteurs et tiraient avec acharnement, qui pour Plélan, qui pour Scaër, les deux paroisses rivales.

Le champion de Scaër, c'était Corentin Cléguer, le fiancé d'Yvonne Rebec.

Les gens de Plélan avaient du fil à retordre.

Quand Corentin s'en mêlait, la chance tournait contre eux.

Autour des combattants, les vieux et les femmes avec les enfants formaient un cercle.

Yvonne elle-même, électrisée par ce spectacle, s'était rapprochée au dernier rang avec son père.

Le duc, en louvoyant, vint se placer auprès d'elle, et après quelques mots de politesse au régisseur du comte Hugues, profitant d'un moment où les têtes suivaient, anxieuses, les efforts des lutteurs allongés sur le terrain comme deux gigantesques couleuvres, il se pencha à l'oreille de la jeune fille et lui glissa des mots:

— Il faut que je vous voie demain, à deux heures, à la Croix des Bleus.

Yvonne devint plus blanche que son fichu et ne répondit rien.

Tout son sang lui refluait au cœur.

Le duc espérait un regard.

Les yeux de la pauvre fille restèrent obstinément rivés au sol.

Heureusement, une bruyante clameur s'éleva sur le communal.

Les gens de Plélan venaient de s'abattre comme des capucins de cartes.

A bout de forces, les bras rompus, à demi mort, leur champion avait lâché prise.

Scaër était vainqueur, et de tous côtés les hommes et les femmes criaient : Bravo, Corentin !

Plus d'un métayer avait récolté une entorse ; plus d'une tête s'était bossuée sur les cailloux, mais on s'était fièrement amusé.

Et l'an qui vient, Plélan prendrait sa revanche... si la bonne mère d'Auray et Corentin Cléguer le permettaient.

Le soir, en retournant en carriole à Scaër avec son père, sa mère et Corentin, Jean-Marie était pensif.

Le Parisien, moins séduit que les autres par les charmes de la grenouille, avait suivi du coin de l'œil les démarches de M. de Vaudrey.

L'incroyable refus d'Yvonne l'avait violemment surpris.

Les années précédentes, tout était convenu ; la fille des Rebec semblait heureuse de ce projet de mariage. Pour qu'un changement si brusque survînt dans ses idées, il fallait une cause, et l'imagination de Jean-Marie l'entrevoyait à travers un brouillard. Les allures de M. de Vaudrey lui étaient suspectes. Jean-Marie n'avait rien entendu ; mais en épiant ses manœuvres, il devinait, au mouvement de ses lèvres, au sourire qui accompagnait les paroles et surtout au trouble d'Yvonne, que les desseins de M. de Vaudrey n'étaient pas de ceux qu'on peut avouer hautement et qui font honneur à celui qui les exécute.

— Tu aimes Yvonne ? dit-il à son frère.

— Tu n'en doutes pas ?

— Eh bien ! garde-la.

Corentin tressaillit.

Son frère Jean-Marie lui exprimait, brutalement peut-être, la même idée que Jeannie la folle, lorsqu'il l'avait rencontrée dans l'avenue de Plélan.

— Quel danger court-elle ? demanda-t-il.

— Je n'en sais rien. Il est toujours bon de veiller.

— Pourquoi ?

— Elle est très jolie et peut-être coquette.

— Que veux-tu dire ?

— Que j'ai vu rôder autour d'elle un galant dont les intentions ne sont pas nettes.

Corentin leva le poing.

— Si Yvonne ne veut pas de moi, dit-il, je ne la violenterai pas. Elle est libre et je ne prétends pas l'avoir contre son gré ; mais si un autre me l'enlevait, celui-là, je l'écraserais comme une noisette. De qui veux-tu parler ?

— De personne. Seulement le voisin de Langon a fait ses preuves et n'a ni foi ni loi.

Et il ajouta en serrant le bras de son frère :

— Prends donc garde, pour elle et pour toi.

— Yvonne est une honnête fille et le duc ne peut avoir rien de commun avec elle, répliqua Corentin. Mais comme tu dis, je veillerai, pour elle surtout, car pour moi, si elle avait le malheur d'être si lâche...

Il s'arrêta.

— Ne fais pas de serments, dit Jean-Marie. Tu l'aimes, c'est bon, mais ouvre l'œil.

Ils se turent.

Malo Cléguer et sa femme dormaient dans le fond de la carriole.

Le cheval trottait sur la route tracée au milieu d'une lande rocheuse éclairée par les rayons argentés de la lune.

Bientôt les roues crièrent sur le sable fin d'une allée sinueuse bordée d'arbres qui allaient en s'élevant à mesure que le terrain devenait meilleur, et la silhouette superbe du château des Bresson se dessina à mi-côte, au-dessus d'une large vallée couverte d'une brume irisée et transparente sous la lumière douce qui l'inondait.

Corentin pensait :

— Le monsieur de Vaudrey ! S'il avait l'audace de toucher à un doigt d'Yvonne, tout duc qu'il est, il ne sortirait pas vivant de mes mains.

Et Jean-Marie, poursuivi par une idée qui le tourmentait depuis la fatale nuit du vingt-six février, se posait de son côté cette question :

— Le duc de Vaudrey ! Pourquoi son souvenir me revient-il sans cesse ? C'est lui ! c'est lui ! Mais comment le prouver et comment l'atteindre ?

IX

LA CROIX DES BLEUS

La Croix des Bleus est un calvaire de granit — tout est de granit, au Morbihan, comme le sol sur lequel les monuments sont bâtis — élevé à l'emplacement d'une mémorable bataille qui se livra en 97, il y a bientôt un siècle, entre les gars de Plélan et de Scaër et les citoyens gardes nationaux de Vannes, qui venaient pour emmener M. le recteur et lui faire un mauvais parti.

Les deux bandes étaient en nombre égal et se disputèrent le recteur avec un courage qui eût été mieux employé contre les étrangers qui essayaient d'entrer chez nous.

Tels les Bretons et les Anglais au combat des Trente.

Les Bleus eurent le dessous et les paroissiens de Plélan gardèrent leur curé qui se cacha dans la lande en attendant de meilleurs jours, mais après avoir béni la fosse de bon nombre de ses ouailles et des autres restés pêle-mêle sur le terrain.

On mit une grande croix à l'endroit où ils étaient tombés.

Et les frères ennemis, les fils de la mère patrie, dorment ensemble à son ombre.

Puissent ces choses ne point revenir !

Le calvaire subsiste toujours au milieu des bois de Plélan, à une demi-lieue environ du château du comte Hugues.

L'herbe y a poussé en abondance, engraissée par le bon sang versé, et les châtelains ont planté autour de la croix une ceinture d'ormeaux et de platanes dont l'ombre s'étend aux environs et couvre un large espace.

Ce lieu est très silencieux et très désert.

C'est là que le lendemain à deux heures un homme était assis sur un tronc d'arbre renversé.

Cet homme était vêtu d'un veston gris fer et portait un bouton de rose à la boutonnière.

Décoration d'élégant ou d'amoureux !

Pour le moment, cet homme était l'un et l'autre.

Un chapeau de feutre de la même nuance que le veston était très coquettement posé sur ses cheveux noirs. De sa main droite, tenant une légère badine à tête d'or qui lui servait de cravache, il frappait, en se jouant, le bout de ses bottes, avec une certaine impatience et fouillait de son regard inquiet les profondeurs d'une étroite et tortueuse allée qui s'enfonce sous bois du côté de Plélan.

C'était M. de Vaudrey.

Le groom promenait les chevaux à trois cents mètres de la croix, dans un chemin creux.

Le duc était presque joyeux.

Le charme d'Yvonne l'enveloppait. L'intrigue ourdie autour d'elle occupait agréablement ses loisirs. Il ne doutait pas de son succès, et la conquête en valait la peine.

Au diable les remords et les souvenirs importuns !

Il fait bon vivre, après tout, et le baron Jacques l'avait

mis dans le cas de légitime défense. Pourquoi survenait-
il si mal à propos en troublant un rendez-vous où personne ne l'appelait ! A quoi bon ce duel barbare dans
lequel les deux adversaires ne pouvaient manquer de
rester sur le carreau ?

Le baron, au surplus, n'avait eu que ce qu'il méritait.

Le duc était tout entier à l'espoir d'une apparition
qui, d'heure en heure, lui semblait plus désirable.

On a beau être lancé dans le plus élégant des mondes,
on ne trouve pas tous les jours sur son chemin une fille
tournée comme la belle Yvonne.

C'était un fruit vert encore, frais et velouté. Pour tout
dire, au fond de l'âme, M. de Vaudrey se sentait remué
par un violent désir. Tout blasé qu'il fût, la fiancée de
Corentin Cléguer lui semblait ce qu'elle était en réalité :
une véritable merveille.

Etait-ce la solitude dans laquelle il se renfermait depuis son arrivée en Bretagne qui produisait son effet ?
Etait-ce la grâce seule d'Yvonne qui opérait un miracle ?
Il n'essayait pas lui-même de le savoir, mais il était
fixé sur un point : il la voulait et se flattait de l'obtenir
de gré ou de force. Du reste, il ne redoutait pas de
résistance. Le trouble de la jeune fille, sa pâleur, son
silence, le regard qu'elle avait à peine osé lever sur lui,
lorsque enfin il s'était éloigné, l'avaient fixé sur l'état de
son âme.

Il avait trop vécu pour ignorer l'influence du nom et
de la fortune sur une nature ignorante et simple, facile
à éblouir.

Enfin, sans être infatué outre mesure de son mérite
personnel, il lui avait été prouvé par trop de succès pour
qu'il ne sût pas l'apprécier à sa valeur.

L'homme qui avait triomphé de la baronne Bresson
en lui inspirant une si vive passion, et de tant d'autres,
devait se jouer des résistances d'une enfant, et ce serait
un agréable passe-temps et une heureuse diversion aux
idées sombres qui l'obsédaient.

Cependant les minutes passaient.

Déjà plus d'une fois le duc avait jeté un regard impa-
tient aux aiguilles de sa montre, et rien n'annonçait l'arrivée de la belle Yvonne.

Les oiseaux chantaient dans les branches : les parfums
de la sève, des tamarins, des aubépines fleuries remplissaient l'air dans l'atmosphère attiédie ; mais le duc, peu
sensible aux douceurs du printemps, s'irritait, lorsque
enfin il aperçut dans les lointains du sentier la jupe
noire de la veille et le corsage au fichu d'étamine qui
s'évançaient de son côté, abrités sous une ombrelle de
soie grise.

Alors sa poitrine se dilata et il poussa un soupir de
satisfaction.

Puisque Yvonne venait au rendez-vous, la partie était
gagnée.

Bientôt il distingua les beaux cheveux châtains, répandus sur les épaules de la jeune fille et ses yeux noirs
adoucis par de longs cils et tournés modestement vers
la terre.

Yvonne s'approchait avec hésitation.

Lorsqu'elle fut à quelques pas de la croix, une violente
rougeur empourpra son visage ; sa poitrine se serra. Le
duc aurait pu entendre les pulsations du cœur de la malheureuse.

Il se leva pour aller au-devant d'elle et lui prit la
main.

— C'est mal, ce que je fais, balbutia-t-elle. Pourquoi
suis-je venue ? Je ne saurais le dire.

Il l'entraîna sur le banc improvisé où il l'attendait.

— Pourquoi vous êtes venue, lui murmura-t-il de cette
voix vibrante et douce qui était un de ses plus grands
charmes, c'est qu'un courant naturel nous emporte l'un
vers l'autre. Vous venez à moi comme je vais à vous,
Yvonne, sans réflexion, et tout simplement parce que je
vous aime et que l'amour appelle l'amour.

— Monsieur le duc !... Comment vous croire ?...

Il reprit avec une passion admirablement jouée :

— Parce que je suis sincère.

— Tout nous sépare.

— Quoi donc ?

— Votre condition... la mienne...

— Votre modestie vous égare. Vous êtes faite pour
régner partout. Vous avez la seule puissance qui con-
vienne aux femmes et leur donne le prestige dont elles
nous éblouissent : la grâce et le charme !

Il avait beau jeu. Yvonne était gagnée d'avance. Depuis des années, les yeux du châtelain de Langon, du
brillant cavalier que tout le monde jalousait, avaient
produit sur elle une impression profonde.

Quand elle rêvait, c'était lui qu'elle voyait comme un
dieu dont elle ne pourrait s'approcher, tant il lui semblait élevé au-dessus des autres hommes. N'était-il pas le
plus grand seigneur de la contrée, le plus jeune, le plus
gracieux ! Quel autre pouvait lui être comparé ? Le comte
de Plélan ? Il était trop bon, trop simple. En outre, elle
s'était habituée à le regarder comme un père, et, en effet,
il la traitait comme une enfant à lui.

Les Bresson ? Ils n'avaient ni l'avantage du nom ni
celui de la jeunesse. Le duc représentait seul l'idéal
impossible, la séduction vivante, et c'était lui qui s'abais-
sait à la supplier, lui qui l'accablait de flatteries, quand
elle aurait voulu se jeter à ses genoux !

Quel songe !

Aussi était-elle près de lui palpitante, vaincue d'avance,
écoutant comme une musique délicieuse les paroles qui
sortaient de cette bouche enchanteresse, recevant dans
le cœur les flèches de ces yeux qui la fascinaient.

Le duc était tellement sûr de sa victoire qu'il ne se
hâtait pas d'en profiter.

— Vous avez reçu ma lettre ? demanda-t-il.

— Oui.

— Gib vous l'a remise à vous seule ?

— En effet.

— Il est très intelligent. Pourquoi ne m'avez-vous rien
répondu ?

— Parce que je ne le dois pas.

Et avec un visible effort elle ajouta :

— Si même je vous obéis aujourd'hui, c'est pour vous
supplier de renoncer à moi.

Un sourire effleura les lèvres de M. de Vaudrey.

— Renoncer à vous, Yvonne, s'écria-t-il. Vous ne
me croiriez pas si je vous le promettais et vous auriez
raison. Est-ce qu'on renonce à la chaleur du soleil, au
parfum des fleurs ? Où trouverais-je une femme qui
vous ressemble ? N'avez-vous pas vu les regards des
hommes vous dévorer dans cette foule de paysans inca-
pables de comprendre votre beauté exquise et délicate.
Ils s'attachaient à vous de tous côtés, et cependant ces
gens-là sauraient à peine distinguer un diamant des
pierres du chemin. N'entendez-vous pas, quand vous
passez, un murmure d'admiration ? Avez-vous jamais
rencontré un homme insensible au charme qui se dégage
de vous comme la chaleur d'un foyer, une femme qui
n'en soit jalouse ? Renoncer à vous ! C'est impossible.
Demandez-moi ce que vous voudrez, tout ! Ordonnez, je
vous obéirai, mais pas cela, non, jamais !

Il se rapprocha d'elle et lui passa un bras autour de
la taille sans qu'elle essayât de résister.

Son amour la paralysait.

— Ce n'est pas d'hier que je vous aime, reprit-il. Il y
a des années, et je suis sûr que, même avant de nous
parler, nous nous étions compris. Vous étiez toute jeune
encore quand je me suis juré que vous m'appartien-
driez, dussé-je commettre des folies pour parvenir à
vous. Vous l'avez deviné. Est-ce que vos regards ne
m'apprenaient pas ce qui se passait en vous, comme les
miens vous disaient l'impression profonde que vous avez
produite sur mon esprit ? Ici, je ne revenais que pour
vous, et mon seul plaisir était de vous entrevoir ; à
Paris, je pensais à vous. Si je suis de retour sitôt ce
printemps à Langon, poursuivit-il d'une voix plus chaude,
dans ce pays où rien ne m'attire, dans ce château morne
comme un cloître, c'est que j'ai dans le cœur un souvenir qui le remplit, c'est que votre image y est gravée
et ne laisse pas de place à d'autres ; c'est que j'aurais
tout donné, Paris et ce qu'il contient, pour baiser seulement le bout de vos doigts !

Il s'arrêta, content de son éloquence amoureuse, éloquence facile puisée dans sa mémoire et non dans son cœur, content surtout de l'effet qu'elle produisait sur celle qui l'écoutait.

Elle fit un effort pour se raidir et murmura, les yeux à demi fermés :

— Comment vous croire ? comment me persuader que vous êtes sincère ?

— Que faire pour vous convaincre ?

— Que puis-je être pour vous ?

— Tout, dit-il en se grisant lui-même du charme de cette fille, vibrante et fraîche comme le printemps en fleurs, saisi d'un violent désir auprès de cette jeunesse dont il n'avait jamais si bien apprécié toutes les perfections. Si vous voulez, Yvonne, un avenir radieux peut s'ouvrir pour vous. Ne suis-je pas libre d'aimer, libre de lier mon existence à celle de la femme que j'adorerais ? N'est-ce pas là le vrai bonheur, le seul qui soit enviable ? Que parlez-vous de distances et de conditions ! Vous êtes jeune, vous êtes belle, vous êtes adorable ; vous valez toutes les marquises du monde.

Il se mit à rire et énuméra en raillant les femmes de la noblesse du voisinage. Il les passa en revue avec une verve diabolique, mettant adroitement en relief leurs travers, leurs ridicules.

— En est-il une seulement, conclut-il, qui soit digne de lacer tes bottines ?

Cependant Yvonne ne se déridait pas.

Elle était sous le coup d'une émotion poignante dont le duc pouvait suivre toutes les phases.

— Crois-moi donc, reprit-il. C'est le bonheur qui vient à toi !

— Vous êtes libre et je ne le suis pas !

Certain du triomphe final, M. de Vaudrey jouissait délicieusement du trouble de sa victime ; il prenait un cruel plaisir à jouer avec elle, à détruire les frêles objections qu'elle lui opposait comme une barrière facile à renverser.

— Je sais, fit-il d'un ton de compassion dédaigneuse. On m'a parlé d'un projet de mariage ! N'es-tu pas promise à ce Corentin Cléguer, Cléguer de Scaër, qui s'est couvert de gloire au pardon, le rempart de son village, un ancien sous-officier de dragons ?

Il est impossible de rendre le ton méprisant avec lequel M. de Vaudrey prononçait ces paroles.

Des larmes en vinrent aux yeux de la pauvre fille.

— Mon père désire que je l'épouse, balbutia-t-elle.

— Ton père le désire. C'est bien. Mais il s'agit de ton sort, de ton avenir ! Que penses-tu de cette idée, toi ?

— Corentin m'aime et Corentin est un brave cœur !

— Ainsi tu te résignerais à ce mariage ?

Elle ne répondit pas. Sans doute elle aurait donné son consentement, si le tentateur n'était venu !

— Mais tu ne comprends donc pas que ce serait une odieuse mésalliance ! Dieu me damne ! tu dérogerais comme une duchesse qui épouserait un roulier ! Autant, sur mon honneur, mettre un camélia à la blouse d'un casseur de pierres ! Tu me jurerais par tous les saints de l'église de Plélan, tu sais, ces saints grotesques badigeonnés de rouge et de bleu que les bonnes femmes invoquent avec ferveur ; tu me jurerais, sur les cendres de ta mère, que tu prêtes la main de bon cœur à cette union mal assortie, qu'en vérité je penserais que tu me prends pour un sot.

Elle se releva sous l'injure.

Après tout, elle aimait Corentin. C'était un ami d'enfance.

— Avec lui, dit-elle vivement, je peux marcher la tête haute ; si j'avais le malheur de vous écouter, je serais perdue, déshonorée.

— Des mots vides de sens ! répliqua-t-il.

Et comprenant que l'ironie n'aurait pas raison de cette âme tendre, facile à entraîner, mais facile aussi à effaroucher, il revint à la persuasion, se pencha sur ses cheveux et lui soupira, pour endormir ses dernières résistances :

— Déshonorée ! Qui le saurait ! Ne pouvons-nous nous

aimer dans le secret de ces bois, dans le mystère de ce désert où je viens te chercher ? Je resterai près de toi tant que tu me l'ordonneras ! Si tu exiges plus encore, que pourrais-je te refuser, à toi à qui j'aurai dû les suprêmes joies de l'amour, une félicité qu'on payerait de la vie ? Crois-tu donc qu'il me serait possible de t'oublier, tranchons le mot, de t'abandonner lâchement ? Perdue ! Que peux-tu craindre avec mon appui ? Si tu m'aimes, il n'est rien que je ne fasse pour te plaire, pour te posséder ! Laisse-toi convaincre ! Ce n'est pas un maître qui vient à toi, c'est un esclave qui veut vivre à tes pieds, à qui tu commanderas et qui n'aura d'autre règle que ta volonté, d'autre loi que ton caprice !

Il l'enlaça de ses bras et se répandit en prières, dangereuses dans sa bouche. Il prit les mains de l'imprudente et les dévora de baisers.

Peu à peu elle s'abandonnait, ivre de ces paroles comme un faon des jeunes tiges gonflées de la sève de mai, lorsque tout à coup elle se redressa d'un bond.

— Laissez-moi, s'écria-t-elle, au nom de Dieu !

Le duc fronça le sourcil :

— Qu'est-ce donc ? demanda-t-il.

— Écoutez !

D'un ravin, situé au-dessous de la Croix des Bleus, une voix s'élevait, traînarde et cassée, psalmodiant une sorte de complainte monotone dont on distinguait les paroles tristes comme un jour des morts :

Ils ont enfoui sous terre
Les os de mon amoureux !
Creusez ! Vous verrez, mon père,
Que mon cœur est avec eux !

Puis une tête hagarde, échevelée, se montra entre deux cépées de bouleaux en fixant les coupables de ses yeux ironiques.

— Quelle est cette sorcière ? demanda M. de Vaudrey.

— C'est Jeannie la diote, l'idiote, pour parler mieux, une pauvre fille. Elle est du bourg de Plélan et y demeure. Son père n'a pas voulu la donner à un garçon du pays qu'elle aimait. Le garçon s'est fait tuer pendant la guerre. Elle a perdu la raison.

Elle s'était levée.

— Si je vous cédais, monsieur le duc, dit-elle avec tristesse, qui sait si je ne perdrais pas la mienne ! Vous dites que vous m'aimerez toujours, je sais bien que c'est impossible.

Des larmes lui vinrent aux yeux.

— Tenez, ajouta-t-elle, j'étais folle aussi tout à l'heure. C'est peut-être un avertissement de Dieu. Quittons-nous et, je vous en supplie, ne tentez pas de me revoir.

— Yvonne !

— Ayez pitié de moi.

Il y avait tant d'amour dans ce cri que, malgré sa sécheresse de cœur, le duc en fut ému.

— C'est ton bonheur que je veux ! dit-il.

— Eh bien ! laissez-moi réfléchir. Adieu !

— Quand te reverrai-je ?

— Qui sait.

— Demain ?

— Peut-être.

— Ah ! tu es un ange.

Elle sourit en secouant la tête et s'éloigna.

Le duc, resté immobile, la regardait. Ses beaux cheveux répandus en ondes soyeuses avaient de chauds reflets sous le soleil. Ses mouvements harmonieux attestaient la perfection de ce corps souple et vigoureux.

Il était furieux contre lui-même de l'avoir laissée s'échapper de ses mains.

— Je la veux et je l'aurai ! murmura-t-il en fouettant l'air de sa cravache.

Lorsqu'il se retourna, la folle, appuyée sur un long bâton, était à deux pas de lui.

— Les coqs de Langon chantent plus haut que ceux de Scaër, mais ceux de Scaër ont un bec et des griffes, répéta-t-elle en songeant à sa rencontre de la veille dans l'avenue de Plélan.

— Que veux-tu dire? demanda le jeune homme avec hauteur.

— Que Corentin Cléguer serait fâché s'il savait ce qu'on voit à la Croix des Bleus. Et Corentin est un gars qui ne craint personne.

— Silence! vieille mégère.

— J'ai trente ans et j'étais belle aussi, un temps qui n'est pas loin.

— On te suppose folle, demanda le duc en la fixant de son œil dur. L'es-tu réellement? J'en doute.

Il tira deux louis de sa poche et les lui offrit.

Elle n'avança pas la main.

Et sans s'occuper de lui davantage, elle s'enfonça dans le bois en reprenant sa complainte.

Le duc, pensif, rejoignit son groom, et dix minutes plus tard, il galopait à travers la lande dans la direction de Langon.

Pendant huit jours, il revint à la Croix des Bleus dans l'espoir d'y rejoindre Yvonne.

Elle ne parut pas.

Il passa à cheval dans le parc de Pléian.

Les fenêtres de la jeune fille restèrent closes.

Elle le voyait à travers ses rideaux; son cœur battait à se rompre, mais elle résistait à ses propres désirs et ne se montrait plus.

Le duc n'était pas homme à subir cet échec sans prendre sa revanche.

Résolu à tout pour triompher de cette obstination qui froissait son orgueil, il employa un stratagème usé, mais dont le succès est certain sur une âme faible, parce qu'elle aime.

Il écrivit un billet de dix lignes et se rendit à Pléian.

Il était environ deux heures de l'après-midi.

Vainement il fit le tour du pavillon des Rebec en se glissant sous les massifs des grands arbres qui l'environnent, il ne vit rien, si ce n'est le vieux Rebec debout au seuil de sa maison comme une sentinelle.

Le duc, désappointé, allait battre en retraite, quand, à l'angle du potager, il se trouva en face d'une grosse servante courte et crevant de santé.

Justement c'était Gotte, la fille possédée du démon de l'avarice et de la cupidité.

Elle portait un énorme panier de légumes verts et, disons-le par amour de la vérité, rempli de carottes moins rouges que ses cheveux.

— Bonjour, la belle enfant, dit-il.

Gotte ne se rebiffa point.

Le compliment lui semblait naturel.

Elle s'arrêta, frappée de stupeur et de respect en reconnaissant le châtelain de Langon.

Mais elle ne put articuler un son.

Le duc jeta un rapide regard de tous côtés.

Ils étaient seuls.

— Voulez-vous me rendre un service? dit-il.

— Oui, bien sûr, si ça se peut, répondit-elle d'une voix enrouée d'homme des champs.

— Vous aimez votre maîtresse?

— Mlle Yvonne?

— Oui.

— Belle question!

— Prenez d'abord ceci.

— Vingt francs! Vous ne vous trompez point? demanda-t-elle en écarquillant les yeux.

— Non.

— Qu'est-ce que vous allez donc me demander?

— Peu de chose; de remettre ce papier à votre maîtresse, à elle seule.

Gotte sentit confusément que la lettre ne contenait rien de bon, puisqu'on payait ses services si cher.

Elle hésita une seconde en louchant entre la lettre qu'elle tenait d'une main et le louis qu'elle caressait de l'autre.

Mais le diable l'emporta.

— Allons, fit-elle.

— Et pas un mot à personne, surtout!

Gotte cligna de l'œil en fille entendue.

— Soyez tranquille, le monsieur, dit-elle.

Elle s'éloigna. La porte du pavillon était libre.

Le père Rebec l'avait abandonnée.

En haut de l'escalier, sous l'auvent, Gotte vit sa jeune maîtresse qui guettait son arrivée.

— Voilà pour vous, dit-elle. C'est le beau monsieur de Langon qui vous écrit.

Yvonne saisit le billet comme un Arabe altéré se jette à terre au bord d'une source, et s'enferma chez elle.

X

QUI?

Le baron Noël ne pouvait passer pour un homme bruyant. Il détestait l'éclat et le fracas.

On surprend mal l'ennemi quand on s'accompagne d'une sonnerie de trompettes et de clairons.

C'est ce qu'il pensait avec raison.

Mais il ne perdait pas son temps.

Si le duc Hubert de Vaudrey cherchait à s'étourdir, le banquier, au contraire, avait toujours l'œil fixé sur son but.

Tapi, comme une araignée, dans ses bureaux, il tissait sa toile avec patience.

Il attendait.

Quoi?

Les imprudences des coupables, quels qu'ils fussent, sachant mieux que n'importe quel policier qu'ils se trahissent presque toujours et se livrent eux-mêmes au moment où on y pense le moins.

Il savait aussi qu'il n'avait pas besoin de se presser.

Il tenait la femme entre ses mains.

Elle était en sa possession, pour ainsi dire. Il n'avait qu'à la surveiller. Le complice lui reviendrait tôt ou tard.

Le testament de son frère, ces deux lignes griffonnées à la hâte, dans la fièvre de la colère, lui donnaient la clef du mystère.

La coupable, c'était Louise Renaud, la compagne que Jacques avait élevée jusqu'à lui avec tant de joie, celle pour qui, à ses yeux prévenus, rien n'était assez riche, assez brillant, la femme dont ils se paraient avec orgueil l'un et l'autre, le joyau de la maison!

A cette pensée, un frisson de colère lui courait dans les veines.

Était-ce possible?

Tant de perfidie ne dépassait-elle pas la mesure?

Vainement il cherchait à découvrir dans les traits de la jeune femme, dans son attitude, dans ses allures, quelques indices qui dussent le mettre sur la voie.

Elle était impeccable.

Parfois Noël en était réduit à se demander si, malgré l'affirmation de la victime, Jacques n'avait pas pu se tromper, être induit en erreur par de fausses apparences.

En tout cas, le banquier avait un fonds d'honneur et de justice trop solide pour condamner un accusé sans preuves irréfutables et précises.

Ces preuves, il les cherchait.

Mais où les prendre? A qui les demander?

Il eût été absurde de penser que la baronne eût agi seule.

Le complice ne pouvait être que son amant.

L'indignité dont Jacques la flétrissait, d'où provenait-elle, en effet, si ce n'est d'un adultère lâchement commis?

Mais cet adultère quand, en quel lieu, avec qui avait-il été préparé, découvert?

Jamais, auparavant, Jacques n'avait accusé sa femme. Jamais le monde, si prompt aux critiques, n'avait effleuré la réputation de la baronne de l'ombre d'une médisance. Jamais Noël lui-même n'avait conçu l'ombre d'un doute sur la fidélité de cette femme qui avait eu l'art de s'emparer de son esprit, de conquérir mieux que ses sympa-

...thies, presque son cœur, et qu'il s'était habitué à traiter comme une sœur.

Louise Renaud était un caractère et une force.

Le baron Noël l'avait compris depuis longtemps et l'en aimait davantage.

Tournée vers le bien, son intelligence avait gagné son estime. Quand elle s'était dévoyée, la baronne avait conduit sa double intrigue avec le duc de Vaudrey assez habilement pour dérouter les soupçons.

Le plus profond secret entourait la liaison adultère qui avait abouti à une si déplorable catastrophe.

Le banquier en était donc réduit à se poser cette question qu'il ne parvenait pas à résoudre :

— Qui ?

Évidemment, il fallait chercher parmi les familiers de la maison.

Plélan et Renaudet, ces cœurs d'or, ne pouvaient prêter à la défiance.

Pourquoi, au milieu de tant d'autres assidus aux réceptions de la baronne, aux dîners que Jacques Bresson donnait chaque semaine, aux bals où Louise Renaud paraissait dans sa gloire et qu'elle dominait de sa suprême élégance, la pensée du baron revenait-elle sans cesse à l'un de ceux qu'on y voyait le moins souvent ?

Pourquoi avait-il toujours ce nom devant les yeux : Hubert de Vaudrey ?

Pourquoi, d'instinct, sans l'ombre d'une preuve, son esprit tournait-il toujours autour de cet élégant viveur, de ce voisin de Bretagne, de ce coureur de boudoirs, célèbre par tant de bonnes fortunes ?

Il aurait été bien embarrassé de le dire.

Non seulement aucune preuve, mais aucun indice ne venait appuyer ce doute.

Aussi le banquier cachait-il soigneusement cette conviction ou plutôt cette défiance.

Nous l'avons dit, il attendait.

En attendant, il groupait chaque révélation nouvelle qui lui arrivait, de quelque côté que ce fût. Il les réunissait en faisceau et les enfermait, avec plus de soin que son argent, non dans sa caisse, mais dans son esprit, comme autant d'éléments d'un compte à régler plus tard.

Il se disait souvent que Lucienne, la femme de chambre, qu'il jugeait à sa valeur, devait tenir entre ses doigts la clef du mystère.

Il la devinait à vendre, mais il lui répugnait de tenter auprès d'elle une séduction dangereuse, si elle échouait, puisqu'elle aurait eu pour résultat de mettre les coupables sur leurs gardes.

Depuis la mort de son frère, il avait saisi toutes les occasions d'interroger quelques-uns des serviteurs de la maison, ceux dont il était sûr, mais en causant de choses et d'autres, sans qu'ils pussent se douter de son but.

Le cocher ne pouvait rien lui révéler.

Il ne lui était point arrivé de conduire sa maîtresse à des rendez-vous suspects. Elle allait chez ses fournisseurs, le couturier, la lingère, la modiste ; il ne l'avait jamais vue en conversation équivoque avec qui que ce fût.

Si, au Bois ou ailleurs, elle rencontrait des amis, elle leur parlait librement, sans mystère ; et, s'il en était un parmi les voisins de campagne ou les habitués de l'hôtel de Paris qu'elle traitât avec quelque froideur, c'était le duc de Vaudrey.

Le cocher ne cachait pas au baron Noël que madame la baronne, à son jugement, ne pouvait pas souffrir le châtelain de Langon.

Les autres domestiques, le maître d'hôtel, les valets de pied, les jardiniers, les concierges confirmaient les renseignements du cocher.

Il n'y avait donc rien à tirer de ce côté.

Mais le baron n'était pas facile à détourner de sa piste.

Quand une idée s'était enfermée dans sa cervelle, elle y tenait comme un clou dans une solive de chêne, comme une ancre sur un fond de sable.

Le départ précipité du duc pour la Bretagne, dès le milieu d'avril, lui fit ouvrir l'œil.

Pourquoi ce Parisien endurci, cette fleur des pois du boulevard, ce fanatique du sport, des nuits de jeu et de tous les plaisirs, quittait-il Paris alors que la saison battait son plein, sinon pour donner le change à l'opinion ?

Quelle nécessité pour lui d'aller s'ensevelir tout vif, comme un ermite, dans cette solitude de Langon ?

On parlait de la ruine du duc, ou du moins du désordre de ses affaires, mais le banquier connaissait son monde sur le bout du doigt, et si Vaudrey devait chercher quelque part avec succès le remède à cette décadence, c'était à Paris.

C'est là que fleurissent les héritières.

Quand on a trente-deux ans, une tournure triomphante, qu'on s'appelle le duc de Vaudrey-Langon et qu'on inscrit sur son blason cette fière devise : « J'ai valu, vaux et vaudrai », eût-on perdu quelques millions, rien n'est désespéré.

Si donc le duc ne cherchait pas la panacée qui devait le guérir, et le banquier le savait d'un caractère à ne pas se résigner aisément à la ruine, n'est-ce pas parce qu'il l'avait sous la main ?

Dans l'esprit du baron Noël, les précautions prises par l'amant de Louise tournaient contre lui et devenaient une présomption de culpabilité.

Mais ce n'était pas assez.

Le banquier ne faisait qu'éventer son gibier, comme un limier qui entre en forêt et passe sur la trace d'un cerf ou d'un sanglier ; il fallait le lancer d'abord et ensuite le forcer.

Quelle que fût la force du lien qui unissait la jeune veuve à son amant, elle ne pouvait l'épouser avant les délais fixés par la loi, et d'ici là, quel que fût aussi son génie de dissimulation, elle en arriverait fatalement à se trahir, surtout lorsqu'elle se supposerait en pleine sécurité.

Toutefois, le banquier devait surveiller l'ennemi présumé.

Il appela donc Jean-Marie à son cabinet, vers les premiers jours de mai, et lui tint ce langage :

— Tu es fort triste depuis nos malheurs.

— C'est vrai, monsieur le baron.

— Il faut te distraire, mon ami.

— Je ne demanderais pas mieux, monsieur le baron, mais j'ai beau essayer, je ne réussis pas.

— Si tu allais faire un tour au pays ?

Le Breton s'épanouit.

— Je n'osais le demander à monsieur le baron.

— Tu as tort. C'est le pardon de Plélan dans quelques jours ?

— Dimanche, monsieur le baron.

— Eh bien ! il faut partir. Tes parents seront bien aises de te voir ; ton frère Corentin aussi. Tu leur causeras une surprise agréable.

— Mais si monsieur avait besoin de moi, par hasard ?

— Pourquoi ?

Il y eut un silence.

Le baron Noël avait une confiance illimitée dans le dévouement et la loyauté du valet de chambre de son frère.

Il connaissait les Cléguer à fond.

C'étaient des Bretons de bonne souche, d'une fidélité à toute épreuve, d'une probité inattaquable dont il ne doutait pas.

Mais le baron appartient à cette race de financiers diplomates qui ne se livrent pas et ne font que des demi-confidences, même à leurs familiers. Son âme était cadenassée, fermée au verrou.

Il écoutait beaucoup et parlait peu.

Jean-Marie attendait.

— Tu prendras le train quand tu voudras, reprit le maître. Si tu as quelque chose à me dire, la poste est là.

— Bien, monsieur le baron.

— Va, mon ami.

Au moment où le Breton tournait les talons, le banquier le rappela.

— Sais-tu que M. de Vaudrey est déjà en Bretagne ?

dit-il, sans paraître attacher d'importance à cette question.

— J'en ai entendu deux mots, monsieur le baron.

— On répand le bruit qu'il serait fort gêné et que peut-être son domaine de Langon serait à vendre. Pour ma part, je n'en crois pas un mot. Mais puisque tu vas au pays, tu t'informeras discrètement. Si Langon eût été à vendre, Jacques n'aurait pas laissé échapper cette occasion de s'élargir. D'ailleurs, ce sont sans doute de faux bruits. Enfin, tu verras, Jean-Marie.

— Oui, monsieur le baron.

— Je compte sur toi.

C'était un congé.

Les entretiens du baron n'étaient jamais longs.

Cependant, Jean-Marie ne bougeait pas.

— Je vois que tu as une idée sur l'esprit, reprit le banquier. Si elle te tourmente, dis-la.

— J'ai une idée, en effet, mais elle est si extraordinaire !...

— Va donc.

— Je n'oserais. Et puis, ajouta le Breton, embarrassé, je n'ai pas de preuves !... C'est d'instinct.

— Explique-toi.

— Voilà. Je crois que M. de Vaudrey n'aura pas besoin de vendre Langon pour se refaire !

— Par quel moyen, alors ?

— Mais il n'aurait qu'à épouser une jeune fille riche comme il s'en trouve, ou une veuve...

— Eh ! c'est possible.

— Est-ce que monsieur le baron ne pense pas que M. de Vaudrey, qui est le plus proche voisin de Scaër, ne peut pas se dire que, puisque M. Jacques est mort — ou même auparavant, n'a pas pu se dire que s'il mourait — sa veuve serait un parti superbe ?

Les doigts du banquier battirent le rappel sur son bureau.

— Hum ! fit-il d'un ton de blâme, c'est grave ce que tu avances, Jean-Marie, et de plus c'est terriblement compliqué !

Jean-Marie se piqua d'honneur :

— C'est terriblement compliqué, assurément, monsieur le baron, mais c'est possible, et la meilleure preuve c'est qu'à l'heure qu'il est madame la baronne réunit les deux conditions nécessaires à M. de Vaudrey : elle est riche et elle est veuve. Il n'a fallu pour obtenir ce résultat que quelques minutes et deux balles qui n'ont pas fait grand bruit puisque madame la baronne n'a rien entendu, elle qui ne devait pas être loin au moment où on les a tirées.

— Peuh ! fit le banquier, on voit des choses plus extraordinaires.

Jean-Marie était lancé.

L'ironie de son maître le cingla comme un coup de fouet.

— Ce qui m'étonne, dit-il avec feu, ce n'est pas que M. de Vaudrey soit à Langon, c'est que madame ne parle pas encore d'aller à Scaër, qui est à côté.

— Silence, dit le baron. Tu parles bien haut, Jean-Marie.

— C'est juste, et j'ai tort.

— Tu as fini ?

— Oui, monsieur le baron.

— Eh bien ! mon ami, tu as besoin de repos. Ta tête travaille trop depuis quelque temps. Va à Scaër ; observe ton voisin, le duc de Vaudrey, si c'est ton plaisir, et garde tes confidences pour moi. Tu m'entends ?

— Parfaitement, monsieur le baron.

— Reste près de tes parents autant que tu le jugeras à propos. Bon voyage !

— Merci, monsieur le baron.

Jean-Marie salua son maître avec une familiarité respectueuse.

L'aîné des Bresson n'ajouta pas un mot, mais il mit un doigt sur ses lèvres, et son regard donna au fidèle Breton l'ordre du silence mieux qu'aucune parole ne l'eût fait.

Et voilà comment Jean-Marie Cléguer était au pardon de Plélan.

XI

DEUX LETTRES

Le lendemain du jour où M. de Vaudrey avait chargé Gotte de son message pour Yvonne, il se leva avec des idées tout autres que celles dont il était harcelé depuis longtemps.

La saison lui parut enchanteresse, la verdure de ses pelouses douce à l'œil ; les avenues qui s'enfonçaient au loin dans les taillis, descendant les vallons, escaladant les pentes, lui produisaient l'effet des plus merveilleux tableaux de Rousseau ou de Troyon.

Il voyait tout en beau.

Une voix secrète lui fredonnait aux oreilles qu'il n'avait pas perdu ses peines et que la place qu'il assiégeait allait se rendre à merci.

Il y a toujours une heure délicieuse, plus charmante peut-être que l'amour lui-même, dans l'attente de l'amour.

Le duc ne songeait qu'à Yvonne.

C'était là le plus important de ses soucis pour le moment.

Les autres disparaissaient dans les brouillards des plans lointains.

N'aurait-il pas toujours sous la main les millions du baron Jacques pour se refaire, comme Jean-Marie le présumait avec raison ?

En attendant, de quoi s'agissait-il pour lui, sinon de se distraire et d'abréger ses heures de reclusion ?

Cette Yvonne avait été placée là par les dieux propices qui le couvraient de leur protection. Ce que durerait l'aventure, il n'y songeait guère et s'en souciait encore moins.

Tout ce qu'il savait, en se promenant le matin dans les allées sablées, autour des gazons constellés de gouttes de rosée, sous les ombrages épais de son parc, c'est que la jolie fille de Plélan méritait sa renommée de beauté et au delà ; qu'elle était faite à souhait pour le plaisir et que ce serait, plus tard, si elle voulait déserter sa Bretagne, délaisser le futur qui l'attendait et le père qui la surveillait si mal, la maîtresse la plus agréable du monde.

Vers onze heures, le facteur se montra à la porte des cuisines, où le chef et les marmitons en veste blanche préparaient le déjeuner.

Il apportait des journaux et des lettres.

En ouvrant la première, le duc fit un geste de contrariété.

Cette lettre était timbrée de Paris, et d'une écriture qu'il vit avec déplaisir.

Elle le replongeait en plein dans les souvenirs qu'il essayait de fuir.

Il la lut cependant en haussant les épaules de dédain contre les femmes.

Qu'avaient-elles donc à s'amouracher de sa personne parce qu'il avait une tournure élégante, la moustache retroussée, la parole facile, la mémoire sûre d'un comédien, et aussi parce que les hasards de la naissance l'avaient fait duc de Vaudrey ?

Il se rendait justice.

Le caractère ne répondait ni au nom ni à la tournure.

Par moments, il était tenté de se mépriser à fond et se jugeait tel qu'il était en réalité, faible, lâche et fourbe.

Et pourtant Louise Renaud, cette femme hautaine et vraiment superbe, n'avait que des tendresses pour lui.

Les termes de la lettre étaient caressants, humbles, dévoués.

Il parcourut à la hâte ces lignes qui venaient le troubler au moment où il était tout à la pensée d'Yvonne, et ne songeait, en lisant cette lettre d'une maîtresse qui s'était perdue pour lui, qu'au piège qu'il avait tendu à l'oiseau qui allait se prendre.

Comment l'aventure se terminerait, il ne s'en inquiétait pas. Il avait toujours livré sa vie au hasard et cédé à l'entraînement du plaisir, quel qu'il fût.

la baronne ne lui annonçait pas de fâcheuses nouvelles.

Voici ce qu'elle lui disait :

« Trois mois se sont écoulés depuis la nuit qui a changé notre existence. Il ne me reste qu'un souvenir confus de ces événements si rapides et si imprévus. Les vêtements de deuil que je porte devraient m'attrister, et je ne me sens dans le cœur qu'un immense bonheur en songeant que je peux te consacrer ma vie sans partage et qu'aucun obstacle ne doit nous séparer.

« Quelle joie !

« Devant elle tout s'oublie et s'efface.

« Ah ! monsieur le duc, si vous ne me rendiez pas un peu de l'amour que j'ai pour vous, que vous seriez ingrat et cruel ! Avec vous, rien ne m'est impossible. J'affronterais les dangers les plus terribles sans hésiter.

« Sans vous, je désespérerais de la vie, et si envié que soit mon avenir, je m'estimerais aussi malheureuse que la dernière des mendiantes.

« Laissons mes sentiments, dont je vous fatigue peut-être, et parlons de choses qui doivent vous intéresser.

« Je suis entourée des plus délicates attentions.

« Noël, en vérité, a plu de cœur et vaut mieux qu'on ne peut le supposer à son aspect froid et presque sévère. Il essaye, par les soins les plus discrets, d'atténuer les regrets qu'il me suppose. L'hôtel ne se ressemble plus. On sent qu'un désastre s'y est abattu. Tout s'y fait en silence. On n'y reçoit que quelques intimes, le comte Hugues, Renaudet et d'autres, mais instinctivement ils parlent bas, comme on fait dans une chambre mortuaire.

« Noël évite toute allusion au passé. J'en suis heureuse, car je ne saurais lui répondre quoi que ce soit de raisonnable. J'ai épuisé les ressources de mon esprit. On pourrait croire qu'il s'est établi entre nous un accord tacite à ce sujet. Au surplus, si vous voulez ma pensée tout entière sur son compte, je présume, à certains regards que j'évite de remarquer pour n'y pas répondre, à certaines paroles qui échappent au baron, que s'il m'était possible de me prêter plus tard à une combinaison que mes sentiments pour vous rendent inadmissible, nous n'aurions pas besoin de procéder à un partage de la fortune des Bresson, et qu'elle resterait tout entière dans une seule main.

« Me comprenez-vous ?

« Noël s'est chargé de tous nos arrangements avec une complaisance sans bornes. Je lui ai signé une procuration qui me dispense de m'occuper d'affaires.

« Il n'y a pas, d'ailleurs, d'erreur possible ; soyez sans crainte, mon ami. Vous connaissez l'ordre de la maison, le luxe des écritures, l'exactitude des inventaires. Il est convenu qu'il me donnera le chiffre exact de nos parts réciproques à la fin de l'année.

« Hier, en dînant en tête à tête avec moi, au moment où nous étions seuls, le service terminé, il m'a dit d'une voix qui tremblait légèrement, en posant sur mon assiette, une de ces belles assiettes du service de Marie-Antoinette, un chèque de cent mille francs.

« — Vous ne vous doutez peut-être pas de votre revenu personnel ?

« J'ai répondu en jouant l'indifférence :

« — Que m'importe ? N'êtes-vous pas là pour régler tout ?

« — Sans doute, mais une femme a besoin de savoir ce qu'elle peut dépenser sans toucher à son capital.

« J'ai allégué la modestie de mes goûts.

« — C'est une justice à vous rendre, Louise, m'a-t-il répondu ; vous êtes une femme pleine de sens et de raison. Il n'est pas au monde de meilleure maîtresse de maison que vous, et je vous ai admiré plus d'une fois.

« Il est entré dans quelques détails qu'il m'a précisés avec son esprit si net et si méthodique, et m'a donné des conseils pour l'avenir, quand je serai à la tête de ma fortune, ce qui aura lieu dès que je le désirerai.

« — Vous avez sept cent mille francs de rentes, d'après le testament de mon frère, m'a-t-il dit.

« Je suis donc riche, mon ami. Ce qui me touche, c'est que je pourrai vous permettre de vivre selon vos goûts. Tout est à vos pieds dès à présent, la femme et la fortune. Disposez de moi, Ordonnez, je vous obéirai, moi qui ne fléchis devant personne.

« Quand me commanderez-vous d'accourir où vous êtes ! Quelle privation de vivre si loin l'un de l'autre ! Quelle nécessité de quitter Paris si vite ! J'ai bien compris les raisons que vous m'avez données. Elles sont prudentes, mais je ne saurais les approuver, puisqu'elles me séparent de ce que j'aime. J'espère que bientôt nous serons réunis. Je prépare tout dans ce but, et je dispose de mon mieux à ce séjour en Bretagne Noël, qui ne sait rien me refuser.

« Adieu, mon cher seigneur, pensez à moi, et surtout ne vous attachez à rien qu'à celle qui vous a tout donné, même l'honneur.

« Louise »

« P. S. — Ne redoutez aucune indiscrétion. Je me suis assurée, et c'était bien facile, que l'amitié du baron ne me tend aucun piège. Ce financier a du goût pour votre servante. Voilà la vérité. Il est des regards et des désirs mal réprimés auxquels une femme ne se méprend pas. Là est le secret de sa mansuétude et de sa générosité. Froid au dehors comme un glacier des Alpes, il recèle un volcan dans sa poitrine. A quand l'explosion ? Soyez tranquille. Il me serait aussi impossible de l'aimer qu'à un aigle de plonger au fond des mers.

« A toi seul.

« Louise »

Le duc ne distingua dans cette longue lettre qu'un point :

La jeune veuve pouvait arriver à Scaër et tomber au milieu de ses intrigues avec la belle fille de Plélan.

C'était ce qu'il redoutait le plus.

Il fallait donc gagner du temps.

Il se mit à son bureau et écrivit la réponse suivante :

« Votre lettre m'a réchauffé le cœur.

« Vous parlez de glaciers.

« C'est en Bretagne qu'ils sont.

« On y gèle. Je suis transi même par les belles journées que nous traversons. On ne saurait mieux me comparer qu'aux exilés de Sibérie. J'entends moralement, car au surplus la température est satisfaisante. J'erre le désespoir dans l'âme, au milieu des prés verts, sous les futaies plantées par mes aïeux et à travers la lande violacée de bruyères parmi lesquelles percent à chaque pas les têtes des roches moussues et des dolmens celtiques.

« Combien le temps me dure sans vous !

« Sans toi !

« Mais la raison nous commande de prolonger ce supplice. Ne hâtez donc pas votre arrivée à Scaër. Attendez avec patience quelques semaines, quelques mois encore.

« Que nous importe cette séparation momentanée ?

« N'aurons-nous pas la vie entière pour l'oublier ?

« Mettons en œuvre la prudence du serpent. Le monde est un tyran dont on ne saurait sans déchoir braver les lois. Je souffre cruellement de la privation que je m'impose, mais elle est nécessaire.

« Qui pourrait plus tard se douter de l'intimité ancienne de deux amants qui consentent à vivre six mois à cent lieues l'un de l'autre ?

« Six mois, l'éternité !

« Je crois que vous vous abusez sur les intentions du baron Noël.

« Cet homme est fort, plus fort que vous ne pensez.

« Je me suis toujours défié de ces gens de finance qui ont l'impénétrabilité des statues d'argent.

« Je ne dis pas ici tout ce que je pense. Il faut redouter quelques pièges. Mais supposez sous ces froides dehors tout ce que la plus ardente passion peut inspirer de serments et de folies.

« Je porte moi-même ma lettre au bourg de Plélan sur cette bête alezane qui vous plaisait tant. C'est elle qui montais le jour où je vous rencontrai pour la première fois dans les bois de Scaër.

« Je vais traverser la clairière où vous étiez presque égarée. Par malheur vous n'y serez pas. Que ne puis-je vous évoquer d'un signe !

« Ne prononcez jamais le mot terrible : Adieu.

« Dites : Au revoir.

« Moi, j'écris : A bientôt, mais à Paris. C'est le seul endroit où l'on soit certain du mystère.

« HUBERT. »

Les termes de cette lettre étaient certainement flatteurs, mais si la veuve du baron Jacques avait pu pénétrer au fond du cœur de son amant, elle aurait subi une navrante désillusion.

Le duc en l'écrivant avait une attitude lasse et chargée d'ennui qui l'eût profondément irritée.

Il parcourut au galop une autre lettre de son notaire qui lui proposait une héritière dont la dot pourrait combler les lacunes de son capital et boucher les brèches béantes de son patrimoine.

La personne laissait à désirer.

Le notaire, en homme pratique, conseillait à son client de fermer les yeux.

On ne peut pas tout avoir.

Il ne cachait pas à M. de Vaudrey que la liquidation s'annonçait comme désastreuse.

Tout était en baisse et l'argent devenait rare.

M. Chapuzet se permettait de joindre ses humbles conseils à ceux du notaire.

Il invitait son client à mettre à profit sans tarder le délai de grâce qu'il lui ménageait avec peine.

Le duc jeta ces sages avis au panier et ne se donna même pas la peine de répondre.

Il quitta son cabinet de travail, un somptueux et confortable salon du rez-de-chaussée donnant sur la vallée et les étangs de Langon par deux hautes portes-fenêtres, reprit sa promenade interrompue et ses rêveries de la matinée en se répétant le vieux mot historique :

— A demain les affaires sérieuses !

La figure pâle d'Yvonne restait seule devant ses yeux.

XII

SÉDUCTION

M. de Vaudrey porta, en effet, lui-même sa lettre à la poste de Plélan, pour deux raisons.

Il évitait ainsi que ses gens connussent sa correspondance avec la baronne Bresson.

En outre, il se procurait le plaisir d'une promenade à cheval vers un point qui lui souriait.

Tout ce qui le rapprochait d'Yvonne Rebec était pour lui une cause d'émotions agréables.

Cette petite l'intéressait à un point qui l'étonnait lui-même.

Lui qui avait connu les plus remarquables célébrités de la galanterie parisienne, il s'emballait — qu'on nous passe l'expression — pour une campagnarde à moitié dégrossie, au point de négliger tout pour elle.

Était-ce vraisemblable ?

Il n'est pas de diva d'opérette, pas d'étoile du corps de ballet qui l'eût occupé à ce point.

Non, sur l'honneur.

Yvonne avait je ne sais quelle ingénuité, quelle innocence, quelle saveur rustique, quelle flamme étrange dans ses grands yeux noirs, qu'il ne se souvenait d'avoir vues à personne.

L'amoureux, en arrivant aux abords de Plélan, fut envahi par une sensation délicieuse.

Le chemin qu'il suivait longe le parc du comte Hugues.

Au moment où la jument alezane tournait à l'extrémité d'une charmille séculaire, le duc l'arrêta court derrière une touffe de châtaigniers aux larges feuilles qui le masquaient tout entier.

Sous cette allée de charmes que les rayons du soleil avaient peine à percer, Yvonne relisait avec une visible émotion la lettre que Gotte lui avait remise.

Elle était si absorbée par cette lecture qu'elle n'entendit pas le trot léger de la jument de M. de Vaudrey.

Elle se croyait seule, bien seule, et le duc put suivre sur ses traits mobiles les impressions qu'elle ressentait en parcourant ces lignes incendiaires :

« Ma chère Yvonne,

« J'avais cru obtenir de vous un aveu que j'aurais payé de la moitié de mon sang, et vous me fuyez ! La femme est changeante comme l'onde. Vous êtes cruelle, cruelle pour moi et pour vous-même, car vous ne pouvez comprendre à quel point je vous veux heureuse. Rien ne me coûtera pour vous plaire. Croyez-moi donc, chère adorée, l'amour est le seul bien désirable. Sans lui, à quoi servent tous les autres ? Pourquoi lutter contre votre cœur ? L'amour appelle l'amour, et le mien est si ardent que vous n'y pouvez rester insensible. Il brisera tout pour parvenir à vous.

« Écoutez.

« Demain, je vous attendrai à l'extrémité de l'avenue de Plélan, au bord de la route. Rien de plus facile que de vous y rendre sans être vue. J'y serai à dix heures. Venez, je vous en supplie. L'ombre nous protégera. Si vous rejetez ma prière, je ne sais à quelle extrémité votre indifférence peut me réduire. Je préfère la mort même à vos dédains. Je vous aime, je vous adore et n'adore rien que vous.

« HUBERT. »

Avec de telles phrases, il n'est pas de cœurs de vingt ans qu'on ne bouleverse. Les amoureux sincères les prennent dans leur cœur ; les autres, et ce ne sont pas les moins redoutables, les puisent dans leur mémoire.

Le duc de Vaudrey aurait pu écrire des volumes sur ce ton en se jouant.

Il ressemblait au braconnier qui tend ses filets tranquillement, sûr que le gibier qu'il poursuit finira par s'y prendre.

Autant la passion vraie est excusable, même dans ses écarts et ses excès, autant le séducteur blasé qui, pour la satisfaction d'un plaisir ou d'une vanité égoïste, prépare son piège froidement est haïssable.

Yvonne marchait à pas lents, dans l'ombre épaisse de la charmille, la tête penchée sur sa poitrine. Tantôt elle laissait tomber le bras qui tenait la lettre et tantôt elle se remettait à sa lecture, absorbant à longs traits le poison qui lui était versé.

A la fin, elle alla s'asseoir à l'autre bout de l'avenue, sur un banc, appuya sa tête sur sa main gauche et resta immobile dans l'attitude de la rêverie.

Rarement un peintre eût dans un tel cadre de verdure le sujet d'un aussi ravissant tableau de genre.

Le duc frissonna de plaisir.

— Elle viendra, pensa-t-il.

Et il s'éloigna sans bruit, en suivant le talus gazonné du chemin dans la direction du bourg.

Il était près de cinq heures lorsqu'il quitta l'auberge des deux mulets, où il s'était arrêté un instant, et rentra dans la forêt pour regagner Langon.

La soirée était d'une douceur inexprimable.

Quelques nuages transparents qui voilaient à peine l'azur du ciel flottaient seuls à de grandes hauteurs au dessus des taillis.

Le duc suivait au pas un sentier bordé de cyprès, de bouleaux et de chênes, lorsque, au milieu d'un carrefour, il se trouva face à face avec un grand et robuste gaillard qui arrivait en sens contraire, botté, vêtu d'une vareuse brune, sa carabine en bandoulière sur le dos.

Un épagneul marron, au poil frisé, battait les buissons autour de lui.

C'était Corentin Cléguer, le fiancé d'Yvonne.

Corentin réprima un mouvement d'humeur à l'aspect du châtelain.

Mais il réfléchit qu'après tout le duc pouvait venir du bourg, et qu'enfin le chemin est à tout le monde.

Il mit la main à son feutre à larges bords.

— Salut, monsieur de Vaudrey, dit-il.

Et comme le cavalier lui rendait courtoisement la politesse, il ajouta :

— Un fameux temps pour la promenade.

Les deux hommes causèrent un instant du pays, des récoltes qui s'annonçaient avantageusement, du pardon de la paroisse.

M. de Vaudrey félicita Corentin de sa victoire.

Les gens de Scaër lui devaient un beau cierge.

Corentin, rassuré par l'aisance du duc, haussa les épaules avec un bon sourire.

— On se reverra l'an prochain, dit-il. C'est peut-être Scaër qui aura le dessous, mais on fera de son mieux. Arrive qui peut.

Il examina la jument du duc en connaisseur :

— Une belle bête, que vous avez là, et qui a du nerf. C'est plaisir de courir les bois là-dessus... On n'en trouverait pas la paire dans le canton.

Lorsqu'ils se quittèrent, en tirant chacun de son côté, M. de Vaudrey ne put s'empêcher de rendre hommage à la bonne mine de son rival.

Ce n'était qu'un rustre, mais que de gentilshommes auraient perdu à la comparaison avec ce paysan solide, bien planté, de haute allure, au visage fier et loyal.

Et c'était lui qu'il essayait de dépouiller de son bien, lui dont il troublait la vie, en lui prenant la fille qui devait être sa compagne et dont il avait la promesse !

Mais il n'eut pas même un scrupule à ce sujet.

Corentin Cléguer ! que lui importait cet adversaire ? S'il aimait Yvonne, c'était à lui de veiller sur elle.

Il poursuivit son chemin en oubliant cette rencontre, tandis que Corentin continuait le sien vers Plélan, en sifflant une fanfare de chasse.

L'ancien maréchal des logis était tout à la joie ! Il s'opérait en lui un de ces revirements si communs dans le cœur des hommes. Après avoir été vivement froissé du caprice de sa promise, il revenait à l'espoir de faire changer sa décision, de la ramener à un consentement.

Il se promettait de tant la supplier qu'elle n'aurait pas le courage de le faire languir, car il n'en pouvait douter, elle avait de l'amitié pour lui. Ne l'avait-il pas vue toute petite ? Ne s'étaient-ils pas juré mille fois d'être l'un à l'autre, en se promenant dans les bois, la main dans la main, en cherchant des nids, en courant tous deux, bras dessus, bras dessous, les pardons des paroisses voisines ? Enfin n'était-ce pas la plus vraie des félicités qui les attendait dans l'existence modeste et cachée qu'ils mèneraient, à l'abri des mauvais vents qui menacent les aventuriers lancés après la fortune ?

Il marchait donc d'un pas alerte et dégagé en pensant qu'il n'avait plus que quelques pas à faire pour apercevoir la fenêtre encadrée de verdure où il avait tant de fois vu la fille des Rebec, lorsqu'il fut tout à coup arrêté par une voix qui l'appelait avec un accent moqueur et lui disait :

— Où vas-tu, Corentin ?

Il se tourna du côté d'où venait la voix et aperçut la folle accroupie au pied d'une borne.

— C'est encore toi, Jeannie ? dit-il.

— Oui, c'est moi.

— Que fais-tu là ?

— Ce que je fais les autres jours. Je regarde.

— Et que vois-tu ?

— Des dangers qui te menacent. Les loups rôdent et le berger dort.

— Ce sont là des énigmes que je n'entends pas, mais d'une tête vide on ne peut tirer rien qui vaille. Adieu ! Que la bonne dame d'Auray te rende ce qui te manque !

Corentin s'en alla, vexé de ce fâcheux présage.

Cette « diote » était comme un corbeau de mauvais augure planté sur son chemin.

Mais ces idées se dissipèrent aussitôt.

Il venait d'apercevoir Yvonne sur le banc où le duc l'avait vue lui-même, dans son attitude pensive, la tête baissée sur un papier qu'elle tenait à la main.

Il s'avança à pas de loup, en faisant un détour derrière les massifs de coudriers et de lilas pour la surprendre.

A vingt pas d'elle, il se démasqua subitement.

Elle releva la tête au bruit, et une violente rougeur empourpra son visage.

En même temps, elle froissa le papier et le glissa dans son corsage d'un geste rapide.

Corentin remarqua ce mouvement, mais, tout entier au plaisir d'être si près d'elle, il s'avança la main tendue et le sourire aux lèvres.

Elle se remit.

— Vous m'avez fait une peur ! balbutia-t-elle.

— Peur ?

— Je vous attendais si peu !

— Le temps m'a semblé long depuis le pardon, dit-il.

— Pourquoi ne vous voit-on plus ?

— J'étais fâché contre toi.

— Fâché ! A quel sujet ?

— Tu le sais bien.

— Parce que je ne veux pas me marier ?

— Tu as tort, Yvonne ; nous n'avons pas tant d'années à être heureux ! Le temps perdu ne se retrouve pas. Alors je suis venu te demander si tu refuses toujours de faire ce qu'on désire.

Elle devint pâle et se mordit les lèvres.

Corentin s'assit sur le banc auprès d'elle et lui renouvela ses prières dans les termes les plus pressants.

— L'an dernier, tout n'était-il pas décidé ? reprit-il avec chaleur. La noce devait avoir lieu ce printemps. Les parents étaient prévenus.

Il lui dépeignit la joie que cette fête causait à tout le monde, à son père et à sa mère, qui l'aimaient comme leur propre fille ; à lui, qui t'attendait depuis tant d'années ! Et au dernier moment elle reculait comme si elle avait redouté un malheur ! Quel malheur ? Ne serait-il pas là pour la défendre ? Que pouvait-elle craindre ?

Il lui parla avec une émotion extraordinaire.

Tout son amour lentement amassé se répandit comme un torrent qui brise ses digues. Cet amour honnête, loyal, s'exprimait en phrases moins correctes que le caprice du duc de Vaudrey, mais le cœur du brave garçon se mettait à nu ; toute son amitié, sa raison, essayaient de convaincre et d'entraîner cette fille qui, pour lui, représentait l'ivresse et les joies du ciel.

Et pourtant, elle restait froide, presque indifférente, quand elle aurait dû se jeter à son cou et chercher son salut dans cet amour comme dans un refuge.

Le tentateur, l'autre, était toujours là entre eux et les séparait.

Corentin parlait. C'était le duc qu'elle écoutait. C'était lui seul qu'elle avait devant les yeux.

A la fin, il comprit qu'il avait perdu le chemin de son cœur.

— Tu ne m'entends pas, dit-il. A quoi penses-tu ?

Elle parut s'éveiller en sursaut.

— Je pense, répondit-elle, que vous êtes bon et dévoué et que vous méritez qu'on vous aime.

— Eh bien ?

— Accordez-moi un délai. Soyez bon. Quelque temps seulement...

— Pourquoi ce retard ?

— Ne pouvez-vous me faire cette grâce ?

— S'il le faut, mais...

— Je vous en prie !

Elle le regarda avec une pitié douce qu'il put prendre pour de la tendresse. Elle lui appuya la main si amicalement sur l'épaule en le fixant de ses grands yeux humides, qu'il se sentit rassuré.

Et, sans lui donner le temps de réfléchir, elle l'entraîna vers le pavillon, où son père venait de rentrer.

Le régisseur tendit les deux mains au jeune homme et l'accueillit comme l'enfant prodigue :

— Hé ! les amoureux, s'écria-t-il, la paix est donc faite ? A la bonne heure !

— Oui, répondit Corentin, et cette fois j'espère que les accordailles ne vont pas tarder...

Yvonne devint écarlate, mais elle ne répondit rien.

— Tu soupes avec nous, Corentin ? reprit le bonhomme.

— Ce n'est pas de refus.

Yvonne tressaillit.

La nuit allait venir et l'autre serait là, au bout de l'avenue de hêtres, qui l'attendrait !

Sous le manteau de la cheminée, Gotte, qui attisait le feu, tâta son précieux louis dans sa poche et jeta un coup d'œil sournois à sa jeune maîtresse en grommelant :

— M'est avis qu'on n'a pas besoin de se presser de mettre le couvert pour le dîner de noces.

XIII

DANS LA NUIT

Corentin était un Breton de pur sang, mais il avait fait son temps à l'armée dans les dragons, et, là, on ne croit guère aux korrigans, ni aux fées, ni à la brouette du diable, ni aux revenants de l'autre monde.

Lorsque, après souper, il quitta le pavillon des Rebec, sur les neuf heures et demie, pour regagner Scaër, la lune se levait dans les fonds du côté de Langon.

On aurait dit qu'elle sortait du marais.

Mais c'était une lune qui ne donnait qu'une lueur incertaine, pour deux raisons : la première, c'est qu'elle était voilée de nuages ; la seconde, parce qu'elle était à son premier quartier et ne promenait dans les airs que deux cornes de peu d'importance au point de vue de l'éclairage.

Cette obscurité n'empêchait pas Corentin de marcher gaillardement en serrant contre son épaule sa bonne carabine, qui ne le quittait guère.

Une carabine donne une assurance particulière, même aux gens qui n'ont peur de rien.

Et Corentin était de ceux-là.

L'épagneul roux le suivait, trottant sur ses talons, l'oreille basse, en songeant peut-être aux trois interminables lieues de pays qu'il devait arpenter avant de regagner sa niche.

A cinq cents pas du pavillon des Rebec, Corentin s'arrêta.

Un amoureux ne s'éloigne qu'à regret du toit qui abrite sa belle.

Corentin voulait contempler, une dernière fois, la lumière qui brillait aux fenêtres d'Yvonne.

Désir de cœur bien épris !

Que celui d'entre nous qui n'en a pas fait autant lui jette la première pierre.

Il attendait que cette lumière s'éteignît pour continuer son chemin ; mais elle brûlait toujours.

Le reste de la maison était plongé dans l'obscurité. Yvonne seule veillait donc !

Parfois son ombre se dessinait sur la mousseline des rideaux.

Elle allait et venait dans sa chambre.

A la fin, il se décida à s'éloigner et prit l'avenue de hêtres.

Arrivé à l'extrémité, vers le bourg, son épagneul le quitta brusquement et fit entendre un ou deux abois prolongés.

Le maître siffla, et le chien docile revint auprès de lui en grognant.

Etait-ce un ennemi que l'animal flairait ?

— Paix là ! fit Corentin en tournant le dos au bourg.

Il était à peine à deux cents mètres, lorsqu'il entendit très distinctement le hennissement d'un cheval.

Ce cheval devait stationner aux environs des piliers de granit et des chaînes qui ferment aux voitures l'avenue de Plélan.

Corentin réfléchit.

Qui donc pouvait se trouver là à pareille heure ? Il tourna la tête et refit quelques pas en arrière, mais il se dit qu'après tout il n'était pas chargé de la police des routes. Ce devait être quelque voiture de métayer attardé dont le cheval soufflait avant de reprendre sa course.

Il reprit la sienne et coupa au raccourci en s'engageant à travers la lande plantée çà et là de maigres taillis qui s'étend jusqu'à Langon d'un côté et Scaër de l'autre, avec quelques intervalles de métairies enclavées dans le bois et de vallées parsemées d'étangs et de marécages.

Les deux domaines se joignent et se bornent.

L'aspect du pays, la nuit, sous un blafard rayon de lune, est empreint d'une mélancolique poésie.

On comprend, en le parcourant, dans cette blanche et morne lumière, les mystiques terreurs des paysans bretons et les légendes dont la croyance survit dans les esprits simples des bonnes femmes du Morbihan.

Corentin en marchant ne songeait à rien, si ce n'est qu'il avait trente ans et que la vie est bonne.

Il pensait surtout qu'il viendrait à bout du caprice étrange d'Yvonne, qui, sans se prononcer, lui avait paru plus affectueuse que les autres jours.

Plus affectueuse, mais plus triste aussi !

Elle se suspendait à son bras en le quittant au seuil de sa maison comme si quelque danger l'eût menacée. Il était certain qu'elle avait de l'amitié pour lui. Elle l'avait répété à diverses reprises dans la soirée. Il n'était pas exigeant et ne lui demandait pas un amour comparable à celui dont il était rempli pour elle. Il n'avait pas tant de prétention. Lui, c'était un culte qu'il lui vouait. Sans s'estimer un grand clerc, il se disait que l'homme est fait pour aimer, la femme pour être aimée. Que la belle Yvonne consentît à l'épouser comme c'était convenu depuis si longtemps, il n'en souhaitait pas plus. Or, elle ne s'y refusait pas. Seulement, il y avait entre eux une question de temps. Elle était moins pressée que lui.

Cela se comprenait.

Corentin souriait presque à cette pensée. Est-ce qu'il pouvait après tout ne pas juger bon tout ce qu'elle désirait ?

Elle se déciderait bientôt ! Elle voulait attendre ! Caprice d'enfant volontaire, un peu gâtée par tout le monde, par son père, qui n'avait qu'elle ; par son parrain, le comte de Plélan ; par lui, enfin, Corentin, depuis dix ans à genoux devant ses fantaisies !

Il suivit d'un pas rapide un sentier étroit, déroulé comme un lacet à travers les bruyères, les marécages et les plaines étroites de champs cultivés.

Parfois, dans les étangs, quand il passait sur la chaussée, il entendait un vol de canards ou de sarcelles qui s'enlevaient au bruit de ses bottes sur les cailloux ou sous l'arrêt de l'épagneul qui s'élançait dans les joncs.

Ou quelque lièvre déboulait d'un buisson dans l'ombre et traversait le sentier comme un fantôme.

Corentin n'y prenait pas garde, habitué aux bruits étranges qu'on entend la nuit dans les bois, quand, ce qui lui arrivait souvent, il les parcourait à l'affût des braconniers à deux ou à quatre pattes qui en usaient trop librement à Scaër.

Mais tout à coup son attention fut attirée par un bizarre incident.

Il était environ onze heures.

La lune allait disparaître, et son croissant, qui ne s'était guère élevé au-dessus de l'horizon, descendait dans un nuage noir et ne donnait plus de clarté. Les étoiles seules scintillaient par places au milieu des nuées qui moutonnaient dans le ciel.

A ce moment, l'ancien maréchal des logis de dragons se trouvait sur un plateau dénudé à la lisière des domaines de Scaër et de Langon.

Il suivait toujours son sentier, qui coupait la route conduisant de Plélan chez le duc de Vaudrey, lorsqu'il fit halte subitement.

Il apercevait dans le lointain les deux lanternes d'un

coupé roulant à toute vitesse dans la direction de Langon.

Une idée traversa son esprit comme un éclair.

Cette idée le terrifiait sans doute, car on aurait pu voir dans la nuit ses yeux s'agrandir et ses traits se contracter sous le coup d'une irritation violente autant que soudaine.

Puis il fit un geste comme pour écarter cette idée absurde !

Absurde ! Pourquoi ?

Que signifiait ce cheval stationnant à l'extrémité de l'avenue de Piélan ? Ce ne pouvait être que celui du coupé aux lanternes étincelantes qui arrivait sur lui.

Qu'attendait-il là-bas ?

Pourquoi cette lumière qui ne s'éteignait pas à la fenêtre d'Yvonne quand tout le reste de la maison s'endormait ?

Assurément, ces suppositions étaient légères, incohérentes, fausses, peut-être ! Cependant, en y réfléchissant, il se rappelait qu'Yvonne était distraite pendant la soirée. A plusieurs reprises, elle l'avait engagé à se mettre en route en prétextant la nuit qui venait et la longueur du chemin.

Et ce billet qu'elle lisait à son arrivée et qu'elle avait froissé si brusquement et glissé dans sa robe !

Tout, jusqu'aux paroles de la folle, tout frappait maintenant l'esprit de Corentin.

Le coupé passa comme la foudre à cent pas au-dessous du plateau sur lequel il se tenait en vedette.

A la lueur des lanternes qui jetaient une clarté aveuglante, il vit que ce coupé n'était attelé que d'un cheval noir qui trottait avec une rapidité vertigineuse.

Du train dont il volait, il ne devait pas mettre plus de quarante minutes à parcourir les trois lieues qui séparent Piélan de Langon.

Déjà Corentin ne le distinguait plus ; la route tourne au flanc de la colline et s'enfonce dans une vallée assez profonde, pour remonter ensuite jusqu'au château de Langon, isolé à mi-côte de cette vallée, au milieu d'un parc taillé en pleine forêt et ombragé de futaies centenaires.

Pourquoi cette course nocturne ?

Quel mystère cachait-elle ?

Une anxiété, une angoisse aiguës torturaient le cœur du malheureux. Il craignait d'entrevoir la vérité et de deviner le secret d'une honteuse intrigue.

En vain il se répéta que ses craintes étaient chimériques, que c'était une infamie à lui de douter d'Yvonne ; sa jalousie, en s'exaspérant comme une plaie vive, lui remettait sous les yeux mille circonstances auxquelles il n'avait pas songé d'abord.

Pourquoi le duc de Vaudrey était-il revenu sitôt à son château de Langon, abandonné les autres années ?

Pourquoi presque chaque jour prenait-il pour but de ses promenades le parc de Piélan ?

Est-ce que, le soir encore, il n'avait pas croisé son cheval au moment où il sortait, pour ainsi dire, du château ?

En un instant, les serpents de la jalousie s'emparèrent de son âme sans qu'il eût la force de les en arracher.

Il éprouva une douleur poignante et comme une sorte de déchirement.

Le coupé était loin. On n'entendait plus qu'un roulement sourd qui allait en s'affaiblissant.

Deux fois, Corentin aperçut au sommet des côtes les éclairs des lanternes, et bientôt tout disparut dans les ténèbres.

Il aurait donné dix ans de sa vie pour savoir ce que contenait cette voiture. Malgré lui, il imaginait une scène invraisemblable, Yvonne enlevée de force ou suivant de son plein gré le duc loin de la maison de son père.

Alors, au lieu de se diriger vers Scaër, il prit une résolution subite, sans réflexion, d'instinct, entraîné par cette volonté de savoir qui le tourmentait.

Après tout, que lui coûtait une nuit blanche passée dans les bois ?

Ce n'était pas la première fois qu'il veillerait dans la lande !

Il connaissait le pays d'un bout à l'autre et n'aurait pas été en peine de retrouver son chemin par les nuits les plus noires.

Entraîné par une force toute-puissante, il marcha vers Langon, et à minuit il atteignit les premiers massifs du parc, sous lesquels il se glissa comme un malfaiteur qui redoute d'être vu.

La silhouette de l'imposante masure se dessinait en noir sur le ciel d'un gris sombre et bas coupé d'éclaircies, en face d'un étang de cinquante arpents, dont les eaux stagnantes reflétaient quelques étoiles.

Aucune lueur ne filtrait à travers les persiennes.

Aux environs, le silence le plus profond régnait. C'est à peine s'il était troublé par quelques abois de chiens qui se répandaient dans la nuit.

Alors Corentin s'enhardit et tourna autour du château, en se dérobant avec précaution sous les bosquets et les avenues de grands arbres.

Du côté des jardins une surprise l'attendait.

Tapi à l'angle d'un mur du potager, il aperçut, à trente pas environ du lieu où il se tenait, une sorte de chaumière comme on se plaisait à en élever dans les parcs vers le milieu du dernier siècle.

Les volets en étaient clos, mais une lueur dorée passait par les intervalles, tandis qu'une fumée blanche planait au-dessus de la cheminée.

On veillait donc dans cette chaumière.

Ce fait n'avait rien d'extraordinaire, mais pour l'esprit du malheureux, tout était matière à soupçons.

Il restait là, immobile, la sueur aux tempes, l'oreille tendue, et ne pouvait se résoudre à abandonner son poste.

Cependant les abois des chiens se succédaient plus fréquents et plus vifs. Les gardiens du parc, enfermés au chenil, éventaient sa présence et celle de l'épagneul qui se serrait contre son maître en se sentant en pays ennemi.

Qu'un valet, éveillé par le bruit, les lâchât sur sa piste, Corentin et son chien allaient être chassés par une meute.

C'était un esclandre ridicule dont il ne voulait pas.

Pour en finir, il s'approcha à pas de loup de la chaumière, colla son oreille aux volets et attendit.

Il lui sembla qu'un murmure de voix arrivait à lui ; il crut distinguer une plainte étouffée qui lui glaça les os. Un frisson lui courut dans les veines. Cette voix, c'était celle d'Yvonne, ou il devenait le jouet d'une hallucination.

Il resta deux minutes haletant, étourdi comme s'il eût reçu un coup de maillet sur le crâne, mais il n'entendit plus rien.

Un bruit de pas qui s'approchaient le tira de sa torpeur. Son compagnon gronda dans ses jambes.

— Silence ! lui dit-il à voix basse.

Deux hommes allaient aux communs une lanterne à la main.

Corentin n'eut que le temps de gagner au plus vite un fourré d'arbustes et de s'y aplatir dans les hautes herbes.

Les deux hommes rasèrent son abri.

Le plus âgé disait :

— Le patron trouve du gibier partout. Tu voudrais bien être à sa place, Gib ?

Le boy lui administra une tape sur le ventre et riposta avec un gros rire :

— Yes, milord !

Ils passèrent.

Corentin frémissait de rage, résolu à tout pour pénétrer l'énigme qui lui étreignait le cœur, quand deux roquets échappés des écuries se précipitèrent sur lui avec fureur.

La honte d'être surpris dans cet espionnage, un sentiment d'orgueil et d'honneur, triomphèrent de sa curiosité, et il battit en retraite devant l'ennemi, qui devenait plus nombreux.

Deux minutes plus tard, il avait une armée de hurleurs de toutes sortes, carlins, dogues, braques et chiens courants à ses trousses.

Dans les écuries, Gib disait à son compagnon :

— Encore quelque bête qui vient rôder dans le parc. Il n'en manque pas dans le pays, hein, père Bastien ?

— Sans te compter, bâtard d'Anglais, grommela le cocher.

Corentin s'enfonça rapidement dans la forêt coupée de lignes au milieu de laquelle est bâti le château de Langon.

La musique enragée des chiens l'accompagnait comme un sanglier relancé dans sa bauge.

Ce ne fut que lorsqu'il eut gagné la route par laquelle il était venu qu'il chassa la meute acharnée à sa poursuite.

Mais alors la querelle fut promptement vidée.

En quelques coups de botte, il se débarrassa de ces animaux incommodes et les renvoya aux chenils.

D'ailleurs, arrivés sur un terrain appartenant à tout le monde, ils sentaient que leur mission était accomplie et qu'ils avaient purgé le territoire confié à leur garde.

L'incident, quoique grotesque, n'aurait donc pas eu de conséquences fâcheuses, s'il n'eût fait perdre à Corentin le fruit de ses peines.

Après quatre heures de course et d'espionnage, il ne savait rien de précis.

Et pourtant la voix plaintive qu'il avait entendue, le faisait trembler encore.

Il ne pouvait s'être trompé.

Cette voix, c'était celle d'Yvonne.

Mais quand on aime du fond du cœur, on ne peut se résoudre à accuser l'objet aimé, et, même quand on le sent coupable, on voudrait qu'il pût nous démontrer son innocence.

En s'éloignant de cette chaumière, il se demandait s'il n'avait pas été le jouet d'un rêve, si en réalité il avait vu la lumière passer à travers les volets, s'il avait entendu la plainte qui lui vibrait dans l'âme.

Il se tâtait pour s'assurer qu'il existait encore, qu'il était bien là, à deux heures du matin, au milieu des bois, à la poursuite d'une chimère, poussé malgré lui par cet horrible sentiment de la jalousie qui lui était inconnu la veille et dont il venait d'être saisi comme d'un typhus.

Et il était contraint de se rendre à la réalité.

Une force toute-puissante le clouait sur la pierre où il s'était assis et qu'il ne pouvait quitter.

Il aurait voulu chasser les idées qui l'obsédaient, et il en était harcelé comme d'un vol de corbeaux et d'oiseaux de proie.

La tête dans ses mains, il essayait de rassembler ses idées, formant des projets qu'il jugeait plus insensés les uns que les autres, pour se prouver à lui-même la fausseté de ses soupçons, lorsqu'il entendit, du côté de Langon, le même bruit qui l'avait frappé à son départ de Piélan.

Une voiture sortait du château et se dirigeait de son côté.

À ce moment, une ligne rougeâtre se dessinait au levant, et, bien que le jour fût loin encore, une lueur vague se répandait sur la longue suite de vallons et de marais étagés au-dessous du point où il se trouvait.

Le bruit des roues grondant sur le sable de la route se rapprochait.

Corentin se leva et se tint droit sur le talus du chemin.

Sa grande silhouette se dessinait vigoureusement sur la clarté naissante.

Bientôt il aperçut la voiture.

C'était le coupé de M. de Vaudrey qui parcourait de nouveau, mais en sens inverse, la route de Piélan avec la même rapidité.

Déjà il n'était plus qu'à une centaine de mètres à peine.

Corentin descendit sur la route et fit un pas en avant.

Il était pris de folie.

Il étendit le bras pour arrêter le cheval.

Il voulait savoir.

L'animal, effrayé par cette sorte de fantôme, fit un brusque écart et passa comme une flèche. En même temps le cocher détacha à ce spectre étrange un vigoureux coup de fouet qui, heureusement, ne l'atteignit pas.

Le Breton ne vit rien, si ce n'est que les glaces étaient abaissées et que le cheval n'était plus noir comme du jais ; il était blanc comme de la neige.

Mais il comprit tout.

L'énigme était résolue.

M. de Vaudrey avait enlevé Yvonne et la ramenait à Piélan avant le jour.

Saisi de rage, il montra le poing au coupé déjà hors de sa vue et renonça à cette poursuite dont il rougissait.

Ah ! Yvonne Rebec était fausse et lâche ! Elle n'était pas contente du sort qui l'attendait ! Elle ne pouvait se résoudre à accepter la main d'un honnête homme de sa condition ! Il lui fallait un duc, M. de Vaudrey ! Au lieu de devenir une brave femme comme sa mère, elle nouait des intrigues avec un grand seigneur qui se rirait d'elle ! Qu'elle suive son idée ! Si elle avait à s'en repentir, ce n'est pas lui, Corentin Cléguer, qui la plaindrait ! Il voulait être damné s'il retournait seulement de son côté.

Sa tête était en feu, martelée comme un lingot de fer rouge sur l'enclume du forgeron.

Il marchait devant lui, à l'aventure, sans savoir seulement quel sentier il suivait, ni s'il descendait vers Scaër, ou remontait sur la butte de Piélan, quand il porta la main à ses yeux.

Des larmes brûlantes, des larmes de colère, à ce qu'il voulait croire, lui roulaient sur les joues.

Il les arracha d'un geste brusque.

Des larmes de colère !

Allons donc !

C'étaient de belles et bonnes larmes d'amour. Ses yeux se fondaient en eau à la pensée qu'un autre lui avait pris son Yvonne, cette fille qu'il aimait de deux amours, comme un père nourricier d'abord qui a élevé un enfant avec une tendresse dévouée, exclusive ; qui l'a vue pleurer et sourire et prend soin de son bonheur avec une ardeur jalouse ; comme un amant ensuite, mais loyal, plein de respect pour celle qu'il aime, dont il veut faire sa femme, la mère de ses enfants ; qui n'a jamais douté d'elle et à qui un horrible trait de lumière crève les yeux, en la lui montrant perdue et profanée par le caprice d'un rival indigne et préféré.

En proie au désespoir le plus profond, à la torture la plus cruelle qui puisse de ses griffes acérées mettre en pièces un cœur d'homme, il erra au hasard dans les bois jusqu'au jour. Il vit le soleil se lever à l'horizon et dissiper la brume blanche des marais ; il assista au réveil des oiseaux dans les bois ; et à six heures, il arriva, sans savoir par quel chemin, dans les cours du château de Scaër ; se glissa sans être vu dans sa chambre, se jeta tout habillé sur son lit et s'endormit d'un sommeil fiévreux et lourd.

À la même heure, à Piélan, lasse et brisée, les cheveux épars formant à sa tête pâle un cadre qui en faisait ressortir la blancheur, Yvonne, la tête appuyée à son bras replié, reposait sur son lit, mais elle ne dormait pas.

Elle songeait aux événements de la nuit qui devaient exercer une si puissante influence sur son avenir.

Voici ce qui s'était passé.

La lettre du duc de Vaudrey l'avait jetée dans un trouble inexprimable.

La pauvre fille se faisait une cruelle violence en se refusant à voir le duc.

Tout son être allait à lui.

Elle se sentait attirée par un courant irrésistible et cependant elle ne voulait pas se rendre. Dans un retour de raison, elle comprenait que cette faute causerait le malheur de sa vie. Après la première surprise, elle s'était donc résolue à ne plus l'écouter ; elle se jurait de fermer les yeux à cette lumière qui l'éblouissait. Elle était de bonne foi ; mais cette résistance, qui avait pour effet d'exaspérer les caprices de M. de Vaudrey, exigeait de la malheureuse fille un trop puissant effort.

Il était facile à un séducteur expérimenté de bouleverser cette âme ignorante et faible.

Ses dernières protestations d'amour ranimèrent le feu qui sommeillait.

Après l'arrivée de Corentin à Piélan, pendant toute la

soirée, Yvonne n'eut qu'un souci : se débarrasser de la surveillance importune de son amoureux, survenu si mal à propos.

Il put remarquer son trouble sans en comprendre la cause. Enfin il se décida à se remettre en route.

Elle l'accompagna jusqu'à la pelouse, et lorsqu'elle le vit s'enfoncer dans l'ombre, elle respira librement.

Elle était seule.

Son père s'enfermait chez lui.

Les servantes montaient à leurs mansardes.

Elle attendit dans sa chambre que le silence fût complet.

Son parti était pris.

Elle se promettait de voir le duc une dernière fois, d'opposer à ses désirs, à ses instances, un refus inébranlable. Elle se résignait à son devoir.

Elle épouserait Corentin, quoi qu'il dût lui en coûter.

Elle comptait sans sa propre faiblesse.

Lorsque la maison lui parut endormie, elle donna un coup à ses cheveux par une dernière inspiration de coquetterie, s'enveloppa dans une pelisse sombre et ouvrit sa fenêtre.

L'heure du rendez-vous était déjà passée.

Une nuit épaisse enveloppait le parc.

Les gens de service, en l'absence du comte, gardes ou jardiniers, étaient chez eux, comme le régisseur.

Point de lumières !

Au loin, la double avenue de hêtres se dressait, plus noire que la nuit elle-même.

C'était là que le duc l'attendait.

Dans les lointains de la campagne, un cor sonnait une fanfare.

Yvonne hésita une seconde, puis se décida.

Elle ouvrit avec précaution la porte de sa chambre, se glissa sous l'auvent, descendit les degrés de l'escalier et s'enfuit.

Elle traversa la grande pelouse, devant cette maison où sa jeunesse s'était écoulée si calme et si pure, et gagna l'avenue.

Un chien de garde vint la caresser, mais elle le renvoya non sans peine et continua sa course.

Au bout de l'avenue, une ombre se détacha du tronc d'un hêtre et, venant à elle, lui prit les deux mains en lui murmurant à l'oreille :

— Merci d'être venue. Je ne doutais pas de votre cœur. Vous êtes un ange.

Toutes les malheureuses qui se perdent sont des anges pour ceux qui en profitent.

Mais Yvonne était étourdie, enivrée.

Toutes ses bonnes résolutions chancelèrent.

La tentation était trop forte.

C'était lui, lui, c'est-à-dire l'être attendu, espéré, l'homme dont les mensonges délicieux s'étaient emparés de son cœur.

Ils se promenèrent quelques minutes sous la voûte obscure, que la clarté des étoiles ne pénétrait pas.

Elle voulut parler.

Il l'endormit avec les paroles qu'elle avait déjà entendues, plus troublantes encore dans les ténèbres qui lui dérobaient le sourire triomphant de cet ennemi de son repos.

Elle se défendit plus énergiquement qu'on ne pouvait l'espérer de sa faiblesse. Elle le supplia de lui laisser la paix, l'honneur ; elle eut cette naïveté d'espérer de la pitié de ce blasé qui ne voyait qu'un jeu dans cette aventure.

— Je vous aime, dit-elle ; mais je ne peux être à vous ; je ne veux pas !

En l'écoutant, il l'entraînait doucement vers la route.

Tout à coup elle se sentit enlacée par deux bras vigoureux.

Elle voulut crier, mais un baiser étouffa ce cri sur ses lèvres.

Deux secondes plus tard, elle était emportée dans le coupé du duc, à demi couchée sur les coussins et bercée par le trot élastique du cheval qui descendait à fond de train les pentes par lesquelles on arrive de Plélan à Langon. Si alors elle avait aperçu Corentin, elle l'eût appelé comme un sauveur.

Elle se sentait perdue.

Elle eut un moment de désespoir sincère.

Mais le duc en souriait.

Pendant qu'ils franchissaient la route, il sut apaiser ses craintes ; il lui prodigua les serments, les promesses.

— Que peux-tu craindre ? lui dit-il. Est-ce que rien est impossible à qui possède la suprême puissance de l'argent ? Je n'oublierai jamais le sacrifice que tu me fais de ta grâce et de ta beauté.

Paroles vaines mais mélodieuses, toujours les mêmes, et dont l'effet est irrésistible sur une âme ouverte à l'amour.

Lorsque le coupé s'arrêta au seuil de la chaumière de Langon, Yvonne pleurait, mais elle souriait à travers ses larmes.

Un grand feu flambait dans la cheminée, une lampe voilée répandait une clarté douce sur les fleurs des vases et les divans de peluche. Les murs étaient tendus de soie, l'air imprégné de parfums.

— C'est le nid que je t'ai préparé, lui dit-il, en jouissant de sa surprise.

Il mentait.

C'est là que pour la première fois il avait reçu sa maîtresse, la baronne Bresson, et cimenté la liaison commencée par un adultère et couronnée par un meurtre.

Il y avait du sang sur ce luxe élégant et frivole, comparable à celui des petites maisons des ancêtres de M. de Vaudrey.

Yvonne fut enfermée trois heures dans cet infâme et charmant boudoir.

Elle ne devait plus les oublier.

C'était bien elle que Corentin avait entendue pendant qu'il rôdait aux environs comme une bête fauve. Elle était à deux pas de lui, et il l'aurait arrachée à ce rival, au risque de sa vie, si un doute ne l'avait retenu.

Lorsque, au jour naissant, elle quitta le duc, son amant heureux, à l'entrée de l'avenue de Plélan, où le coupé la ramenait, elle se suspendit à son cou avec une ardeur inquiète en lui disant :

— Jurez-moi que vous m'aimerez toujours !

— Ne l'ai-je pas promis ?

— Que vous n'aimerez que moi !

— Ambitieuse !

— Jurez !

— Tu le veux !

— Je vous en prie !

— Je le jure.

Serments inutiles qui ne sortent des lèvres que pour être violés !

Elle rentra furtivement à sa pauvre chambre en grelottant de froid, pendant que M. de Vaudrey, étendu dans sa voiture, las et radieux, pensait :

— Trop exigeante, cette petite ; mais, en vérité, elle vaut la peine qu'elle donne.

XIV

OU LE HASARD SERT JEAN-MARIE

Lorsque Corentin s'éveilla, après cette détestable nuit, le soleil était déjà haut sur l'horizon.

Le frère de Jean-Marie semblait sortir d'un songe.

Il avait la tête lourde et ses idées s'agitaient confusément dans son cerveau.

C'est à peine s'il se souvenait de ce qui s'était passé.

Le blessé qui s'éveille sur un champ de bataille et se retrouve seul dans une plaine ravagée et déserte, au lendemain d'une affaire, doit ressentir des impressions du même genre.

Peu à peu la mémoire lui revint et lui retraça les détails de la chute si profonde d'Yvonne.

Il n'essaya pas de se convaincre de l'absurdité de ses suppositions. La réalité se dressait flagrante entre lui et cette enfant qu'il aurait voulu défendre contre ses propres accusations.

Il aurait fallu être fou pour conserver un doute.

Corentin voyait encore cette voiture qui attendait Yvonne, cachée dans l'obscurité, qui l'emportait ensuite à cette chaumière odieuse, à cette folie de prince, où il avait reconnu sa voix.

Est-ce qu'il pouvait se tromper ?

Ne l'aurait-il pas distinguée entre mille ? Elle lui avait assez souvent vibré dans le cœur.

Ainsi, c'était fini !

L'espérance de sa jeunesse venait de se briser.

Yvonne n'existait plus pour lui.

C'était pis que si elle eût été enfouie dans une fosse. Morte, il aurait pu la pleurer.

Déshonorée, il ne lui devait que son mépris.

Cette fille d'honnêtes gens, élevée dans une maison respectable, entourée de bons exemples, s'était enfuie la nuit, dans les ténèbres, pour aller se jeter entre les bras d'un homme qui ne pouvait que la dédaigner...

L'orgueil l'avait poussée à cette lâcheté.

Une amertume lui monta du cœur aux lèvres.

Vaguement, il entrevit sa vengeance ou plutôt le châtiment, le jour qui devait fatalement arriver où, rejetée, sans appui, elle verserait toutes les larmes de son corps pour pleurer sa honteuse méprise.

Il essaya d'arracher Yvonne de son cœur et crut y réussir.

Il se jura de ne pas tenter de la revoir, d'éviter sa présence, et pendant quelque temps il se tint parole.

A dater de cette nuit, son caractère changea brusquement.

Jusque-là, Corentin Cléguer passait pour le plus joyeux compagnon de Ploërmel à Vannes ou à Redon et plus loin.

Son visage était de ceux qui respirent la joie et en donnent aux autres.

Il était toujours prêt à se mêler aux parties de plaisir, à aider d'un coup de main les amis, qu'il s'agit d'une besogne des champs, d'une chasse aux loups ou aux sangliers, qui abondent dans la lande, d'un service quelconque.

On le trouvait quand on voulait, dispos et de belle humeur.

Corentin était le roi des pardons, buvant sec au besoin, fredonnant une chanson et mettant les autres en train.

Point de fêtes sans lui.

Les filles en raffolaient, et plus d'une en secret blêmissait de jalousie et enviait le sort de la demoiselle des Rebec, car, pour les métayers et les pauvres gens, la filleule du comte Hugues était une demoiselle.

L'été est la belle saison des campagnes.

La peine est moins grande jusqu'au mois d'août ; les semailles sont faites et la récolte mûrit et se dore. Les bois sont verts et poussent.

C'est aussi la saison où chaque paroisse chôme son saint et réunit ses voisins.

Plélan avait donné le branle.

Les autres suivaient l'exemple.

Chaque dimanche, on fêtait dans un village ou dans un autre.

Or, c'est à peine si, aux assemblées, on voyait seulement Corentin apparaître un instant.

Les grenouilles se déchiraient sans lui ; aux cibles, qu'il gagnait d'ordinaire, il ne disputait pas le prix.

C'était remarqué.

On commençait à se demander avec inquiétude ce qui le tourmentait et le rendait si sauvage.

Bientôt on s'en aperçut.

Les bonnes gens des campagnes ont des yeux aussi perçants que les habitants des petites villes.

Yvonne, au contraire, se montrait radieuse d'une joie intérieure qui se reflétait sur ses traits affinés, plus animés, plus gracieux, plus vivants.

Cet amour qui devait être si court la rendait plus jolie.

Mais les deux fiancés ne se parlaient plus.

Ils ne se rencontraient même pas.

C'était une fatalité.

Si, par hasard, Corentin apercevait son ancienne amie de loin, il s'éclipsait comme par enchantement.

Ce sont des détails qu'on remarque.

Le père Rebec en devenait taciturne.

Les gens de Plélan jasaient.

On se confiait des phrases mystérieuses à l'oreille.

Le duc de Vaudrey rôdait bien souvent du côté du parc du comte Hugues !

C'était louche.

L'hôtelier des Deux Mulets, malgré le respect dû au châtelain de Langon, en riait dans sa barbe épaisse et rousse et lâchait des mots qui mettaient les commères sur la trace.

Pour Corentin, il se taisait et gardait au fond de son âme ulcérée l'horrible secret qu'il avait saisi.

Du reste, c'est à peine si on l'entrevoyait. Ses parents eux-mêmes et les domestiques de Scaër, à part les heures des repas, n'entendaient point parler de lui.

Encore souvent ne se montrait-il pas à la maison.

Où allait-il ?

Personne ne le savait.

Il était devenu sombre et silencieux, farouche comme une bête fauve.

Dès l'aube, il partait, son fusil sur l'épaule, sifflait son chien, et ne reparaissait que le soir, à la nuit fermée.

Deux mois et demi se passèrent.

On arrivait au commencement d'août.

La baronne Bresson n'était pas venue à Scaër, mais M. de Vaudrey s'était absenté à plusieurs reprises de Langon pour de courts voyages à Paris et à Dieppe, où la belle veuve occupait la splendide villa que les deux frères avaient bâtie pour elle.

Elle suivait non sans impatience les conseils de prudence que son amant lui donnait dans un but intéressé.

Mais elle se disait que son temps d'épreuve touchait à son terme, et que chaque jour en s'écoulant plongeait dans une ombre plus épaisse le souvenir de son crime et en rendait l'impunité plus certaine.

Yvonne, elle, vivait dans une constante alternative d'inquiétudes poignantes et de joies mêlées de remords presque aussi amères que ses angoisses.

L'exaltation de ses premières heures d'amour tombait rapidement, son aveuglement se dissipait.

Son père lui parlait à peine.

Il l'aimait trop pour la tourmenter, mais il s'irritait au fond de ce qu'il prenait pour un caprice inexplicable de sa fille.

Le bonhomme était mécontent.

Ses amis de Scaër lui manquaient.

Un matin, il arrêta Yvonne, qui descendait de sa chambre assez tard, les yeux troubles, cernés d'une meurtrissure qui indiquait sa lassitude, et lui dit d'un ton de reproche :

— Qu'est-ce que tu as donc fait à Corentin pour qu'il nous évite ?

Elle voulut tourner les talons afin de cacher sa rougeur, mais le régisseur la retint :

— Il y a près de trois mois qu'il n'a mis les pieds chez nous, reprit-il. Sa mère, la vieille Nicole, m'a dit qu'il est triste comme la mort. Tu as tort de le refuser. Je ne connais pas son pareil. Les Cléguer sont de bonne souche. Je suis usé. Après moi, que deviendras-tu ?

Que deviendrait-elle ?

Depuis quelques semaines déjà, elle se le demandait.

Une horrible crainte lui étreignait la poitrine.

Elle aurait voulu revenir en arrière, mais c'était impossible. Elle était allée trop loin pour reculer.

Le mal était sans remède.

Elle baissa la tête.

Deux larmes brûlantes roulèrent le long de ses joues amaigries.

Mais elle persista dans son silence.

— Tu me ferais plaisir en l'épousant, et aussi à ton parrain, reprit le père. Il estime les Cléguer. Tu te préparerais une vie tranquille, comme la nôtre. Nous avons été heureux dans cette maison, ta mère et moi, jusqu'au jour où le bon Dieu me l'a enlevée. Voyons ! fais un effort. Veux-tu qu'on lui dise de revenir ? Il accourra au galop.

— Pas encore... plus tard... balbutia la malheureuse.

Si Corentin les fuyait, elle s'était dit plus d'une fois qu'il devait avoir surpris le mystère mal caché de ses rendez-vous avec le duc.

Après la nuit de la chaumière, ils étaient devenus fréquents.

Elle le voyait presque chaque jour.

Corentin avait cessé brusquement ses visites à compter de sa faute, comme s'il en avait été le témoin.

Jamais il n'était revenu à Plélan pour lui demander la réponse qu'elle lui avait promise.

Cette circonstance l'inquiétait.

Mais l'amour du duc la soutenait au milieu de ses incertitudes. Ses protestations l'endormaient. Elle en était fière et s'abandonnait au courant qui l'entraînait comme ces gondoles vénitiennes des jours de fête qui s'en vont au hasard avec leurs lumières, leurs banderoles, bercées par les musiques qu'elles emportent avec elles.

Ce matin-là, elle demeurait devant son père, tremblante, ne sachant que répondre, osant à peine le regarder.

Le vieux régisseur l'observait avec soin.

Il vit ses yeux perdus, rêveurs, comme s'ils s'attachaient à suivre dans l'espace un objet invisible.

— Qu'espères-tu donc ? reprit-il, frappé de cette attitude. Tu ne comptes pas épouser le monsieur de Langon, je suppose ?

Et, très soupçonneux, il ajouta plus lentement :

— Il passe souvent par ici, le duc, mais qu'est-ce que nous sommes pour lui ? De pauvres diables de rustres. Il ne faudrait pas te laisser prendre à des chimères. Sois sérieuse. Si tu as quelque chose contre Corentin, on s'explique. Il n'y a que nous ici. Tu peux parler. On n'a pas de secrets pour son père...

Il s'arrêta une seconde et conclut, d'un ton qui la rendit pâle comme un linceul :

— ... ou c'est donc qu'on n'est pas une honnête fille.

Yvonne fut prise d'un frisson convulsif.

Mais le bonhomme, qui ne parlait pas souvent, était parti.

— Vois-tu, mon Yvonne, poursuivit-il, j'ai souvent réfléchi à ce que nous avons fait, ta défunte mère et moi. C'est un tort d'élever les enfants dans la grandeur quand ils doivent mener une vie comme la nôtre. Tu as peut-être des idées que tu nous caches et que tu ferais mieux de me confier. Si nous t'avions envoyée à l'école du village avec les autres filles et gardée auprès de nous, tu ne te croirais pas au-dessus de ta condition. Je me tais, mais je vois des choses qui me déplaisent...

— Quoi donc ? fit Yvonne, qui se redressa, et pourquoi avez-vous nommé M. de Vaudrey tout à l'heure ?

Le vieux Rébec s'emporta pour le coup. Il n'aimait point la contradiction.

— Parce qu'il vient plus souvent ici que je ne voudrais, déclara-t-il. Je te le dis tout net. On ne peut pas l'en empêcher. C'est un voisin et un ami de notre maître, quoique je pense que M. Hugués ne l'estime pas plus qu'il ne faut. On ne voit que lui et son valet depuis ce printemps, et ses visites me choquent. C'est un homme de mauvaise réputation. J'espère que tu ne te préférais pas à écouter des propos légers ; mais qui sait si Corentin n'est pas offensé de ces promenades, qui peuvent compromettre une brave fille ?

Yvonne baissait la tête en frémissant.

L'orage commençait à gronder.

— D'ailleurs, termina le bonhomme, très bourru, pour tout dire, on en jase dans le pays, et c'est de trop. Tu m'entends ? Epouse Corentin !

Il s'en alla mécontent d'Yvonne, de lui-même et de tout.

Epouser Corentin !

Trop tard !

Elle était jetée hors de sa voie comme une machine qui a déraillé.

Son seul recours désormais était l'amour auquel elle essayait de croire plutôt qu'elle ne croyait, car le doute entrait déjà dans son âme.

Cependant le duc, qui, par moments, subissait le charme de cette douce créature, essayait de la convaincre par pitié que cet amour durerait éternellement.

Lorsqu'il était auprès d'elle, lui parlait de sa voix chaude, la magnétisait du feu de ses yeux sombres, l'étourdissait de ses serments, de ses caresses, elle éprouvait des joies indéfinissables ; mais dès qu'elle se retrouvait seule dans la nudité de sa chambre, après des nuits perdues sans sommeil, souffrant de transes mortelles, elle se sentait désespérée.

Elle était retournée bien souvent à la chaumière de Langon.

Lorsque ces voyages étaient impossibles, le duc lui indiquait d'autres rendez-vous, à la Croix des Bleus, ou ailleurs, dans quelque coin isolé de la lande.

Les endroits solitaires ne manquent pas aux environs.

Deux jours après la réprimande du régisseur à sa fille, Yvonne sortit du château après le déjeuner.

Elle gagna d'un pas nonchalant un sentier qui s'élève à travers bois jusqu'à une crête rocheuse dénudée où croissent seulement des lichens, des mousses, des genêts et des broussailles mêlées à quelques cépées de bouleaux rachitiques.

Des blocs de granit brun sortent du sol pêle-mêle, comme des crânes de géants ensevelis là, au hasard de la fosse commune, après une bataille meurtrière.

Il était environ deux heures lorsqu'elle y arriva.

Le temps était couvert, et bien qu'on fût au mois d'août, la chaleur, tempérée par les brises de la mer, qui soufflent partout en Bretagne, n'avait rien d'excessif.

Yvonne portait une robe de toile légère et un chapeau de paille commune.

Mais la simplicité de sa mise n'enlevait rien à l'élégance de sa personne.

En parvenant à ce plateau, d'où on découvre une vaste étendue de pays, elle parut étonnée de le trouver désert.

Elle sonda de son regard tous les coins de l'horizon et attendit.

Au bout de quelques minutes, elle tourna brusquement la tête, et ses yeux exprimèrent une vive frayeur.

Elle venait d'entendre, à quelques pas, le son d'une corne d'appel qui lui était bien connue.

Corentin, debout à la lisière du maigre taillis couronnant cette crête, à quarante ou cinquante mètres du sommet, à peu près comme une étroite ceinture de cheveux couronne la tête rasée de certains moines, tirait des sons rauques de sa corne de chasseur pour rallier quelque camarade égaré dans la forêt.

Il était impossible qu'il n'aperçût pas Yvonne.

A l'endroit où elle se trouvait, elle ne pouvait s'abriter.

Elle restait là, palpitante, le cœur bondissant sous l'étreinte d'une véritable terreur.

Son fiancé devenu son ennemi — et comment en eût-il été autrement ? — la surprenant, seule et sans défense.

Et elle attendait son amant d'une minute à l'autre.

Qu'allait-il se passer entre eux ?

Elle aurait voulu fuir, mais quel moyen d'échapper à ce chasseur qui aurait forcé un sanglier à la course ?

De quel côté se tourner ?

Elle eut une espérance.

Ce fut que les camarades de Corentin, ceux qu'il appelait, lui répondissent ou vinssent le rejoindre.

Mais cette attente fut promptement déçue.

Corentin, après quelques efforts, renonça à se faire entendre et se tourna du côté de la jeune fille.

A sa vue, ses traits se contractèrent subitement. Une flamme sauvage passa dans ses yeux.

Il fit un mouvement pour rebrousser chemin, et tout à coup il prit son parti et vint droit à elle.

— C'est toi, dit-il durement. Que fais-tu là ?

Et comme elle ne répondait pas, il continua avec emportement :

— Veux-tu que je te le dise, moi, puisque tu es muette ?

Tu viens déshonorer la mémoire de la sainte femme de mère et les cheveux gris de ton père.

— Corentin !

— Tant pis. Je ne t'ai pas cherchée ! Pourquoi te places-tu sur mon chemin ? Ah ! misérable ! Il n'est pas arrivé le premier au rendez-vous ! Il se fait prier ! Déjà ! Que sera-ce donc plus tard !

Une colère furieuse s'était emparée de lui subitement à la vue de cette fille qu'il évitait et dont la seule présence faisait bouillonner le sang dans ses veines.

Était-ce d'amour ou de rage ?

Yvonne, folle de terreur, s'était levée :

— Laissez-moi partir, supplia-t-elle.

Il ricana comme une bête féroce.

— Ah ! je te fais peur à présent, cria-t-il. Il ne manquait plus que ça pour m'achever. Tu as raison. Je suis une brute de paysan, un sauvage ; mais au moins je t'aurais défendue si on t'avait insultée ; j'aurais broyé l'insolent qui t'aurait montrée au doigt, comme un fétu ; je l'aurais écrasé comme une coquille vide. Appelle-le donc, lui, à ton secours. Crie ! crie donc ! assez haut pour qu'il vienne, et tu verras ce qui se passera entre nous. Vive Dieu ! l'endroit est bien choisi pour un rendez-vous d'amour, il peut servir pour une bataille.

Il était effrayant.

Sa colère montait comme une ivresse et lui ôtait la raison.

Elle fit un pas, éperdue, pour s'échapper.

Mais elle chancela et faillit tomber.

Il saisit brutalement les deux poignets de la malheureuse dans une seule de ses mains et la contraignit à lever les yeux sur lui.

— Allons ! ne sois pas si lâche ; regarde-moi ! dit-il.

Pour la première fois, elle osa le contempler en face et poussa un cri étouffé.

Il était méconnaissable.

Son teint, autrefois bronzé par le grand air, était devenu livide. Ses joues s'étaient creusées, amaigries, comme s'il avait jeûné quarante jours ; les muscles de son cou saillaient comme des cordes. Ses yeux s'agrandissaient dans leurs orbites, profondes comme des cavernes.

— Tu me trouves changé, n'est-ce pas ? reprit-il. C'est que je souffre cruellement, et par toi, Yvonne, ce que je n'aurais jamais cru possible. Je me demande si je ne suis pas devenu fou depuis que j'ai acquis la certitude de ta lâcheté. Tu m'as brisé le cœur ; tu m'as fait endurer des tourments que je ne souhaiterais pas même à mon plus mortel ennemi. Je devrais t'exécrer ; c'est ce que je me répète sans cesse, du matin au soir et les nuits, maintenant que je ne dors plus ; mais, à force de volonté, j'espère y parvenir. C'est dur, mais ce sera. Je le veux.

Des gouttes de sueur lui roulaient sur le front.

Il les essuya d'un geste rapide.

— Oui, reprit-il, je te haïrai comme tu le mérites ; du moins j'y compte.

— Corentin, balbutia-t-elle, par pitié !

— De la pitié ! C'est plus tard que tu en auras besoin, et qui sait ? bientôt, demain, peut-être.

— Silence, au nom de Dieu !

— Oses-tu bien encore prononcer ce nom, fille perdue !

— Ah ! ciel ! murmura-t-elle, en couvrant son visage de ses mains.

— Je sais tout. J'ai tout vu ! J'étais là cette nuit de malheur où tu t'es échappée de la maison de ton père pour te livrer à ce bandit ! Il t'attendait, caché comme un voleur au bout de cette avenue que nous avons parcourue tant de fois ensemble ; il t'a emportée comme une proie dans sa voiture. Tu es devenue la risée de ses valets. Cet homme n'a pas de pudeur. Ne pouvait-il te déshonorer sans rendre des mercenaires témoins de ta honte ? Je t'ai suivie à travers le bois, dans l'obscurité, jusqu'à ce lieu infâme où d'autres ont passé avant toi ! J'ai entendu tes soupirs, et je ne sais quelle faiblesse m'a retenu d'enfoncer la porte de ce bouge. Je doutais encore ! Étais-je assez stupide ! Je me disais que je rêvais, que j'étais insensé, que celle que j'avais connue, notre Yvonne, la fille des Rebec, la filleule de ce digne homme qui s'appelle Hugues de Piélan, notre Benjamine à tous, ne pouvait

pas descendre à tant de bassesse ! qu'on ne tombe pas si vite de l'honneur d'une bonne famille à la misère des prostituées ! C'était vrai, pourtant. Je ne me trompais pas ; tu étais là !

Il tordit une branche de chêne entre ses doigts, pour passer la rage qui lui montait à la tête à ce souvenir et continua :

— Quel besoin avais-tu de t'avilir ? Si tu ne voulais pas de moi, ne pouvais-tu choisir parmi nous, chez tes pareils, un homme de cœur avec lequel tu aurais vécu honorée, au lieu de te laisser prendre aux façons de ce lâche qui t'a perdue, à ses mensonges ? Sais-tu ce qui t'attend avec lui ? Je vais te l'apprendre, si tu l'ignores. Les filles du pays se détourneront de toi. On cause à Piélan de ton aventure... Jeannie l'idiote a lâché des paroles qui se comprennent. Ce qui doit arriver arrivera. Lui, le duc de Vaudrey, quand il sera ennuyé du pays, ce qui ne tardera guère, il prendra sa volée pour Paris et te laissera dans la peine sans plus s'occuper de toi que d'une gardeuse de chèvres qu'il aurait rencontrée dans la lande un jour de chasse. Ce n'est qu'une peccadille comme il en a tant sur la conscience. S'il est en fonds, il te jettera une aumône que tu refuseras, car tu es orgueilleuse, et il s'en ira rire de toi avec ses danseuses et ses filles de Paris. Tu recueilleras ce que tu mérites : l'abandon, et au bout le désespoir.

Sa fureur, un moment apaisée, l'avait repris et le transfigurait.

Il se grisait de ses paroles.

Elle se laissa glisser à terre, à demi évanouie.

— Grâce ! murmura-t-elle.

Et à bout de forces, elle se renversa en arrière et perdit connaissance.

Corentin fut subitement rendu à la raison.

— Misère de moi, s'écria-t-il, je l'ai tuée !

Alors il essaya de la rappeler à la vie, la prit dans ses bras, s'assit sur une pierre, et la berça sur ses genoux.

Lorsqu'elle reprit ses sens, il l'appelait des noms les plus doux, s'accusant de brutalité, lui demandant pardon.

— Qu'est-ce que cet homme a donc pour vous perdre toutes, dit-il. Ce n'est pas toi qui es coupable, Yvonne, c'est lui.

Il essaya de la rassurer.

— Est-ce que je peux te haïr ? reprit-il. Ne me crois pas, je mentais ! Quand j'erre à travers les bois pour cacher ce que je souffre aux indifférents qui se moqueraient de nous ; quand je réfléchis des heures entières assis sur le talus des chemins, je ne peux pas me résoudre à te détester. Je te vois toujours toute petite, me souriant quand je te faisais danser sur mes genoux ! Je me rappelle le temps où tu me parlais si doucement. Je songe à tes promesses et je crois que tu étais sincère. Il a fallu que ce démon vînt te tenter et te jeter un sort. Je ne suis pas comme les vieilles femmes qui donnent dans les légendes et les histoires de sorciers, mais je sais qu'il y a de bons cœurs et des êtres pervers qui veulent aux autres le mal d'enfer et le font quand ils peuvent. Et ceux-là, ajouta-t-il d'une voix vibrante, tu ne saurais comprendre à quel point je les exècre.

Ses yeux flamboyaient, rouges de sang.

Yvonne jeta un regard désespéré dans le lointain.

Il lui semblait entendre depuis quelque temps un bruit pareil à celui d'un fer de cheval heurtant les cailloux par instants.

Corentin se radoucit et reprit plus bas :

— Ce qui me console de mes chagrins, c'est qu'un jour qui n'est pas loin tu auras besoin d'un ami pour lui confier tes peines. Tu souffriras plus que je n'ai souffert moi-même. Alors, Yvonne, tu pourras m'appeler, si ton orgueil maudit ne te retient. Je viendrai ; et tu sauras qui t'aimait le mieux du brigand qui te foulera aux pieds ou de l'honnête homme qui était prêt à tout pour assurer ton bonheur.

Depuis un moment, un témoin assistait à cette scène, caché derrière une touffe de genêts.

C'était Jean-Marie, qui avait enfin rejoint son frère.

Jean-Marie éprouvait une étrange sensation.

Il était à la fois consterné de ce qu'il venait d'apprendre
et en même temps frappé d'une idée lumineuse.

Il lui semblait qu'il tenait entre ses mains un fil pour
le guider dans la ténébreuse affaire de l'avenue de
Messine.

Comment ?

Il ne s'en doutait que confusément.

Et cependant une voix secrète l'avertissait que le duc
de Vaudrey se perdait avec cette intrigue et cette passion
à laquelle il n'avait pas su résister.

Il vit les yeux d'Yvonne, tournés vers un sentier tracé
dans la côte, se remplir d'une anxiété facile à comprendre.

Du fond d'un vallon dominé par le plateau où ils se
trouvaient, un cavalier accourait au galop.

Dans quelques minutes à peine il devait être là.

Les doigts de Corentin se crispaient sur le canon de
son fusil.

Lui aussi il avait aperçu le cavalier et entendu le bruit
des sabots du cheval sur le sol durci par l'été.

Jean-Marie se montra et posa sa main sur l'épaule de
son frère.

— Laisse cet homme, ordonna-t-il. Il ne t'appartient
pas.

— Pourquoi ? demanda Corentin d'un ton farouche.

— Il est à d'autres.

— Que veux-tu dire ?

— Plus tard tu le sauras.

Et comme son frère résistait, incertain, ravageant ses
cheveux d'une main fiévreuse, Jean-Marie se pencha à son
oreille et lui dit à voix basse :

— Tu seras vengé cruellement, je te le jure.

— Que faut-il faire ?

— Rien. Te taire et attendre. Viens-t'en.

Corentin hésita. Son frère le tirait violemment en
arrière.

Il s'arracha d'un bond à l'étreinte de Jean-Marie, saisit
le bras d'Yvonne atterrée et le tordit.

Elle ne fit pas entendre une plainte.

— Le voilà, dit-il, le maudit à qui tu t'es donnée. J'a-
vais gardé ton secret. Le hasard seul me l'a arraché.
Jure-moi de taire notre rencontre. Si ton amant savait
que j'étais près de toi, que je l'ai vu et que je ne lui ai
pas envoyé une balle dans le ventre, je lui briserais la
tête sur un caillou, comme je brise cet animal, quand
je devrais pourrir au bagne.

Il écrasa un lézard sous sa botte.

— Et maintenant, va à lui, ajouta-t-il, et que Dieu le
pardonne !

Jean-Marie l'entraîna.

Les deux frères s'élancèrent sur la pente du côté de
Scaër et se perdirent au milieu du taillis.

Ils marchèrent longtemps en silence.

Lorsqu'ils firent une halte au bord des étangs, il était
près de quatre heures.

— Ainsi tu savais tout ! dit Jean-Marie à son frère.

— Tout.

— Et tu ne parlais pas ?

— A quoi bon ! Le mal est complet, et d'ailleurs elle
est libre.

— Yvonne est la maîtresse de M. de Vaudrey ?

— Oui.

— Depuis quand ?

— Depuis longtemps. Il tournait autour d'elle dès les
années précédentes. Il était sans cesse revenu à Plélan.
On ne s'en méfiait pas assez. Yvonne n'avait plus de mère
pour la défendre.

Corentin étouffait. Depuis la nuit de la chaumière de
Langon, sa tête bouillonnait comme une chaudière qui
éclate. Ce fut un soulagement pour lui, pareil à une
confession.

Jean-Marie songeait.

Le soir, il se fit conduire à la gare de Montauban de
Bretagne, et prit le train de nuit pour Paris.

Le lendemain matin il était à l'avenue de Messine et
à huit heures il entrait rue Bergère, dans le cabinet du
baron Noël.

XV

RÉVÉLATIONS

A la vue du visage presque joyeux du Breton le banquier se douta qu'il lui apportait quelques nouvelles in-
téressantes.

Jusque-là, l'ancien valet de chambre de Jacques Bresson ne lui avait rien appris qu'il ne sût d'avance.

A chacun de ses voyages à Scaër, il était revenu la
tête basse, comme un limier qui retourne au chenil
après avoir fait buisson creux.

Le baron Noël attendait avec impatience.

Le moment psychologique approchait.

Il le pressentait et ne le hâtait pas.

Sa devise était celle des Italiens : lentement, mais
sûrement.

— Eh bien ? Jean-Marie, dit-il, quoi de neuf ? Tu as fait
bon voyage ?

— Oui et non, monsieur le baron.

— Je ne te comprends pas, mon ami.

— Je veux dire, monsieur le baron, que ce qui sert les
uns nuit souvent aux autres.

— Diable ! ce sont là des énigmes qui ne sont pas claires. Et tes parents ?

— Le père et la mère vont comme il faut.

— Bien.

— Mais Corentin a des chagrins, monsieur le baron.

— Des chagrins à ce joyeux compagnon ! Eh à quel
sujet, Jean-Marie ?

— Le pauvre garçon était fou d'une fille du voisinage...

— Yvonne Rebec, je le sais, la filleule de Plélan.

— Justement, monsieur le baron.

— Il devait l'épouser.

— C'était convenu, en effet, monsieur le baron.

— Pourquoi dis-tu : c'était convenu ?

— Parce que le mariage ne se fera pas.

— Yvonne Rebec est une fille charmante et de bonne
famille.

— Oui, monsieur le baron, mais...

— Il y a une pierre d'achoppement ? demanda le
maître.

— Les Rebec, qui sont la crème du monde, ont élevé
leur fille en demoiselle. On l'a mise au couvent, à Rennes.
Elle est jolie comme les amours... coquette... ambitieuse.

— Est-ce un tort ?

— Non, sans doute. Seulement elle s'est mis en tête
qu'un paysan comme Corentin n'est pas son affaire. Elle
a dû se livrer à des comparaisons, et, toutes réflexions
faites, elle a choisi un amoureux titré, brillant, beau
cavalier...

— Dans le pays ?

— Oui, monsieur le baron.

— Que me contes-tu là ?

— Des vérités.

— Ce beau cavalier est de notre voisinage ? demanda
le banquier, qui commençait à comprendre.

— Des environs, monsieur le baron.

— Je ne vois pas, fit Noël Bresson en ayant l'air de
chercher. M. de Plestin, peut-être ?

— M. de Plestin n'est pas assez haut placé.

— Diable ! Trévern, alors ?

— Pas davantage.

— Je ne vois personne.

— Monsieur le baron oublie Langon et son châtelain.

— Quel rapport y a-t-il entre M. de Vaudrey et Yvonne
Rebec ?

— Ma foi, monsieur le baron, je n'en sais rien. Seulement M. le duc de Vaudrey, qui est allé s'enfermer à Langon pour des motifs que je ne connais pas, devait s'y
ennuyer considérablement. Il a cherché un moyen de se
distraire. Ce moyen était à sa portée. Il connaissait
Yvonne Rebec comme monsieur le baron la connaît.
M. le duc était reçu au château de Plélan en qualité de
voisin. Il s'est souvenu qu'Yvonne était une fille plus jolie
que celles du pays ; qu'elle allait avoir ses dix-neuf ans ;

qu'elle était ignorante, naïve, facile à duper, la malheureuse ! M. le duc est fin comme l'ambre avec les femmes
et, on ne peut pas lui refuser ça, beau garçon. Il s'est
diverti à parader devant elle partout, aux pardons, au
bourg de Plélan et dans les allées du parc de M. Hugues,
qui lui est ouvert comme à tout le monde. Il a trouvé
moyen de jouer de la prunelle, de lui parler et de l'étourdir avec ses beaux discours, si bien qu'elle s'est laissée
endoctriner, et qu'enfin, pour tout dire en peu de mots,
Yvonne Rebec est la maîtresse de M. de Vaudrey.

— C'est un roman ? dit le baron Noël.

— C'est une vérité, monsieur, une triste vérité !

— Tu en es sûr ?

Jean-Marie n'avait rien à cacher à son maître.

Il raconta en quelques mots la scène à laquelle il avait
assisté ; le désespoir de Corentin, sa fureur.

— Vous ne le reconnaîtriez pas, monsieur le baron, conclut-il, tant il est changé, et quant à Yvonne, la pauvre
enfant est à faire pitié. Je suis plus tenté de la plaindre
que de la blâmer, malgré sa faute.

Et il ajouta avec une intention que son maître n'eut pas
l'air de remarquer.

— M. le duc de Vaudrey est un voisin terriblement
dangereux.

— On sait l'histoire dans le pays ?

— Pas encore, monsieur le baron, mais la chose ne
peut pas tarder à éclater.

— Pourquoi ?

— C'est une idée que j'ai.

Le banquier jouait avec son couteau à papier, aussi
indifférent en apparence que le Socrate de bronze buvant
la ciguë qui décore la pendule empire de ce bureau célèbre où on n'a rien changé au mobilier depuis le grand-
père Noël, le fondateur de la dynastie des Bresson.

— Tu ne sais rien de plus, Jean-Marie ? demanda-t-il
au bout d'un instant.

— Rien, monsieur le baron.

— C'est bien. Va. Quand retournes-tu à Scaër ?

— Dès que monsieur le baron me l'ordonnera.

— Ce pauvre Plélan sera bien affligé de cette sottise.
Il faut la cacher avec soin.

— Je pense qu'une autre personne aussi sera navrée...

— Qui donc ?

— Madame la baronne.

— Toujours tes idées, Jean-Marie !

— Toujours, monsieur le baron. Madame ne presse-
t-elle pas monsieur le baron d'aller à Scaër ?

— Louise y met beaucoup de discrétion. Si elle le désire, je n'en sais rien, car elle ne m'en parle jamais.

Jean-Marie se mordit les lèvres.

Il était vexé de cette réserve.

Il supposait que les projets de retraite de sa maîtresse
auraient dû concorder avec ceux de M. de Vaudrey.

Il n'en était rien.

Le baron Noël souriait intérieurement ;

il devinait les pensées du Breton comme si Jean-Marie
les avait portées écrites sur son front.

Il allait le congédier lorsque la porte du cabinet s'ouvrit.

C'était la belle veuve, en grand deuil, qui entrait.

Elle était d'une incomparable fraîcheur dans sa robe
sombre.

Elle ôta son gant, tendit la main au banquier, qui la
pressa dans les siennes, et s'assit dans un fauteuil, près
du bureau, en femme qui se sent chez elle.

— J'ai su par Lucienne que Jean-Marie arrive de Bretagne, dit-elle, et je viens aux nouvelles.

Elle ajouta avec une pointe d'émotion :

— Jacques adorait ce pays, et Scaër est une merveille.

Jean-Marie lança un coup d'œil rapide au banquier.

Le visage du maître resta impassible.

Louise Renaud interrogea le valet de chambre avec une
aisance parfaite, s'informa des Cléguer, des métayers,
des récoltes et d'une foule de détails, de tout enfin, excepté de Langon.

A la fin, Jean-Marie, impatienté d'attendre une question
qu'on ne lui adressait point, dit :

— Madame la baronne sait-elle que M. de Vaudrey est
depuis longtemps dans sa terre ?

— M. de Vaudrey ! fit-elle en jouant l'indifférence avec
une perfection inimitable, c'est impossible.

— Madame la baronne me permettra-t-elle de lui demander pourquoi ce serait impossible ?

— M. de Vaudrey adore Paris ; c'est sa passion, l'unique, à ce qu'on assure. Il ne le quitte qu'à la dernière
extrémité.

— M. de Vaudrey est à Langon, cependant.

— Vous l'avez vu ?

— De mes yeux.

— Où ça ?

— Un peu partout, mais surtout du côté de Plélan.

— Et que fait-il de ce côté, mon Dieu ?

— Ce qu'il fait d'ordinaire.

— Quoi donc ?

Jean-Marie se piquait. Le flegme de sa maîtresse
l'exaspérait.

— Il flirte avec les jolies filles, dit-il vivement.

Le coup était direct. La jeune femme ne put en cacher
l'impression, qui fut rapide, mais elle se remit aussitôt.

— Des jolies filles à Plélan ! dit-elle. Vous m'étonnez.

— Il y en a.

— Citez-les.

— Une au moins.

— Une, c'est peu.

— C'est assez pour M. de Vaudrey.

— Son nom ?

— Yvonne Rebec.

La baronne parut chercher au fond de sa mémoire.

— Yvonne Rebec... dit-elle ; la fille du régisseur ?

— Elle-même, madame la baronne.

— Yvonne Rebec ! En effet, je me souviens. Elle doit
être fort bien. Elle promettait, enfant, cette petite !

— Moins qu'elle ne tient, madame la baronne.

— C'est ce que nous saurons.

Le banquier intervint :

— Quand vous voudrez, ma chère Louise, dit-il.

Peut-être la jeune femme sentit-elle le piège, car elle
répondit avec la plus complète insouciance :

— Oh ! rien ne presse. Au mois de septembre, si vous
le désirez. M. de Vaudrey sera sans doute de retour à
son cher Paris. On verra.

Elle ajouta avec une compassion railleuse :

— On le dit aux trois quarts ruiné.

Noël Bresson fit une grimace dédaigneuse.

— Aux trois quarts, dit-il, vous êtes bien bonne. Il ne
possède pas un sou vaillant à l'heure qu'il est. Je crois
même que tous comptes balancés, il lui restera des dettes.
Mais vous connaissez trop notre monde pour ignorer
qu'un homme de son âge et de sa tournure, de son nom
surtout, n'est jamais sans ressources, à moins qu'il ne
renonce au mariage, ce qui serait un grand tort. J'ai mes
renseignements. Le duc est à l'eau, mais on lui propose
des barques de sauvetage ; il s'en tirera.

Louise Renaud rougit légèrement, mais si fugitive que
fût cette rougeur, le banquier vit le flot de sang passer
sous la blancheur de son teint.

Ils causèrent en amis de banalités et se quittèrent.

Resté seul avec Jean-Marie, le banquier lui dit d'un
ton bref :

— Je pense que nous ne tarderons pas à aller à Scaër.
Prends les devants. Je m'arrangerai pour que Louise y
arrive avant moi. Je veux être au courant de ses actions.
Tu entends ? Il faut que je connaisse ses moindres démarches.

Jean-Marie éprouva un frisson de plaisir.

Enfin le maître se décidait à parler.

C'était la première fois qu'il lui donnait un ordre précis.

— On la suivra, dit-il.

— Sans qu'elle s'en doute.

— Oui, monsieur le baron.

— Tu partiras demain.

— Oui, monsieur le baron.

Noël Bresson tira d'une liasse de billets placée sous un
presse-papier cinq mille francs, et les posa sur le bureau
devant Jean-Marie.

— Pour les menus frais de la guerre, dit-il. On ne la
fait pas sans argent. C'est une guerre que nous commen-

çons, Jean-Marie, guerre d'embuscades et de ruses. Je compte sur toi. Si tu as besoin de moi, je suis là, de nuit et de jour. Si je ne me trompe, c'est une femme qui a perdu mon frère; c'est une femme qui perdra le misérable qui l'a tué. Quand je te disais qu'il ne fallait qu'attendre.

Le banquier s'était exprimé avec une chaleur qui électrisa le fidèle Breton.

— Va, Jean-Marie, reprit-il.

Pour toute récompense à ce bon serviteur, il lui tendit la main.

Le valet la serra et sortit au moment où le comte Hugues entrait dans le cabinet.

— Mon ami, lui dit le baron, tu peux boucler tes malles. Nous partirons dans quelques jours pour le Morbihan.

Le comte Hugues leva les bras au plafond comme un prisonnier auquel on ouvre les portes de son cachot.

Il adorait sa Bretagne et ne restait à Paris depuis le printemps que pour ne pas quitter son ami.

— Enfin, tu te décides! dit-il.

— J'attendais le bon plaisir de ma belle-sœur. J'ai lieu de croire qu'il va se manifester.

— Sur quoi bases-tu cette idée?

— Sur quelques mots que je viens d'entendre.

— A propos, reprit le comte, tu sais ce qu'on dit.

— Au sujet?...

— De Langon. Le domaine va être vendu. Le duc est fini, coulé à pic.

— Tant que ça?

— Renaudet l'affirme.

— Il peut se tromper.

— Le notaire de Vaudrey et son homme d'affaires sont furieux contre lui.

— Pour quelle cause?

— Le duc refuse toutes les héritières qu'on lui propose pour le tirer d'embarras. Il ne prend même pas la peine de donner une raison.

— Bah!

— Chapuzet l'a dit à Renaudet. Tu sais, les gens d'affaires entre eux se content des choses...

— Et tu crois ces histoires?

— Dame! fit le comte.

— Mon cher Hugues, dit le baron Noël en appuyant sur les mots, je crois connaître une jeune veuve qui se fera un plaisir de combler le déficit de M. de Vaudrey. Voilà pourquoi le duc refuse les autres, ou je me trompe fort.

Il fixa une seconde le comte de Plélan, qui tressaillit sous ce regard.

Les deux amis s'étaient compris.

XVI

OÙ JEAN-MARIE CONTINUE A TENDRE SES COLLETS

L'aîné des Bresson ne perdait point d'ordinaire tant de paroles.

Il appartenait à la catégorie des silencieux.

Pour qu'il se fût répandu en discours aussi prolixes, il lui fallait la joie d'une importante découverte.

Il ressemblait au chercheur d'idées, à l'inventeur qui, après de vains efforts, vient enfin de mettre la main sur l'élément qui lui manquait pour triompher.

Que cherchait-il?

Un ressort à l'aide duquel il pût faire jouer les passions qui s'agitaient dans l'âme de ses adversaires, pour en arracher le secret qu'elle ne voulait pas laisser échapper.

Ce ressort, on venait de le lui livrer.

C'était la jalousie.

Cette féroce auxiliaire devait lui fournir les moyens de dompter la résistance de sa belle-sœur, cette nature ardente et cruelle qu'à défaut de l'amour la reconnaissance envers Jacques Bresson aurait dû désarmer, et que rien n'avait arrêtée sur la pente fatale où elle roulait, emportée par la passion.

Le banquier avait pesé d'une main sûre les conséquences probables de la faute que le duc, cédant à son tempérament de viveur égoïste et sans frein, venait de commettre en donnant un aliment à cette funeste maladie de l'âme si puissante sur une femme de la trempe de Louise Renaud.

S'il avait vu la belle veuve lorsqu'elle fut rendue à elle-même, hors de ce cabinet où elle était obligée de se contraindre, il eût été satisfait de la ruse de Jean-Marie.

A peine dans la rue, elle n'était occupée que de cette pensée brutalement exprimée par l'ancien valet de son mari.

— Le duc flirte avec de jolies filles.

L'accent de Jean-Marie était fait pour la piquer au vif.

Il avait prononcé le nom d'Yvonne Rebec avec une insistance qui la mettait à la torture.

Elle rassemblait ses souvenirs pendant que ses deux magnifiques chevaux bais l'emportaient dans sa victoria doublée de satin, par les boulevards, vers les hauteurs de l'avenue de Messine.

Cette Yvonne était, en effet, d'une beauté rare.

Le comte Hugues, fier de sa filleule, la lui avait présentée à Plélan. Elle l'avait vue plus d'une fois et détaillée d'un rapide coup d'œil de connaisseuse.

Sous ses habits de villageoise, Yvonne avait toutes les distinctions des filles de race.

Et très coquette, l'enfant!

Toujours mise en paysanne d'opéra comique, avec un soin extrême de sa petite personne. D'ailleurs, c'était son parrain qui pourvoyait à son entretien. Il n'était pas de saison où le comte Hugues, avec sa bonhomie spirituelle, n'allât courir les grands magasins, ce pandémonium de la galanterie, par curiosité d'abord, pour s'amuser du spectacle dont on se repaît dans ces bazars étranges, et ensuite pour y acheter tout ce qui pouvait flatter la vanité bien simple et bien modeste, après tout, de la pauvre fille.

C'était avec un plaisir de père ou d'oncle qu'il expédiait à Plélan ces trousseaux complets qui ne le ruinaient pas.

Ah! s'il avait su ce qui se passait!

De quelle haine plus violente encore il eût chargé ce corrupteur qui lui flétrissait la seule fille à laquelle il eût voué une de ces affections qu'on ne peut avoir que pour les enfants qu'on a vus naître et grandir sous sa tutelle.

Lui aussi, navré du meurtre de son grand ami Jacques Bresson, qu'il aimait comme un frère, il avait des soupçons; mais dans son indulgence, il n'osait les formuler et abandonnait la conduite de l'affaire à Noël, son autre lui-même, sûr qu'elle était entre des mains fermes qui la mèneraient à bonne fin.

La victoria de la baronne filait, emportée par le trot souple et cadencé des deux carrossiers anglais, véritable attelage de prince; et les oisifs du boulevard, en voyant cette blonde créature couchée sur les coussins de sa voiture, l'admiraient et enviaient le calme reposé de ses traits.

Les femmes qui allaient à leurs affaires, à cette heure matinale encore, modistes avec leurs cartons, placières et pauvres filles en quête d'emplois, se disaient avec une jalousie naturelle que cette heureuse du siècle ne devait avoir rien à désirer.

L'attelage, le cocher, le valet de pied, étaient de ceux qui prouvent les millions au premier coup d'œil, la bonne et solide opulence, la vraie.

La propriétaire de cet équipage ne pouvait être qu'une grande dame des faubourgs aristocratiques ou une princesse de la finance aux pensées couleur de rose.

Les passants étaient loin de compte.

La baronne sentait gronder en elle un commencement de tempête.

Elle se disait qu'en se jouant, sans intention malicieuse, Jean-Marie avait pu lui révéler une vérité.

Est-ce que les années précédentes le duc ne lui vantait pas cyniquement les charmes naissants de cette Yvonne?

... un jour, il lui avait dit : Voyez donc, cette jeune fille, quel succès elle aurait dans un certain monde ! de la... ma chère !

Et les regards, qui la dévisageaient avec tant de hardiesse, chaque fois qu'il en avait l'occasion, et la déshabillaient, pour ainsi dire, avec l'insolence des gens pour qui rien n'est sacré !

Elle avait plus que le pressentiment, la certitude d'une trahison.

Pourquoi, après tout, Jean-Marie aurait-il inventé ce mensonge ?

Dans quel intérêt ?

Ce garçon ne s'était-il pas toujours montré, comme le baron Noël, plein de prévenances et de respect pour elle ? N'ignorait-il pas sa liaison avec le duc ?

Voilà donc pourquoi son amant s'opposait à ce qu'elle allât à Scaër ! Tous les beaux prétextes de sagesse et de prudence qu'il invoquait n'avaient qu'un but : la tenir éloignée du théâtre de ses exploits et les lui cacher.

En quatre mois, c'est à peine s'il avait consacré la valeur d'une semaine à celle qui était prête à se sacrifier sans réserve et que son amour avait rendue folle jusqu'au crâne !

Elle ne lui suffisait plus.

Déjà !

M. de Vaudrey lui préférait une fille des champs !

Elle s'expliquait sa froideur, ses airs d'ennui, le besoin qu'il avait de fuir Paris au plus vite, son enthousiasme si subit pour la Bretagne, qu'il détestait auparavant !

Cet homme la trompait, elle, Louise Renaud, qui se croyait si clairvoyante et si impossible à duper !

Il lui mentait effrontément.

Et c'était pour lui qu'elle avait couru tant de risques, exposé son honneur, sa liberté, en devenant la complice du meurtre de son mari !

Elle aurait voulu voler auprès de lui, à Langon, pour le voir, le questionner, surprendre ses sentiments.

Le baron Noël avait eu raison de dire à son ami de Plélan qu'il pouvait faire ses préparatifs de voyage.

L'heure de l'action approchait.

Le grain jeté à propos par Jean-Marie levait avec la rapidité des semailles un jour d'orage.

Au surplus, la baronne se dit qu'elle avait assez sacrifié à la prudence, qu'aucun lien ne la retenait à Paris, qu'il était temps de jouir de la liberté qu'elle avait payée si cher, et que rien désormais ne pouvait la compromettre.

Lorsqu'elle fut de retour à l'avenue de Messine, elle ouvrit, pour se donner de l'air, les fenêtres de sa chambre qui dominent les jardins pleins de fleurs et d'ombre communs aux hôtels des deux frères.

Elle étouffait.

Sous un massif de marronniers, elle aperçut Lucienne, sa femme de chambre, en conférence avec Jean-Marie.

Depuis la mort de son maître, le Breton, qui possédait ouvertement la confiance du baron Noël, se montrait plus empressé auprès de la confidente de la belle veuve et Lucienne ne demeurait pas insensible à ses avances.

Ce n'était pas qu'elle fût particulièrement séduite par la tournure de Jean-Marie.

Sans être difforme ou désagréable d'aspect, Jean-Marie était loin de ressembler à son frère Corentin. C'était un homme ordinaire, de taille moyenne, aux traits effacés, insignifiants, et dont la physionomie eût passé inaperçue dans la foule des gens de maison, n'eût été la surprenante finesse de son regard.

Jean-Marie n'était pas de ces valets bellâtres et fats pour lesquels les marquises perdent la tête et compromettent leur blason.

Mais Lucienne, assez mal partagée elle-même du côté des avantages naturels, estimait l'intelligence une valeur supérieure et tenait en haute estime l'esprit de son camarade.

D'autre part, elle n'ignorait pas que Jean-Marie était en possession d'une aisance relative, qu'il jouissait d'une rente assez forte que l'aîné des Bresson lui avait accordée après la mort de Jacques, comme aux autres servi-

teurs de son frère ; que ses gages étaient considérables, et qu'enfin la réunion de leurs économies s'élevait à un chiffre respectable.

Jean-Marie était un capitaliste.

Ce sont là des conditions de nature à toucher une âme positive.

Lucienne calculait encore que leurs âges se convenaient à merveille ; que Jean-Marie allait atteindre ses quarante ans, époque de l'expérience et de la maturité, et qu'elle-même avait dépassé la trentaine d'un lustre environ.

Si donc plus tard, car rien ne pressait, le Breton de Scaër posait sa candidature au mariage, Lucienne se promettait de réfléchir sur la demande, et il n'était pas impossible qu'elle ne se décidât le jour où sa pelote serait arrondie à son gré.

Provisoirement, l'entretien prenait un tour assez favorable, et Jean-Marie, qui n'avait jamais abordé carrément le sujet qui tenait au cœur de Lucienne, commençait à tourner aux alentours avec précaution, en expliquant à la fine mouche qu'un âge vient où on est bien aise de se retirer ; qu'on a besoin de tranquillité, mais que ce n'est pas un sort de vivre en solitaire comme un sanglier dans sa bauge ; qu'il faut une compagnie, mieux encore, un attachement, — il regarda, avec ses yeux en coulisse, Lucienne, qui frissonnait, — et qu'on a beaucoup de peine à découvrir une femme d'un bon caractère ; qu'il en connaissait des quantités qui seraient de tristes numéros à la grande loterie du mariage.

Lucienne, appuyée au tronc d'un marronnier, écoutait avec une attention soutenue les explications de Jean-Marie, lorsque la seconde femme de chambre de la baronne apparut à une fenêtre et appela :

— Lucienne !

L'ancienne élève des sœurs hospitalières avait à peu près conquis son indépendance et se faisait souvent un malin plaisir de le prouver.

Elle répondit par un léger signe à sa collègue et dit à Jean-Marie :

— Continuez.

Mais le Breton était l'homme du devoir.

D'ailleurs il avait poussé assez loin sa pointe pour une première affaire.

Il était aussi l'homme de la mesure.

— Allez donc, mademoiselle Lucienne, dit-il ; nous reprendrons l'entretien plus tard.

La soubrette n'était pas de cet avis.

— Ne faites pas attention, répliqua-t-elle. Madame patientera un moment.

— A propos, fit Jean-Marie, est-ce que vous ne venez pas bientôt à Scaër ? Moi, j'y retourne. C'est là que nous pourrons causer à loisir.

Lucienne était lancée.

Elle oublia pour une fois sa réserve ordinaire.

— Madame en grille d'envie, dit-elle, mais elle n'en ouvre pas la bouche.

— Elle a tort, déclara le Breton. M. le baron n'attend qu'un mot pour prendre le train. Il aime beaucoup votre maîtresse, M. Noël.

Lucienne se rapprocha et brusquement :

— Vous croyez ça, vous ? dit-elle.

— Dame !

— Je vous supposais du flair.

— J'en ai, mais je n'entends que ce qu'on me dit, moi !

Jean-Marie avait l'air le plus ingénu du monde.

— Madame est comme vous, reprit Lucienne. Elle s'imagine que M. Noël en raffole !

— Elle a raison.

— Eh bien ! voulez-vous ma pensée ?

— Certes.

— Entre nous, cette amitié dont vous parlez, moi, j'en doute !

— Oh ! Lucienne, fit Jean-Marie d'un ton de reproche.

— Allons, on verra ! Il est bon de tenir sa langue dans les maisons, mais nous en recauserons.

— C'est ça, nous en recauserons, sous les arbres de

Scaër, tous deux, mademoiselle Lucienne, entre nous, comme vous dites.

— Et chut avec les autres ! dit Lucienne.

— Parbleu ! on ne sait à qui se fier.

Jean-Marie était d'une naïveté sublime.

On lui aurait donné le bon Dieu sans confession !

La seconde femme de chambre criait de nouveau :

— Lucienne !

— Est-elle embêtante, cette Adèle, fit l'autre. A tantôt, Jean-Marie.

Lucienne était visiblement troublée.

Il n'est pas prudent de parler mariage aux vieilles filles.

Sur ce chapitre, il n'en est guère qui ne s'emportent comme des chevaux vicieux.

Sur le perron, elle se retourna pour envoyer à Jean-Marie un salut qui ressemblait furieusement à un baiser.

— Tiens, tiens, pensa Jean-Marie rêveur ; ça mord plus vite que je ne l'aurais cru. Après tout, elle est moins laide qu'elle n'en à l'air. On lui promettrait le mariage rien que pour savoir la vérité.

Il ajouta en riant de sa plaisanterie :

— Promettre et tenir sont deux. A Normand, Normand et demi.

XVII

CHATEAU A VENDRE

Lorsque Lucienne entra dans l'appartement de sa maîtresse, elle la jugea, d'un coup d'œil oblique, sous le coup d'une fâcheuse humeur.

La belle blonde fronçait ses sourcils divins, comme si elle avait eu le tonnerre en main pour foudroyer un ennemi.

— Lucienne, ordonna-t-elle, il faut préparer les malles.

— Madame part en voyage ?

— Demain.

— Madame va... ?

— A Scaër.

— Seule ?

— Avec M. Noël. S'il ne m'accompagne pas, il me rejoindra. Vous direz à Pierre d'expédier les chevaux de selle cette nuit par l'express.

— Bien, madame. Madame emmène tout le monde ?

— Oui.

— Madame se propose-t-elle de faire un long séjour là-bas ?

— Je ne suis pas fixée.

L'ordre était donné à dix heures. Dans l'après-midi, le baron Noël annonçait à sa belle-sœur qu'il ne pouvait partir avec elle. Mais il envoyait Jean-Marie pour tout préparer, et la rejoindrait quelques jours plus tard, dès qu'il aurait terminé des affaires imprévues qui le retenaient à Paris.

Le surlendemain, M. de Vaudrey, à neuf heures du matin, était assis devant son bureau, dans le salon qui lui servait de cabinet de travail à Langon.

Par les fenêtres ouvertes, il contemplait d'un regard ennuyé la vallée qui s'étend au-dessous du château et au milieu de laquelle on a formé une suite de vastes étangs ou de lacs en établissant une chaussée pour barrer les eaux du Guer.

L'aspect de cette vallée marécageuse, pleine de joncs et de hautes herbes, est assez mélancolique.

De son fauteuil, le duc pouvait voir trois hérons qui tournoyaient au-dessus des joncs de l'étang, sur lequel ils ne tardèrent pas à s'abattre.

Il voyait, en outre, deux chevreuils presque familiers qui venaient battre l'eau sous ses yeux.

Mais il n'accordait qu'une attention distraite à ce spectacle qui eût ravi d'aise un Parisien sevré des joies champêtres.

Le matin même il avait reçu de son notaire, M. Durand, rue Royale, un des membres les plus intègres et les plus honorés de sa corporation, un volumineux dossier qui n'était pas fait pour lui inspirer des idées souriantes.

Ses affaires allaient de mal en pis.

De la lecture de ce dossier, il résultait clairement que les choses prenaient une tournure désastreuse.

Les acheteurs étaient introuvables ; les terres dépréciées ; les maisons de Paris elles-mêmes subissaient des pertes énormes.

Bref, c'était la ruine complète, sans ressource.

Jusque-là le duc avait conservé, en dépit des avis contraires, une lueur d'espérance.

Le notaire l'éteignait.

Il ne lui restait qu'un remède : boire jusqu'à la lie le calice du mariage.

Or, à mesure que le temps s'écoulait, il était tenté de prendre en exécration la femme qui lui rappelait une action détestable qu'il aurait voulu oublier.

Il lui venait au cœur des bouffées de haine contre elle, non pas tant à cause du crime commis que de son indépendance perdue.

Sa situation lui semblait de plus en plus intolérable. Lui qui n'avait pu souffrir aucun lien, qui ne savait obéir qu'à ses fantaisies, sans s'occuper de l'intérêt ni du droit des autres, il était enchaîné à Louise Renaud, dont le caractère despotique l'effrayait, et leur forfait les attachait ensemble mieux que des fers rivés à leurs pieds.

La lettre du notaire lui retirait les dernières illusions où son insouciance se complaisait.

Il fallait se courber sous les fourches caudines de la nécessité.

A la rigueur, avec son caractère lâche et indécis, le duc aurait pu se résoudre à une solitude confortable égayée par la présence d'une jolie fille comme Yvonne, éprise de lui jusqu'à l'entier sacrifice, et qui réalisait l'idéal de la femme désirée des sages, prête à tout pour plaire à son maître. Mais se soumettre aux privations de la misère, à la ruine, à la décadence complète, honteuse, humiliante, jamais !

Il ne pouvait s'y résoudre.

Or, le plus sûr moyen de l'éviter, n'était-ce pas de subir les conditions de la baronne ?

Mais Yvonne alors ?

Elle serait sacrifiée.

Voilà tout.

Que d'autres l'avaient été avant elle, auxquelles il ne songeait plus ?

Il était absorbé dans ses réflexions, quand tout à coup il se tourna vers une fenêtre près de laquelle il venait d'entendre un léger bruit.

A cheval, derrière la balustrade de fer forgé de la croisée, moulée dans son amazone noire, une femme se penchait vers lui et découvrait dans un sourire ses dents de l'émail le plus pur.

— Eh bien ! oui, c'est moi, dit-elle. Enfin !

La baronne Bresson était plus éclatante que jamais.

C'était bien l'incarnation de la chair dans ce qu'elle a de plus excitant et de plus sensuel.

Le cadre qui l'environnait rehaussait encore cette beauté frappante.

Son cou, aux lignes robustes, soutenait une tête impérieuse à laquelle son chapeau d'homme — ces chapeaux masculins qui ne vont qu'aux têtes de femmes — prêtait une expression pleine de hardiesse et de décision.

— Vous ici ? dit le duc.

— Est-ce un reproche ?

— Que vous êtes imprudente !

Elle ne prit pas la peine de se disculper.

— Oui, je sais, dit-elle, vous allez me prêcher la sagesse ; mais d'abord appelez donc un palefrenier, mon ami. On est reçu chez vous comme dans un moulin.

Le duc n'eut pas cette peine.

Gib accourait sur ses deux jambes sèches comme des fuseaux.

La jeune veuve sauta légèrement à terre et lui jeta la bride de son cheval.

Puis elle entra, le lorgnon à l'œil, en curieuse, dans le cabinet de son amant.

— Vous ne semblez pas ravi de me voir, reprit-elle. Vous êtes un trembleur. Ayez donc de la tête. Mon courage et ma patience étaient à bout. Je me suis imposé assez de contrainte. C'est fini. Je suis libre et j'entends jouir de ma liberté.

Elle s'étendit dans un vaste fauteuil à dossier carré, couvert de naïves tapisseries, œuvres des aïeules du duc, et promena un regard satisfait autour d'elle.

Elle jouait, en parlant, avec son binocle à monture en or qui lui prêtait des airs tout à fait dégagés.

— Mes compliments, dit-elle. C'est très convenable ici. On a taillé le parc avec ampleur, comme un habit en plein drap. Les mouvements de terrain sont parfaits, les eaux superbes. C'est mieux qu'à Chantilly, ma parole ! Je n'avais jamais remarqué Langon comme ce matin. Est-ce vrai qu'il est à vendre ?

— Comme tout ce que je possède.

— Vous êtes ruiné ? demanda la baronne.

— A fond, répondit le duc.

— C'est ce que le baron m'a dit. Son métier n'est-il pas de jauger les crédits, de peser les fortunes, de supputer la valeur des gens et des choses ? Je ne vous savais pas si bas, mon ami.

— On espère toujours se tirer d'embarras et on s'enfonce jusqu'au jour où on se noie.

— Laissons ce détail sans importance. On bouchera les brèches de la maison et tout se rétablira. Je disais donc que Langon est très bien. Comment se fait-il que je ne m'en sois pas aperçue ? C'est sans doute que j'avais l'esprit préoccupé. Aujourd'hui il est exempt de tout souci. Et, mon cher, je ne voudrais pas vous adresser un mauvais compliment, mais ce n'est pas comme le vôtre. On dirait que je vous gêne. A quoi pensez-vous !

Elle ne lui donna pas le temps de répondre et continua en baissant le ton :

— Tranchons la question. Le passé vous pèse. Vous avez bien tort. Nous avons joué une grosse partie, à l'improviste. Nous l'avons gagnée, définitivement gagnée. L'affaire est close. L'enjeu est à nous. Je sais qu'en général, on n'aime pas à garder de ces souvenirs sur l'esprit ; que, si on avait le choix, on dirigerait les événements autrement ; mais, entre deux maux, il faut choisir le moindre. Voyons. Préféreriez-vous, au lieu de me revoir dans ce salon qui a grand air, dormir entre les froides murailles d'un caveau de famille ? Voudriez-vous me voir installée en petite bourgeoise au cinquième d'une maison des Batignolles avec les quelques rentes que je tiendrais de la munificence de mon mari ? Non, n'est-ce pas ? Laissez donc là vos airs funèbres et faites comme moi. Faut-il que ce soit une faible femme qui vous donne l'exemple de la bravoure ?

Elle rapprocha son fauteuil de celui du duc et posa sa main gantée de longs gants de Suède sur celle qu'il tenait étendue sur le bureau.

— Effaçons le passé, dit-elle, mettons-le en terre une fois pour toutes, et abandonnons-nous aux plaisirs de la réunion. Pensez que l'avenir nous appartient ; que désormais je peux venir quand il me plaira dans cette maison où je n'entrais qu'en tremblant, honteuse, avec la terreur d'une surprise possible ; dites-vous qu'il ne nous reste qu'un dernier acte de comédie à jouer pour le monde, celle de la sympathie naissante, d'une liaison qui s'ébauche au grand jour, d'une estime mutuelle qui nous attire l'un vers l'autre, engendre l'amitié, prépare l'amour et se termine par un mariage, comme toutes les comédies. Est-ce donc si difficile et vous estimez-vous tant à plaindre ? Vous ne me demandez même pas comment j'arrive ici ce matin pour vous surprendre. La campagne vous annule, mon ami.

A la vérité, le duc manquait complètement d'entrain. Cette arrivée l'inquiétait.

La baronne tombait au milieu de son roman avec Yvonne comme une hirondelle dans une toile d'araignée.

— Vous saurez, reprit-elle, que je suis seule à Scaër. Le baron m'y rejoindra dans quelques jours. C'est convenu. Il ne me quitte plus. Au moment où je partais, il m'a dit : — Vous savez que ce pauvre Vaudrey est à sec. C'est là le secret de sa fuite en Bretagne. Langon

est à vendre. Si ce domaine vous plaisait, par hasard, il ne faudrait pas vous en priver. Vos moyens vous le permettent. — Et voyez comme tout s'arrange ! Il a ajouté avec sa courtoisie habituelle : — De cette façon, si vous vous remariez, comme c'est probable — il a poussé un soupir — nous resterons voisins, car je désire conserver Scaër. — Alors vous comprenez, mon ami, je n'ai pas besoin de me gêner. Le prétexte de mes visites est tout trouvé. Votre château est à vendre. Il me convient. Je l'examinerai à loisir plutôt dix fois qu'une. Je viens, en un mot, sans aucun mystère, voir la maison... et le propriétaire.

La baronne était irrésistible.

Elle aurait déridé un condamné à mort.

Elle était étincelante de vivacité, de grâce et d'esprit. Ses yeux de saphir lançaient des flammes bleues qui auraient fondu un glacier.

Et cependant son amant restait préoccupé.

Il caressait machinalement la main de la belle veuve. Cette distraction frappa la baronne, dont les soupçons se ravivèrent.

Elle aperçut le dossier du notaire ouvert sur le bureau.

— Qu'est-ce que vous lisez-là ? demanda-t-elle à son amant.

C'était lui tendre la perche.

Il la saisit avec empressement.

— Voyez, dit-il.

— Vous le voulez ?

— Ai-je des secrets pour vous ?

— Est-ce bien vrai ? fit-elle.

Tout en causant, elle parcourait les notes de M° Durand.

— La situation est fâcheuse, dit-elle. Vous l'ignoriez ?

— Jusqu'à ce matin.

— Et c'est de là que provient votre humeur sombre ?

— Justement.

Le motif était plausible.

Le duc le devina et reprit un peu d'assurance.

Au fait puisqu'il fallait accepter la situation, autant y mettre de la grâce et de la galanterie.

L'exemple de la baronne le remontait peu à peu, et l'entrain de la belle blonde, son franc sourire, la splendeur de sa personne, l'éclat de ses yeux, le relevaient et ravivaient les désirs endormis au fond de son âme.

N'avait-elle pas raison en lui disant qu'il n'était pas à plaindre ?

Elle lui apportait la jeunesse épanouie comme un rosier au mois de juin et ses millions ! Que voulait-il de plus ?

— Ma chère Louise, dit-il, vous venez au moment où j'ai en vérité besoin de courage, je l'avoue. Voulez-vous que je sois sincère avec vous ?

— Si c'est possible, fit-elle railleusement.

— Ecoutez donc. C'est presque une confession.

— Allez.

— Jusqu'à la nuit du 26 février, une date qui ne s'efface pas, j'ai vécu dans un désordre excessif, raillant la vertu, que je ne connaissais que de nom, altéré de plaisirs, me jouant de l'honneur des filles et des femmes, jetant l'argent, sans compter, par toutes les fenêtres, sûr d'en trouver le jour où je voudrais vendre mon titre à la vanité d'une parvenue. Je ne m'estimais guère moi-même ; mais selon les règles de l'honneur mondain, qui n'est pas rigoureux, je pouvais marcher la tête haute. Depuis notre aventure, j'ai perdu ce droit. Mon notaire m'apprend que j'ai perdu le dernier sou de ma fortune. Il ne me reste donc rien.

Il ouvrit un tiroir de son bureau.

Le canon d'un revolver brillait au fond.

Il le montra à la baronne.

— C'est là une suprême ressource, reprit-il. Je me suis demandé souvent si, ruiné, déshonoré à mes yeux, je ne ferais pas mieux de me loger une balle dans la tête ou dans le cœur plutôt que de recommencer une existence qui m'a si mal réussi. Je ne sais ce qui m'a retenu, car, après tout, il suffit d'une minute de décision pour en finir. Cette minute, je ne l'ai pas trouvée. Je crois que c'est votre souvenir qui m'a rendu lâche et me rattache à la vie. Par moments, cependant, je suis tenté de vous haïr, et il faut que je vous voie pour sentir à quel point je vous aime.

La baronne l'étudiait avec des yeux où se peignit un étonnement profond.

— Vous me faites pitié, dit-elle. Ces hommes, qui se disent nos maîtres, ont en vérité d'étranges faiblesses. Comment, vous, le duc Hubert de Vaudrey, le descendant de ces batailleurs d'autrefois pour qui le sang des autres comptait si peu, vous êtes dégénéré à ce point que, pour un ennemi étendu en travers de votre chemin, vous ayez des remords, je ne sais quel absurde mépris de vous-même et des tentations de renoncer à une existence que tant d'autres jalousent ? De quelle boue êtes-vous donc pétri, mon cher ? Je ne suis qu'une femme, mais, en vérité, je n'ai pas de ces stupides lâchetés. Je comprends le vaincu, sous lequel tout s'écroule et qui, acculé par l'ignominie de sa ruine, se fait sauter la cervelle, mais vous ! Je ne redoute rien, moi, que deux choses : la misère, la hideuse misère ou la gêne aussi détestable qu'elle ; le besoin qui force au travail éreintant, acharné, au labeur avilissant qui déforme, use et détruit tant de malheureuses qui ont la vertu de s'y condamner. Cela d'abord, je l'avoue, j'en ai peur, comme d'une échéance à laquelle je n'aurais pas le triste courage de me soumettre. Et ce que je crains, en outre, écoutez-moi bien, c'est la trahison de mon amant, de l'homme que j'ai choisi entre tous, que j'aime et que je veux ! Ah ! vous vous plaignez, monsieur de Vaudrey ! Et vous êtes jeune, plein de force et de santé ; vous avez l'expérience qui donne la sagesse et une femme que vos pareils aduleraient, si elle le voulait, qui vient à vous et vous dit : Prends-moi, je suis la fortune et je suis l'amour. Tout ce qu'un homme peut rêver de jouissances et de plaisirs, je te les donnerai ! Tout ce qu'une tête ambitieuse souhaite de triomphes de vanité, tu l'auras ! Et vous vous lamentez ! Vous montrez avec ostentation des revolvers au fond des tiroirs ! Allons donc ! A qui ferez-vous croire que vous songiez à aller voir ce qui se passe dans l'autre monde quand celui-ci vous offre plus de félicités qu'il n'en faut aux sens et à l'orgueil d'un homme ! Je n'ai pas de remords, moi ! Je n'ai pas de regrets. Je n'ai pas la moindre envie de mourir ; non, en vérité. Laissez-moi donc diriger, puisque, entre nous, c'est moi qui suis la force, et vous verrez quels beaux jours je vous ferai ! Est-ce dit ?

— Il faut rendre justice à qui a le droit.

La baronne Jacques Bresson n'était pas la première venue.

En l'écoutant, on se serait mis à genoux devant elle.

Elle s'exprimait avec une chaleur, avec une fierté, avec une ironie hautaine qui lui donnaient des airs d'impératrice. Il est même probable que peu d'impératrices, si ce n'est au théâtre, ont eu son galbe, son port de tête, sa taille superbe, et ses yeux expressifs, empreints d'une véritable beauté tragique.

Le duc se sentit dominé, vaincu, et lui tendit la main.

— Vous êtes magnifique, ma chère, lui dit-il, et je vous admire. Vous serez une incomparable duchesse !

— Soit, mais à une condition.

— Laquelle ?

— A dater de cette matinée, c'est moi qui prends la direction de nos affaires.

— Volontiers !

— Vous n'adopterez aucune résolution grave sans me consulter ?

— J'y consens.

Et baisant le bras blanc de sa maîtresse, il ajouta :

— Quel ravissant conseiller vous faites !

— Mettons-nous à l'œuvre. Vous allez écrire à votre garde-notes.

— En quels termes ?

— Prenez une plume.

— C'est fait.

— Je dicte. — « Monsieur, vous m'obligerez en vendant, malgré les difficultés que vous annoncez, tous mes biens, à l'exception du domaine de Langon, que je réserve pour la fin. J'ai d'ailleurs sous la main un acquéreur avec lequel je m'entendrai aisément. — J'ai l'honneur, etc. » — L'adresse ; — C'est fini ?

— Parfaitement.

— Nous voici donc à peu près d'accord.

M. de Vaudrey la regarda avec inquiétude.

— Vous dites à peu près ?...

— En effet.

— Pourquoi ?

— Parce qu'il nous reste encore un point à régler.

— Expliquez-vous.

La jeune femme le fixa de son regard pénétrant, un peu dur.

— Il y a quelques jours, on a prononcé devant moi un nom qui m'a frappé.

— Quel nom ?

— Celui d'une jeune fille de ce pays.

— En quoi vous intéresse-t-il ?

— Vous allez voir.

— Elle s'appelle ?...

— Yvonne Rebec.

Le duc se gratta l'oreille et essaya de sourire.

— Seriez-vous jalouse, par hasard ? demanda-t-il. C'est un bien fâcheux défaut.

— Jusque-là je l'ignorais, n'ayant pas été mise à l'épreuve.

— Et maintenant ?

— J'avoue que je suis sujette à cette funeste maladie.

— Comment vous en êtes-vous aperçue ?

— Je n'ai aucune raison de vous le cacher. Devant moi, on parlait de vous.

— Et qu'en disait-on ?

— Rien de bien grave.

— Je respire.

— Seulement, tandis que vos lettres vous dépeignaient comme accablé de soucis et presque de frayeurs maladives, on affirmait qu'au contraire vous passiez le temps le plus gaiement du monde, et on ajoutait que ce pays vous offre d'amples matières à distractions.

— Comment ?

— Que vous vous montriez empressé auprès des beautés du pays.

— Il n'y en a pas.

— C'est ce que j'ai objecté.

— A la bonne heure !

— Mais on m'a répondu victorieusement qu'il en existe au moins une.

— C'est peu.

— C'est assez, déclara nettement Louise Renaud.

— Et cette jeune beauté qui fait exception au milieu des maritornes du canton, c'est cette Yvonne Rebec ?

— Justement.

— Cette circonstance a suffi pour vous apprendre que vous êtes jalouse ?

— Pourquoi pas ?

Le duc se leva.

— Ma chère, dit-il, vous m'avez donné tout à l'heure d'excellents conseils que je me suis empressé de suivre, voulez-vous que je vous en donne un à mon tour ?

— S'il est bon !

— Parfait ! vous allez voir.

Il la prit par la main, passa cette main sous son bras et traversa avec la baronne la bibliothèque d'abord et ensuite une enfilade de salons pleins de portraits d'aïeux, gentilshommes poudrés de la Régence ou de Louis XV, maréchaux de camp en cuirasses luisantes coupées de rubans bleus ; vieux seigneurs rébarbatifs dans leurs collerettes à la Sully raides d'empois, duchesses et marquises en vertugadins, en robes de satin, de taffetas, en paniers, en bergères, jeunes et vieilles.

Le duc s'arrêta devant la plus jolie et dit :

— Celle-là, c'est Anne de Vintimille, femme du duc Stanislas, ce vieux capitaine renfrogné dans sa barbe qui fut blessé à Pavie et laissé pour mort sur le terrain. Elle a passé pour la maîtresse du roi François Ier, après tant d'autres, et on ne dit pas que le duc Stanislas en ait montré quelque mauvaise humeur.

— Vous n'allez pas me recommencer la scène des portraits d'*Hernani* ? demanda la baronne.

— Mais si.

— C'est bien usé, mon cher.

— Pas tant que vous croyez.

Il la conduisit devant une jeune femme en robe de bal très décolletée, montrant des épaules superbes et un cou de cygne. Ses cheveux poudrés s'élevaient en édifice sur sa tête charmante, aux yeux noirs brillant comme des lucioles.

— Celle-là, reprit-il, s'appelait comme vous, Louise. Elle était fille du marquis de Saint-Laur. Elle a succédé aux demoiselles de Mailly-Nesles dans les faveurs de Louis, appelé le Bien-Aimé, sans doute parce qu'il a eu d'innombrables maîtresses. Le duc René de Vaudrey, son mari, vint s'enfermer à Langon pendant quelques mois, afin de pouvoir déclarer à ses amis qu'il n'avait été témoin de rien de fâcheux, et la reçut avec toutes sortes de caresses et de douceurs quand elle vint l'y rejoindre en poste, le caprice du roi passé.

Il fit le tour des galeries et entra dans de piquants détails sur ses aïeules d'abord.

Il en connaissait l'histoire sur le bout du doigt.

Elle avait été recueillie par un vieux précepteur avant la Révolution et consignée en un manuscrit très curieux conservé dans les archives de la maison.

Puis ce fut le tour des hommes.

On pouvait conclure de ses explications que les maris n'avaient pas eu besoin de moins d'indulgence que les femmes dans la famille des Vaudrey-Langon.

— Où voulez-vous en venir ? demanda la baronne, pour couper court aux histoires où il se complaisait.

— A ceci, que nous ne sommes pas d'une race de petits bourgeois, ma chère, et qu'il faut laisser les petitesses aux petites gens. Regardez ces douairières et ces vieux seigneurs, ces belles dames et ces galants gentilshommes, s'ils avaient été sujets à ces mesquineries, ils n'auraient pas vécu une heure en paix. L'hôtel de Vaudrey et le château de Langon eussent été un enfer. L'histoire en fait foi. Imitons-les.

La baronne secoua la tête.

— Non, dit-elle nettement.

Et comme le duc insistait :

— Non, mille fois non, répéta-t-elle avec énergie. Ces complaisances ne sont plus de notre temps. D'ailleurs, je ne suis pas de votre sang, moi, et je veux un mari qui m'appartienne, à moi seule, vous me comprenez !

— Soit, fit le duc avec un retour de volonté. Alors, tout est rompu.

— Et que ferez-vous ? demanda Louise Renaud étonnée.

— Je m'adresserai à quelqu'une des clientes de mon notaire ou de l'excellent M. Chapuzet. Elles seront sans doute plus accommodantes.

Le duc s'exprimait d'un ton dégagé, mais la jeune veuve blêmissait et devint presque menaçante.

— Vous ne parlez pas sérieusement, dit-elle.

— Si !

— Ecoutez, ne raillons pas. Je n'ai pas tant fait pour renoncer à un amant qui me coûte si cher. D'ailleurs, s'il faut tout vous dire, je ne veux pas qu'il y ait un homme qui sache mon secret, à qui j'aie appartenu, qui ait le droit de me faire baisser les yeux à certains souvenirs et qui ne soit pas mon mari. En outre, je veux être duchesse de Vaudrey, non pour vous, que j'apprends à connaître, — et, entre nous, je crois que j'ai commis une erreur grossière en trompant Jacques Bresson à votre profit, — mais pour le nom, qui me plaît et que je relèverai. Mais j'entends aussi que le mari que j'achète respecte ma maison ! Je suis bourgeoise et m'en fais honneur. Il ne fallait pas venir troubler le repos dont je me contentais. Vous êtes à moi. Je vous garde. Je n'use pas de ménagements et de précautions de langage pour déguiser ma pensée. Voici mes conditions. J'ai six cent mille francs de rente. Je vous reprends Langon au prix nécessaire pour éteindre vos dettes. Je suis pratique. Nous nous marierons au printemps prochain. Vous me laisserez le soin d'en publier la nouvelle. Nous adopterons le régime de la séparation de biens. De cette façon, vous ne me ruinerez pas. Je tiendrai la maison sur un pied qui vous fera honneur et je pense pouvoir vous allouer cent mille francs pour votre argent de poche. Acceptez-vous ?

Elle parlait d'un ton bref, impératif, ses beaux sourcils froncés.

Le duc eut une velléité de résistance.

Cette domination l'effrayait.

— Et si je refuse ? dit-il.

— Vous ne refuserez pas.

— Qui m'en empêcherait ?

— Moi.

— Comment ?

— Pardieu ! quand je devrais vous accuser du crime que vous avez commis.

— En vous perdant vous-même !

— Que m'importe ! Je prendrai des précautions...

— Vous oseriez ?

— N'est-ce pas vous qui avez assassiné le baron Jacques Bresson, mon mari ?

Le duc baissa la tête.

— Plus bas ! murmura-t-il.

— Vous voyez bien que vous êtes mon prisonnier, dit-elle.

Elle s'approcha de son amant et appuya sa main sur son épaule.

— Oui, je suis jalouse, reprit-elle d'une voix profonde, jalouse jusqu'à la démence, mais qu'est-ce que cela prouve, sinon que je vous aime, Hubert ! Vous pouvez être bien tranquille, je ne vous tromperai pas, moi, mais je ne veux pas être trompée. Le passé, je l'efface, mais l'avenir, je le réserve. Est-ce que je ne suis pas assez belle pour vous plaire, pour flatter votre orgueil ? Le beau couple que nous ferons ! Allons, dites que c'est convenu et laissez-moi agir !

Il se pencha sur sa tête en soupirant et mit un baiser dans ses cheveux.

— A dater de ce matin, dit-elle, je suis à vous, monsieur le duc, corps et bien, mais vous êtes à moi. Est-ce juré ?

Elle lui tendit la main.

Il y mit la sienne.

Le pacte était conclu.

XVIII

SEULE AU RENDEZ-VOUS

M. de Vaudrey et Louise Renaud s'en allèrent ensemble, sur la terrasse du château, à travers les massifs de fleurs qui émaillaient les pelouses, jusqu'aux communs.

C'est là surtout qu'on reconnaît le luxe des grandes familles, écrasant pour notre médiocrité moderne.

Soixante chevaux auraient tenu à l'aise dans ces vastes écuries bâties en demi-cercle et voûtées comme une église.

L'écusson des Vaudrey est sculpté au fronton, surmonté d'une couronne.

La joie de la jeune veuve était intense, mais elle ne la laissait pas déborder.

Elle, la fille d'un officier de fortune, elle éprouvait un sentiment d'orgueil en pensant que ce château grandiose serait à elle, que son portrait, signé d'un maître, prendrait place dans les galeries, à la suite de cette lignée aristocratique mêlée à toutes les illustres maisons de France.

Franchement, pouvait-on acheter un tel résultat trop cher ?

Des forfaits !

Est-ce qu'il n'y en a pas, en cherchant bien, au fond de toutes les histoires des races opulentes ? Est-ce qu'on n'y trouve pas, du moins, des aventures inexpliquées, des morts mystérieuses, des spoliations oubliées ?

Leur crime, qui donc s'en doutait seulement ?

La tombe du Père-Lachaise où dormait Jacques Bresson n'était-elle pas muette comme les autres ?

Le duc la suivait comme un captif dont elle aurait tenu la chaîne.

Malgré la présence de cette charmeresse, il restait préoccupé, distrait, inquiet.

Il essayait vainement de dissimuler son malaise.

Ses paroles étaient embarrassées ; sa voix sonnait faux.

Louise Renaud possédait un flair difficile à mettre en défaut.

Lorsqu'elle quitta son amant, elle lui sourit avec sa grâce des bons jours et le rayonnement d'une joie intérieure.

Mais dès qu'elle fut en selle, elle fit un retour sur ce qui venait de se passer, sur ce qu'elle avait vu, et aux premiers temps de galop de son cheval à travers la forêt, elle se dit :

— Jean-Marie avait raison. Le duc a un secret. Je veux le connaître.

Le temps était très doux, assez brumeux comme il l'est souvent en Bretagne. Des nuages blancs, légers comme des voiles de mariée, flottaient sur un ciel d'un bleu pâle, le bleu des yeux des Bretonnes, découvert par places.

A quelques centaines de mètres du château de Langon, à un endroit où le chemin bifurque, elle changea brusquement de direction et se lança du côté de Plélan.

Ce n'était qu'un détour pour regagner Scaër.

Un détour un peu long, mais n'était-ce pas du côté de Plélan qu'elle avait des chances de rencontrer Yvonne Rebec ?

Elle ne perdait pas son temps.

Après l'amant infidèle, elle voulait interroger la maîtresse de hasard.

A cette pensée, un sourire dédaigneux crispait ses lèvres.

Les sentiers de la forêt sont tapissés d'une herbe courte, mêlée de bruyère, douce aux pieds des chevaux.

La jeune femme courait un peu à l'aventure entre deux haies de taillis, pensant moins à la route qu'elle devait suivre qu'au propos de Jean-Marie sur la jolie fille de Plélan.

Est-ce que vraiment c'était là sa rivale ?

En tout cas elle possédait un avantage redoutable sur elle. La pauvre fille ignorait l'influence qu'elle exerçait sur l'esprit de son amant.

Et cet amour, s'il existait, ne pouvait être que le résultat d'un caprice passager.

Une de ces liaisons éphémères, aventures de voyage, folies de campagne, oubliées dès que l'ivresse du premier moment se dissipe !

Toutefois le duc avait paru, malgré ses efforts, en proie à une contrariété inexplicable.

Sans doute la prudence était pour eux une vertu de rigueur après la scène tragique de l'hôtel Bresson, mais si elle restait indispensable pour un temps assez long, elle avait ses limites.

Le désordre de ses affaires pouvait aussi le tourmenter, mais n'était-elle pas là, prête à tout réparer, à restaurer ce blason dédoré, à étayer ces ruines qui se tenaient encore debout ?

Affaires, craintes imaginaires, n'étaient donc que des prétextes.

Si M. de Vaudrey l'avait reçue si froidement, la cause de cette froideur était ailleurs.

Il fallait voir.

Elle se lança résolument à travers bois, excitée par le mouvement, le grand air, le plaisir de se trouver seule, sans aide, dans ces campagnes où elle dominait tout par sa richesse si haute que les pauvres gens du pays n'en pouvaient concevoir qu'une vague idée.

Elle montait à cheval en écuyère hors-ligne.

Elle courut une demi-heure à fond de train et, à la fin, elle se trouva dans un carrefour qu'elle ne connaissait pas.

Elle s'arrêta pour s'orienter.

Devant elle, un calvaire s'élevait abrité sous de grands arbres plantés en couronne autour de lui.

La baronne fit quelques pas en avant.

A son approche, une jeune fille, assise sur les marches de granit qui soutiennent cette croix, se leva.

L'amazone fut frappée de la blancheur mate de ce doux visage, de la finesse de ses traits, de l'éclat fiévreux de ces grands yeux noirs enfoncés dans des cavités un peu trop profondes.

Les paupières étaient battues.

Un demi-cercle, bleuâtre comme une meurtrissure, les soulignait.

Elle vit que des larmes en avaient coulé.

Et son souvenir se raviva en elle.

— N'êtes-vous pas la fille des Rebec, de Plélan ? lui demanda-t-elle.

— Oui, madame.

— La filleule du comte ?

— Oui, madame la baronne.

— Vous me connaissez ?

— J'ai eu l'honneur de vous voir plusieurs fois chez mon parrain.

— Vous étiez bien jeune. Quel âge avez-vous ?

— Dix-neuf ans, madame.

— Déjà ?

— Depuis le mois d'avril.

— Je me suis égarée de ce côté en faisant une promenade matinale. Où suis-je ?

— A la Croix des Bleus, madame.

— Je connais ce lieu de nom. Il est assez rapproché du château, je crois ?

— Une demi-lieue environ.

Mme Bresson fit une pause.

Elle réfléchissait qu'une jeune fille ne s'isole pas sans motif à une demi-lieue de sa maison ; qu'elle ne rêve pas pour rien sur les marches d'un calvaire des heures entières, à moins d'être d'un étrange caractère ; que l'endroit était admirablement choisi pour une entrevue, frais, ombragé, poétique même. Irais,

Et en réfléchissant, elle voyait, sans paraître l'observer, que la jeune fille donnait des signes d'impatience nerveuse, comme si la présence d'un témoin la gênait, et qu'enfin elle tenait constamment ses regards fixés sur le sentier par lequel le cheval et l'écuyère venaient d'arriver, avec la crainte d'y voir apparaître quelqu'un dont elle désirait sans doute ardemment l'arrivée, quelques instants plus tôt.

Par une singulière coïncidence, la baronne se dit que M. de Vaudrey manifestait un trouble qui, pour être moins apparent que celui de cette enfant de la nature, n'en était pas moins frappant, puisqu'elle l'avait remarqué.

Elle rompit le silence et adressa quelques questions à la jeune fille, mais sans attacher d'importance à ses paroles.

Elle se livrait à un examen minutieux de la rivale — car, maintenant qu'elle la connaissait mieux, elle ne doutait plus que cette Yvonne ne fût capable d'inspirer une passion — en face de laquelle le hasard la mettait en présence.

C'était une révélation.

Mme Bresson s'y connaissait.

Avec un peu de toilette, six mois de Paris et quelques conseils, elle se serait bien chargée de faire de cette jeune fille un véritable modèle et l'égale en distinction des duchesses les plus authentiques, distinction qui, du reste, est une légende ; car, s'il en est d'admirables, on en voit qu'il serait facile de prendre pour des vachères, si elles avaient d'autres couturières, et qui ne dépareraient pas une cuisine de métairie ou la basse-cour d'une auberge de village.

Elle mordit ses lèvres en se disant que cette fleur de Bretagne était bien, en réalité, la vraie cause de l'attachement du duc à sa terre de Langon.

— J'ai souvent entendu parler de vous l'an dernier, reprit-elle, mademoiselle... N'est-ce pas Yvonne qu'on vous appelle ?

— En effet.

— Joli nom !

— Il est très commun dans le pays, madame la baronne.

— N'était-il pas question d'un mariage entre vous et l'un des Cléguer ?

— Corentin !

— C'est juste... le frère de Jean-Marie, le valet de chambre de mon mari ?

— Justement.

— Quand se fera-t-il ?

— Je ne sais pas.

Yvonne se mordit les lèvres et Mme Bresson vit très distinctement qu'elle faisait un effort surhumain pour refouler ses larmes.

— Vous êtes tout à fait sortie de pension, dit-elle, pour changer de sujet.

— Depuis dix-huit mois, madame.

— Et que faites-vous à Plélan ?

— Peu de chose. Je dirige la maison, où il n'y a, en l'absence de monsieur le comte, que les jardiniers, mon père et deux servantes.

— Il vous aime beaucoup, M. de Plélan, et nous donne quelquefois de vos nouvelles. C'est de l'adoration qu'il vous témoigne. Vous n'avez plus votre mère, mon enfant ?

— Non, madame. Nous l'avons perdue il y a cinq ans.

— Il y eut un nouveau silence, pendant lequel la belle veuve continua son étude.

Elle put remarquer que la jeune Bretonne avait les traits fatigués, les joues animées d'un feu de fièvre ; elle remarqua, en outre, qu'elle jetait dans le sentier des regards de plus en plus effarés ; enfin elle vit encore ou crut voir autre chose, et, par une inspiration soudaine, elle lui demanda brusquement :

— Est-ce que vous voyez souvent le duc de Vaudrey depuis qu'il est à sa terre de Langon ?

Yvonne perdit contenance et rougit jusqu'à la racine des cheveux. Puis, elle pâlit affreusement par une réaction subite, faillit s'évanouir et fut obligée de se rasseoir sur les marches du calvaire.

— Vous souffrez ? demanda la baronne.

Yvonne porta la main à son cœur.

— En effet, dit-elle, je souffre et vais rentrer... Je vous demande la permission de vous quitter.

Elle se leva avec effort, salua la baronne et fit quelques pas dans la direction du château.

— C'est étrange, murmura Louise Renaud en la suivant des yeux, mais je saurai tout !

Midi sonnait aux communs de Scaër lorsque la baronne arrêta, au pied du perron, son cheval écumant.

Le baron Noël n'était pas là, mais son lieutenant Jean-Marie veillait à sa place.

— Madame la baronne a fait une bonne promenade ? demanda-t-il.

— Pas mauvaise.

— Du côté de Plélan ?

— En effet, du côté de Plélan, et je n'ai pas perdu mon temps.

— Le pays est fort beau.

— J'ai vu une chose plus rare qu'un joli pays.

— Madame la baronne me permet-elle de lui demander ce que cela peut être ?

— Parfaitement ; une jolie fille, une fille superbe.

— Madame la baronne veut parler d'Yvonne Rebec.

— Vous l'avez dit.

— Madame voit que je ne l'avais pas trompée.

— Vous avez raison. Elle doit épouser votre frère ?

— Il en était question, mais je ne sais si ce mariage se fera.

— Il y a donc un obstacle ?

— Peut-être.

— Lequel ?

— Oh ! une cause bien légère et bien commune.

— De quelle nature ?

— Je n'oserais pas la dire à madame la baronne.

— Osez, Jean-Marie.

— C'est que les filles sont parfois capricieuses, et Yvonne semble ne pas tenir à ce mariage. Je crois qu'elle a changé d'idée.

— Depuis quand ?

— Depuis quelques mois.

— Ah ! fit simplement la belle veuve.

Elle reprit après une pause :

— Et Corentin, que dit-il de ce caprice ?

— Corentin est navré, madame la baronne ; Corentin était fort amoureux d'Yvonne, mais il se consolera.

— Elle a une raison, cette petite ! La connaissez-vous ?

— Elle en a une, peut-être, mais elle ne la dit pas.

Les filles, on ne sait jamais ce qu'elles pensent. Je parle de celles du pays.

La châtelaine se mordit les lèvres.

— Vous pouvez en dire autant des autres, Jean-Marie, fit-elle en souriant.

Elle gravit lentement les degrés du perron de Scaër en ne disant plus comme à Langon : Je saurai ! mais je crois que je commence à savoir !

Jean-Marie descendit les trente marches du perron monumental qui sert de piédestal au château des Bresson, alla faire un tour dans le parc, et une demi-heure après, il s'arrêtait devant une sorte de kiosque rustique perché sur une éminence et enseveli sous des cascades de plantes grimpantes.

Jean-Marie n'eut pas la peine d'en pousser la porte.

Elle était ouverte.

Un personnage bizarre l'attendait.

XIX

JOSON CADIOU

Le village de Scaër n'est qu'un pauvre hameau de journaliers caché dans un pli de terrain à trois kilomètres environ du château.

Les maisons en sont petites, mais coquettes.

La raison en est simple : les Bresson les ont construites et les entretiennent depuis un demi-siècle, moitié par un sentiment de générosité, moitié pour ne pas déparer, par un aspect misérable, les environs de leur résidence.

Dans ce village habitait alors un pauvre diable de bûcheron chargé de sa vieille mère, qu'il nourrissait de son travail.

Ce travail consistait à couper des genêts et des ajoncs, ces ajoncs gros comme des arbres qui remontent à la conquête des Gaules par César, à grimper aux futaies pour les ébrancher et les abattre, à réparer les toits de bruyère, et surtout à braconner le gibier des domaines de Scaër, de Plélan et de Langon.

Ce pauvre diable se nomme Job ou Joson.

En Breton, Job et Joson veulent dire Joseph.

Job n'avait qu'une passion, mais dévorante, furieuse : la chasse !

On le savait, mais personne n'était assez futé pour le prendre en flagrant délit.

Job était d'une ruse à mettre en défaut une meute de gardes forestiers.

Son agilité prodigieuse défiait la vitesse d'un cheval.

Et cependant Joson Cadiou boite déplorablement.

A douze ans, en tombant du haut d'un chêne où il s'occupait à dénicher des pies, il s'est fracturé la jambe gauche.

Un rebouteux du canton la remit pour rien, mais avec tant d'adresse qu'elle resta juste d'un pouce plus courte que l'autre. Depuis cette opération, Joson court aussi vite, mais son allure a pris un caractère fantastique.

La nuit, au clair de lune, Joson aurait pu passer pour un gnome chevauchant à travers les bruyères.

Du reste, on ne le voyait pas souvent.

A moins qu'il ne fût contraint de sauter une ligne, il galopait sous bois comme un marcassin, franchissait les haies et les fossés d'un bond désordonné et gagnait, en cas de besoin, les fourrés les plus épais, qu'il connaissait comme un bourgeois connaît les recoins de sa maison.

Cependant, en dépit de ses talents, Joson et sa mère vivaient misérablement.

Souvent le pain manquait dans la huche et le ragoût de pommes de terre au lard dans les écuelles.

Le gibier qu'on cache se vend pour rien, et l'argent qu'on reçoit pour ses journées au Morbihan n'est pas lourd.

Mais le château de Scaër était là.

Les secours discrets arrivaient sous forme de sacs de farine, de boisseaux de pommes de terre, de pots de beurre et de voitures de bois chez le bancroche.

La vieille mère ne manquait jamais de pelisse ni de toile neuve pour ses jupes ou de laine pour ses chausses.

Les Bresson jouaient auprès d'eux le rôle de la Providence à bon compte.

On peut faire beaucoup de bien avec peu d'argent chez les pauvres gens de Bretagne.

Or, une ère de prospérité inouïe se préparait pour les Joson.

La veille de l'arrivée de la baronne Jacques, — comme on appelait Mme Bresson à Scaër — Jean-Marie était venu faire un tour au hameau.

Le valet de chambre du défunt était un gros personnage pour ce petit monde. Il était aussi élevé au-dessus de cette peuplade de forestiers et de travailleurs que le château lui-même avec son imposante masse et ses toitures colossales, ses frontons sculptés et ses girouettes au-dessus des cabanes du village.

Il n'avait point trouvé Joson au logis, mais la mère était devant sa porte, tricotant au soleil des nippes pour son fils.

A l'aspect du valet, la vieille, ridée et branlante comme la pierre d'une ruine qui va choir au moindre coup de vent, mit sa main sèche devant ses yeux.

— C'est vous, Jean-Marie, dit-elle. Que Dieu et la bonne sainte Vierge vous bénissent pour votre visite. C'est mon fils que vous voulez voir ?

— Oui, mère Cadiou. Job n'est pas là ?

— Non.

— Il est à courir la forêt, bien sûr, pour traquer le gibier.

— Si on peut croire ! objecta la vieille.

— C'est une passion qu'il a. S'il voulait, la mère, on pourrait peut-être s'arranger. C'est un rude braconnier, mais un honnête garçon.

— Et un bon fils, Jean-Marie. Il se tue le corps et l'âme pour que je ne manque de rien ! Et courageux ! La besogne ne lui fait pas peur ; mais vous savez, mon homme, souvent l'ouvrage manque, et c'est la vraie misère.

— On lui en donnerait au château, à l'occasion seulement, il ne se plaît qu'à rôder dans la forêt et dans la lande, comme une bête sauvage. Enfin, je venais lui faire une proposition.

— Une proposition ! Seigneur ! Si c'était pour nous tirer de malheur ! Mais c'est impossible. Nous sommes nés dans la pauvreté, Jean-Marie ; on y mourra.

— Peut-être.

— Ne nous donnez pas de fausse joie !

— Job va rentrer avant la nuit ?

— Je l'attends.

— Envoyez-le au château me parler, et qu'il ne manque point !

— Il ira, Jean-Marie. N'ayez crainte, et si vous avez quelque travail à lui donner, comptez sur lui. Il a ses défauts, le pauvre gars, mais il est doux comme un agneau et fidèle comme un chien !

— C'est bon, c'est bon, la mère. Dites-lui que c'est pour son bien, et, en attendant, voilà des arrhes sur la besogne qu'il fera.

Jean-Marie fut magnifique, mais il savait qu'il ne faut point gâter les foules par de sottes prodigalités.

Il tira de son gousset deux belles pièces de cinq francs presque neuves et les posa sur les genoux de la bonne femme.

Elle recula surprise, comme si elle avait vu les trésors de Golconde.

— Jésus ! balbutia-t-elle, c'est pour nous ces deux écus !

— Oui, et dites-lui qu'il en aura d'autres. Ce n'est que pour commencer, et encore, avec l'argent, quelque chose qui vaut mieux. Adieu.

Deux heures plus tard, le valet de chambre se promenait, les mains derrière le dos, sur la terrasse de Scaër, vaste esplanade garnie de balustrades, couronnant un mur de vingt pieds qui soutient le terre-plein sur lequel le château s'appuie, avec ses tourelles et ses pavillons bizarrement enchevêtrés, lorsqu'il vit venir à lui un être à longs cheveux roux, aux traits anguleux, aux pommettes saillantes.

Deux yeux fulgurants et craintifs s'enfonçaient dans des cavités profondes ombragées par des sourcils broussailleux. Son pauvre corps, maigre et presque difforme, était serré dans une sorte de souquenille formée de pièces de toutes les couleurs, qui lavées par la pluie, se confondaient dans la teinte uniforme d'un champ qu'on vient de labourer.

Il n'avait point de chapeau ni de souliers, et simplement aux jambes des guêtres déchiquetées par les épines et les ronces et recousues de fil gros comme de la ficelle à filets de pêche.

Dès qu'il l'aperçut, Jean-Marie lui fit signe de le suivre et se dirigea du côté d'un tertre isolé, couronné de grands arbres.

De là on découvre vers le couchant les collines sur lesquelles est bâti Plélan, et au midi, dans le fond, à peu près à égale distance, le château de Langon, dont les toitures resplendissaient, colorées en rouge, par les feux du soleil couchant.

— Joson, commença le valet, tu n'as jamais eu à te plaindre du château ?

— Foi de Dieu ! non, bien sûr. Si je disais le contraire je mentirais.

— Tu sais qu'on aurait pu souvent te mettre dans la peine avec tes affûts de jour et de nuit. Mon frère Corentin et mon père me l'ont dit cent fois.

— Voire ! fit le braconnier sans se compromettre.

— Le baron Jacques a été charitable pour toi quand il en a été besoin.

— Le bon monsieur, oui da. Il nous a aidés dans la maladie.

— Il est mort, mais tu peux rendre un service à son frère...

— Moi ! Une pauvre vermine rendre un service au baron Noël ?

— Tu le peux. Veux-tu gagner dix beaux écus comme ceux que j'ai laissés à la mère Cadiou ?

— Si je le veux ! s'écria Job, sans doute ! Si je le veux !

Il ajouta :

— Surtout parce que je sais que vous ne pouvez me commander rien que d'honnête, Jean-Marie. Vous êtes de bon monde. Que faut-il faire ?

Il est probable que Jean-Marie n'était pas tout à fait rassuré sur le consentement du braconnier, car il ajouta :

— Si tu nous sers fidèlement, Job, le baron t'assurera une bonne place pour le reste de tes jours.

— Une place... à moi ?

— Oui. Que dirais-tu si on te proposait de renoncer au braconnage ?

— Ça, voyez-vous, Jean-Marie, autant vous dire la vérité. C'est chanceux. J'aime à me promener la nuit dans les bois ; j'entends là des bruits qui me plaisent et m'attirent, comme les binious un jour de pardon : les cerfs qui braient, les sangliers qui fouillent en grognant, les renards qui jappent comme de petits chiens ; c'est ma musique à moi ; quand on la connaît on veut toujours l'entendre.

— Tu l'entendras, Joson, mon ami, tant que tu voudras. Seulement, tu garderas les bêtes du baron au lieu de les tuer. Tu es un loup, veux-tu devenir berger ?

Le pauvre être éprouva un tressaillement qui l'agita des pieds à la tête.

On vit sur sa physionomie une hésitation.

Il ne pouvait croire à un si grand bonheur.

— Vous vous gaussez de moi, Jean-Marie, balbutia-t-il, et c'est mal.

— Non, en vérité. Je t'en donne ma parole, et celle du baron par-dessus le marché. Si tu le sers comme il faut, tu auras pour toi et ta mère une solide maison dans la forêt, une bonne paye, et tu seras garde.

— Garde ! murmura Joson en fermant les yeux.

C'est le rêve de tous les braconniers.

Jamais il n'en avait tant espéré.

Il en tremblait de joie.

Mais qu'allait-on lui demander en échange de tant d'avantages inespérés.

Job était honnête.

Il voulait payer sa dette en bonne monnaie, et la chose lui semblait impossible.

Une place de garde, une maison, une rente et la forêt qui serait à lui.

Il faut lui rendre justice. C'était surtout à sa mère qu'il pensait. La bonne femme pourrait finir ses jours en paix et dans l'abondance.

— Tu cours comme un lièvre, dit Jean-Marie.

Un large sourire s'épanouit sur la figure terreuse du Breton.

S'il ne s'agissait que de courir, l'affaire était bonne, mais d'ordinaire on ne gagne pas une fortune pour quelques lieues faites au galop dans la lande.

Autrement il eût été aussi riche que les Bresson.

— Et tu sais te masquer sous bois, si tu tiens à n'être pas vu des gens qui te cherchent.

— Quand je vous dis que vous vous riez de moi, fit Joson tristement.

— Non.

— Alors, parlez franc. Que faut-il faire?

On entendait au loin, sur la route qui descend de Gaël à Scaër, un bruit sourd qui allait en se rapprochant.

Bientôt des grelots résonnèrent, accompagnés de coups de fouet qui coupaient l'air comme pour annoncer l'arrivée des maîtres aux gens du château.

— Écoute, dit d'abord Jean-Marie.

— Job tendit ses oreilles docilement.

Une calèche, menée en poste et attelée de deux vigoureux percherons gris fer, roula sur le sable d'une longue avenue conduisant de la route au château, et bientôt elle tourna sans se ralentir, et s'arrêta au perron de la façade, abrité sous une vaste marquise ornée de grands vases en bleu de Sèvres garnis de géraniums pourpres.

— Regarde, dit encore Jean-Marie.

Job arrondit ses yeux et les darda sur la voiture.

Un valet de pied se tenait à côté du postillon. Il sauta à terre.

Sur les coussins, deux femmes vêtues de noir étaient à demi couchées.

Lucienne, la femme de chambre, descendit la première.

L'autre, la blonde, lorgna d'abord le château sans se presser, puis le parc, et se leva nonchalamment.

— Tu vois cette femme? reprit Jean-Marie.

— La baronne Jacques?

— Elle sortira souvent seule à cheval ou en voiture avec ses poneys. Elle ne veut pas qu'on l'accompagne.

— Après?

— Ses chevaux vont comme le vent.

— Je les connais.

— Peux-tu les suivre sans être vu?

Job hésita.

C'était une besogne d'espion qu'on lui offrait.

Jean-Marie avait prévu sa répugnance.

— Le baron Noël est un honnête homme, incapable d'une méchante action, dit-il vivement. On peut se fier à toi, Joson. Tu es un garçon brave et discret. Je te connais. Tu ne dirais pas une parole de trop. Un crime a été commis. Il s'agit de découvrir le coupable et ensuite de le punir.

— Je ne comprends pas.

— Tu ne dois pas comprendre. Tu suivras la baronne en chemin sans qu'elle s'en doute, et tu me diras ensuite, à moi, à moi seul, où elle ira. C'est tout. Veux-tu nous aider?

Le front du pauvre diable s'était plissé. Ses deux sourcils se touchaient.

Il souffla bruyamment.

— Jean-Marie, dit-il après une minute de combat, les Bresson ont été bons pour nous. Sans eux, la mère serait morte à la peine. Ils ont payé la croix qui est sur la fosse de mon père. La besogne me coûte, mais je veux croire que c'est pour le bien, ce que M. Noël en fait. Je vous obéirai.

— Sois prêt, et veille dès demain au point du jour.

XX

AU RAPPORT

Joson Cadiou avait exécuté sa consigne.

Le braconnier était au fond un honnête homme, esclave de sa parole. Il aurait couru d'un trait, sur ses jambes inégales jusqu'à Ploërmel, qui est à soixante kilomètres de Pléian, plutôt que d'y manquer.

Il s'était donc levé avant le soleil, ce en quoi il ne dérogeait point à ses habitudes. Il était rare qu'il ne se mouillât les pieds dans la rosée dès l'aurore, à l'affût de quelque gibier matinal.

Le pronostic de Jean-Marie s'était réalisé.

La belle veuve éprouvait sans doute le besoin de se baigner dans la fraîcheur de la brume qui s'élevait des pelouses et des prairies, car dès sept heures les persiennes de sa chambre s'abattirent avec fracas sur le mur de la façade, repoussées par le bras de Lucienne, appelée par un violent coup de sonnette.

Il y avait déjà un bout de temps que Joson Cadiou, posté en vedette dans un fourré, de l'autre côté des pelouses, faisait le guet, aussi bien caché qu'un lapin dans son terrier.

Un garde passa près de lui sans se douter seulement qu'il était là.

Les braconniers ont une vertu : la patience.

Sur ce point, ils rivalisent avec les pêcheurs à la ligne.

Joson Cadiou en possédait à en revendre à une demi-douzaine de saints canonisés.

A la vérité, sa mission ne l'enthousiasmait point.

Espionner une femme ne peut jamais compter pour une œuvre pie.

Le pauvre hère hésitait encore en endossant sa casaque en guenilles sur sa maigre échine; mais il se dit qu'il avait donné sa parole; qu'il serait toujours temps de revenir sur son engagement, en avertissant Jean-Marie, si les choses ne tournaient point à sa guise. Enfin il regarda sa mère, qui dormait, et fut définitivement gagné.

La bonne femme était bien vieille et cassée.

Puisque le hasard lui offrait, dans sa vie, une chance d'assurer son bien-être, il ne devait pas la refuser.

Il s'était donc mis en campagne.

Bientôt ce ne fut plus la femme de chambre qu'il aperçut, ce fut la maîtresse.

La belle blonde, vêtue de son amazone, vint à la fenêtre, se tourna vers le midi et fixa longuement les futaies qui avoisinent Langon.

Elle avait une rose au côté, rouge, tranchant sur l'étoffe sombre de sa robe et de son chapeau d'homme, autour duquel un voile noir s'enroulait.

Elle resta un instant en observation, passant lentement ses gants, et de ses yeux perçants comme des vrilles, Joson vit distinctement Lucienne qui lui offrait une petite cravache à pomme d'or.

Le gars était fixé.

Il faudrait jouer des flûtes.

Alors son amour-propre se piqua au jeu.

Jean-Marie lui avait demandé s'il suivrait les chevaux de la baronne.

On verrait bien.

Mais les précautions ne nuisent point et la prudence a du bon.

Joson vit amener au perron Sir Black, un pur-sang noir comme du jais, la monture favorite de la jeune veuve. Sir Black se mit à gratter le sol avec impatience en faisant voler le sable autour de lui.

Il s'agissait de prendre du champ.

Le boiteux n'attendit pas son reste.

Il connaissait à merveille les issues du parc.

A cheval, la baronne n'en pouvait choisir que deux.

A pied, lui, il pouvait passer partout.

Déboucher de sa cachette, se glisser sous le taillis et les futaies, escalader le mur d'enceinte et aller se poster sur un point élevé, d'où il dominait les routes que l'écuyère devait prendre, ce fut pour lui l'affaire d'un instant.

Il avait l'oreille subtile.

Bientôt il entendit le trot de Sir Black sur le sable des avenues.

A peine, cependant, le léger animal effleurait-il le sol de ses sabots ; mais la nuit, dans le silence des bois, l'homme, de même que la bête fauve, finit par acquérir un flair et une finesse incroyables.

En quelques bonds, Job se trouva juste à une centaine de pas en arrière de l'amazone lorsqu'elle s'engagea dans la forêt.

Elle marcha d'abord d'une paisible allure, sans se presser, en personne qui prend l'air et visite ses propriétés après une longue absence.

Joson, rasé dans les broussailles, la suivait en se jouant, au seul bruit du cheval sur le sentier, ne se montrant pas, allongeant seulement le cou de temps en temps, comme un chevreuil qui évente, se laissant distancer et reprenant à volonté l'avance perdue.

Mais lorsque l'amazone se fut enfoncée dans la lande sur un plateau découvert, elle se retourna et vit qu'elle n'était point suivie.

Rien ne se montrait aux environs.

Alors elle changea brusquement d'allure et de direction, fit entendre quelques appels de langue, adressés doucement à Sir Black, qui comprit et s'élança au galop du côté de Langon.

Job devina la manœuvre, mais il fallait lâcher de la toile, selon l'expression des pêcheurs bretons.

Si quelque vieille femme superstitieuse s'était rencontrée et qu'elle eût vu passer comme la foudre cet être bizarre, aux bonds fantastiques, se baissant sous les cépées comme un loup, sautant par-dessus les ajoncs, franchissant les clairières si vite qu'on n'avait pas le temps de le distinguer, gris comme un marcassin, chevelu comme un lion, elle se serait jetée à genoux en se signant, et le soir, à la veillée, elle n'aurait pas manqué de raconter de bonne foi qu'elle avait vu le diable ou quelque korrigan chevauchant dans la lande.

La baronne filait comme un trait.

Toutefois Sir Black soufflait plus fort que le braconnier.

Joson riait de cette course.

Maintenant il en savait le but.

Le cheval, après avoir descendu plus lentement une pente assez raide, arriva aux bords d'une prairie marécageuse qui, quelques centaines de mètres plus bas, se transforme en un étang immense.

Là, un cavalier ne peut traverser la vallée que sur la chaussée de l'étang. Partout ailleurs, il s'envaserait.

De l'autre côté de la nappe d'eau, le château de Langon se développe à mi-côte, au milieu de son parc, dont on distingue toutes les sinuosités et les mouvements de terres.

Job, tapi derrière un bloc de pierre émergeant de la bruyère où il stationnait, vit la baronne franchir la vallée sur la digue de l'étang, entre deux rangées d'aulnes et de saules, remonter une allée et disparaître un instant derrière des massifs d'arbustes, puis s'arrêter à la porte du château, descendre de cheval, aborder le duc de Vaudrey et entrer avec lui dans la maison.

Le boiteux était rassuré.

Il avait du temps pour reprendre haleine.

Il tira d'une musette de toile grise pendue à son côté un morceau de pain noir comme de la suie, dur comme un caillou, et se mit à déjeuner tranquillement.

La boisson ne l'embarrassait pas.

L'étang était plein jusqu'à la bonde.

Son pain bis englouti, il se coucha à plat ventre au bord des joncs et lampa quelques gorgées de ce breuvage naturel et peu coûteux, comme un chien courant pris de soif qui rencontre une flaque d'eau dans le train de son gibier.

Puis dans l'herbe, au soleil, étendu comme un lézard, paresseusement, il attendit.

La veuve demeura assez longtemps chez le duc.

Joson pensait qu'elle allait retourner par le même chemin.

Ce fut une faute.

Mais dans une chasse à courre, les défauts se relèvent, et Joson valait deux bons limiers à lui tout seul.

De la chaussée de l'étang, il vit la baronne remonter à cheval, traverser le parc, et la perdit au moment où elle s'enfonçait dans la forêt de Langon.

Joson se gratta l'oreille.

Il lui fallait passer sous le château, et Sir Black pouvait gagner du terrain.

Lorsque Jean-Marie et le boiteux furent assis en face l'un de l'autre, dans le kiosque qui semblait abandonné, il était une heure de l'après-midi environ.

— Eh bien ! fit le valet de chambre, tu as vu la dame ?

— Oui.

— Tu l'as suivie ?

— Oui.

— J'avais peur de ne pas te revoir.

— J'ai promis dit Joson.

— Par où êtes-vous allés ?

— Je vais vous dire. La dame a pris les roches brunes, le gros chêne, la lande aux chiens, le carrefour des buttes et les sablons. Son cheval, qui est parti doucement marchait à la fin d'un train du diable. Elle est arrivée à la prairie des tourbes, à l'étang du Gué et à Langon. J'étais assis sur une pierre dans la côte aux renards. Je la voyais comme ce milan que voilà.

Il toucha de la main une sorte de buse empaillée, les ailes étendues, qui dévorait un écureuil bourré de foin oublié sur une table éclopée.

— Bon ! dit Jean-Marie. Continue.

— La dame a passé la chaussée, elle est entrée dans le parc et s'est arrêtée au château. Je crois que le monsieur l'attendait.

— Elle y est restée ?...

— Une bonne heure, mon maître.

— Après ?

— Après elle est remontée à cheval.

— Seule ?

— Oui, et je l'ai perdue.

— Ah !

— Il fallait faire un détour pour éviter le château. C'était difficile. On n'y aime pas mes guenilles... Mais je l'ai retrouvée. Elle piquait dans la direction de Plélan. Elle a marché bon train jusqu'à la Croix des Bleus.

— Ensuite ?

— Là elle a rencontré une jeunesse qui se promenait.

— Yvonne Rebec ?

— Oui. Elles ont causé ensemble cinq minutes, puis la dame est revenue tout droit à Scaër. Je n'avais pas besoin de me presser. Je savais où elle allait.

— Ah ! tu savais ?... fit Jean-Marie étonné.

— Oui. Je l'ai entendue demander son chemin à la demoiselle.

— Tu étais donc auprès d'elle ?

— A deux pas, dans un buisson d'épines noires.

— C'est tout ? demanda Jean-Marie.

— C'est tout.

— Voilà ton argent, Job, dit le valet de chambre en mettant, dans son enthousiasme, dix écus devant lui. Tu les a bien gagnés, mon ami.

Joson Cadiou n'osait avancer la main.

Sa répugnance persistait, et l'énormité de la somme qui donnait à penser.

Mais Jean-Marie ajouta :

— Et tu auras ta place, Job, et une bonne maison pour ta mère, et de l'aisance, et le droit de te promener toute ta vie dans la forêt avec un bel habit !

C'en était trop.

Imaginez donc comment le pauvre diable aurait pu gagner dix écus en une matinée et devenir garde dans un château comme Scaër, au service d'un homme dont les millions ne se comptaient pas et dont l'aïeul avait vu le grand Napoléon de tout près !

Le boiteux ramassa les écus avec une vivacité surprenante, et comme Jean-Marie lui disait :

— Viens à la cuisine boire un coup et manger un morceau !

— Non, fit!! J'ai hâte de donner l'argent à la mère.

Jamais la vieille n'en avait tant vu.

Job mit ses écus dns le trou d'une poutre du toit. Il n'avait pas de bourse et ne craignait point les voleurs.

Il n'avait pas tout dit à Jean-Marie.

S'il était arrivé à Scaër après la baronne, c'est qu'il avait attendu à la Croix des Bleus plus longtemps qu'elle.

A peine la belle veuve était-elle repartie que, du buisson où il s'était tapi en se glissant comme une couleuvre, Joson avait aperçu dans le lointain un cheval qui arrivait à fond de train de son côté.

Ce cheval semblait tout petit à cause de la distance. Il grandit en se rapprochant ; mais à mesure qu'il grandissait, les traits d'Yvonne, revenue sur ses pas, se couvraient d'un nuage. Ses grands yeux rougis exprimaient une amère déception.

Ce n'était pas celui qu'elle espérait qui venait à elle.

C'était Gib, le groom, porteur d'un message.

Yvonne déchira l'enveloppe qu'on lui donnait, lut le billet et dit simplement :

— C'est bien !

Puis elle glissa la lettre dans son corsage après l'avoir relue plusieurs fois.

Le groom était reparti d'une allure de promenade.

Restée seule, la jeune fille s'assit de nouveau sur les marches du calvaire et pleura longtemps en sanglotant.

A la fin, après avoir essuyé ses yeux, elle se dirigea du côté de sa maison et Joson quitta sa retraite.

Voilà ce qu'il avait vu et ce qu'il gardait pour lui.

Il était engagé pour surveiller la baronne, mais non pour suivre Yvonne et révéler ses secrets.

Toutefois Jean-Marie était satisfait.

Ses doutes se confirmaient, et le Breton, avec la ténacité de sa race, marchait à son but : éclaircir la cause du meurtre de son maître.

Le reste ne le touchait pas.

Si même la perte d'Yvonne devait servir ses projets, il en ressentait un amer contentement, en dépit de l'amitié qu'il avait pour son frère Corentin.

Il fallait d'abord mener à bonne fin le grand œuvre.

Les choses s'arrangeraient ensuite.

Aussi, le soir, Jean-Marie courut-il lui-même ventre à terre à la station la plus prochaine, et dès le lendemain, à la première heure, le baron Noël reçut dans une lettre cet avis qui respirait la joie du triomphe :

Première visite pour Langon. Attendue par le duc. Précautions diminuent. Les nôtres redoublent.

JEAN-MARIE.

XXI

LA FIN D'UN RÊVE

Le télégraphe a son influence sur les mœurs comme le téléphone et les chemins de fer.

La génération présente vit de l'existence des écureuils en cage dans un mouvement perpétuel.

Est-ce dire qu'elle s'en porte mieux ?

Les trains nous sollicitent, les paquebots nous appellent de leurs grosses voix de cornets à bouquin où siffle la vapeur. La fourmilière humaine s'agite, se bouscule, se rue, se précipite. On part pour un continent au delà des mers, Montréal ou Sydney, comme le bonhomme Jadis partait pour la petite ville voisine de sa ferme ou de son manoir.

Je connais un berger normand qui va vendre ses béliers primés à Melbourne.

L'électricité a tué le style épistolaire.

Mme de Sévigné n'écrirait plus de lettres ; elle expédierait des dépêches, comme les autres, à phrases hachées, sans liaison.

Adieu les périodes et les tournures !

Rien de mieux, d'ailleurs, pour les significations brutales ; point de formes ni de précautions pour amortir les coups.

L'amant d'Yvonne avait bénéficié de l'usage.

Le billet apporté par Gib, cette machine anglaise perfectionnée comme une machine à coudre Lowe ou Merson and Co, limited, que le duc de Vaudrey avait à son service, était un billet télégraphique, sec, chirurgical, destiné à arracher à la malheureuse toutes les larmes de son corps.

La baronne Bresson partie, le duc avait réfléchi avant de prendre une décision.

Ses réflexions l'occupèrent un quart d'heure.

Il en perdit un autre à rédiger sa dépêche, à l'aiguiser de façon à la rendre plus pointue qu'un poignard, plus tranchante qu'une lame de rasoir.

C'est ce qui évita une rencontre entre le petit Gib, porteur de la missive, et la baronne au calvaire des Bleus.

L'opération était nette comme si elle avait été faite non avec une plume, mais à l'aide d'un bistouri.

M. de Vaudrey tenait à sa liberté ; les menaces altières autant que peu voilées de la belle blonde le disposaient mal au mariage, mais la fortune du baron Jacques l'attirait avec une puissance irrésistible.

On est flatté, malgré tout, de chausser les souliers d'un pareil mort.

Le duc était trop indécis, trop veule, trop mou, trop lâche pour courir, malgré sa maîtresse, après une dot qu'il aurait pu trouver ailleurs.

La lutte l'effrayait.

La baronne Bresson, au surplus, c'était le repos assuré, l'opulence conforme à son titre, les jouissances du faste auquel il était habitué.

Et enfin elle lui apportait, dans son élégance, dans sa fière et tyranique beauté, un parfum, un souvenir, une tentation de ce Paris où il rentrerait en vainqueur et qu'on ne saurait oublier quand on a trempé les lèvres dans sa coupe et goûté ses plaisirs.

Demandez-le aux étrangers qui ramassent de l'or chez eux et viennent le jeter aux restaurants, aux hôtels, aux théâtres et aux boudoirs de cette ville enchantée.

Enfin, Louise Renaud avait prononcé en grande comédienne sa dernière phrase, en lui posant la main sur l'épaule :

— Oui, je suis jalouse, jalouse jusqu'à la folie. Mais qu'est-ce que cela prouve, sinon que je vous aime ?

Il s'était donc décidé rapidement, à regret peut-être, car le blanc visage d'Yvonne lui souriait encore dans une vision ; mais quelle autre issue à cette déplorable alternative ?

Ruiné, compromis, il retrouvait avec sa complice son opulence et sa sécurité.

— Je suis la fortune et je suis l'amour !

Elle l'avait dit encore et c'était vrai.

Il y avait du sang sur cet amour, mais le temps est comme un torrent qui roule ; il efface et lave toutes les traces, toutes les souillures, tous les vestiges.

Ce fut en rougissant de sa cruauté que le duc renonça à la charmante et douce fille qu'il avait séduite, mais son intérêt commandait ce sacrifice, et il ne lui en coûtait guère de déchirer un cœur de femme pour se sauver lui-même.

Il écrivit le billet suivant en pesant chacun de ses mots.

Ils devaient retomber de tout leur poids sur la raison de la malheureuse et la briser.

J'apprends l'arrivée de mes voisins de Scaër et de Plélan. Une visite me retient ce matin. A l'avenir, prudence nécessaire. Obligation de nous voir rarement. Penserai à vous. Affection inaltérable.

Pas de signature.

Yvonne fut frappée de stupeur.

Elle relut vingt fois ces lignes mortelles sans en croire ses yeux.

Le style contrastait avec celui des rares lettres qu'elle avait reçues de son amant.

Depuis quelque temps, elle concevait des doutes sur sa sincérité.

Elle avait raison.

En arrivant à Langon, le duc était indécis, résigné à demi à une médiocrité dorée qu'il espérait conserver. Il avait pris Yvonne, qui se trouvait sous sa main, comme une distraction dans sa retraite, sans calculer ni prévoir les conséquences d'une folie qui ne comptait guère pour lui après tant d'autres.

Peu à peu les renseignements de Chapuzet et du notaire étaient devenus plus menaçants.

La balance de l'actif diminuait à vue d'œil par suite de la difficulté des ventes, tandis que celle du passif montait comme une marée, tant qu'à la fin elle enlevait l'autre, et qu'il ne devait pas rester une obole de l'imposante fortune des Vaudrey.

A chaque lettre nouvelle le front du duc se montrait plus sombre.

Yvonne se sentait donc en péril.

Du reste, après l'exaltation des premiers jours, l'expiation n'avait pas tardé à commencer.

Elle ne redoutait plus Corentin, qui, lors de sa rencontre avec elle, s'était déchargé le cœur et qui évitait Plélan, mais elle ne se présentait qu'en frissonnant devant son père.

Elle avait des raisons de crainte qu'elle n'osait révéler à personne et qui l'étouffaient.

Et cependant, à son immense désespoir, elle comprenait qu'il lui serait impossible de les cacher longtemps.

On n'est pas la plus belle fille du pays sans exciter des jalousies haineuses qui n'attendent qu'une occasion pour prendre leur revanche.

Hasard ou préméditation, Yvonne ne s'écartait pas du parc de Plélan sans se heurter à Jeannie, qui l'épouvantait de ses propos bizarres.

La folle avait des façons de la regarder dans les yeux qui la forçaient à baisser la tête.

Deux jours avant de recevoir le billet de M. de Vaudrey, au coin de l'avenue de hêtres, auprès des chaînes de fer qui la barrent, Jeannie lui avait dit, avec son accent traînant et nasillard :

— Encore un temps, la belle, et l'envie se changera en pitié.

Pendant quelques jours, elle dévora ses chagrins, évitant son père, n'osant se montrer, cherchant la solitude, espérant à chaque instant revoir le duc et l'attendant vainement des heures entières.

La semaine qui se passa après l'avis de son amant lui parut un siècle.

Le dernier dimanche d'août, c'était la fête au bourg de Plélan.

Dès neuf heures, les deux cloches de la paroisse carillonnaient avec fureur.

C'est très poétique, la musique des cloches, quand on entend de loin leur son argentin passant par-dessus les futaies, et pourtant Yvonne, dans sa chambre, où jadis elle se sentait légère comme un oiseau, l'écoutait avec terreur.

Les cloches l'appelaient à l'église avec les autres ; il faudrait affronter l'examen des femmes et de ses camarades.

Elle croyait sa honte écrite en toutes lettres sur son front.

Lorsqu'elle arriva, la nef était déjà pleine.

Il y faisait une chaleur suffocante. Le soleil, très ardent, y entrait par de hautes fenêtres. Elle eut beaucoup de peine à se frayer un passage avec Catiche et Gotte, qui jouaient des coudes.

Heureusement le père Rebec était allé à Ploërmel la veille et ne devait rentrer que dans la soirée.

La messe fut longue ; le recteur se montra prolixe et allongea l'office outre mesure avec son prône.

Yvonne étouffait.

A chaque instant, elle portait son mouchoir à ses lèvres.

Catiche et Gotte, qui, au fond, étaient de bonnes âmes, voulurent l'emmener, mais elle refusa.

Malgré la sainteté du lieu et la solennité de la fête,

elle entendait des rires ironiques derrière elle et voulut attendre la fin.

Elle n'osait traverser de nouveau la nef sous le feu des regards fixés sur elle.

Elle serait tombée en défaillance avant de gagner le portail.

Elle se crut bien inspirée en restant à son banc, car peu à peu son malaise se dissipa et elle arriva à la clôture de l'office sans encombre.

Mais lorsqu'elle sortit, flanquée de ses deux acolytes, et qu'elle traversa la foule des paroissiens qui encombrait le cimetière, les mêmes rires qui l'avaient frappée à sa place l'accueillirent au passage ; elle se tourna vers quelques-unes de ses compagnes qui s'écartèrent avec affectation, comme si elle eût été atteinte de la peste, et tout à coup, avant que Gotte et Catiche eussent pu la soutenir, elle s'affaissa sur une fosse fraîchement creusée.

Elle était évanouie.

On s'empressa autour d'elle et bientôt elle revint à la vie ; mais à dater de cette minute elle prit une résolution : celle d'échapper à de pareilles humiliations par tous les moyens possibles.

Ce fut Jean-Marie qui la ramena chez elle.

Il ne lui dit que quelques mots très doux.

Combien elle regretta en ce moment terrible de n'avoir pas un bras pour la défendre, celui de Corentin !

Mais où était-il ? Elle ne le voyait plus !

Elle remercia Jean-Marie de sa protection avec des yeux si touchants, qu'il rejeta toute l'horreur de la faute sur l'homme auquel il avait déjà voué une haine mortelle.

Vers le soir, le vieux Rebec revint de son voyage.

Il fut frappé de la pâleur de sa fille.

Il l'embrassa avec plus d'expansion qu'à l'ordinaire.

— Qu'est-ce que tu as ? lui demanda-t-il.

— Rien. Un malaise. C'est passé.

— J'ai une bonne nouvelle à t'apprendre.

Cette parole la fit trembler.

De bonnes nouvelles ! Elle n'en espérait pas.

— Ton parrain doit arriver d'un moment à l'autre. Demain sans doute, aujourd'hui peut-être. Il faut tout mettre en ordre dans la maison.

— Bien, mon père.

C'était un danger de plus.

Rougir devant cet homme si bon, si généreux pour elle, un second père, dont elle était la préférée, qui l'aimait tant depuis son enfance !

Du premier coup d'œil, il se rendrait compte de son état.

Et que lui dire ? comment s'excuser ?

Déjà elle devenait pourpre chaque fois qu'elle rencontrait le regard des servantes fixé sur elle.

Elles avaient compris et ne parlaient pas.

Il fallait en finir, voir le duc. Lui seul pouvait la sauver, s'il voulait, si ses promesses n'étaient pas des mensonges.

Mais comment arriver jusqu'à lui s'il ne venait plus à elle ?

Il y a trois interminables lieues de Plélan à Langon, et la malheureuse n'osait se confier à personne.

Écrire ! A quoi bon ? C'était le voir, lui parler qu'elle voulait ! D'ailleurs, avant d'obtenir une réponse par la poste, trois jours au moins se passeraient, et trois jours en une telle situation, c'était l'éternité.

Dans la fièvre qui lui brûlait le sang, elle n'avait pas le courage d'attendre si longtemps.

Courir à Langon le jour, il n'y fallait pas songer.

Son absence eût été remarquée.

La nuit seule lui restait donc.

Et là encore une autre difficulté surgissait.

Comment avertir le duc de sa présence ?

N'importe ! elle en courrait le risque.

Elle attendit la nuit avec impatience.

Lorsqu'elle fut venue, elle laissa s'éteindre les lumières, les portes se fermer, et, après s'être assurée du sommeil de la maison, elle s'enveloppa d'une mante à capuce, comme en portent les paysannes du Morbihan, seur, et, les pieds chaussés de ses petits souliers, elle descendit l'escalier de pierre et gagna rapidement l'avenue qui conduit au bourg.

Ce n'était pas la première fois qu'elle s'échappait de sa chambre et désertait dans les ténèbres la maison paternelle, le nid où elle était en sûreté.

Mais les autres jours elle sortait le cœur palpitant, sûre de trouver l'amour au rendez-vous, le sourire aux lèvres.

Ce soir-là, elle allait à l'aventure. Personne ne l'attendait et c'était le cœur serré, anxieux, qu'elle s'enfonçait dans les ombres de la nuit.

Le temps était à l'orage.

La journée avait été chaude, brûlante. Quelques étoiles brillaient au ciel au-dessus de sa tête, mais un vent d'ouest qui venait de s'élever, en grondant au loin, chassait de lourds nuages, d'un brun foncé, rouges par places, comme s'ils avaient recélé un incendie. Ils s'avançaient lentement de son côté.

Yvonne était en proie à une secrète épouvante.

Une obscurité profonde l'enveloppait.

Un instant, elle eut l'idée de reculer et de se réfugier chez elle, mais une impérieuse nécessité la poussait en avant.

Le comte Hugues était sur le point d'arriver.

Un reproche venant de lui eût ouvert dans son cœur une blessure plus envenimée que toutes les autres.

Pourquoi?

Elle eût été en peine de l'expliquer, mais c'était ainsi.

Le comte était son Dieu.

Que ne se trouvait-il à Plélan quelques mois plus tôt? Un mot de lui, un regard, un conseil, l'eussent arrêtée, soutenue, en lui épargnant la chute douloureuse dont elle souffrait si cruellement.

Elle continua donc sa course en serrant contre elle sa mante où le vent s'engouffrait.

Elle connaissait le chemin jusqu'à Langon et ne craignait pas de s'égarer; mais à peine fut-elle au milieu de la route que de larges gouttes de pluie commencèrent à tomber, suivies d'une averse torrentielle.

Le nuage noir arrivait sur elle et l'obscurité redoublait, sillonnée par intervalles de rapides éclairs.

Elle rabattit sur ses cheveux le capuchon de sa mante et marcha en avant.

Aux deux côtés du sentier qu'elle suivait, des silhouettes d'arbres ou de pierres pareilles à des fantômes se dressaient sur la teinte sombre du ciel.

Elle eut peur et crut entendre des bruits sinistres à ses côtés.

Dans sa frayeur, elle se signait en étouffant des cris:

— Jésus! Marie!

On n'est pas de Bretagne pour rien.

Elle se demandait si les vieilles femmes qui croient aux fées, aux korrigans et à la magie des apparitions de trépassés, ont tort.

Sa marche ressembla bientôt à la course effarée d'une fugitive poursuivie par une bande d'ennemis. Elle se heurtait aux cailloux du chemin, enfonçant ses pieds dans les flaques d'eau qu'elle ne distinguait plus sous les nuages bas qui rasaient la forêt en l'inondant.

Il était près de minuit lorsque, haletante, épuisée, sachant à peine où elle se trouvait, elle entendit à sa gauche une chute d'eau grondant à quelques pas dans la nuit.

Un éclair blafard lui montra les eaux de l'étang de Langon, qu'elle allait dépasser, affolée de frayeur, dans les ténèbres où elle était plongée.

Et une seconde lueur accompagnée d'un formidable éclat de tonnerre illumina sur sa droite la façade du château qu'elle cherchait.

Malgré la pluie qui tombait à flots et s'abattait sur elle comme une trombe, elle poussa un soupir de soulagement.

Elle était arrivée.

Mais voir la maison n'était rien si on n'y pouvait entrer.

Yvonne, ruisselante sous sa capuce, remonta la pente qui va en s'élevant jusqu'au pied du château.

Elle ne distinguait rien que la masse allongée de cette énorme construction, plus noire que la nuit elle-même, et sur laquelle des éclairs qui se succédaient sans interruption jetaient leur lugubre clarté.

Tout semblait dormir.

Pas une lumière aux fenêtres.

Elle commençait à désespérer, défaillante, prête à se laisser tomber de lassitude sur les pelouses changées en marais, quand, au tournant d'un groupe d'arbres, elle aperçut à deux fenêtres du rez-de-chaussée une lueur qui filtrait à travers les hautes persiennes.

C'était le salut.

L'étoile des mages ne leur parut pas plus miraculeuse que cette clarté douteuse aux yeux d'Yvonne.

Elle s'approcha du mur, essaya de voir à l'intérieur du salon et, n'y pouvant parvenir, se décida à frapper aux persiennes.

On ne répondit pas d'abord.

Évidemment l'habitant du château qui recevait cette visite inattendue éprouvait un instant de stupéfaction.

Elle renouvela son appel d'une voix éteinte.

— Au nom de Dieu, ouvrez! supplia-t-elle.

— Qui est là? cria une voix de l'intérieur.

Yvonne tressaillit de joie au son de cette voix.

— C'est moi, répondit-elle, tremblante d'émotion, moi, Yvonne!

La jeune fille entendit des pas précipités sur le parquet, et la porte s'ouvrit pour elle comme elle s'était ouverte quelques jours plus tôt pour la baronne Bresson.

C'était le duc qui veillait dans son cabinet.

Il accueillit la malheureuse d'un air sombre, presque irrité.

Elle demeurait immobile sur le seuil, interdite, tant cette expression de dépit était frappante.

— Toi! dit le duc. Quelle folie!

— Oui, moi qui veux vous voir, vous parler!

— Était-ce donc si pressé?

— Oui.

— Entre, ordonna-t-il d'une voix sèche.

Il regarda un instant au dehors.

L'orage éclatait dans toute sa violence. Les eaux de l'étang reflétaient la flamme bleue des éclairs; la foudre grondait, répercutée par tous les échos de cette contrée sauvage, tandis que la pluie crépitait sur le sable de la terrasse.

Les chiens, épouvantés eux-mêmes, hurlaient au chenil.

Le duc reporta son regard sur la pauvre fille et se repentit de sa dureté.

Des larmes brûlantes jaillissaient de ses yeux.

Elle paraissait si navrée, si faible, si harassée de fatigue, qu'il la prit par le bras, abaissa le capuchon de sa mante, d'où ses beaux cheveux humides s'échappèrent en désordre, et la fit asseoir dans un fauteuil, près de la cheminée de son cabinet.

D'une allumette, il mit le feu à un tas de bois préparé, et à la double lueur des lampes et de la flamme, il contempla le visage d'Yvonne et fut troublé un instant jusqu'au fond des entrailles.

Elle restait étendue, à demi évanouie, dans le fauteuil, la tête renversée en arrière, les lèvres pâles, les yeux fermés.

Tout son corps frissonnait, secoué par un tremblement convulsif.

Le duc glissa un coussin sous ses pieds, se mit à genoux auprès d'elle et lui dit:

— Reviens à toi! Je suis là. Que veux-tu? Pourquoi cette course insensée, la nuit, par ce temps affreux? Ne pouvais-tu me prévenir, attendre...

— Non... balbutia-t-elle. Je ne vis plus!

— Qu'y a-t-il donc?

— Il y a que je suis perdue!

— Perdue!

— On devine notre liaison... ma faute... et bientôt il ne me sera plus possible de la cacher à personne.

— Que dis-tu?

— La vérité.

— Mais encore?

— Vous ne voyez donc rien! Faut-il tout vous apprendre ! Ah ! si vous m'aimiez en réalité comme j'ai eu la faiblesse, la folie de le croire, ne sauriez-vous pas ?...

— Quoi ?

— Quelle honte ! J'ai voulu douter ; j'espérais que c'était une illusion... Maintenant, c'est impossible, et... dans quelques mois...

— Achève !

— Je serai mère !

Elle couvrit son visage amaigri de ses mains et éclata en sanglots.

Le duc, adossé à la cheminée, avait repris son expression hautaine, cruelle.

Cette nouvelle lui causait une sensation de froid.

Il faut le reconnaître. L'amour paternel ne s'éveillait pas en lui.

Il était cuirassé contre les tendresses, car il n'eut pas une pensée de pitié pour cette infortunée qui payait si cher un entraînement facile à comprendre. Il se dit que les aventures avec ces paysannes exposent, au fond, à des surprises désagréables, et qu'on a tort de les favoriser de ses attentions ; que le jeu n'en vaut pas la chandelle, et que, si attrayantes qu'elles puissent être, c'est une grande folie de s'exposer à des paternités que, par une faveur spéciale, les bonnes lois françaises rendent légères.

Il se répétait toutes ces choses et beaucoup d'autres du même acabit, intérieurement, en serrant les lèvres, à la façon d'un homme qui se promène après l'orage sous un ciel rasséréné et voit poindre à l'horizon un nouveau grain qui le menace.

Cette Yvonne était charmante.

Il ne pouvait le nier.

Même trempée d'eau, les cheveux collés aux tempes comme ceux d'une noyée, le bas de sa jupe inondé, ses pauvres pieds meurtris sur les cailloux de la route, elle ne parvenait pas à perdre sa grâce.

Mais elle dérangeait ses plans, ses projets ; elle pouvait le jeter dans de sérieux embarras.

Il eut un mouvement de colère non contre lui-même, mais contre elle, en songeant qu'il s'était sottement compromis pour un caprice de quelques jours, de quelques mois tout au plus.

Cette Yvonne, à la fin, devenait un fâcheux obstacle.

Depuis le retour de la baronne, il s'attachait à trouver à Louise Renaud une foule de mérites.

La fortune qu'elle tenait dans sa main l'enrichissait par surcroît de toutes les qualités, de toutes les innocences.

Si elle s'était rendue coupable d'un adultère odieux ; si elle avait armé son amant contre son mari, n'était-ce pas par amour pour lui, à son profit ?

Et quel art dans la coquetterie ! quelle intelligence dans le plaisir ! quelle supériorité dans l'esprit ! quelle fermeté ! quelle force ! quel charme, enfin !

L'aventure d'Yvonne, si elle s'ébruitait, à deux pas de Scaër, pouvait se tourner en désastre, anéantir ses espérances !

— Tu dis qu'on soupçonne l'état dont tu parles ?

— Oui.

— Qui ?

— Je ne sais. Les gens de Plélan, nos voisins.

— C'est vague.

— Je le devine aux regards qu'on me lance, aux sarcasmes qu'on me glisse, aux risées qui me poursuivent !

— J'entends. C'est la folie qu'on rencontre apostée au coin de chaque borne qui t'effraye !

— Ce matin, au sortir de la messe, les filles de Plélan se sont éloignées avec affectation pour ne pas me parler.

— Il fallait les regarder en face et les braver.

— Je me suis évanouie dans le cimetière, sur une tombe. J'aurais voulu que ce fût la mienne !

— Ainsi, c'est certain ?

— Hélas !

— Que ne m'avertissais-tu ?

— J'ai essayé. Je vous ai dit que je doutais... Vous m'avez fermé la bouche.

— Avec des baisers, fit M. de Vaudrey d'un ton amer.

— Que faire, mon Dieu ?

— Oui, que faire ?

Le duc quitta la cheminée et se mit à marcher à grands pas dans le salon.

— Oui, que faire ? répétait-il avec colère.

— Le comte Hugues arrive à Plélan.

— Quand ?

— Demain peut-être... Comment lui cacher ?...

M. de Vaudrey revint auprès de la jeune fille et lui saisit les mains.

Il voulait gagner du temps.

Le temps, l'éloignement, pouvaient seuls le sauver.

Dans un mois peut-être, la baronne, le baron Noël regagneraient Paris. Pour lui, il saurait bien imaginer un prétexte.

— Yvonne, dit-il, as-tu du courage ?

— J'en aurais eu, si l'on m'avait aimée.

— Mais je t'aime !

— Tout à l'heure vos yeux étaient pleins de dureté, de reproches...

— Songes-y donc, si je ne t'avais aimée, qui me forçait d'aller à toi ? Je t'aime encore et plus que jamais. Seulement, pour des raisons puissantes que tu ne peux comprendre, il faut, de toute nécessité, qu'on ignore notre liaison.

— Mon Dieu ! mais c'est impossible.

— Si tu veux...

— Le moyen ?

— Vieux comme le monde... le seul... prendre la fuite ... en laissant un mot pour ton père, sans dire où tu vas... ni pour quelle cause tu t'éloignes, mais pas encore, dans quelques semaines. Jusque-là, il faut nier tout avec énergie. Ensuite, je te ménagerai une retraite où nul ne te découvrira, où j'irai te rejoindre plus tard...

Il essayait de redevenir tendre et empressé.

Il parlait avec chaleur, de cette même voix harmonieuse qui, jadis, lui soupirait l'hymne perfide de son amour et l'étourdissait de ses mensonges.

— N'êtes-vous pas libre ? objecta-t-elle, timidement.

— Il y a un mystère dans mon passé, dit-il. Je te le révélerai. Ce n'est pas une faute, c'est un malheur, une fatalité. Tu m'as donné des preuves d'amour. J'en réclame, à genoux, une dernière. Laisse-toi conduire, suis mes conseils, et l'avenir est à nous.

M. de Vaudery reprit plus bas :

— Je te garderai près de moi en un lieu où personne ne te soupçonnera. Reste encore quelques jours dans la famille. Tes peurs sont vaines. A l'heure du danger, tu me feras un signe, et à dater de cette minute tu ne vivras plus que pour moi !

— Quelle peine pour mon père !

— Ce ne sera que pour un temps. Tu lui diras qu'il te reverra heureuse, honorée !

— Qui pourrait me relever ?

— Moi.

— Vous, fit-elle en secouant la tête.

— Laisse-toi diriger en aveugle. Aie confiance ! Veux-tu ?

Un soupir souleva la poitrine de la pauvre fille.

Le duc répéta d'une voix plus vibrante en effleurant le visage d'Yvonne de ses lèvres :

— Veux-tu ?

— Eh bien ! non, dit-elle, je ne veux pas. Je ne peux pas. Quels liens vous retiennent ? Ne me disiez-vous pas que vous étiez libre, indépendant ? Vous mentiez donc ? Pourquoi me tromper ? Je suis condamnée, je le sens. Je ne vous accuse pas ; je n'accuse que moi-même. C'était à moi de me défendre, de ne pas me laisser prendre à vos paroles, à vos promesses. Vous m'endormiez avec vos protestations comme on endort les filles crédules qu'on veut perdre. C'est ma faute. J'ai été vaine, orgueilleuse. Je supporterai la peine de ma faiblesse sans me plaindre. Si elle est trop lourde, il me restera toujours un moyen d'y échapper. Mais je n'accepte pas ces hontes secrètes. Je n'ai jamais espéré que vous m'élèveriez à vous. Je n'ai pas réfléchi en me donnant. J'étais si folle que j'aurais accepté d'être votre maîtresse aux yeux du monde. Désormais, sais que je ne peux compter que sur moi. Je préfère cette horrible lumière au doute où je me débattais. Adieu, monsieur de Vaudrey !

— Yvonne !

— N'essayez pas de me retenir. Je suis un embarras pour vous. J'entrave des desseins que j'ignore. Soyez sans crainte. Je saurai me taire. Puisqu'il faut le silence et le secret, vous aurez l'un et l'autre, je vous le jure. Ce n'est pas moi qui vous trahirai. Comment je me défendrai moi-même, je ne le sais pas. Adieu.

Elle fit un pas vers la porte.

Le duc se plaça devant elle.

— Tu ne sortiras pas ainsi, dit-il. Où vas-tu ?

— D'où je viens. Là-bas, j'attendrai le coup qui doit m'atteindre. Ah ! l'amour, fit-elle en frappant du pied, quel mensonge, quelle duperie !

— Mais je t'aime.

— Prouvez-le donc ?

— Comment ?

— Paris est le lieu où toutes les infamies se perdent. Partez avec moi. Là, j'y consens, vous m'enfermerez où vous voudrez. Si je rougis, du moins ce sera devant des étrangers, des inconnus. Je vous verrai quand il vous plaira de m'accorder un jour, une heure. Lorsque vous serez las de moi, vous me le direz franchement. Je vous jure que je ne mendierai pas votre appui. J'élèverai mon enfant comme je pourrai, quand je devrais me vendre pour lui donner du pain. Je ne redoute pas le travail ou la peine. Mais si vous voulez que je vous obéisse aveuglément, comme vous me l'imposez, j'exige, quand cet enfant me demandera le nom de son père, le droit de lui répondre : — C'est M. le duc de Vaudrey.

— C'est insensé !

— A vos yeux peut-être, non aux miens. J'aurai assez à m'humilier devant les autres. Je veux avoir une excuse aux yeux de mon enfant. Le prestige de votre titre expliquera peut-être la chute de la mère. Ce sera un bâtard, soit ; mais ce sera un bâtard de M. de Vaudrey.

— C'est nous perdre tous deux.

— Je n'entends pas ce que vous me dites. Je ne veux pas vous nuire. M. de Vaudrey peut perdre une pauvre fille comme moi, il ne peut pas être perdu par elle. Ce qui cause mon infamie ne saurait causer la vôtre. Je ne suis qu'une ignorante, mais jusque dans nos pauvres villages, un garçon tire vanité de ses conquêtes, tandis qu'une fille est montrée au doigt et méprisée. Laissez-moi partir.

Le duc comprit le danger.

Il fallait à tout prix dompter sa résistance, trouver un expédient pour parer à cette situation, éviter l'éclat d'un scandale.

Il attira Yvonne dans ses bras et la força de se rasseoir auprès de lui.

— Tu me désespères, dit-il. Je comprends ton irritation, tes terreurs. J'ai des devoirs envers toi et je les remplirai, à moins que tu ne me forces à les méconnaître par des exigences impossibles ; mais il est des choses que tu ne peux pas savoir. Yvonne, je cours un grand péril. Ce qu'il est, tu l'apprendras plus tard. Je te promets de tout t'avouer. Ce péril, je ne le connaissais pas moi-même il y a quelque temps, lorsque j'étais si heureux de te parler d'amour, si charmé par ta grâce, si fier de ton abandon. Laisse-moi quelques jours pour réfléchir. Je trouverai un moyen de te sauver sans m'exposer à des colères que je ne peux braver. Ce que tu demandes, je te jure de le faire, ou c'est que je serai perdu moi-même.

Elle l'écoutait navrée, incertaine, cherchant en vain à deviner quel péril pouvait le menacer, alors qu'elle se le figurait tout-puissant et au-dessus des misères humaines, mal convaincue, aigrie déjà par les souffrances qu'elle endurait depuis longtemps, par les scènes qu'elle redoutait et qui ne pouvaient le menacer lui, l'auteur de sa faute et de son malheur.

Il essaya de la ramener à lui, avec ses phrases tendres, avec mille serments de dévouement, avec ses pro-testations d'amour, mais elle était sourde à cette voix qui la charmait tant aux beaux jours du printemps.

C'était un autre amour qui s'éveillait en elle, amour douloureux, né aux premiers mouvements de l'enfant qu'elle sentait vivre en elle.

— Que nous faut-il ? dit le duc à bout de ressources. Quelques jours de courage. Et tu me les refuses !

— Soit, fit-elle pour en finir, la tête égarée, la confiance morte, car elle restait rebelle aux assurances de son amant. Je les aurai.

M. de Vaudrey la combla de caresses.

Mais elles ne trouvaient plus le chemin de son cœur.

Yvonne ne s'abandonnait pas.

Elle se sentait de marbre auprès de cet homme qui avait été son Dieu.

Elle avait perdu la foi, et avec la foi l'amour.

Elle se dirigea vers la porte et l'ouvrit.

L'orage était passé.

De gros nuages chassés par un vent violent, couraient dans le ciel semé d'étoiles.

Yvonne voulut traverser de nouveau la forêt à pied.

Le feu avait séché ses vêtements et ranimé son courage.

Elle présumait trop de ses forces.

Le duc la vit chanceler, épuisée, et la soutint malgré elle.

— Viens, ordonna-t-il.

Il alla à l'écurie, sella lui-même un cheval et emporta avec rage, comme les barbares et les soldats d'Attila emportaient les femmes qu'ils volaient, cette maîtresse qui lui devenait odieuse et qu'il aurait voulu jeter au fond des étangs qui miroitaient dans la vallée, à deux pas de la route, pour anéantir l'obstacle qu'elle mettait en travers de sa fortune.

Après une course furieuse, il la déposa au bout de l'avenue de Plélan, en mettant sur son front un baiser glacial qu'elle reçut comme il était donné.

— Tu m'obéiras ? dit-il au moment de la quitter.

— Oui, répondit-elle d'une voix faible.

Il repartit au galop.

Elle l'écouta un instant et remonta l'avenue.

La pluie avait rafraîchi l'atmosphère.

Les branches qui se rejoignaient au-dessus de sa tête secouaient des gouttes d'eau larges comme celles qui précèdent l'orage.

Elle se serra dans sa mante, en grelottant, épuisée de fatigue, le cerveau vide, le cœur malade.

Lorsqu'elle arriva au bout de la pelouse, elle se mit à trembler de tous ses membres. Ses dents claquaient.

Debout, au milieu de l'espace découvert, un homme, tête nue, était planté, immobile comme une statue, sous la blafarde clarté des étoiles.

Elle s'arrêta en frémissant.

Alors l'homme fit un mouvement en avant, lentement, sans qu'elle trouvât la force de fuir pour lui échapper.

Lorsqu'il fut auprès d'elle, elle étouffa un cri.

C'était son père, le vieux Rebec, qui l'attendait.

Les flammes d'un éblouissement passèrent devant ses yeux et elle faillit tomber à la renverse.

Le régisseur de Plélan était calme en apparence.

Une grande colère grondait peut-être en lui, mais à la surface rien ne l'annonçait.

— D'où viens-tu ? dit-il doucement à sa fille atterrée.

— D'où je viens ?... répéta-t-elle machinalement.

— Oui. Tu as une raison, sans doute, pour courir à cette heure de nuit.

— Mais...

— N'aie pas peur ! Dis-la. J'ai cru que j'élevais une honnête fille. Je ne veux pas penser encore que je me sois trompé et que d'une brave femme comme ta mère et d'un honnête homme comme moi, qui n'ai rien sur la conscience, il soit sorti une coquine. Cette idée-là, vois-tu, Yvonne, ne peut pas m'entrer dans la cervelle. Réponds donc sincèrement.

Et voyant qu'elle frissonnait comme une feuille, il ajouta :

— N'aie pas peur, au moins. Je t'ai trop aimée pour

le maltraiter. Je n'ai que toi. Aie confiance. Parle. Dis-
moi la vérité.

— La vérité ? balbutia-t-elle.

— Oui ? Nous verrons après. Nous réfléchirons.

Elle courba la tête.

— Tu te tais. Eh bien ! je vais parler pour toi. Je
comprends que la confession te coûte. Si je me trompe,
tu m'avertiras. Tu viens de voir ton amant, un misérable, celui-là !...

— Mon père !...

— Pourquoi si tard, une nuit d'orage, c'est ce que
j'ignore, mais ce n'est pas mon affaire, c'est la vôtre.
Je l'ai entendu. Il s'en retourne ventre à terre, comme
un bandit... Est-ce vrai ?

— Oui, mon père.

— Je ne tiens pas à savoir son nom. Peu m'importe.
Que ce soit un valet de charrue ou le duc de Langon,
la honte est la même. Encore vaudrait-il mieux que
ce fût un valet de ferme, parce que l'amour pourrait
t'excuser, tandis que c'est l'orgueil qui te conduit.

— Mon père !

— Il y a longtemps que je me doutais de ce qui
arrive. C'est peut-être ma faute. J'aurais dû veiller davantage et remplacer ta mère qui te manquait. J'ai eu
confiance en toi. C'est mon tort. Va dormir, si tu peux.

Yvonne se jeta aux genoux du vieillard.

— Pardon ! s'écria-t-elle.

— Va dormir, répéta Rebec en tournant la tête. Tu
as besoin de repos.

— Mon père ! Si vous saviez !... Grâce !

— J'en sais trop. Relève-toi. Demain, nous causerons.

— Je vous en supplie.

— Obéis, dit-il durement.

Il s'éloigna sans lui tendre la main pour l'aider à
gagner sa chambre.

Elle entendit la porte du pavillon se refermer sur lui
et demeura seule, le front courbé sur l'herbe mouillée,
défaillante.

Il était trois heures du matin.

On n'entendait rien dans le silence de la nuit, que
le cri lugubre des orfraies qui se répondaient de loin
en loin et déjà, annonçant l'approche du jour, le chant
des coqs dans la basse-cour.

Yvonne, ranimée par le froid de l'eau, se releva, hagarde, à demi morte de saisissement et d'émotion, resta
un instant debout en face du château morne et sombre; et à la fin elle se dirigea en chancelant vers son
escalier, gravit lentement les marches creusées par le
passage des générations et se glissa dans sa chambre,
dont elle ferma la porte.

Là du moins elle était en sûreté.

Elle se jeta à genoux au chevet de son lit et, cachant
son visage dans les couvertures, elle pleura à chaudes
larmes.

— Mon Dieu ! dit-elle, pourquoi suis-je si malheureuse !

Catiche, qui l'entendit, se leva et vint à son secours.

Catiche avait le cœur tendre. Elle n'était pas d'une
beauté à tenter les marquis et les ducs, mais elle rêvait,
les nuits, d'aventures romanesques, et dame ! si quelque galant s'était hasardé à la courtiser, elle n'aurait
opposé qu'une molle résistance.

C'était arrêté dans son esprit.

Mais sa vertu n'était point mise à l'épreuve.

En somme, une bonne nature.

Elle apprit à Yvonne que le comte Hugues était arrivé sur le tard avec son ami le baron Noël Bresson ;
que le vieux Rebec l'avait appelée pour faire fête à son
parrain ; que la maison entière s'était mise sur pied ;
qu'elle et Gotte avaient expliqué que la jeune maîtresse était souffrante et qu'il fallait la laisser reposer.

Le régisseur n'avait rien répliqué, mais on sentait
qu'il était mal convaincu. Le comte Hugues, désappointé, s'était renfermé chez lui.

Un instant après, le vieux Rebec était monté à la
chambre de sa fille et l'avait trouvée vide.

Gotte et Catiche, terrifiées, l'avaient vu se promener
de long en large sous la pluie, et tremblaient de tous
leurs membres.

Qu'allait-il se passer ?

En somme, Catiche s'applaudissait de la douceur du
père.

— Puisque le mal est fait, conclut-elle, le mieux est
de ne point s'en périr.

Elle força Yvonne à se mettre au lit, et ne la quitta
que lorsqu'elle fut couchée et qu'elle eut promis de
dormir.

Et, en effet, dès que Catiche fut sortie, après l'avoir
bordée avec des précautions de mère nourrice, comme
un baby dans son berceau, la malheureuse enfant, brisée, tomba dans un lourd sommeil peuplé de cauchemars.

XXII

TÊTES DE GRANIT

La fatalité s'était mêlée aux affaires d'Yvonne pour
l'accabler.

A la réception de l'avis de Jean-Marie quelques jours
plus tôt, le baron Noël avait éprouvé un sentiment de
joie mêlée d'étonnement et d'indignation.

Inflexible sur les questions d'honneur et de probité, il
avait le respect des femmes.

Il ne partageait pas les idées de nombre de philo-
sophes, sceptiques ou plutôt cyniques, ses contempo-
rains, qui les considèrent comme des êtres inférieurs,
charme des yeux, flatterie des sens, auxquels on ne
doit demander que les jouissances qu'ils peuvent donner.

Le baron avait un culte pour le sexe auquel nous
devons nos mères, nos plaisirs les plus délicats et en
outre — avouons-le — nos chagrins les plus amers.

De plus, pendant une vie commune de sept ans, il
s'était habitué à traiter Louise Renaud comme une sœur
préférée, à l'entourer de soins, à la regarder comme
l'honneur de sa maison, la fleur de son jardin.

Il aurait voulu la trouver innocente, malgré les ap-
perences qui la condamnaient.

Chaque nouvelle charge qui venait se joindre aux
autres était pour lui une cause de désillusion cruelle.

Grâce à son astuce féline, à ses manières souples et
caressantes, à son esprit aussi fin que mesuré, la jeune
femme avait su capter sa sympathie, s'emparer de lui,
malgré la difficulté de cette conquête, et l'endormir à
ce point qu'il avait fallu le coup de tonnerre de la mort
de son frère pour le réveiller.

Assurément il mettait son orgueil de côté, dans une
telle catastrophe ; il s'irritait cependant plutôt contre
lui-même que contre les autres de sa sagacité mise en
défaut, et chaque preuve qu'il recueillait exaspérait sa
colère et son dépit.

Cette femme, leur idole, s'était jouée de sa crédulité
avec effronterie.

Eux, les Bresson, ils avaient été trompés comme de
simples dupes !

Mais la lumière était faite.

Désormais douter eût été absurde.

Deux mots avaient suffi pour exciter la jalousie de
Louise, pour précipiter son départ.

Son empressement à rejoindre son complice dès la
première heure en disait plus que tout le reste.

C'est toujours par le cœur qu'une femme est vulnérable.

Si peu qu'en eût Louise Renaud, le sien l'avait trahi.
Maintenant qu'elle croyait tout danger dissipé, elle jetait le masque.

A son estime, les deux amants avaient joué assez
longtemps la comédie de la séparation.

C'est là que le baron les attendait avec la patience
du braconnier à l'affût.

Ils limitaient le sacrifice au délai nécessaire pour les
convenances. Ce délai expiré, l'ère des imprudences allait s'ouvrir.

moment était venu de les faire naître au besoin et d'en profiter.

Il était donc temps pour le baron Noël de suivre de près l'intrigue dont il tenait les fils.

Avant de partir, il réunit une dernière fois ses deux amis le comte Hugues et Renaudet.

La grande partie de la fin allait s'engager.

Les trois alliés se trouvèrent rassemblés au café Anglais, dans ce même cabinet où ils s'étaient promis assistance vingt-trois ans plutôt.

La fin mystérieuse de Jacques Bresson était une blessure au cœur des survivants du pacte d'alliance ; cette fin les tourmentait comme une énigme dont le sens nous échappe.

Ils se jurèrent de nouveau d'en trouver le mot, qu'ils commençaient à entrevoir aussi nettement que s'il eût été écrit en traits de feu sur la muraille du cabinet.

Renaudet et le baron Noël connaissaient aussi exactement que le notaire qui en était chargé l'état des affaires du duc de Vaudrey, et dans leur esprit cette supposition prenait corps que le duc, sous le prétexte d'un amour que la beauté de la femme expliquait, aurait préparé une odieuse spéculation, en captant à l'aide de cet amour la fortune du baron Jacques en même temps que le cœur et la main de sa veuve.

Noël, grâce aux quelques lignes écrites à la hâte par son frère, avait entre les mains le moyen de déjouer ce calcul ; et s'il tenait ce testament en réserve, c'était dans le but d'en tirer parti à l'heure opportune.

Mais ce n'était pas assez à ses yeux de ruiner les coupables, il fallait les atteindre dans leur honneur et dans leur vie.

Le talion !

N'est-ce pas la loi juste.

A la fin du dîner, lorsque les trois amis se séparèrent :

— Veille ici, dit le banquier à Renaudet, qui restait à Paris. Nous veillerons là-bas.

Le lendemain matin, Noël Bresson et Piélan prirent l'express de Bretagne à la gare Montparnasse.

Piélan était ravi de revoir son Morbihan.

Il avait fait au baron le dur sacrifice de rester avec lui pour rendre son isolement plus léger.

Pour les vrais amis, c'est comme dans la fraternité du régiment.

Quand les rangs s'éclaircissent, ils se resserrent.

Mais le comte en avait assez, de Paris.

Il se réjouissait à la pensée de retrouver sa vieille maison paternelle, ses arbres, ses métairies, ses jardins et sa forêt.

Il n'était pas jusqu'à la lande épineuse et dévastée comme une plaine où la guerre a passé, pour laquelle il ne conservât un tendre souvenir, celui que toute âme bien née garde à son pays.

Il pensait surtout à sa petite Yvonne, qui allait avoir grandi et qu'il reverrait forte comme une femme.

Et ce n'était pas une des moindres attractions qui lui rendaient ce voyage agréable.

Le comte Hugues nourrissait une vraie passion pour sa filleule, passion faite de dévouement et de tendresse paternelle. C'était l'enfant qui lui tenait lieu de ceux qu'il n'avait pas.

Il faut toujours s'intéresser à un être faible pour le protéger.

L'être faible adopté par le comte Hugues, c'était Yvonne.

Le voyage fut assez silencieux.

Le baron Noël méditait ses plans.

L'heure de la catastrophe s'approchait.

Il faudrait sévir, condamner durement, et ce rôle de juge qu'il se proposait de remplir avec une froide justice, lui pesait comme un insupportable fardeau.

Mais aucune faiblesse ne l'entraverait.

Le châtiment était arrêté dans son esprit, et son esprit était inflexible comme les roches des falaises du Morbihan.

Tandis que le train filait de la vitesse d'un cheval emporté à travers les terrains populeux de la banlieue, le banquier préparait ses machines de guerre.

Bientôt l'express dépassa Rambouillet, et sa royale forêt, puis Chartres et les interminables plaines de la Beauce qui sont pour le voyageur d'une désespérante et monotone richesse.

Ensuite ce furent les cantons boisés du Perche, où partout quelque toit de château sort d'une futaie à côté des clochers de village, et enfin les bocages de la Mayenne et de l'Ille-et-Vilaine.

Il était nuit close lorsque les deux voyageurs descendirent du train à la gare de Montauban de Bretagne.

Ce Montauban n'est point une capitale comme le Montauban du Midi.

C'est un gros bourg breton sans prétentions.

Les deux amis n'avaient rien qui les pressât.

Personne ne les attendait.

Ils s'étaient proposé d'abord d'y passer la nuit.

Mais ils changèrent d'avis.

A mesure qu'on approche du sol natal, cette vieille terre nous attire plus violemment.

Ils frétèrent donc une berline remisée sous un hangar et qui devait remonter aux beaux jours de la Restauration.

Et, dans cette patache antique, ils reprirent leur course au trot lent et sans majesté de deux bidets dont un maquignon n'aurait pas donné cinquante écus la pièce, et qui cependant allaient avoir leurs quinze lieues de pays dans les jarrets.

Le baron Noël devait passer la nuit chez son ami, à Piélan.

C'était autant de gagné avant d'arriver à Scaër.

Les jours que le banquier passait loin de sa belle-sœur étaient des jours de repos pour lui.

C'est une terrible obligation de se contraindre sans cesse et de faire bon visage à une femme devenue notre plus cruelle ennemie.

L'arrivée à Piélan fut retardée par les lenteurs des rosses du berlingot.

Le conducteur, alléché par le pourboire probable de si opulents voyageurs, les excitait en vain du geste et de la voix.

Les coups de fouet n'avaient pas sur eux plus d'influence que les jurons.

Ces bidets en auraient remontré pour la lenteur aux bœufs qui traînaient dans Paris d'indolents monarques.

Mais les deux amis en souriaient.

Ce sont là des divertissements de millionnaires.

Enfin, pourtant, la machine roulante s'engagea dans l'avenue de hêtres que la malheureuse Yvonne avait parcourue deux heures plus tôt pour se rendre, à pied, sous la pluie battante, chez le duc de Vaudrey.

C'était le moment où l'orage éclatait dans toute sa violence une lieue plus loin.

Le comte Hugues brûla une allumette et regarda le cadran de sa montre.

Il était près de minuit.

Au bruit des grelots, les chiens jappèrent ; les fenêtres des communs s'ouvrirent les unes après les autres, et de tous côtés ce furent des exclamations joyeuses.

Catiche et Gotte se précipitèrent au devant des maîtres.

Leurs têtes rondes, ébouriffées, étaient écarlates de plaisir.

— C'est notre monsieur ! Jésus ! peut-on arriver à des heures pareilles et surprendre le monde !

Le vieux Laurent Rebec ouvrit les portes à deux battants.

Les lanternes couraient de tous côtés.

C'était comme une résurrection d'une maison morte.

Le comte Hugues, qui examinait tout avec la joie du retour, semblait chercher un objet qu'il n'apercevait pas.

— Tout va bien ici, Rebec ? demanda-t-il.

— Tout, monsieur le comte.

— Les choses et les gens ?

— Oui, Dieu merci et la bonne sainte Vierge !

— Nous arrivons à temps. L'orage gronde dans les fonds de Langon.

— Chez M. de Vaudrey, observa le régisseur. Les vagabonds qui sont à rôder nuitamment vont être arrosés, oui-dà !

— L'eau tombe à siaulées, ajouta judicieusement Gotte
avec une méchante intention. Il ne fait pas bon courir
les chemins.

Catiche lui poussa le coude :

— Vaut mieux dormir, déclara-t-elle.

Le comte Hugues cherchait toujours.

D'ordinaire, Yvonne était la première à lui sauter au
cou. On aurait dit qu'elle flairait son retour.

Catiche eut un bon mouvement.

Elle s'approcha du maître et lui dit :

— Elle est souffrante, monsieur Hugues. Elle dort.
On n'a pas voulu la réveiller.

Le châtelain respira.

— Laissez-la. Je la verrai demain, dit-il.

Il entraîna le baron Noël dans son appartement, et
tout rentra dans l'ordre.

Les lumières s'éteignirent les unes après les autres.

Le vieux Rebec n'avait rien dit, mais il avait tout vu.

Il avait surpris les signaux que Catiche faisait à Gotte
pour l'inviter à se taire.

D'ailleurs, l'absence de sa fille n'était pas naturelle.

Si le comte Hugues adorait sa filleule, Yvonne avait
au moins autant d'affection pour son parrain. Il aurait
fallu qu'elle fût mourante pour ne pas accourir au-devant de lui, et la berline avait fait un tapage à ressusciter
un cimetière.

Le bonhomme attendit que tout son monde fût rentré
dans ses quartiers respectifs, puis, armé de sa lanterne,
il alla frapper à la porte de sa fille.

Catiche en frémit dans ses draps de chanvre épais
comme de la toile à voiles.

Gotte, moins sensible, prévoyait du grabuge.

Le père, ne recevant point de réponse, poussa la porte
et constata que la chambre était vide.

Le lit n'avait pas même été défait.

Ce fut un de ces coups de massue qui abattent et qu'on
ne reçoit qu'avec un profond désespoir.

Laurent Rebec ne jeta point de cris. Il éteignit sa lanterne, descendit sans bruit et se posta en sentinelle sur la
pelouse, indifférent à la pluie qui se mit à tomber en
foudre, autant pour rafraîchir son front qui brûlait que
pour attendre la coupable.

On sait le reste.

Le lendemain, dès le point du jour, il était sur pied.

Il se rendit au canton, où il consulta le juge de paix
pour savoir quelle conduite il pouvait tenir.

Puis il alla chercher le notaire, le ramena dans sa carriole et s'enferma avec lui dans la salle qui lui servait de
bureau.

Le comte Hugues avait reconduit, vers neuf heures,
son ami Noël à Scaër, en phaéton.

Lorsqu'il rentra, à onze heures, son déjeuner était
servi, mais Yvonne n'avait pas encore osé reparaître.

Le comte déjeuna sans appétit.

Cette absence le tourmentait et les visages lui paraissaient autour de lui bizarres et renversés.

Que se passait-il donc ?

Il n'osait questionner personne, tant il craignait d'apprendre une triste nouvelle.

On les connaît toujours assez tôt.

A midi, le vieux Rebec le pria de passer à son bureau
pour une affaire importante.

Le notaire était assis devant une table avec un tas de
paperasses sous la main.

Le régisseur avait réservé son fauteuil, un siège primi-
tif aux bras maigres, pour le comte et le lui offrit.

Et quand M. de Plélan fut à sa place, attendant avec
anxiété ce que signifiait cette extraordinaire cérémonie,
Laurent Rebec appela Gotte, qui rôdait par là, très curieuse, et lui dit :

— Va chercher ma fille !

Le comte Hugues avait jusque-là examiné en silence
cet appareil surprenant, ce notaire campagnard avec ses
paperasses, mais à l'ordre du père Rebec, en comprenant qu'il s'agissait d'Yvonne, il ne put retenir une
question.

— Qu'est-ce que tout ça veut dire, Laurent ? demanda-
t-il.

— Ça veut dire qu'il se passe de tristes choses à Plélan,
monsieur le comte, répondit le bonhomme.

— Quelles choses ?

— Des choses que je n'aurais pas cru voir et qui sont.
Et comme vous êtes le maître et le parrain d'Yvonne, je
vous ai prié de venir.

Le vieillard s'exprimait avec une de ces douceurs me-
naçantes qui annoncent une irritation profonde et une
explosion prochaine.

On sentait qu'il faisait un violent effort pour se contenir.

Le comte se creusait le cerveau pour imaginer les
causes de cette colère sourde et n'était pas rassuré.

Il supposa une volonté de mariage contraire aux vues
du père, quelque caprice de fille, d'autant plus aisément
qu'il savait que les projets avec Corentin, projets connus depuis des années et qui avaient son assentiment et
celui de son ami, le baron Noël, semblaient reculés ou
même peut-être abandonnés.

Mais lorsque Yvonne arriva, pâle comme une morte
dans sa robe noire, défaillante, les yeux rougis, gros
de larmes, il fut effrayé.

L'affaire était plus grave qu'il ne l'avait cru.

D'un signe il appela la pauvre fille auprès de lui.

Elle s'approcha en hésitant, comme retenue par une
honte, le sentiment de son indignité, mais il lui prit
brusquement le poignet et l'attira dans ses bras en lui
disant avec une tendresse émouvante :

— Voyons, qu'est-ce que c'est ?

Alors elle éclata et se mit à sangloter sans se contraindre.

Mais elle ne desserra pas les lèvres.

— Conte-moi tes peines, reprit-il à voix basse, avec une
indulgence de mère ou de confesseur.

Le comte de Plélan avait cinquante ans, la moustache
grise, les cheveux ravagés. Sa figure, déjà ridée, plaisait
par sa grande expression de bonté. Ses yeux bleus avaient
une douceur infinie. Médecin par la souveraine vertu de
la charité, il était pétri d'indulgence et de tendresse pour
notre humanité, dont il connaissait les faiblesses.

D'un regard qui parcourut Yvonne des pieds à la tête,
il devina tout et fut envahi par une immense pitié pour
cette enfant sans mère que sa beauté exposait à tant de
convoitises.

Il ne questionna plus, mais il attendit en gardant
Yvonne auprès de lui, en tenant sa main dans les
siennes, comme pour atténuer les coups qui allaient l'atteindre et, par un baiser qu'il appuya sur son front glacé,
il lui promit une muette protection.

— Je suis là, murmura-t-il à son oreille.

Elle lui sourit, d'un sourire que lui seul put voir à
travers ses larmes qui redoublèrent.

— N'aie pas peur, lui dit-il encore.

— Monsieur Hugues, commença le vieux Rebec, je
veux rendre mes comptes à ma fille et lui remettre ce
qui lui revient de sa mère. Elle n'est pas à son âge de
majorité, mais le juge dit qu'on peut l'émanciper. D'ailleurs, entre nous, il n'est pas besoin de grandes formalités, parce que bien qu'Yvonne ne soit plus ce qu'elle
aurait dû être, j'espère qu'elle restera honnête pour ce
qui est de l'argent. Le notaire a fait ses calculs et posé
ses chiffres. Elle va savoir ses droits.

— Mon père, je vous en supplie, murmura Yvonne.

— Tais-toi, ordonna Rebec.

Le notaire prit la parole, sur l'insistance du régisseur.

Il ânonna une série d'observations et termina :

« De ce qui précède, il résulte que mademoiselle Yvonne-
Jeanne-Élisabeth Rebec a droit, du chef de sa défunte
mère, à une somme de onze mille neuf cent vingt-deux
francs cinquante centimes, qui lui ont été remis aussitôt
par Laurent-Pierre Rebec, son père. Dont quittance. »

Le vieillard aligna sur la table douze piles de louis vé-
rifiées d'avance et dit :

— Compte !

Yvonne ne bougea point.

— Où voulez-vous en venir ? demanda le maître.

— A ceci que, pour ne pas être la risée des gens du
pays, qui nous montrent au doigt, je me sépare de ma

fille ne voulant ni la voir ni la rencontrer. Avec cet argent, elle pourra se retirer à son couvent, où peut-être on consentira à la recevoir, sinon ailleurs.

— Père Rebec, de la raison !

— J'ai mon idée, et personne ne me l'ôtera de la tête. Il faut nous quitter. Je me laisserais peut-être aller à des colères dont j'aurais repentir. Vous, monsieur Hugues, vous êtes libre de la garder ici. Je prendrai mes hardes et laisserai la maison, à mon grand regret. Depuis si longtemps que nous y sommes, je la considère comme la nôtre.

— Vous ne quitterez pas Plélan, Rebec, dit le comte, mais vous ne pouvez pas chasser Yvonne.

— C'est pourtant ce que j'ai résolu.

— Où voulez-vous qu'elle aille ?

— Où ? chez son amant, dit le vieillard sans s'animer, mais avec une inébranlable fermeté ; chez l'homme qui l'a prise et qu'elle a choisi de son gré. On me jugera peut-être dur pour un père, mais au moins on ne rira pas de moi.

— Rebec !

— C'est réglé, monsieur le comte. Entre elle et moi, choisissez !

— Je n'ai pas de reproches à vous adresser et vous êtes le maître dans votre famille, Laurent. Faites donc comme vous l'entendrez.

Il n'insista point.

Il connaissait les têtes du Morbihan. Autant essayer d'ébranler les roches de Penmarch ou la pointe du Raz que les flots battent avec fureur depuis la création sans l'entamer d'un pouce.

Le régisseur se tourna du côté de sa fille.

— Allons, dit-il, prends ton argent et va-t'en.

Elle vint auprès du vieillard et se mit à genoux devant lui.

— Mon père, supplia-t-elle, ayez pitié de moi !

Il se mordit les lèvres, mais il ne remua pas.

— Au nom de ma sainte mère ! dit encore Yvonne en joignant les mains.

Deux larmes roulèrent sur les joues du vieillard, mais il se tut.

— Père Rebec, dit à son tour le notaire, il faut pardonner.

Le bonhomme fit un effort sur lui-même et répondit :

— Non.

Et, se tournant d'un autre côté, il répéta :

— Va-t'en.

Alors, elle se releva, essuya ses yeux et sortit sans prononcer une parole.

— Vous lui ferez tenir son argent, maître Tréleuc, dit le régisseur au notaire.

Le comte suivit la jeune fille et la rejoignit sur la terrasse du château.

— Yvonne ! dit-il en lui tendant les bras.

La jeune fille s'y jeta éperdue.

— C'est donc vrai ?

— Hélas !

— Tu avais un amant ?

— J'étais folle !

— Que vas-tu faire ?

— Que sais-je !

— Ne prends pas de résolution sans recourir à moi !

Elle soupira et des sanglots étouffèrent sa voix.

— Va pleurer, lui dit doucement son parrain. Tu étais trop belle, vois-tu, et la beauté souvent n'est qu'un don funeste. Va pleurer...

Et il lui répéta avec une douceur ineffable en la pressant sur sa poitrine.

— Surtout, n'aie pas peur ; je suis là !

Il la vit monter l'escalier de granit et ne quitta la terrasse que lorsqu'il eut entendu le bruit de sa porte qui se refermait derrière elle.

Il s'éloigna à son tour et s'en alla sous les grands arbres réfléchir à cette scène qui l'impressionnait violemment.

Il ne s'informa pas du nom de l'homme qui l'avait perdue.

Pourquoi ne le demandait-il pas à sa filleule alors qu'il se prenait à le haïr aussi mortellement que le baron Noël haïssait le meurtrier de son frère !

L'un avait tué le corps, l'autre avait tué l'âme et l'honneur.

C'est qu'il croyait le deviner.

Yvonne, telle qu'il la connaissait, n'avait pu se laisser séduire que par un amant capable de l'éblouir, de l'entraîner, de la fasciner par son nom, par la grâce de sa personne, par ces ruses dont les viveurs du monde ont l'expérience et que le duc de Vaudrey avait si souvent mises en pratique.

N'était-il pas à Langon depuis les débuts du printemps ? Ne l'avait-on pas vu presque chaque jour rôder aux environs, poursuivre Yvonne comme une proie ?

Le comte Hugues, dont la loyauté contrastait si fort avec les habitudes de son voisin de Langon, lui voua dès cette minute une de ces aversions raisonnées qu'un homme d'honneur ressent pour les êtres malfaisants dont la mission unique paraît être de nuire aux autres.

Il conçut pour lui une exécration froide, pareille à celle qu'un chasseur entretient contre les milans, les buses, les loups, les renards et autres animaux de proie.

Mais, comme le baron Noël, il voulut obtenir des preuves, en épargnant une humiliante confession à cette fille qu'il plaignait, sans cesser de l'aimer, en l'aimant peut-être davantage, pour ce qu'elle souffrait, et il se dit :

— Je veillerai.

XXIII

LE SECRET MORTEL

Yvonne était atteinte en plein cœur. Depuis quelques jours, après les humiliations, les hontes, les désespoirs, les désillusions dont elle était accablée, tout son être n'était qu'une plaie saignante.

Elle pensa que c'en était trop et qu'elle avait bu son calice jusqu'à la lie.

Rentrée dans sa chambre, elle se mit à la petite table de bois presque brut qui lui servait de secrétaire et écrivit ces quelques lignes :

Monsieur le duc,

Mon père m'attendait hier au milieu de la nuit. Il m'a arrêtée au moment où je regagnais ma chambre. J'ai expié là ma faute par une de ces minutes qu'on ne saurait oublier. Ce matin, il m'a chassée de sa maison. Je le connais. Inflexible sur l'honneur, il ne me pardonnera jamais. Je vous ai servi de jouet. Vous n'avez jamais eu l'ombre de ce grand amour dont vous me parliez. Je ne sais que devenir et ne peux me condamner à rougir toute ma vie aux yeux de ceux que j'aimais et de cet enfant qui me reprocherait sa naissance.

Je vais mourir sans regret, sous vos yeux, qui ne me verront pas expier.

Je vous pardonne le mal que vous m'avez fait.

Que Dieu vous pardonne de même. Adieu.

YVONNE.

Elle plia la lettre sous enveloppe et mit l'adresse :

Monsieur le duc Hubert de Vaudrey-Langon, à Langon.

Elle écrivit deux autres lettres, l'une pour demander pardon à son père ; l'autre, tendre et d'une angélique douceur, à son parrain, pour lui dire qu'elle était trop coupable pour espérer son pardon, et préférait mourir. Elle terminait par ces mots : *Que n'étiez-vous là pour me préserver et me défendre, vous que j'aime tant ! Adieu !*

Elle les plaça en évidence sur sa table.

Ensuite elle procéda à sa toilette avec ses soins ordinaires et se fit presque belle avec ses cheveux nattés, son chapeau de paille brune et le pauvre fichu d'étamine qu'elle portait le jour du pardon de Plélan et sous lequel cou et sa poitrine paraissaient d'une éblouissante blancheur.

Elle mit des mitaines claires, des souliers découverts sur des bas de fil gris, prit une ombrelle de satinette rouge, glissa la lettre du duc dans sa poitrine et sortit avec précaution en se dérobant derrière les bosquets pour éviter d'être aperçue.

Elle gagna par un long détour le sentier qui mène à travers bois à l'étang de Langon et, rassurée, certaine de n'être pas suivie, elle s'arrêta pour reprendre haleine.

De l'endroit où elle se trouvait, elle distinguait au-dessus des futaies la pointe du clocher de Plédan et les restes de l'unique tour survivant de l'ancien château, sur les fondations duquel le manoir du comte Hugues a été rebâti.

C'est là que sa jeunesse s'était écoulée, et qu'elle aurait pu vivre en paix.

Son père la chassait et elle méritait ce châtiment.

Tout son passé se déroula devant elle en un instant.

C'était fini.

Elle que toutes les filles jalousaient — et comme elles avaient pris leur revanche! — elle ne laisserait qu'un souvenir de pitié.

Son histoire resterait dans le pays comme une légende triste et tragique.

Pendant qu'elle songeait, elle entendit à quelque distance le chant lugubre de la folle, qui lui sonna comme un glas aux oreilles, et elle s'enfuit pour ne pas voir son rire qui l'épouvantait.

Il était près de cinq heures lorsqu'elle arriva sur une colline, au-dessus du château de Langon.

Elle n'osa franchir les pelouses du parc, dans la crainte d'être vue, et se décida à attendre que l'ombre du soir pût la protéger.

D'ailleurs, c'était un répit pour la vie, une sorte de délai qu'elle s'accordait.

Au-dessous du parc, les eaux de l'étang, coupées par la chaussée qui les retient, faisaient entendre un bruit formidable, pareil à celui d'un moulin dont les vannes sont levées.

On les lâchait à cause de l'inondation produite par l'orage de la nuit, et elles retombaient avec un fracas de cataracte dans le Guer, qui passe au-dessous et va se jeter, à travers les marais, dans l'Océan, à cinq lieues de Langon.

Un tremblement convulsif la secoua.

C'est là qu'elle irait s'échouer.

C'est un passage terrible, quoi qu'on en dise, que celui de la vie au néant ou aux incertitudes de l'au-delà, selon l'expression à la mode.

Yvonne n'avait pas vingt ans; elle était décidée à mourir, mais cette décision produisait sur elle un effet d'opium qui l'eût engourdie et plongée dans un sommeil maladif.

Elle ne pensait à rien; elle regardait autour d'elle; elle voyait les gens du château aller et venir, les jardiniers passant dans les parterres, la bêche ou le râteau sur l'épaule; les palefreniers qui promenaient les chevaux et les conduisaient au bain ou à l'abreuvoir; un cuisinier en toque blanche causait dans un coin, du côté des communs, avec une lingère.

Et, dans le lointain, la nappe des étangs, qui semblait marcher et où elle était décidée à s'ensevelir, l'attirait en roulant, d'une course égale, vers l'ouverture des vannes béantes, ses eaux chargées des débris de l'orage.

Tout à coup, Yvonne, qui s'était assise sur un bloc de pierre, porta la main à sa poitrine.

Elle se souvint de sa lettre.

Il fallait la faire parvenir au duc de Vaudrey.

Mais par quel moyen?

Elle l'avait oubliée, absorbée par ses lugubres rêveries.

La remettre à un domestique, c'était s'exposer à se voir entravée dans son dessein.

Du quartier de roche où elle était assise, elle découvrait les environs du château, les jardins et les communs, comme si elle les avait considérés du sommet d'une tour.

Son regard tomba sur la chaumière où s'était passée sa première nuit, la nuit de ses ivresses si courtes.

Cette chaumière, environnée d'un parterre de fleurs, abritée sous une véritable avalanche de plantes grimpantes, semblait déserte.

Aux alentours, personne ne rôdait.

Point de jardiniers, de serviteurs.

Une idée soudaine lui vint.

Pourquoi ne porterait-elle pas sa lettre dans cette retraite mystérieuse?

Pour y arriver, il lui suffisait de se glisser avec précaution de bosquet en bosquet, d'arbre en arbre, en évitant d'être vue.

Ensuite elle s'en irait, après avoir remis elle-même son suprême adieu.

Le duc le trouverait dans ce lieu où elle avait dû laisser au moins un souvenir.

C'est là qu'il le lirait, en éprouvant peut-être un remords, un serrement de cœur.

Cette idée sourit à la pauvre fille.

Les gens qui veulent mourir pour avoir trop aimé affolés par le mal à la fois si poignant et si doux, ont de ces raffinements ingénieux.

Le duc se demanderait comment ce billet était arrivé là, qui l'y aurait déposé.

Il penserait qu'elle était venue une dernière fois dans cette chaumière, qu'elle y avait pleuré, et il se reprocherait sa cruauté, ses mensonges, l'infamie de son abandon.

Elle se décida vite.

Elle était lasse de sa course, mais elle ne pensait pas à la fatigue. Elle se sentait trop près de son dernier repos.

Elle descendit la pente, couverte de bois, très vite, et bientôt elle arriva aux murs de la chaumière.

Elle tourna tout autour en prêtant l'oreille et n'entendit aucun bruit.

Elle risqua un œil aux fenêtres et ne vit personne.

Elle se décida à pousser la porte.

La porte céda sans difficulté.

Elle la tira derrière elle.

Enfin, elle était dans la place.

Quelle différence dans l'état de son âme entre cette heure sinistre et la nuit où elle était venue dans cette maison pour la première fois!

Elle aspira les parfums légers qui flottaient dans l'air et ne reconnut pas ceux qui imprégnaient les étoffes, les meubles au temps de ses rendez-vous avec son amant.

Tout était élégant dans ce boudoir à l'extérieur rustique. Divans de soie et de peluche, murs capitonnés de lampas, glaces encadrées de velours, objets de toilette, boîtes à poudre en vermeil, aux armes des Vaudrey, mille riens enfin plus riches les uns que les autres, en accusaient la destination.

Yvonne, après avoir déposé sa lettre sur la cheminée, s'oubliait dans cette contemplation, quand ses yeux tombèrent sur une cravache à tête d'or jetée sur le tapis auprès d'une chaise longue.

Elle l'examina avec une attention jalouse.

La cravache portait sur l'or de la poignée un tortil de baron et deux initiales: L. B. entrelacées.

— Louise Bresson, s'écria la jeune fille; sa maîtresse!

Elle n'eut pas de peine à le deviner et ne se trompa pas une seconde.

C'était la châtelaine de Scaër qui la supplantait. La veuve du baron Jacques était la maîtresse de M. de Vaudrey!

Ces parfums qu'elle respirait, c'étaient les siens, ses odeurs préférées.

Elle se rappela ses regards curieux, ses questions.

Mais il ne lui vint pas même un désir de lutte.

Elle s'avoua vaincue!

Cette femme était trop belle, on ne pouvait le méconnaître, d'une élégance suprême, riche et libre!

C'était du jour où elle était arrivée dans le pays que le duc l'avait abandonnée.

Cette lettre fatale qui lui signifiait une rupture et que Gib apportait avait suivi de quelques minutes leur première rencontre à la Croix des Bleus.

mystère, enfin, dont le duc lui parlait. Il devait exister entre eux.

Quelle chaîne pouvait les rattacher l'un à l'autre, si ce n'est l'amour? N'étaient-ils pas jeunes et indépendants?

Elle gardait cette cravache dans sa main, immobile, les sourcils froncés, envieuse, jalouse, elle si malheureuse, de cette femme brillante, superbe, hautaine, lorsqu'un bruit du dehors attira son attention.

Par une des étroites fenêtres de la chaumière elle vit son amant, M. de Vaudrey, qui s'approchait en causant à demi-voix.

Auprès de lui, une femme blanche comme un lys, dans sa toilette de deuil, souriait de ses paroles.

Ils venaient droit à elle sans lui laisser la ressource de s'enfuir.

Yvonne, affolée, n'eut que le temps de chercher un abri.

Le boudoir ne comprenait qu'une seule pièce avec un obscur cabinet à l'une de ses extrémités, fermé par une portière d'étoffe flottante.

Elle s'y jeta à la hâte en tenant à la main la cravache de la baronne.

Elle était à peine tapie dans sa cachette que la porte de la chaumière s'ouvrit.

Louise Renaud entra et s'abattit sur un divan en disant:

— Décidément le temps est à l'orage. La soirée ne se passera pas sans un nouveau déluge.

— Alors la vallée sera transformée en lac, ajouta M. de Vaudrey en s'asseyant auprès d'elle.

— Où donc est cette cravache? reprit la jeune veuve. Je suis sûre que c'est ici que je l'ai oubliée. Cherchez, je vous prie.

— Tout à l'heure. Vous êtes radieuse aujourd'hui, Louise.

— Je ne m'en défends pas. Le baron est arrivé ce matin. Il s'est montré d'une grâce charmante.

— Vous vous laissez prendre à ces dehors, vous? fit le duc d'un ton de reproche.

— Mon ami, je vous l'ai déjà dit, vous êtes de la race des pusillanimes. Faut-il que j'en sois réduite à vous donner des leçons de tenue, à vous un pilier de salles d'armes? Je crois en vérité que votre ruine vous a diminué. Un homme qui a des millions dans sa poche a toujours plus d'assurance qu'un autre. C'est peut-être la seule chose qui vous manque. Soyez tranquille. On vous la rendra.

Elle parlait en raillant.

— Voulez-vous mon sentiment, fit le duc?

— Allez.

— Vous me faites frémir avec votre gaieté! Vous commettez folie sur folie. Vous négligez toutes les précautions...

— Vous en plaignez-vous?

Yvonne entendit distinctement la réponse.

Ce fut un baiser appliqué sur le bras de la jeune femme.

— Aujourd'hui encore, à peine si le baron Noël est arrivé à Scaër, et vous le quittez...

— Pour vous voir. Je dirais presque que c'est lui qui m'envoie.

— En vérité? fit le duc en secouant la tête.

— Vous croyez peut-être qu'il vous hait?

— J'en ai peur.

— Vous avez tort. Il a beaucoup de sympathie pour vous.

— Essayez de me le persuader.

— Je tâche. Type de la vieille noblesse, dit-il, type perdu! Prodigue et batailleur, ami du plaisir. Trop grand seigneur pour compter, trop galant pour ne pas courir les aventures! Trop beau — il a dit trop beau! — pour n'être pas aimé. Saluez, mon ami. Bref, il désire vous parler.

— Dans quel but?

— Je crois qu'il veut causer de Langon. Il sait que j'en suis enthousiaste. Je ne le cache pas.

— À la bonne heure! C'est un prétexte.

— Que ne venez-vous à Scaër, en voisin?

— Que le baron s'adresse à mon notaire.

— Toujours vos idées.

— Ma chère, dit le duc avec vivacité, le baron Noël est rusé comme Machiavel. J'ai le temps de réfléchir dans mes loisirs. On ne m'ôtera pas de l'esprit qu'il joue un rôle. Il a cru trop aisément au suicide de son frère. Un homme comme Jacques Bresson, qui possède tant de millions, tient à la vie, que diable! L'apparente facilité de l'autre doit cacher un piège. Vous ne vous donnez pas assez. Avec vos libertés, vous le mettrez sur la voie. Raisonnez. S'il vous voit trop familière et trop tôt avec moi, il supposera, ce qui est vrai, que notre intimité est ancienne; s'il croit savoir qu'elle existait avant la mort de son frère, il en induira, ce qui est vrai encore, que vous aviez des motifs pour la désirer; s'il croit que vous la désiriez, il en conclura que vous en êtes l'auteur et que moi, qui en profite, j'en pourrais être le complice. Ainsi, de vos inconséquences il remontera logiquement à ce fait que les deux balles qui ont troué la poitrine du baron Jacques ont été tirées non par lui, mais par vous et moi, et il sera bien près de la vérité, puisque, en somme, c'est vous qui m'avez donné l'arme et que c'est moi qui m'en suis servi.

Yvonne pressait sa poitrine de ses deux mains et retenait son souffle.

Elle le connaissait donc, ce terrible secret dont le duc lui parlait.

C'était M. de Vaudrey qui avait frappé le mari de cette femme, le frère de Noël Bresson.

M. de Vaudrey était un assassin.

— Eh! que m'importe ce que pense ou ne pense pas le baron, s'écria Louise Renaud avec violence, pourvu qu'il ne puisse rien prouver contre nous. Vous êtes trop timide, en vérité. Le monde appartient aux audacieux. Six mois de retraite et de privations me suffisent. J'entends jouir d'une indépendance si chèrement acquise. Je veux aimer comme il me plaît, voir mes amis, user de mes années de jeunesse. Vous me faites pitié à la fin! Qui peut connaître cette histoire si nous ne la contons nous-mêmes? Vous êtes duc de Vaudrey, célibataire et maître de vos droits; je suis veuve et libre. Vous me plaisez, je suis aimée. Quoi de plus simple. Allons donc! Plus de scrupules, plus de vaines craintes! A nous l'avenir!

Ce fut un second baiser plus long et plus passionné qui fut la réponse du duc.

Louise Renaud se leva.

— Où donc ai-je laissé cette cravache? reprit-elle en furetant de tous les côtés. Je suis certaine que c'était ici, sur ce divan.

Elle bouleversa le boudoir et tout à coup elle mit la main sur la lettre d'Yvonne.

— Tiens, fit-elle, un billet, et de femme!... Cette écriture... C'est donc là qu'on vous adresse vos correspondances, mon cher?

Elle tournait et retournait l'enveloppe sur tous les sens.

— Pas de timbre de la poste, reprit-elle. C'est un commissionnaire qui l'aura déposée en cet endroit. Lettre d'amour, sans aucun doute. Je ne m'étonne plus de votre vocation pour la retraite. Écriture naïve, jeune! Main de pensionnaire... de cette Yvonne, peut-être! Oh! ne vous en défendez pas... la conquête est de celles dont on se vante. Je l'ai vue, et rarement bijou fut aussi parfait.

Le duc s'était levé à son tour.

Il étendit la main pour s'emparer de ce billet.

La baronne recula d'un pas.

— J'ai une envie, dit-elle. Je ne suis pas duchesse de race, moi; je suis une simple femme, de l'origine la plus roturière. Mon grand-père était fermier dans la Beauce. Je parle du maternel. Le paternel fabriquait des lacets de deux sous à Villejuif. Cette lettre me brûle les doigts. Tant pis!

Elle déchira vivement l'enveloppe et courut à la signature:

— Yvonne! s'écria-t-elle. Pardieu! je le pensais!

Mais elle n'eut pas le temps de connaître le reste.

Le duc, d'un mouvement rapide comme l'éclair, lui arracha la lettre et lui dit avec un insultant mépris:

— Vous avez raison. Vous n'êtes pas née duchesse. Ce que vous faites est odieux.

— Croyez-vous ? dit-elle.

— Louise !

— Moi, je vous réponds ceci : si vous ne me donnez pas cette lettre ou si vous ne la lisez à haute voix sans en passer une syllabe, je franchis le seuil de cette maison pour n'y rentrer jamais. Je peux pardonner peut-être. Je ne veux pas être dupe.

— Ah ! pensa le duc, dans quelle mer de boue et de sang je me noie.

Et vaincu par l'accent impérieux de la baronne, il jeta la lettre d'Yvonne auprès de sa complice sur le divan.

Au moment où elle allait la reprendre, elle se tourna brusquement du côté du cabinet :

— Quelqu'un nous écoute, dit-elle.

Le duc, blême de colère, se précipita vers le cabinet :

Il ne vit rien d'abord.

Ce réduit n'était éclairé que par une étroite fenêtre de quatre carreaux très épais renflés en fonds de bouteilles.

Mais bientôt ses yeux s'accoutumèrent à l'obscurité.

Debout contre le mur du fond, il distingua la figure pâle d'Yvonne qui le fixait de ses yeux hagards.

— Toi ! dit-il avec rage.

— Oui, moi, qui vous écoute et vous entends ! Ah ! c'est horrible, en vérité !

Elle s'avança du pas d'un automate, en chancelant, épouvantée, frémissant elle-même des révélations que le hasard lui avait ménagées.

M. de Vaudrey lui saisit le bras avec tant de violence qu'il le tordit presque et lui enfonça dans les chairs un mince bracelet d'argent qu'elle portait.

Elle poussa un cri de douleur.

— Que viens-tu faire ici ? reprit-il, impuissant à se contenir.

La présence de sa rivale lui rendit du courage.

Elle jeta aux pieds de la baronne la cravache qu'elle tenait encore à la main.

— Vous voulez savoir ce que je viens faire chez vous ? dit-elle. Priez votre maîtresse de vous lire la lettre qu'elle a eu l'impudence d'ouvrir. Je n'aurai pas besoin de vous répondre.

— Mais sais-tu que tu risques ta vie...

Elle le fixa de ses yeux pleins d'un douloureux mépris.

— Sans doute, dit-elle, puisque vous êtes un assassin.

— Et qu'il est des secrets mortels pour ceux qui les soupçonnent ?

— Ne me menacez donc pas ! Tuez-moi tout de suite ! Vous me faites horreur. Ah ! tenez, je vous demandais un nom pour mon enfant, qui est le vôtre, mais je rougirais s'il devait après vous s'appeler M. de Vaudrey ! Mieux vaut pour lui pourrir avec sa mère dans la vase d'un étang, être enfoui dans une fosse, que de connaître ces infamies.

— Yvonne !

— C'était donc là ce mystère que vous osiez promettre de me révéler. Mensonge ! De quel front auriez-vous eu l'audace de m'avouer que vous avez tué le baron Jacques pour lui voler sa femme et sa fortune, sa femme qui le trompait avec vous comme plus tard vous deviez la tromper avec moi ! Gentilhomme sans foi, duc sans honneur !

— Misérable !

— Vous avez raison ! Misérable d'avoir cru en vous, de m'être laissé endormir par vos paroles dorées. J'en supporte le châtiment. Chassée par mon père, méprisée par tous, déshonorée à mes propres yeux par le choix d'un amant indigne, il ne me reste qu'un parti à prendre. Et je le prends. Mais auparavant, puisque le hasard m'a permis de savoir à quel point vous êtes vil, faux et lâche, je vous le dis, oui, en vérité, c'est vous qui êtes un misérable, et je vous exècre, je vous abhorre, je vous hais ! Laissez-moi passer !

— Où vas-tu ?

— Que vous importe ?

— Tu ne sortiras pas.

Le duc lui barrait le chemin.

La baronne contemplait cette scène d'un œil calme, presque indifférent.

— Faites-moi place, répéta Yvonne.

— Non.

— Frappez-moi donc, monsieur de Vaudrey. Il ne vous manque plus que cette gloire !

— Écoute, dit-il, je voudrais t'épargner, mais jure-moi que tu garderas le silence sur ce que tu as entendu.

— Je ne vous dois rien.

— Jure-le sur les cendres de ta mère.

— Non.

— C'est ton dernier mot ?

— Oui.

— Prends garde, dit-il d'une voix sourde. Dieu m'est témoin que j'ai peur d'un second forfait, mais la patience a des bornes.

Elle le regarda en face pour le braver.

Leurs visages se touchaient presque.

— Je sens que vous allez me tuer, dit-elle. Je m'en réjouis. Aimée par vous, morte par vous, je serai bien heureuse. Je vous dois mes hontes, vous m'en délivrerez.

Elle était à deux pas de la porte.

— Veux-tu jurer ?

— Non.

On aurait pu croire qu'elle prenait un farouche plaisir à fouetter sa colère.

Elle y réussit.

M. de Vaudrey était blême de rage ; ses yeux s'injectèrent de sang.

Il saisit le bras d'Yvonne et la traîna auprès de la cheminée.

— Veux-tu ? répéta-t-il encore.

— Non.

— Une dernière fois ?

— Non.

De la main qui lui restait libre, il arracha un poignard à manche d'ébène en croix d'une panoplie placée au-dessous de la glace et, renversant Yvonne en arrière :

— Meurs donc, dit-il, la tête perdue, les yeux étincelants, en grinçant des dents comme un damné.

Son bras s'abaissa..

La lame disparut dans la poitrine de la pauvre fille.

Il la retira rouge de sang et la jeta à ses pieds.

Yvonne glissa mollement et s'abattit sur le plancher, la tête appuyée au divan de la baronne.

Louise Renaud n'avait pas fait un mouvement pour arrêter le coup.

La blessée suffoquait.

Une écume rouge montait à ses lèvres.

Elle eut la force de prendre l'arme tombée auprès d'elle et de la poser sur sa poitrine comme un crucifix.

Après la scène violente qui venait de se passer, ses traits se détendirent dans une sorte de tranquillité sereine.

Elle regarda sans colère le meurtrier penché sur son agonie.

— Vous nous avez frappés tous deux du même coup, murmura-t-elle. C'est bien. Il ne connaîtra ni l'infamie de son père, ni l'opprobre de sa mère. Je souffrais trop. C'est fini. Merci.

C'est à peine si on pouvait distinguer ses paroles.

Sa voix allait en s'affaiblissant. Ses yeux se fermèrent. Sa tête se pencha sur son épaule et roula sur le plancher.

— Ah ! fit le duc atterré, elle est morte. Je suis perdu !

— Soyez donc un homme, mon cher, dit la voix sèche de la baronne. Nous ne sommes plus deux amants, après cette scène qui me confirme ce dont je me doutais, mais nous restons deux alliés ligués dans un but de défense commune. Si cet acte de sauvage que vous venez de commettre avec une férocité de bourreau avait dû entraîner des conséquences funestes, j'aurais retenu votre bras. Rien ne m'était plus facile. Mais c'est une simple fatalité, l'enchaînement des crimes qui se succèdent nécessairement. Un assassin tue pour voler d'abord ; ensuite pour supprimer les témoins. C'est d'autant mieux sans danger pour vous que cette infortunée vous laisse en mourant la preuve de votre innocence.

Le duc releva la tête, dominé par tant de sang-froid.

Louise Renaud lui tendit la lettre d'Yvonne et ajouta avec sa mordante ironie :

— Avec ce document, vous êtes pur comme l'enfant qui vient de naître ; aucun juge n'aurait l'audace de vous infliger l'ombre d'une peine. Soyez calme. La société vous absout. Seulement je dois vous déclarer que, bien qu'en supprimant le témoin vous ayez supprimé ma rivale, mon enthousiasme pour vous est considérablement refroidi. Il vous faudra de grands efforts pour reconquérir mon estime.

M. de Vaudrey fixait d'un œil sombre la blessée étendue à ses pieds.

— Que devenir ? dit-il en essuyant la sueur qui coulait sur son front.

— Rien de plus simple.

— Mais...

— Vous êtes éteint, mon ami. Vous auriez fait un mauvais général en chef, à peine un passable capitaine. Vous concevez mal, si vous exécutez assez bien. Votre victime avait résolu de mourir, et je m'étonne que vous n'ayez pas eu l'intelligence de comprendre qu'elle se faisait un plaisir d'irriter votre aveugle colère. Or, comment une fille de la condition de celle-ci se suicide-t-elle d'ordinaire ?

— Expliquez-vous.

— En s'asphyxiant à l'aide d'un boisseau de charbon ou en se jetant à l'eau. Cela est si vrai que, dans son écrit, cette petite — que je plains de tout mon cœur d'être tombée entre vos mains — semble indiquer qu'elle se noiera sous vos fenêtres, dans l'étang de Langon. Comprenez-vous ?

— Non.

Louise Renaud haussa les épaules.

— Nous pouvons remplir ses dernières volontés, dont elle aura sans doute averti sa famille.

— Comment ?

— Il faut tout vous dire. En l'y transportant. De cette façon, il est inutile de vous faire remarquer que vous évitez toute nécessité d'explications si par hasard on retrouvait ses restes, ce qui est douteux. Rien ne l'empêche de s'être frappée d'un coup de couteau en se jetant à l'eau.

— Soit.

— La chaussée de l'étang est à un kilomètre d'ici. En ce moment, elle est complètement déserte ou mes yeux me tromperaient fort, et ils sont excellents. Par bonheur, j'ai mon panier et mes poneys que je conduis seule. Faites atteler, écartez vos domestiques et revenez me prendre ici. Vous m'accompagnerez une demi-lieue. Ma couverture de voyage dissimulera cet objet funèbre, j'en conviens, mais une minute de courage est vite passée, et on n'est jamais si bien servi que par soi-même. Enfin, si vous voulez d'autres aphorismes, je vous dirai que, quand le vin est tiré, il faut le boire. Le vin est tiré, mon cher, buvez-le.

Le ton incisif, hautain, brutal de la fille du colonel Renaud domptait le duc. Il se sentait petit, faible, en face de cette nature que rien n'intimidait et qui envisageait avec un calme imperturbable les événements les plus sinistres.

— Si on attendait la nuit ? hasarda-t-il.

— Je n'ai pas le temps. Il faut que je sois à Scaër à sept heures. Il en est six. Nous avons vingt minutes à nous, pas une minute de plus. Faites vite.

— Mais cette lumière, ce jour !

Elle répliqua avec impatience :

— C'est ce qui nous sauve. On ne se méfie pas de ce qui est invraisemblable. Qui diable pourrait supposer que le duc de Vaudrey et la baronne Bresson transportent un cadavre en plein soleil dans une voiture de promenade ? Allez chercher mes poneys et ramenez-les vous-même, vous seul !

Il obéit.

Louise Renaud resta en tête à tête avec la blessée.

— Mais est-ce bien un cadavre ? murmura-t-elle.

Elle s'agenouilla auprès d'elle et lui posa une main sur la poitrine.

— Le cœur bat encore, pensa-t-elle.

Il battait, en effet, mais faiblement, et si la mort n'était pas là, elle ne pouvait tarder à venir.

La jeune femme prit un bras et le souleva.

Elle approcha un miroir des lèvres d'Yvonne.

A peine fut-il terni par une légère vapeur.

— Belle fille, dit la baronne en extase devant cette peau mate et pure et ce doux visage couronné d'admirables cheveux.

Peut-être on aurait pu la sauver.

Mais il fallait qu'elle pérît pour la sécurité des deux coupables. Louise Renaud ne lui accorda pas un regret. Elle était comme son amant prise par l'engrenage du crime.

Lorsqu'il revint avec le panier attelé des deux poneys corses, sa complice lui dit simplement :

— Elle est morte.

Le meurtrir enleva sa victime sans effort, la coucha en travers du panier, s'assit auprès de la baronne qui prit les rênes, et jeta une large et moelleuse couverture sur leurs genoux.

Puis elle rendit les rênes aux poneys, qui tournèrent au galop dans les allées de Langon en entraînant comme une plume l'élégante voiture.

Ils franchirent d'une vitesse extrême la partie de la route qui conduit à l'extrémité de la chaussée de l'étang.

Là, ils s'arrêtèrent, retenus par une main énergique.

La belle veuve étudia d'un coup d'œil perçant le paysage, pour voir si elle n'y découvrait rien d'hostile.

On ne voyait personne dans le parc du château, personne sur la route en avant ni en arrière.

L'orage de la nuit avait transformé l'étang de Langon et la vallée entière en un véritable lac d'eau trouble et fangeuse.

De toutes les côtes environnantes, de rapides torrents se déversaient dans cet abîme et le grossissaient encore.

Au milieu de la chaussée, très élevée et plantée de bois taillis et d'arbres de haut jet, les vannes étaient levées et l'eau s'écoulait dans le Guer avec un bruit de tonnerre.

De quelque côté qu'on se tournât, on ne découvrait pas une âme.

La baronne rangea sa voiture sous les premiers ombrages de la chaussée.

— Vite, ordonna-t-elle.

M. de Vaudrey eut une révolte contre lui-même.

— Si elle respirait encore, dit-il, ce serait horrible.

— Voulez-vous donc qu'un Vaudrey passe en cour d'assises ? Pour une minute de faiblesse, on perd une couronne. Hâtez-vous.

Il saisit dans ses bras ce corps inerte, fit quelques pas en avant, considéra un instant ce visage si pur, si angélique, qui semblait dormir, poussa un soupir, irrité de sa propre lâcheté et lança le cadavre dans l'étang, en détournant les yeux.

Lorsqu'il osa lui jeter un regard furtif, il était entraîné par le courant et flottait dans la direction des vannes.

Le duc terrifié s'enfuit plus livide que la morte elle-même.

Quelques secondes plus tard, les poneys de la baronne galopaient sur la route de Scaër.

XXIV

OU JOSON CADIOU SERT À QUELQUE CHOSE

Joson Cadiou gagnait son argent en conscience.

Depuis le jour de son marché avec Jean-Marie, le braconnier était attaché à la piste de la baronne Jacques comme un chaland à son remorqueur.

Qu'elle fût à cheval ou en voiture, seule ou en compagnie, dès qu'elle sortait du parc de Scaër, Joson la suivait comme son ombre.

Mais les jours ne se ressemblaient pas.

Il y en avait de doux et de rudes, de simples promenades d'oisif et de véritables courses d'estafette pendant une bataille.

Or, ce soir-là, le boiteux avait eu une fière besogne.

Quand la jeune veuve conduisait le panier attelé de ses deux poneys enragés, elle marchait d'un train d'enfer et ne soufflait pas en chemin.

D'un autre côté, elle était forcée de prendre la ligne à peu près droite de la route.

C'étaient de dures corvées pour le pauvre diable, mais il se piquait d'honneur et n'épargnait point ses jambes.

Les poneys avaient beau faire.

Joson se tenait à son poste, franchissait les fossés comme un cerf, se glissait sous les taillis, dégringolait les côtes comme un ouragan et ne lâchait pas la baronne d'une semelle.

Il avait donc vu la belle blonde entrer à Langon, ce pourquoi, du reste, elle ne se donnait plus la peine de chercher des détours.

Et, comme à l'ordinaire, il attendait patiemment son départ aux bords de l'étang, où il s'était mis à l'aise, étendu au frais, comme un bon lazzarone sous le portique d'un palais napolitain.

Il n'est pas de chasseur qui ne sache combien peu de place il faut à un homme pour se cacher.

Joson, à l'aide d'une broussaille ou d'un trou, se rendait aussi invisible que s'il avait eu à son service l'anneau de Gygès.

Joson était un maître dans l'art de se dissimuler. Un buisson, une touffe de genêts, une simple pierre perçant la mousse dans la lande, et il était à l'abri comme une taupe dans ses galeries souterraines.

Lorsque la baronne Bresson sortit du parc de Langon en compagnie de M. de Vaudrey, pour regagner la route, il était tapi comme une loutre entre les racines d'un saule énorme qui forme une espèce de grotte dans le talus de la chaussée.

Grâce à ses guenilles et à la nuance terreuse de sa tignasse et de sa peau, il était impossible de le distinguer de la vase dans l'excavation où il s'était réfugié.

Il écouta sans se montrer le bruit des roues sur le sable.

Il se préparait à sortir de sa cachette frais et dispos, lorsque le panier s'arrêta net à cinquante pas de sa retraite.

Il rentra aussitôt sa tête dans son abri, comme un escargot rentre ses cornes dans sa coquille, et attendit.

Quelques mots confus vinrent à ses oreilles et ensuite des pas se rapprochèrent de son côté.

Très surpris, il glissa un œil entre deux racines d'aulnes et vit le duc en personne s'avancer sur la chaussée, son fardeau sur les bras.

Or, au grand étonnement du pauvre diable, ce fardeau inerte ressemblait prodigieusement à un corps humain.

C'était au moins étrange.

Une sueur froide perla sur le front de Joson quand, M. de Vaudrey s'étant arrêté à dix pas de lui, le dos tourné, il reconnut que l'objet porté par le duc était un cadavre de femme.

Que se passait-il donc?

Job crut comprendre pourquoi Jean-Marie l'avait chargé de suivre la baronne. Jean-Marie flairait des événements.

Bientôt le doute devint impossible. Job était le témoin d'un crime.

La victime était sous ses yeux en même temps que les coupables.

La robe noire, les souliers, les bas de fil gris lui donnèrent un frisson.

Il aperçut la tête au moment où le duc allait la lancer dans cet abîme mouvant au bord duquel il hésitait, tremblait d'émotion.

C'était Yvonne Rebec. Elle semblait morte!

Joson Cadiou la connaissait bien et le père Rebec aussi, et depuis de longues années.

Le régisseur de Plélan lui était clément, et quand il passait au château, Yvonne avait toujours pour lui une bonne parole et un verre de maître cidre.

Le duc, après un instant de réflexion, se décida tout à coup.

Il s'arc-bouta sur ses jarrets et lança son fardeau à l'étang.

Joson Cadiou aurait voulu se montrer, mais c'était perdre la malheureuse fille si elle respirait encore.

Pendant une lutte avec M. de Vaudrey, elle aurait infailliblement disparu.

Il se contenta donc de la suivre des yeux, prêt à bondir à sa poursuite si le duc ne quittait pas le terrain.

Heureusement M. de Vaudrey, effrayé et se croyant sûr d'avoir atteint son but, se décida à rejoindre la baronne qui lança son attelage au galop sur la route de Scaër.

Son œuvre détestable était accomplie.

Elle le pensait du moins.

Joson jeta à la hâte sa vareuse sur le talus, se dépouilla, en un clin d'œil, de ses autres vêtements et se glissa dans l'eau pour se mettre à la poursuite du cadavre d'Yvonne qui s'éloignait rapidement entraîné par le courant.

Le boiteux nageait comme un requin, entre deux eaux pour éviter d'être vu, si par hasard quelque espion du duc était caché aux environs.

En quelques brasses, il atteignit la jeune fille au moment où elle s'enfonçait dans l'eau et courait le danger d'être roulée dans le tourbillon des vannes et de la chute profonde où elle eût été brisée infailliblement.

Par un effort surhumain, il parvint à la ramener au bord de la chaussée et à l'y déposer complètement inanimée.

Alors, comme le duc, mais avec une finesse supérieure, il écouta les bruits du voisinage; il flaira, pour ainsi dire, comme une bête fauve, les buissons des environs pour savoir s'ils recélaient un ennemi et, rassuré sur ce point, il reprit sa défroque.

Mais que faire?

Où transporter la noyée?

Comment lui prodiguer des soins, s'il en était temps encore?

La ramener au château, il ne fallait pas y songer.

Selon toute apparence, c'était là que se trouvaient ses plus cruels ennemis.

Job restait immobile, bouleversé par ce drame mystérieux dont il avait été le seul témoin.

Il se frappait le front pour en faire jaillir une idée et n'en trouvait pas, en proie à une perplexité poignante, lorsqu'il aperçut un homme qui s'avançait de son côté, lentement, d'une marche incertaine, comme s'il eût voulu s'orienter en essayant de revoir quelqu'un ou quelque chose.

C'était le comte Hugues.

Après s'être aperçu de la disparition d'Yvonne à Plélan, le comte s'était mis à sa poursuite. Certain à peu près qu'elle se dirigeait vers Langon, il en avait pris le chemin.

Un moment, il avait cru l'entrevoir, mais si loin qu'il ne put la distinguer ni la rejoindre.

Depuis une heure, il rôdait autour du parc dans l'espoir de la retrouver.

— Venez, monsieur, lui dit Joson, en courant à sa rencontre. C'est le bon Dieu qui vous envoie!

Le comte se précipita à la suite du braconnier.

A l'aspect de la pauvre fille étendue sur le gazon de la chaussée, il crut d'abord à une tentative de suicide, mais, en déchirant ses vêtements, il s'aperçut avec stupeur qu'elle portait à la poitrine une plaie profonde ouverte par la lame d'un poignard triangulaire.

La blessée n'avait que peu souffert de sa chute dans l'étang.

Elle mourait du coup qu'elle avait reçu.

Le sang s'était épanché dans sa poitrine et avait dû l'étouffer.

Elle paraissait sans vie.

Ses cheveux dénoués étaient répandus sur l'herbe, son visage livide terrifia le comte.

Cependant, après quelques efforts, il reconnut que le cœur battait encore.

— Elle vit, s'écria-t-il.

A tout hasard, il pratiqua une saignée.

Le sang coula vermeil et chaud et peu à peu Yvonne rouvrit les yeux.

— Où suis-je ? murmura-t-elle.

Le comte agenouillé auprès d'elle, la rassura en la couvrant de baisers.

— Ne crains rien, dit-il. Tu es sauvée. Ce sont tes amis.

Elle le remercia d'un regard mourant plein d'une tendresse infinie et retomba dans son anéantissement.

Toutefois, le médecin jugea qu'il restait des chances de salut.

Le coup avait été porté avec une violence extrême, mais à sa direction apparente on pouvait augurer qu'il n'était pas mortel.

Joson donna son avis que le comte lui demandait d'un regard.

— Il faudrait déguerpir, dit-il. L'endroit n'est pas sûr.

La nuit commençait à se répandre.

Où aller ?

Les habitations, sauf le château de Langon, étaient fort éloignées.

Il y avait plus d'une lieue et demie jusqu'aux limites du domaine de Plélan, et la blessée semblait hors d'état de supporter la secousse du transport.

Le comte, en quelques mots, se fit raconter la scène à laquelle le boiteux avait assisté.

— Tu es sûr d'avoir reconnu le duc de Vaudrey ? lui demanda-t-il.

— J'étais sous ces racines, dit Job ; il était à dix pas et j'ai des yeux.

— Tu es certain que la veuve de Jacques Bresson attendait le duc à l'extrémité de la chaussée ?

— Je peux tout vous dire, monsieur Hugues. Vous êtes l'ami du baron Noël et on se connaît. Je ne suis pas riche. On me paye pour suivre la baronne depuis qu'elle est dans le pays. C'est Jean-Marie qui m'a donné cette besogne. Je ne voulais pas m'en charger, mais j'ai ma bonne femme de mère, et, au fond, c'est une chance que j'aie accepté. Sans ça, cette pauvre petite serait loin à présent.

Il montrait au comte les vannes levées par où l'eau s'écoulait avec fracas.

Le comte suivait son idée.

— C'est du château que la baronne Jacques amenait Yvonne ?

— Ventre à terre, monsieur.

Le comte Hugues poussa un soupir de soulagement.

— Allons, dit-il, j'ai bon espoir. Pour que la blessée n'ait pas expiré pendant cette course, il faut que ce bandit ait manqué son coup. Peut-être pourrons-nous l'emporter sans danger.

Mais pourquoi ce crime ? Pourquoi avoir frappé cette enfant inoffensive ?

Pourquoi cette association du duc de Vaudrey et de la veuve de Jacques Bresson, unis pour faire disparaître ses restes ?

En un instant, le comte Hugues se décida.

Cette affaire devait se lier à celle qui occupait l'esprit de son ami Noël Bresson.

Avant tout, il fallait quitter ce lieu sinistre.

— Emportons cette pauvre fille, ordonna le comte à Joson. Tu es un brave cœur et tu ne perdras pas tes peines.

Alors commença un voyage long et difficile, plein d'incertitudes et d'angoisses.

Les deux hommes avançaient lentement, avec des précautions infinies, évitant les cailloux et les trous des sentiers autant qu'ils le pouvaient, dans l'obscurité du soir.

Heureusement, la lune se leva et les aida à se diriger.

Quelquefois, la douleur d'une secousse arrachait à la blessée un gémissement.

Les yeux du comte se remplissaient de larmes.

Mais il se faisait à lui-même ce serment :

— Elle vit. Je la sauverai !

Après trois heures de marche et de repos, les deux hommes arrivèrent dans une clairière au fond de laquelle vacillait une lumière douteuse à une étroite fenêtre.

Le comte était sur ses terres depuis un quart d'heure.

Cette lumière sortait d'une maison de garde occupée par une veuve de cinquante ans environ à laquelle il laissait par générosité la jouissance de la chaumière et de l'herbage de son mari mort à son service trois ans plus tôt.

Le fils était soldat et devait venir à sa libération habiter avec sa mère et prendre la place du père.

— Nous allons rester là, dit le comte.

L'endroit était aussi désert qu'on puisse en rêver en un pays civilisé.

Quelques châtaigniers, un jardin clos de murs et un pâturage médiocre, planté d'arbres, entourent la maisonnette bâtie en pleine forêt.

Une source coule au-dessous d'une roche et remplit une mare d'où elle s'échappe ensuite pour former un des mille affluents du Guer.

Ce lieu s'appelle Fontaine.

Le lugubre convoi s'arrêta à la porte de la maison.

Le comte frappa doucement.

Les gens dans la condition de la veuve du garde ne craignent pas les voleurs, qui d'ailleurs sont rares au Morbihan.

La bonne femme, une petite vieille alerte et sèche, ridée comme une pomme de reinette qui a passé l'hiver sur la paille d'un cellier, la tête couverte d'une coiffe blanche aux larges ailes, vint ouvrir aussitôt en élevant sa chandelle de résine fumeuse au-dessus de sa tête.

À la vue du comte, de Joson et de la blessée, elle poussa un cri.

— Seigneur, dit-elle, qu'est-il donc arrivé ?

— On vous le contera, mère Joël, mais laissez-nous entrer.

— La maison est à vous.

La demeure du garde comprend trois salles basses : la cuisine, avec une alcôve au fond, et les deux chambres saines, hautes et pavées de larges dalles blanches.

— Apprêtez un lit, mère Joël, vite, ordonna le comte.

Joson et la ménagère s'étaient mis à la besogne.

Ils s'empressaient de préparer la meilleure chambre de cette pauvre maison.

Le comte Hugues, en attendant, examinait sa filleule déposée sur le lit de la cuisine au fond de l'alcôve.

Sa respiration était haletante, sa faiblesse extrême, sa lividité effrayante.

Bientôt on la transporta sur le lit qui lui était destiné.

C'était dans une vaste salle aux murs blancs garnis de planches de chêne à hauteur d'appui.

Deux sièges grossiers comme des chaises d'église de village, une sainte vierge d'Auray en plâtre, sur la cheminée de bois, avec une table brute façonnée par le garde dans les soirées d'hiver en forment tout l'ameublement.

Mais il régnait dans ce logis rustique une propreté méticuleuse.

Yvonne était brisée.

Elle ne remuait pas plus que si elle eût été plongée dans une léthargie mortelle.

Seulement le cœur battait, très faible, irrégulier. Par moments, on aurait dit qu'il s'arrêtait et que la vie était suspendue.

Pendant près de deux heures, le comte mit en œuvre tous les moyens que sa science fort étendue mettait à sa disposition dans cet endroit dénué de ressources. Il pansa la blessure de sa filleule avec une délicatesse et une légèreté de main que sa tendresse pour elle doublait encore, mais ce ne fut que vers quatre heures du matin qu'il parvint à obtenir un mieux sensible.

Elle rouvrit enfin les yeux lorsque les premiers rayons du jour pénétrèrent à travers les fenêtres.

Elle aperçut alors le visage du comte penché sur son chevet et épiant avec une anxiété cruelle son retour à la vie.

Dans un coin, la mère Joël égrenait son chapelet en marmottant ses prières d'âme simple et bonne.

Joson, las et les jambes rompues par ses courses de la veille, ronflait comme un orgue sur le pavé de la cuisine pour restaurer ses forces.

Peu à peu la pauvre fille reprit ses sens et revint par degrés au souvenir de ce qui s'était passé.

Une épouvante effarée se peignit sur ses traits en songeant que cette blessure dont elle souffrait, c'était son amant qui la lui avait faite.

En même temps, elle fut prise de douleurs provoquées par sa faiblesse et délivrée, dans un spasme, de l'enfant, cause de ses hontes et de son désespoir.

— Il nous a tués tous deux, murmura-t-elle dans un commencement de délire.

Resté seul auprès d'elle, le comte, avec une sollicitude infinie, arracha de cette âme malade les secrets qui l'étouffaient.

Il fut le confesseur de sa filleule et obtint par la persuasion les aveux qu'il en attendait.

Yvonne versa toutes ses douleurs, toutes ses fautes, toutes ses faiblesses, en quelques mots, dans le sein de cet ami loyal et doux qui l'aimait pour elle-même, sans aucun mélange d'égoïsme ou de passion.

Lorsqu'elle arriva à la scène de la chaumière de Langon, elle voulut se taire. Il lui en coûtait d'accuser l'homme qui avait eu les prémices de son amour et que son imagination exaltée parait de toutes les qualités dont une fille bien éprise se plaît à embellir le premier élu de son cœur.

Mais le comte usa de son autorité et de son ascendant sur elle.

— Il faut que je sache tout, ordonna-t-il.

— Je vous en supplie.

— Parle !

— Je ne puis !

— Hésites-tu entre nous qui t'avons tant aimée et l'homme qui fut ton plus mortel ennemi ?

Elle se tut obstinément.

— Serais-tu assez lâche pour l'aimer encore? dit le comte.

— Il me fait horreur, mais que d'autres l'accusent !

— Soit, ce sera moi.

Il tenait les mains de la malade entre les siennes.

— Écoute, Yvonne, reprit-il. Si j'exige la vérité sur ce qui s'est passé, c'est que l'intérêt d'un homme que j'aime comme un frère est en jeu. Un crime a été commis ; nous en connaissons l'auteur. Nous voulons l'atteindre ; et il y a une justice au ciel, car c'est grâce à toi que nous aurons les preuves qui nous manquent. Le duc n'a pas d'âme et il est capable de tout, mais il ne t'aurait pas frappée, toi, une enfant qu'il avait le droit de chasser, de briser d'un mot, si tu n'avais connu le secret que nous voulons pénétrer, si tu n'étais devenue un danger pour lui et sa complice. Avoue que tu as su, par hasard sans doute, ce secret terrible. Le duc est deux fois assassin. Il a frappé d'abord le baron Jacques pour épouser sa veuve et s'emparer de sa fortune. Il t'a frappée ensuite parce que tu pouvais le perdre d'un mot. Est-ce vrai ?

Et comme elle se taisait encore, il ajouta :

— Au nom de l'honneur de ton vieux père, de la mémoire de ta mère, confesse la vérité.

Alors, vaincue, elle murmura d'une voix si faible qu'il fut obligé d'approcher l'oreille de ses lèvres :

— C'est vrai !

— Le duc a assassiné le baron Jacques Bresson ?

— Oui.

— Comment le sais-tu ?

— Il l'a avoué en ma présence.

— La baronne est sa complice ?

— C'est elle qui lui a donné l'arme dont il s'est servi.

— Elle était présente quand il l'a déclaré ?

— Oui.

— En quel lieu ?

— Dans la chaumière de Langon.

— Qu'y faisais-tu ?

— Je portais une lettre à M. de Vaudrey pour lui annoncer que j'allais me noyer dans l'étang. J'étais trop malheureuse et résolue à mourir. Je ne voulais pas le voir. Il est survenu avec la baronne. Je me suis cachée et je les ai entendus. Il m'a découvert ensuite.

— C'est alors qu'il t'a frappée ?

— Oui.

— Et après ?...

— Je ne sais rien de plus.

— Il est en possession de ta lettre ?

— Oui.

— Tout s'explique. Cet homme est d'une audace infernale. Il s'est cru certain de l'impunité.

Elle n'ajouta rien.

Ses yeux se fermèrent, et elle s'endormit, épuisée, mais cette fois d'un sommeil presque calme.

Sa confession la déchargeait d'un poids écrasant.

Le jour était venu. La fièvre tombait.

Le comte effleura de ses lèvres le front de sa filleule et se retira dans la cuisine avec la veuve de Joël.

Le boiteux venait de s'éveiller et se mettait sur son séant.

Sa couche n'était pas faite pour le retenir longtemps dans ses molles douceurs. Il s'était tout simplement étendu sur le sol avec une bûche sous la tête.

— J'ai dormi comme un roi, dit-il.

Il tira de sa musette de toile un reste de pain et un morceau de lard et commença son premier déjeuner pour être prêt à tout événement.

D'ailleurs, il ne se refusait aucun luxe.

Il jouissait de la vie en capitaliste.

Jean-Marie lui comptait chaque jour de fortes sommes qu'il entassait dans sa poutre, une cachette aussi sûre que le plus solide des coffres-forts.

Le comte Hugues était fort ému.

Dans sa loyauté inébranlable, il envisageait avec autant de dégoût que de tristesse les horreurs dont le pays qu'il aimait par-dessus tout, cette vieille terre de la probité et du courage, était devenu le théâtre. Il lui semblait qu'il marchait les pieds dans le sang et la boue. Il lui répugnait de penser qu'il avait tendu la main à ce duc de Vaudrey, qui devait commettre tant de lâchetés et d'infamies ; qu'il avait entouré de soins et de respects Louise Renaud, cette femme fausse et sans honneur, cause de tant d'atrocités.

— Joson, dit-il, tu as bravement agi, mon ami. Je ne l'oublierai pas, mais tout n'est pas fini. Il nous reste beaucoup à faire. Les coupables seront punis. Pour assurer leur châtiment, il faut qu'on ignore ce qui s'est passé cette nuit.

— On se taira.

— Pour tout le monde, Yvonne se sera noyée dans une minute de désespoir. La pauvre fille avait une faute à se reprocher. Elle était la maîtresse de M. de Vaudrey.

— Je le savais.

— Qui te l'a dit ?

— Quand on rôde dans les bois nuit et jour, on voit et on entend bien des choses. Le monsieur de Langon est un beau cavalier, et les filles s'en tournent facilement la tête !

— On ne retrouvera pas les restes d'Yvonne, mais il y a des noyés qu'on ne revoit jamais, reprit le comte Hugues.

— Le père Rebec sera bien triste, le pauvre vieux.

— Rebec a chassé sa fille et c'est un grave tort. Il faut être miséricordieux pour les enfants, même quand ils commettent de grandes fautes. Le père expiera sa dureté. Je me charge de lui. Il faut donc qu'on ne sache point qu'il y a une malade dans cette maison.

— Il ne passe guère de monde à Fontaine, observa la mère Joël, et on n'y laissera entrer personne.

— Bien. La blessure d'Yvonne sera longue à guérir et difficile. Je redoute des complications. Je la soignerai en secret. J'aime cette enfant comme ma fille. La mère Joël m'aidera. Nous suffirons à la tâche. Toi, Job, tu peux venir la voir quand tu voudras. Elle te doit la vie. Mais vous me promettez le silence ?

— On fera comme vous voulez, dit Joson.

Et la veuve du garde insista :

— N'êtes-vous pas le maître, notre monsieur ! On sait bien que vous n'agissez pas pour le mal

— Va donc à tes affaires, mon ami, ordonna le comte.
Et pas un mot.

— C'est dit.

— Tu n'as rien vu ?

— Rien.

— Rien entendu ?

— Convenu.

M. de Plélan lui tendit la main.

Joson Cadiou tremblait de joie en y mettant la sienne.

— C'est entre nous à la vie à la mort, dit le comte.
Les gens qui ont ton courage sont aussi nobles que des
empereurs.

Le boiteux serra la main que le comte lui tendait.

Franchement, n'eût été sa vieille mère, il aurait été
aussi touché de cette marque d'estime que des écus du
baron Noël.

— Tu vas à Scaër ? demanda le comte.

— Oui.

— Tu verras Jean-Marie ?

— Dans une heure.

Il y avait, de la maison du garde au château des
Bresson, deux grandes lieues de pays.

— Tu lui diras que je viendrai son maître à déjeuner.

— Le baron Noël ?

— Oui... qu'il m'attende !

— Bien, monsieur le comte.

Le pauvre diable prit ses jambes à son cou et se mit à
détaler comme un lièvre dans la rosée.

Sa joie débordait.

D'abord, il avait sauvé Yvonne.

Ensuite, il avait deux amis au lieu d'un.

Et quels amis ?

Le baron Bresson et le comte Hugues !

C'était un rêve !

Il allait être environ sept heures du matin.

Le comte donna quelques instructions à la mère Joël
sur les soins nécessaires à sa malade.

— C'est jeune, ça se remettra, mon bon monsieur, dit
la veuve.

— Surtout que personne ne se doute de rien !

— N'ayez crainte.

Yvonne dormait.

Il promit de revenir quand il le faudrait, d'apporter
lui-même les objets utiles et s'en alla.

A Plélan, on était dans la consternation.

On ne s'inquiétait pas du châtelain qui souvent passait ses nuits à Scaër ou chez des amis sans prévenir
son monde.

Mais Yvonne ne reparaissait pas.

On avait trouvé dans sa chambre les deux billets annonçant la triste nouvelle.

Sa fatale résolution n'était que trop certaine.

Les servantes se lamentaient.

— C'est la faute du vieux, disait Catiche dont le cœur
se révoltait à la pensée de la dureté du bonhomme.

Son âme tendre était prête à excuser toutes les faiblesses de l'amour.

Le vieux Rebec s'enfermait chez lui, très farouche et
ne pouvait douter d'une catastrophe après la lettre de
sa fille.

Il la connaissait.

C'était son sang.

Au fond il était dévoré de remords et des regrets
les plus poignants.

Lorsqu'en arrivant chez lui, le comte Hugues apprit
ce malheur, il parut frappé d'un coup inattendu. Il
s'informa des détails de cette disparition et annonça
qu'il allait se mettre en campagne pour chercher des indices.

Il dépêcha les jardiniers et les gardes dans toutes les
directions à l'exception de celle qu'il fallait prendre pour
retrouver la disparue.

Et à dix heures, après avoir changé de toilette et
réuni les remèdes et les instruments dont il avait besoin, il monta à cheval, seul, et partit au galop.

XXV

CŒUR DE VIEILLE FILLE

Jean-Marie ne perdait pas son temps depuis l'arrivée
de la baronne en Bretagne.

D'abord, comme on le sait, il avait lancé Joson Cadiou sur les traces de la veuve et Joson n'était pas un
limier facile à mettre en défaut.

Avec l'aide de Joson, Jean-Marie suivait pas à pas
les démarches de sa maîtresse.

Elle n'avait pas rencontré le duc une seule fois à Langon ou dans les carrefours de la forêt que le baron
Noël ne l'eût appris aussitôt.

Mais Jean-Marie avait entrepris une besogne plus difficile à amener à bien : la conquête de Lucienne.

La femme de chambre était ce qu'on appelle une fine
mouche et se tenait sur la défensive.

Mais pourquoi eût-elle gardé plus de réserve que sa
maîtresse ?

Et d'ailleurs, est-il un cœur de femme qui ne soit
vulnérable avec de l'adresse et surtout de la persévérance ?

Lucienne n'était certes pas inflammable au premier
choc.

Elle semblait même réfractaire à l'amour et rebelle au
mariage.

Aussi le valet du baron Noël n'abordait-il ce sujet
qu'avec une extrême prudence, mais il faisait de grands
pas dans l'intimité de l'ancienne élève des Sœurs hospitalières en prenant d'autres chemins.

Il avait traité en profond politique le chapitre des
affaires.

Lucienne était surtout sensible au gain.

C'est par là qu'elle était vulnérable.

Grâce à certains renseignements qu'il tenait de son
maître, le Breton avait fait réaliser à l'avare soubrette
des bénéfices qui n'étaient pas méprisables.

Peut-être le banquier les prenait-il simplement dans
sa caisse, ce qui était encore le moyen le plus sûr, mais
Jean-Marie rendait un bon et fidèle compte à Lucienne
des opérations qu'elle tentait sur ses conseils.

Il en était résulté un commencement de liaison qui
devenait plus étroite de jour en jour et s'enracinait dans
le cœur de la femme de chambre en se fondant sur des
services rendus. Ce valet pratique et économe, entendu
en affaires, était l'homme de ses rêves.

Or, à mesure que l'intimité de Jean-Marie et de Lucienne se resserrait, le baron Noël gagnait, sans paraître
s'occuper d'elle en aucune manière, dans l'esprit de la
confidente de Louise Rénaud, tant Jean-Marie lui vantait les qualités nobles et généreuses du banquier, son
désir d'être agréable sous une apparence de sévérité et
la bonté dont son entourage, à commencer par la baronne, avait toujours éprouvé les effets.

Et par un jeu de balance, à mesure que le baron
montait dans l'estime de Lucienne, sa maîtresse descendait d'autant.

Le soir de la scène sinistre de l'étang de Langon,
pendant que Joson sauvait Yvonne et l'arrachait à une
mort certaine, Jean-Marie et Lucienne se promenaient
en amis sous les ombrages de Scaër.

Le rusé valet était décidé à achever sa conquête coûte
que coûte.

— Vous ne savez pas ce que vous devriez faire, Lucienne ? lui disait-il.

— Non.

— On ne m'ôtera pas de l'esprit que votre maîtresse
veut se remarier.

— Peut-être !

— C'est certain, dit le Breton avec bonhomie, et on
ne peut pas lui en vouloir. Elle est jeune, elle est belle
comme l'amour, elle est riche à millions, elle trouvera
vingt maris pour un, si elle en a la fantaisie.

— Il n'en faut pas tant.

— Je veux dire qu'elle aura du choix.

— Tant mieux pour elle !

— Vous devriez la quitter le jour où elle s'en ira.

— Pourquoi faire ?

— Pour rester avec nous, donc ! Vous auriez là une belle place, si vous vouliez.

— Laquelle ?

— Le baron a horreur du conjungo. Pas à craindre qu'il prenne une femme... Il nous faut une gouvernante pour tenir la maison.

— Ce ne sera pas moi.

— Pourquoi non ? Monsieur m'a dit plus de cent fois : cette Lucienne est d'une capacité hors ligne. Vous devriez l'épouser, Jean-Marie. Vous feriez fortune à vous deux. — M. le baron me traite en ami, vu que je suis né à Scaër. — Et il m'a promis, si la chose se conclut, de nous donner la direction des affaires. Vous pensez s'il y aurait de l'agrément et de la monnaie, hein ?

Lucienne ne put s'empêcher de sentir un frisson de plaisir lui caresser le dos.

Ce n'était pas tant le mari qui la flattait que la place, et, comme disait Jean-Marie, la monnaie.

— En effet, dit-elle, ça serait superbe, mais, pour avoir la place, il faudrait se marier, et je croyais que vous étiez comme le maître, vous...

— C'est-à-dire ?...

— Que vous haïssez le mariage !

— A cause de quoi ?

— Vous répétiez toujours que vous vous retireriez avec votre frère Corentin et que vous élèveriez ses enfants...

— C'était vrai dans le temps...

— C'est changé ?... demanda Lucienne avec intérêt.

— Dame ! Puisque Corentin ne doit plus se marier.

— Pas possible !

— Il aimait une fille qui ne veut pas de lui, et, quand elle en voudrait, c'est lui qui la refuserait maintenant.

— On boude un temps et on se remet.

— Quand un Breton a dit non, c'est non. Corentin a la tête dure.

— Alors, c'est vous qui vous marierez ?

— C'est selon. Ça ne dépend pas de moi tout seul.

— Qu'est-ce qu'on gagnerait ? fit Lucienne en s'appuyant sur le bras de Jean-Marie avec un abandon qu'il ne lui connaissait pas.

— Comment ?

— Si on avait la place ?...

— A nous deux ? dit tendrement Jean-Marie.

— Oui, à nous deux.

— Je ne sais pas au juste.

— A peu près ?

— Ce qu'on voudrait.

— C'est large.

— Pas trop, vous comprenez, le baron avec la part d'héritage de son frère est à la tête d'une foule de millions qui font des petits. Il ne regarde pas à la dépense de sa maison.

— Ce qu'on voudrait ! répéta Lucienne, fascinée, ça donne à penser !

— C'est à votre disposition, dit Jean-Marie en la regardant en dessous d'une certaine façon qui lui fit baisser les yeux pudiquement. Vous n'auriez qu'un mot à prononcer, et rien ne presse. Pas besoin de faire de peine à votre maîtresse. Après la cérémonie, il sera encore temps. Voulez-vous mon idée ?...

— Dites.

— Le délai passé, car une veuve ne peut pas se marier tout de suite, ça ne traînera pas.

— Vous croyez ?

Jean-Marie baissa le ton comme pour une confidence mystérieuse.

— Je n'ai pas de secret pour vous, Lucienne ; je peux donc vous confier ce que je ne dirais pas à d'autres, — j'en mettrais ma main au feu.

— Bah !

— La baronne va souvent du côté de Langon depuis son arrivée.

— Qu'en savez-vous ?

— Elle ne s'en cache pas. Où est le mal ? M. de Vaudrey est un voisin et un ami de la maison et de vieux temps. Si j'étais femme, il me plairait. C'est un bel homme !

— Ça ne suffit pas.

— Avec la baronne, ce serait un couple superbe. Faut-il vous en dire plus long ?

— Allez.

— Mais ne répétez la chose à personne.

— Je vous le promets.

— Je crois que le baron Noël, qui trouve votre maîtresse belle comme un astre, avait pensé à l'épouser, pas maintenant... naturellement... plus tard...

— Oh ! fit Lucienne avec un geste d'horreur.

Il faut avouer que la femme de chambre cédait d'abord à un bon mouvement.

La pensée que le banquier pouvait épouser la femme qui avait causé la mort de Jacques Bresson en recevant son amant chez elle — Lucienne n'en pouvait pas affirmer davantage — lui inspirait ce geste. Mais surtout un tel mariage lui semblait odieux, parce que, s'il avait lieu, il fallait dire adieu à ces excellentes places de majordome et de gouvernante qui promettaient de si admirables profits.

— Au fond, reprit Jean-Marie, le baron avec tout son argent est un timide auprès des femmes. Il attendait pour se déclarer.

— Eh bien ! qu'il attende encore ! fit brutalement Lucienne. Qu'il attende toujours !

— Pourquoi ? demanda Jean-Marie qui n'eut pas l'air de comprendre. Il n'aurait pas de chances ?

— Aucune.

— La place est prise ?

— Depuis longtemps.

— Je le pensais.

— Il y a encore une autre raison.

— Quelle raison peut-il y avoir ? fit naïvement Jean-Marie.

— Je vous la dirai.

— Quand ?

— Plus tard.

— Elle est sérieuse ?

— Tout à fait. Ce mariage est impossible, déclara péremptoirement Lucienne.

— Alors, c'est réglé. M. Noël restera garçon. Il m'a répété plus de cent fois : il n'y a qu'une femme qui aurait pu me décider...

— Tant mieux.

— Parce que ? fit tendrement le Breton.

— Nous pourrons obtenir ces places dont vous parliez.

— Vous consentiriez ?

Lucienne se montait la tête peu à peu, selon une expression familière. Elle se voyait déjà colonelle d'un régiment de lingères, de laveuses de vaisselle, de cuisiniers, de marmitons et de cochers qu'elle menait à l'œil et au doigt.

La chose, du reste, n'avait rien d'invraisemblable, et la fille du berger et de la vachère était, comme le disait le baron Noël — selon l'évangile de Jean-Marie — d'une capacité hors ligne.

Elle se mordit les lèvres avec une moue tout à fait rituelle et répondit en minaudant :

— Mais... peut-être... si vous le demandiez d'une certaine façon... sans vous moquer de moi... Jean-Marie.

— Eh bien ?

— On verrait. Cela demande réflexion, mais pourquoi pas... si nous devions faire une bonne maison...

— C'est dit, fit Jean-Marie électrisé. Ainsi, vous ne conseilleriez pas au baron Noël de penser à...

— Oh ! non.

— En vérité ?

— Qu'il s'en garde... comme du feu !

C'en était assez pour une soirée. Jean-Marie n'est pas de ceux qui rompent le fil à force de le tendre. Il s'arrêta.

Évidemment Lucienne savait des choses qu'elle ne disait pas, mais il y reviendrait et ne doutait pas de gagner du terrain.

A ce moment, la femme de chambre lâcha brusquement le bras de son futur.

Elle entendait le roulement lointain encore d'une voiture qui arrivait à fond de train.

Elle venait du côté de Langon.

— Vous voyez, Lucienne, dit Jean-Marie, c'est madame... Elle quitte son amoureux... Ce que c'est que d'être veuve! On est libre. Plus de tutelle! Plus de maître! Plus de chaîne!

— On dit le duc sans le sou, objecta Lucienne, pour qui la question d'argent tenait une place énorme.

— Pas un rouge liard! Mais madame le remplumera avec les millions de son mari.

— C'est une fière veine qu'il a! grommela Lucienne. Je me sauve.

Elle s'enfuit, non sans décocher à son camarade une œillade incendiaire.

Le panier de la baronne roulait dans les allées du parc.

Bientôt il tourna en décrivant une courbe savante et s'arrêta auprès du perron.

Des valets d'écurie étaient accourus et prenaient à la bride les poneys qui écumaient.

D'une fenêtre, la femme de chambre échangeait des signaux de sympathie avec Jean-Marie.

Ça prend! pensa-t-il.

Ça prenait en effet.

Si bien que, lorsque la belle blonde, les nerfs irrités par les scènes auxquelles elle venait d'assister à Langon, appela Lucienne un peu vivement pour l'aider à sa toilette, elle ne se pressa pas d'arriver, et, sur une observation de sa maîtresse, elle répondit assez aigrement :

— Madame sait qu'il y a du monde au château ce soir, le préfet et le général. Elle aurait dû rester à Langon moins longtemps. Madame n'a que cinq minutes jusqu'au dîner. Ce n'est pas ma faute.

C'était presque une révolte.

De sa vie Lucienne n'en avait dit si long.

Son vocabulaire se composait surtout de ces trois formules : Bien, madame! Oui, madame! Non, madame! Pour se rebiffer de la sorte, il fallait de graves circonstances et qu'elle eût d'autres cordes à son arc.

— Qui vous a dit que j'étais à Langon? répliqua vivement la baronne.

— Oh! une idée! mais ce sera comme madame voudra. Je n'y tiens pas.

L'entretien en resta là.

Cette escarmouche, insignifiante en apparence, rappela la baronne à la prudence qu'elle oubliait depuis quelque temps.

Mais il était trop tard.

Les promesses de Jean-Marie avaient emporté la place.

Le soir même, pendant que la veuve et le baron Noël étaient au salon avec leurs hôtes, Lucienne, en se promenant sous les bosquets rafraîchis par l'orage, raconta à son ami tout ce qu'elle savait, la liaison du duc avec sa maîtresse, sa présence à l'hôtel de l'avenue de Messine, la nuit du meurtre, et le reste.

Elle passait à l'ennemi.

XXVI

MORTE ET VIVANTE

Les nouvelles — surtout les mauvaises — se répandent, dans les campagnes les plus désertes, avec une rapidité surprenante.

Pas besoin de télégraphe!

On dirait qu'elles sont transportées sur l'aile des vents.

Lorsque M. de Piélan arriva à cheval dans la cour du château de Scaër, les premières figures qu'il aperçut furent celles de ses deux amis, Renaudet et le baron Noël.

L'avocat venait en Bretagne se mettre au vert.

Il en avait assez de l'air empesté de Paris et de la poudre de son cabinet.

Il est bon de temps à autre de se restaurer les poumons en respirant sans épargne le bon air pur des champs et des bois.

Son valet avait beau jouer du plumeau et des brosses, la poussière, cette plaie des vieilles villes, envahissait tout.

C'est à se demander d'où sortent ces myriades de microbes et d'atomes qui, s'ils n'étaient combattus par des légions de servantes et de Frontins accourus des quatre points cardinaux, ne tarderaient pas à ensevelir Paris et ses lumières sous une couche plus épaisse que les cendres d'Herculanum et de Pompéi.

Après les serrements de mains et un coup d'œil d'intelligence, les premières paroles du baron Noël et de Renaudet furent celles-ci :

— Et cette pauvre Yvonne?

— Quoi, vous savez?...

C'était un berger qui l'avait dit à un garde; le garde à un bûcheron; le bûcheron à Joson Cadiou qui en avait informé Jean-Marie.

Quant à Joson Cadiou, sans le bûcheron, il n'aurait rien pu dire, rien du tout. Fidèle à sa consigne, Yvonne passait pour disparue.

Personne ne savait ce qu'elle était devenue.

La cloche sonna le déjeuner.

Aussitôt la baronne Jacques parut sur le perron, radieuse, éclatante.

Jamais elle n'avait été plus blanche, plus fraîche, plus calme.

C'est pour elle surtout qu'on pouvait dire :

— Le noir est le fard des blondes.

Elle se mêla à la conversation de l'air le plus dégagé, tendit la main à Piélan, dont un palefrenier emmenait la monture, et lui demanda avec le plus vif intérêt, comme les autres :

— Et cette pauvre Yvonne?

Le comte ne lui répondit que par un soupir.

— Enlevée? reprit la baronne.

— Je redoute une pire catastrophe.

— Quoi donc?

— Elle a dû se noyer.

— Bah!

— Son père l'a chassée et, de désespoir...

— Affaire d'amour? dit Louise Renaud.

— Rebec s'est montré impitoyable...

— Il savait donc?...

— Il l'a surprise rentrant la nuit... de quelque rendez-vous.

— Ah! ce serait horrible, dit la baronne; une ravissante créature et si jeune!...

— Dix-neuf ans.

Piélan expliqua ce qu'il avait fait.

Des domestiques étaient partis dans toutes les directions à sa recherche. On allait fouiller le pays, explorer les rivières, mais on gardait peu d'espoir.

Le malheur était certain.

En prenant la fuite, désespérée, Yvonne avait laissé deux lettres, l'une pour son père, l'autre pour lui.

Il ne restait donc aucun doute sur son funeste dessein.

La baronne donna les signes de la plus sincère compassion.

Elle s'apitoya sur cette infortunée dans les termes les mieux sentis.

A l'entendre, on aurait pu lui supposer un cœur aussi tendre que celui de Catiche, qui versait toutes ses larmes, vraies celles-là! en pensant à cette histoire d'amour dont elle aurait voulu être l'héroïne, jusqu'à la catastrophe exclusivement.

— Sait-on le nom de l'amant? demanda Renaudet.

— On le soupçonne, répondit Piélan.

— Quelque rustre?

— Un rustre eût mieux valu pour Yvonne, dit amèrement le comte. Il aurait pu réparer sa faute. Mais tout l'art d'un homme du monde expérimenté n'était pas de trop pour la perdre.

— A qui faites-vous allusion? demanda effrontément la baronne.

— Je n'ai que des soupçons et je n'accuserais pas mon plus cruel ennemi sans preuves formelles.

— C'est de la chevalerie.

— Elle avait du bon quelque fort abandonnée de nos

jours. Nous sommes trop indulgents. C'est si vrai que cette aventure, qui coûte la vie peut-être à une pauvre fille innocente, assez naïve pour croire aux serments creux et aux paroles vaines d'un gentilhomme, ne peut nuire en aucune manière à la réputation de ce gentleman.

— Vous croyez ?

— Distraction galante aux champs, caprice sans conséquence ! Il la voit, elle lui plaît ; il la prend, l'abandonne et passe. Ne sont-ce pas là les phases de ces banales séductions ? Qui en connaît une les connaît toutes. Elles ne sauraient même brouiller les époux les plus jaloux, et j'irai plus loin : les amants de notre monde. Ce n'est qu'une de ces frasques de voyage qu'on se pardonne à cause de l'éloignement et de la rapidité du passage. Qu'était cette pauvre Yvonne, après tout ? Une paysanne, une enfant des bois plus jolie que les autres. On les cueille comme une fleur sauvage, un jour de chasse ou d'ennui ; on ne les aime pas ; donc point de matière à jalousie.

— Vous êtes amer, observa la baronne.

— Je suis philosophe... et garçon, voilà tout. C'est aux filles à se défendre. Seulement j'aimais celle-là.

Le déjeuner se passa tristement.

Cette aventure jetait un froid.

La baronne s'enferma chez elle.

Joson n'eut point ce jour-là à galoper à la suite des poneys ou de Sir Black. Les poneys et le cheval restèrent à l'écurie. D'ailleurs, le temps se couvrit et se mit à la pluie.

Le ciel fondit en eau.

A compter de deux heures, ce fut une réédition des orages qui durent précéder le déluge.

De toutes les côtes qui bordent la vallée du Guer, des cataractes se déchaînèrent, et des terrasses de Scaër, on pouvait croire que la mer remontait, dans une marée extraordinaire, jusqu'aux étangs de Langon.

La belle veuve contemplait d'un œil mauvais ce lac immense, et lorsqu'il fut à son maximum, elle murmura entre ses dents cette phrase cynique :

— M. de Plélan aura de la peine à retrouver sa filleule.

Au fond elle éprouvait la sinistre joie d'une femme jalouse qui voit passer devant ses fenêtres le convoi de sa rivale.

Cependant le comte Hugues avait touché juste.

Elle ne faisait pas à Yvonne Rebec l'honneur de la considérer comme une rivale sérieuse.

Elle avait raison.

Pour le duc de Vaudrey, la pauvre fille n'avait été que cette distraction de voyage, cette aventure de campagne et de chasse dont parlait le comte Hugues et là veuve du baron Jacques n'en éprouvait pas contre son amant la colère que lui eût inspirée une trahison avec une de ses égales.

Le châtelain de Scaër joignit ses efforts à ceux de son ami de Plélan.

Il expédia de tous côtés des émissaires pour relever les traces de la malheureuse fille.

Mais, lorsque ses ordres furent donnés, le comte Hugues lui toucha le bras et dit en appelant Renaudet :

— Venez !

— Où ça ?

— Dans un endroit où personne ne puisse nous entendre.

Les trois amis s'enfermèrent dans le cabinet du maître, un salon carré situé à l'angle du château, boisé de vieux chênes et dont les doubles portes rendaient impossible toute indiscrétion.

— Parle, dit le banquier.

— Tu cherches le meurtrier de ton frère ?

— Avec passion.

— C'est inutile.

— Pourquoi ?

— Je le connais.

— Quel est-il ?

— Celui qui a frappé Yvonne.

— Que dis-tu ?

— On l'a assassinée...

— Quand ?

— Hier soir, à six heures.

— La cause ?

— Elle avait entendu des révélations qui pouvaient perdre l'assassin.

— M. de Vaudrey ?

— Lui-même.

— C'est étrange.

— C'est vrai.

Alors Plélan raconta la scène de l'étang de Langon, la présence de Joson, le trait de courage du braconnier, son arrivée à lui-même sur les lieux, ce qu'ils avaient fait pendant la nuit et les aveux arrachés à sa malheureuse filleule.

— Le duc et sa complice croient Yvonne perdue, reprit-il, et leur secret est en sûreté. Je veux les confondre plus tard, à l'heure du châtiment, si elle vit, comme je l'espère.

Il expliqua son état.

La malheureuse délirait dans une faiblesse extrême. La blessure était profonde et le péril très grand ; mais il veillerait. En tout cas, au bout de quelques jours, elle serait hors de danger, ou la fièvre l'aurait emportée.

— C'est à toi d'agir et de décider, dit-il au banquier. Qu'allons-nous faire ?

— Garder le silence, ordonna Noël. A ces misérables il faut une peine égale au crime. J'hésitais encore. Maintenant, je suis fixé. C'est Dieu qui t'a inspiré, Hugues. Sauve cette enfant et que personne ne sache qu'elle existe. Laissons ces grands coupables dans leur sécurité.

— Tu le veux ?

— Je le désire.

— Soit.

— N'es-tu pas le chef ? dit Renaudet.

— L'heure n'est pas venue de frapper, mais soyez tranquilles. A moins d'un miracle, ils ne nous échapperont pas.

Corentin, en apprenant le suicide de celle qui avait été sa fiancée et qu'il aimait désespérément, fut saisi d'une horrible colère contre le duc de Vaudrey. Il parcourut les environs de Scaër et de Langon pendant plusieurs jours et de longues nuits sans succès.

Tout le pays fut sur pied.

On suivit le cours du Guer, que les orages qui se succédaient sans interruption avaient grossi comme un fleuve.

On ne découvrit aucune trace de la morte.

Bientôt on dut se résigner et reconnaître l'inutilité de tant d'efforts.

Personne ne songea à la chaumière de la mère Joël. Comment l'eût-on suspectée d'ailleurs ?

On voyait la bonne femme aller et venir comme à l'ordinaire, soigner son ménage et ses deux vaches avec la tranquillité la plus parfaite.

On pouvait entrer dans sa maison et lui parler au besoin.

Elle se lamentait avec les rares passants de cet endroit désert.

— Un grand malheur ! Des peines pour le vieux Rebec ! Le cœur m'en saigne !

Et d'autres propos qui ne devaient pas manquer de paraître aussi compatissants que sensés, mais qui n'apprenaient rien aux curieux.

Chaque jour, le comte Hugues, qui était un infatigable chasseur, allait faire un tour dans les environs, son fusil sur l'épaule et son chien aux talons.

Il était toujours seul.

Personne ne sut qu'il passait des heures entières dans la maison de la vieille Joël.

Lorsqu'il était à Fontaine, la bonne femme faisait le guet.

Dès qu'il quittait sa malade, la porte de la chambre d'Yvonne se fermait à clef et, les volets clos aux approches de la nuit, on ne pouvait soupçonner la présence de la jeune fille dans cette retraite.

Joson n'aurait pas desserré les dents pour un empire et se serait fait couper en deux plutôt que de trahir un secret.

La blessée fut pendant plus de six semaines en danger. Le comte la disputa pied à pied à la mort qui voulait la reprendre et à la fin il put lui dire en la couvrant de baisers :

— Tu es ma vraie fille puisque je t'ai donné la vie. Jamais je n'ai été si heureux d'être médecin !

Il consolait de son mieux le père Rebec plongé dans un morne désespoir.

— Elle n'est pas morte, lui disait-il. On ne m'ôtera pas de l'esprit qu'il y a là un mystère qui nous échappe. Et, malgré toutes les apparences, j'ai dans l'idée que nous la reverrons.

Le régisseur secouait la tête et ne répondait rien.

Un soir pourtant, il laissa échapper cet aveu qui dut coûter à son orgueil et surtout à son entêtement :

— C'est ma faute. J'ai mérité ce qui m'arrive !

La baronne avait suspendu ses visites à Langon.

Bien qu'Yvonne, dans ses lettres à son père et à son parrain, n'eût désigné personne, toutes les accusations portaient sur M. de Vaudrey.

L'affaire fit d'ailleurs peu de bruit, si ce n'est dans quelques villages des environs de Plélan.

Huit jours après la scène de l'étang de Langon, la baronne Jacques poussa cependant sa promenade matinale jusqu'aux environs du château.

Elle trouva les persiennes fermées.

La maison semblait déserte et l'était en effet.

Le régisseur, le vieux Guéhennec, courut à sa rencontre et lui remit une lettre à son adresse.

Elle était de son amant et lui disait ceci :

Je comprends à votre silence que je vous fais horreur. J'ai mal vécu. Mieux inspiré, si vous unissez votre destinée à la mienne, je vous promets de commencer une vie nouvelle. Réfléchissez. Je pars, je vais à Biarritz. J'y attendrai votre réponse un mois. Si vous me repoussez, je me brûle le cervelle.

Elle lui répondit le soir même cette lettre d'une insultante sécheresse :

Je ne sais si vous auriez le courage d'exécuter votre menace. J'en doute. Mais nos liens sont de ceux qu'on ne brise pas. Je veux être duchesse. Vivez.

XXVII

CONSEIL D'AMI

Sept mois s'étaient passés.

La saison d'hiver de Paris se terminait.

On arrivait à la fin de mai.

Louise Renaud avait accordé à sa douleur le temps de se calmer.

Son veuvage durait depuis quinze longs mois et son deuil était fini.

Elle reprit donc le courant de ses habitudes anciennes dans son magnifique hôtel de l'avenue de Messine où elle continuait à vivre sur le pied d'une intimité fraternelle avec le baron Noël, dont l'affection ne s'était jamais démentie.

Le banquier lui donnait d'incessantes preuves de la plus indulgente amitié, lui permettant de puiser à pleines mains dans la caisse commune, la traitant en associée comme si elle avait tacitement et par un accord naturel pris dans la maison de Bresson frères la place de son mari ; il ne contrôlait aucune de ses actions ; lui laissait en toutes choses la plus entière indépendance et lui donnait, les jours où ils se réunissaient à table, ce qui arrivait assez souvent, quelques conseils pour ses affaires dont elle avait le bon esprit de lui abandonner la direction.

Le banquier avait su, par son tact et son adresse, par mille attentions délicates et généreuses, capter à tel point sa confiance qu'elle n'eut jamais une seule velléité de prendre d'autres avis que les siens.

D'ailleurs, avec son testament dont la validité n'avait pas été contestée une minute par le banquier chargé de remplir les formalités indispensables, elle devait se croire à l'abri de tous les revers.

Les comptes n'étaient pas arrêtés entre la veuve de Jacques Bresson et son beau-frère ; Noël trouvait sans cesse quelque prétexte plausible pour retarder ce règlement. Les choses marchaient comme du vivant du baron Jacques. Pourquoi des contrats et des paperasses ? Il serait toujours temps. La maison Bresson était d'une inébranlable solidité, les livres d'une régularité à défier les critiques de la Cour des comptes.

Cependant, au jour de l'an, il avait remis à sa belle-sœur l'inventaire arrêté la veille et signé de sa main.

Les biens des deux frères s'élevaient à soixante-trois millions au total ; encore les immeubles de la maison étaient-ils portés à un prix dérisoire.

Les valeurs seules, évaluées avec de prudents rabais, dépassaient soixante millions.

La baronne en possédant le quart en vertu de la donation de son mari.

Elle le croyait du moins.

Avec une telle fortune, on peut dormir en paix.

S'il survenait une brouille, on verrait plus tard, mais il n'y avait pas d'apparence.

Au contraire.

On peut supposer qu'une veuve aussi opulente, aussi jeune, aussi splendidement belle, d'une beauté rehaussée par tous les raffinements du luxe, devait être fort entourée.

Cependant elle n'affichait aucune préférence et ne parlait point de M. de Vaudrey.

Un moment même, le baron Noël éprouva une certaine inquiétude.

Le duc s'était éclipsé et on pouvait croire qu'à la suite d'une querelle, née sans doute de l'aventure d'Yvonne Rebec, une rupture s'était opérée entre les deux amants.

Son absence se prolongea en effet jusqu'en mars.

Mais alors il reparut à l'avenue de Messine et ses visites y devinrent de plus en plus fréquentes.

Du reste, M. de Vaudrey avait subi un changement à son avantage.

Il était rangé, sérieux, toujours irréprochable de tenue, d'une élégance souveraine, mais grave et réfléchi.

Le bruit se répandit dans le monde qu'il ne serait pas impossible de voir en lui l'élu de la baronne Bresson.

Bientôt on les rencontra à cheval dans l'avenue des Acacias causant amicalement, et au mois de mai il n'y eut pas de réception à l'hôtel de la belle veuve à laquelle il ne se montrât assidu.

Mais, toujours plus gracieuse pour le baron Noël, Louise Renaud ne se décidait pas à aborder avec lui la question de ce mariage qui défrayait toutes les conversations et sur lequel elle ne desserrait pas les lèvres.

Un soir, pourtant, après un dîner d'intimes qui avait réuni chez le baron Renaudet le comte Hugues, qui venait de passer l'hiver entier à Plélan, et quelques autres amis, au moment où les convives quittaient l'hôtel, la baronne resta seule en tête à tête avec le banquier.

Elle était vêtue d'une admirable robe d'un violent tendre très décolletée.

Sa blanche poitrine resplendissait sous la lumière des girandoles et des lustres du grand salon ; ses cheveux blonds ondulés prêtaient une grande douceur à ses traits ; ses bras superbes et d'un dessin très pur sortaient nus jusqu'aux épaules du corsage soutenu par une simple agrafe.

C'était en vérité une créature étonnante de séduction, aux lèvres vermeilles, aux dents étincelantes, aux yeux pleins de caresses et de feu.

Elle regarda un instant le baron en silence, hésita, se mordit les lèvres, poussa un soupir et enfin se décida :

— Je voudrais vous consulter, dit-elle.

Le banquier sourit.

L'heure de la suprême confidence allait sonner.

— Sur quoi ? demanda-t-il.

— Sur une question délicate.

— D'argent ?

— Non.

— C'est qu'il n'y a guère que celles-là qui soient de ma compétence.

— Je vais vous fâcher peut-être.

— C'est impossible.

— Vous causer au moins une grande peine et, c'est ce qui m'arrête... depuis quelque temps.

— Je vous entends, dit le baron avec une nuance de tristesse ; il s'agit de mariage...

— Justement.

Il y eut un silence.

Ce fut le banquier qui le rompit.

— C'est que je n'ai pas l'esprit très libre, dit-il pour traiter avec vous ce sujet.

— Vous ?

— Moi.

— Et pourquoi ?

— Je vous dois une confession. Écoutez-moi donc d'abord.

Il rapprocha son siège de celui de la belle veuve.

— Il y aura juste huit ans dans un mois que vous avez épousé Jacques ?

— C'est vrai.

— Voilà pourquoi je ne me suis pas marié moi-même. Jacques m'avait prévenu. Son choix eût été le mien. Je me suis dit que je ne rencontrerais pas une femme aussi accomplie ; la comparaison me rendait les autres odieuses. Si j'avais moins aimé Jacques, je crois que j'aurais été jaloux de son bonheur. Sa mort a changé mon caractère. Je suis devenu fantasque, bizarre, morose, et je me rends justice. Avec un être qui me ressemble, sujet à des humeurs noires, n'aimant que le silence et l'isolement, une femme serait malheureuse à périr. Autant la jeter dans un cloître. Elles sont faites pour la lumière, le bruit, les fleurs et les fêtes. Elles ont besoin d'air et de soleil. Celle que j'aurais choisie serait devenue ma victime.

— Vous vous calomniez.

Louise Renaud prononça cette phrase avec une douceur extrême.

L'amitié de Noël lui était précieuse.

Aucun sacrifice n'eût coûté à la baronne pour la conserver.

— Non, en vérité, reprit-il. J'ai réfléchi longtemps. Je ne vous apprendrai rien en vous avouant que vous me tentiez. Je me risque à vous le dire puisque nous allons nous séparer. J'ai passé bien des heures en réflexions. Je voulais et puis je n'osais plus. J'ai eu vis-à-vis de vous des timidités de collégien. Enfin, j'ai pris le parti de m'effacer. Mon âge m'a paru un insurmontable obstacle. Mon frère que j'adorais n'est plus. Je me résigne. Je n'ai plus de parents. J'aurai quelques rares amis. Vous êtes là. Vous serez ma famille encore, si vous voulez. Je vous regarde comme une sœur, un peu comme une pupille et une fille. Mais ça n'est pas sans quelque chagrin que je devine ce que vous allez me dire. Ainsi vous êtes sur le point de vous remarier ?

Elle baissa modestement la tête.

— Pensez-vous que je veuille m'y opposer ? Croyez-vous me condamner par égoïsme ma sœur ou ma fille au célibat ? Non, sans doute. De quel droit vous imposerais-je une condition dont je ne voudrais pas pour elles ? Tâchez seulement de faire un choix qui puisse assurer votre bonheur.

— C'est que justement j'ai des craintes.

— Au sujet de votre fortune ?

— D'abord.

— Et ensuite ?

— Le passé du prétendant à ma main ne m'inspire qu'une confiance limitée.

— Quel âge ?

— Trente-six ans environ.

— Quelle réputation ?

— Médiocre.

— Il n'a pas failli à l'honneur ?

— Non, sans doute ; mais, ruiné par des prodigalités insensées, par des folies de jeunesse, il me fait redouter, malgré ses protestations, un avenir assez mouvementé.

— Il vous aime ?

— Il le dit.

— Et vous, l'aimez-vous ?

— Voilà la question.

— Mais enfin ? insista le baron.

Elle fit un effort sur elle-même et répondit d'une voix plus faible :

— Oui. Sa personne me plaît. Je l'avoue. Je voudrais le haïr et je suis forcée de reconnaître qu'il m'attire et me charme. Parmi ceux qui me poursuivent de leurs instances, car vous n'imaginez pas ce que je reçois de demandes... de sollicitations...

— Si, dit finement le baron.

— Lui seul a le don de m'agréer. Ce ne serait pas un mariage d'amour... Je n'en éprouverai jamais... je le crois...

— Ce n'est cependant pas un mariage de raison, observa en souriant amicalement le banquier. Qu'est-ce donc alors ?

— Vous me raillez, et je ne saurais vous en vouloir. Eh bien ! je veux être franche avec mon confesseur... C'est un mariage de vanité.

— Oh !

— Je l'avoue en rougissant. Ce que j'admire le plus encore dans ce futur, c'est son titre.

— Ce titre est une valeur ?

— La seule qui lui reste, j'en ai peur.

— Il s'appelle ?

— Vous allez me blâmer...

— Peut-être.

— Promettez-moi de me parler sincèrement.

— Volontiers.

— Dussiez-vous être cruel.

— Soit.

— C'est le duc de Vaudrey.

Le banquier se mordit les lèvres.

— À vrai dire, j'en avais peur... fit-il.

— Vous me désapprouvez ?

— C'est selon. Le duc a gaspillé une grosse fortune sottement. À l'heure qu'il est, il ne lui reste pas un sou, et il vit sur un solde de crédit qu'on lui accorde en faveur de ce titre qui vous flatte. Il a trouvé un prêteur facile qui lui a donné un million sur son domaine de Langon. Sans cette chance, les avoués et les huissiers se seraient précipités sur le château des Vaudrey comme sur une proie, mais ce million est dissipé d'avance. Le duc ne possède plus ni une maison, ni une ferme, ni un pouce de terrain ailleurs. Vous le savez, nous sommes forcés d'être au courant de ces choses-là, par métier.

Noël Bresson les connaissait d'autant mieux que le prêteur du million, c'était lui par l'intermédiaire de ce qu'on appelle dans la langue des affaires un homme de paille.

Il reprit :

— Sa ruine toutefois ne serait qu'un demi-mal puisque vous êtes riche, Louise, princièrement riche...

— Après !

— Mais le duc est joueur comme les cartes. Elles ont dévoré une partie de son patrimoine. D'autres folies ont absorbé le reste.

— La conclusion ? dit-elle tremblante.

— Je ne lui donnerais donc pas ma fille...

— Ah !

— Si j'en avais une et qu'elle eût vingt ans...

— Vous voyez bien. J'ai tort !

— Ne vous découragez pas.

— Comment ?

— Vous êtes une femme de tête... Vous avez acquis de l'expérience... Et en somme, avant de vous donner mon sentiment, laissez-moi vous répéter ma question : vous l'aimez ?

— Admettons-le.

— Épousez-le donc.

— Mais ?...

— Avec quelques précautions vous le dominerez comme le Mont-Valérien domine Longchamp.

— Quelles précautions ?

— Rien de plus simple. Pour votre fortune d'abord

vous avec vos droits respectifs, sous le régime
séparation de biens. Un contrat en quelques lignes.
De cette façon, vos intérêts sont complètement divisés.
Vous tenez la clef du coffre, et c'est une force immense.
Comprenez-vous ?

— A merveille.

— Pour le reste, fiez-vous-en à votre beauté si puissante. — Le baron soupira. — Il est impossible que le
duc, qui est homme de goût, n'ait pas pour vous l'amour
le plus vif. Sa vanité sera satisfaite, ou il serait plus
aveugle encore que prodigue. Enfin, s'il devait tromper
cette espérance, n'auriez-vous pas la ressource suprême
du divorce ? M. de Vaudrey vous épargnera cette nécessité.

— Ainsi, vous approuvez ce mariage ?

— J'approuve d'avance tout ce qui peut vous flatter.

— Vous êtes bon ! s'écria la baronne.

— Je l'étais, je crois. La mort de Jacques m'a rendu
sceptique incroyant, cruel peut-être. Tâchez d'être heureuse, Louise. Vous avez de l'esprit, du bon sens et du
cœur. Vous convertirez votre mari. On ne résiste guère
à un conseiller qui vous ressemble.

— Dieu vous entende !

— A quand ce mariage ?

— On attend ma réponse. Ce ne sera pas avant quelques semaines.

Le baron eut un léger tressaillement aussitôt réprimé.

— Enfin ! pensa-t-il.

Louise Renaud s'était levée et se disposait à prendre
congé du baron.

La pendule marquait minuit.

Comme il y eut un mouvement d'hésitation :

— Il vous reste quelque chose à me demander ? dit-il.

— Oui.

— Qu'est-ce ?

— Je n'ose, en vérité.

— Vous êtes trop timide. Est-ce donc si grave.

— Non, une bagatelle.

— Allez donc.

— Voulez-vous me faire un grand plaisir ?

— Belle question !

— J'ai un faible pour la villa que Jacques et moi nous
avons fait bâtir.

— A Dieppe ?

— Oui.

— Et vous désirez que je vous la cède ?

— C'est-à-dire qu'elle serait portée à mon compte si
jamais il est question de partage entre nous.

— Je suis trop heureux que vous me procuriez une
occasion de vous être agréable.

— Vous consentez ?

— Non seulement je consens, mais je vous l'offre,
Louise, ce sera mon cadeau de noces.

— Cadeau royal !

Dans un élan de joie, elle tendit le front au banquier.
Il y appuya ses lèvres.

— Je suis payé, dit-il, et au delà.

Le baron Noël la reconduisit à son hôtel, à travers les
jardins qui embaumaient.

Des corbeilles printanières, pendant cette belle nuit, des
parfums s'élevaient et sous les pâles rayons des lanternes, la verdure des pelouses semblait douce et chatoyante comme de la peluche.

— Où irez-vous après votre mariage ? demanda-t-il
doucement.

— Si vous m'aviez refusé la villa de Dieppe, dit-elle,
je me serais réfugiée je ne sais où, mais pas là, ajouta-t-elle en montrant son hôtel. J'y ai trop de souvenirs.
Puisque vous m'avez donné Pourville, j'y passerai ma
nuit de noces et une partie de la saison.

Le baron Noël pressa la main de Louise Renaud dans
les siennes et la quitta.

En rentrant chez lui, il changea de visage.

Ses traits devinrent sombres et menaçants.

Il fixa un moment une photographie de son frère
Jacques.

— Comme tu seras vengé ! dit-il.

Louise Renaud en montant les degrés du somptueux
escalier qui conduisait chez elle pensait :

— Il est meilleur que je n'aurais cru. Avec quelle facilité il se laisse mener ! Et que l'homme le plus fort est faible devant la plus simple des femmes !

C'est vrai... en général, mais Louise Renaud avait en
face d'elle un adversaire qui aurait joué une demidouzaine de diplomates et mis sous clef tous les héros
de la rue de Jérusalem, le préfet compris.

Elle avait le tort de ne pas s'en douter.

Mais, si les criminels ne commettaient pas de fautes,
la justice serait impuissante contre eux et le monde
leur appartiendrait.

XXVIII

PROJETS D'AVENIR

Le lendemain de son entretien avec le baron Noël, entretien qui ne laissait pas que de lui causer quelques
inquiétudes, la baronne enchantée monta à cheval à
neuf heures du matin.

Le temps était d'une douceur extrême.

Paris dans sa gloire brillait sous un radieux soleil de
printemps.

La belle veuve portait une rose rouge à son corsage.

C'était un signal convenu entre elle et son amant
pour lui indiquer le succès de sa démarche.

Elle triomphait de ce consentement qui lui causait une
joie profonde, car elle ne voulait à aucun prix se brouiller avec son beau-frère.

Il lui plaisait de rester intéressée dans cette célèbre
maison de banque de la rue Bergère, dont les bénéfices lui permettaient de mener un train princier et dont
la renommée flattait sa vanité de femme riche.

Le duc ne pensait pas comme elle.

Il aurait voulu tout vendre, l'hôtel de l'avenue de
Messine et le château de Langon, en un mot ce qui lui
rappelait d'odieux souvenirs.

C'était à l'avenue de Messine qu'il s'était déshonoré à
ses propres yeux en frappant lâchement le baron Jacques ; c'était à Langon qu'il avait poignardé comme un
bandit l'adorable fille qui n'avait eu qu'un tort : celui de
l'aimer et de se laisser tromper par ses mensonges.

Mais Louise Renaud le dirigeait à son gré et domptait
d'un mot ou d'un regard ses résistances.

Elle raillait ses terreurs qui par moments se lisaient,
comme à livre ouvert, sur son visage.

Parfois, on aurait dit qu'il voyait des apparitions et
qu'il écoutait des voix entendues de lui seul.

S'il expliquait ses craintes à sa complice, elle lui disait de sa voix mordante :

— Vous rêvez, mon cher. Vous êtes le jouet d'une hallucination. Rien de ce qui vous tourmente n'est arrivé.
Vous êtes jeune encore ; vous serez riche, vous portez
un grand nom... Que vous manque-t-il donc pour être
envié ?

Elle lui imposait, avec son esprit hautain, son audace,
son mépris des conventions.

— Nous passerons au milieu du monde et le monde
nous saluera, chapeau bas, j'en réponds, ajouta-t-elle.

Lorsqu'elle parvenait à lui rendre sa confiance en lui-même, à le distraire, elle ne pouvait s'empêcher de l'admirer.

Il était vraiment beau.

On n'aurait pu imaginer un type plus complet de
l'élégance aristocratique, de la force unie à la distinction.

Depuis qu'il était revenu à ses pieds, soumis, caressant, elle se reprenait à l'aimer avec sa passion d'autrefois.

Ce jour-là, dans les Champs-Elysées, Sir Black, le
cheval favori de la baronne, portait haut la tête, comme
s'il eût été fier de sa maîtresse. Son poil luisait comme
de la soie ; il redressait sa flexible encolure.

La jeune veuve montrait plus d'assurance encore que
les autres jours.

Toutes les difficultés s'aplanissaient devant elle comme par enchantement.

Elle avait enfin franchi le pas le plus périlleux.

A la Porte-Maillot, le duc l'attendait.

Un sourire, pâle comme un soleil de décembre, effleura ses lèvres à l'aspect de la rose:

— Ainsi, dit-il, les choses ont bien marché?

— Divinement.

— Le baron approuve vos projets?

— De point en point.

Il eut un léger mouvement d'impatience.

— C'est trop beau, dit-il. Ce financier me terrorise.

— Laissons vos défiances ridicules, reprit-elle. Tout s'arrange et nous touchons au dénouement. J'ai déjà reçu un cadeau de noces.

— De qui?

— Du baron.

— Que vous a-t-il donné?

— Une chose à laquelle j'ai la faiblesse de tenir prodigieusement.

— La villa de Dieppe?

— Précisément.

— Elle est fort belle.

— La plus magnifique de la côte. Les deux frères y ont fait des folies.

— Pour vous.

— Vous voyez donc à quel point vous êtes injuste envers le baron.

— Je l'avouerai uniquement dans le but de vous être agréable.

— Il est plus indulgent. Oserai-je vous dire que je n'étais pas rassurée en lui expliquant mes intentions? Vous n'êtes pas en odeur de sainteté près de lui. Ruiné, de mœurs douteuses — l'aventure de Plélan le prouve — joueur, je vous tromperais en vous disant qu'un homme aussi sensé que Noël a pour vous une estime sans réserves. Il s'est borné à m'expliquer qu'on peut espérer une conversion radicale et à m'indiquer le remède que je connaissais déjà pour éviter la ruine.

« Vices de jeunesse, m'a-t-il dit ensuite en parlant de vos folies, et dont l'expérience et les années guériront M. de Vaudrey.

Il a ajouté comme conclusion :

— Le nom est illustre. C'est une bonne œuvre de le relever et vous êtes généreuse en l'essayant.

« Tout est donc pour le mieux et il ne reste qu'un point à fixer.

— Le jour du mariage?

— Oui, monsieur le duc.

— Dès que vous voudrez.

— Dans un mois alors. Le temps de remplir les formalités.

— Soit.

— Quant au programme, il est arrêté dans ma tête.

— Voyons-le.

— Le matin, le contrat, en quelques mots. Chacun de nous apporte ce qu'il possède. Séparés sur toute la ligne. Personne à la signature. Comme témoins, le baron et les intimes de la maison. La mairie aussitôt après et l'église, sans tapage. Il y aura toujours assez de curieux, soyez-en sûr. Nous partons pour Dieppe immédiatement. Nous y resterons quelques jours, ce que vous voudrez. Puis nous courrons le monde, les eaux, où nous irons restaurer Langon, à votre choix. Je veux que cette résidence soit digne des ducs de Vaudrey.

Une certaine inquiétude se peignit sur les traits de son compagnon.

Elle haussa les épaules avec dédain.

— Je ne redoute pas les souvenirs, moi, dit-elle. Je les brave. Si on n'habitait pas les châteaux de France où il s'est passé quelque drame, on n'aurait qu'à les brûler tous ou à les abandonner aux corbeaux. Avez-vous quelque objection à apporter à ces plans?

— Non.

— Alors nous pouvons rendre la nouvelle officielle?

— Parfaitement.

— Ecoutez-moi, reprit-elle plus lentement, à dater du jour où je m'appellerai la duchesse de Vaudrey, le passé sera enterré.

— Oui.

— On n'en parlera plus?

— Non.

— Vous l'effacerez de votre mémoire et vous marcherez droit et le front levé, sans un retour de ces défaillances indignes de vous!

— Vous commanderez. J'obéirai.

— Que voulez-vous? C'est la fatalité qui a tout conduit. Pourquoi les morts se sont-ils mis en travers de notre chemin?

Elle prononça ces mots d'un ton farouche, presque tragique, le regard dur fixé devant elle.

Et aussitôt elle sourit avec une grâce charmante et salua un groupe de cavaliers qui les croisaient dans l'avenue et soulevaient leur chapeau.

— Vous voyez, fit-elle, avec un coup d'œil expressif à son compagnon. Que vous disais-je? Est-ce que le monde ne s'incline pas déjà?

Leurs projets n'étaient plus un mystère pour personne.

Ils continuèrent leur promenade dans la foule en causant avec aisance des histoires à la mode.

A chaque pas, ils rencontraient des cavaliers et des équipages d'oisifs allant respirer avant le déjeuner, privilégiés pour qui la fortune n'a que des faveurs.

Le duc de Vaudrey était connu de tout le Paris mondain.

On n'est pas belle comme la veuve de Jacques Bresson; on ne possède pas des millions qui vous rendent le point de mire d'une foule de convoitises, sans faire partie de la bande choisie qui est citée en tête de toutes les fêtes.

En outre, l'histoire de la fin imprévue de son mari sur laquelle, au fond, planaient quelques ténèbres, l'avait mise en relief.

Elle excitait donc sur son passage une curiosité qui lui valait des sourires, des regards ou des marques de sympathie.

En un mot, on s'occupait d'elle.

— Ah! mon cher, reprit-elle de sa voix agressive, si on fouillait les dessous de ce monde élégant et frivole, de tous ces opulents qui ont hôtel à Paris, château en province, villas à Biarritz, à Cannes, Deauville ou ailleurs, que de drames, que d'histoires scandaleuses et de honteuses comédies! Voilà pourquoi je n'ai ni crainte ni remords. La vie est un combat, le monde un champ de bataille. Les forts couchent sur le terrain et en chassent les autres. Vous verrez quelle duchesse je vous ferai! Je sais des princes régnants dont l'aïeul n'était qu'un écumeur de grandes routes, et tenez, le père de ce cavalier suivi de deux laquais vendait des contremarques ou faisait pis ; le fils a volé des millions. On le sait, et vous le saluez!

C'était vrai.

Le duc portait la main à son chapeau.

Il acheva le mouvement.

— Tant il est vrai, conclut-elle, qu'il suffit de la fortune, si mal acquise qu'elle soit, pour forcer le respect. Le veau d'or règne chez nous. Vous serez millionnaire, vous portez un grand nom et vous n'êtes pas content! De l'audace, monsieur le duc!

Elle était vraiment magnifique de sérénité.

Elle souriait en découvrant l'émail de ses dents.

Les passants pouvaient croire qu'elle parlait d'amour.

On pensait en les regardant :

— Un beau couple! comme on le disait d'Yvonne et de Corentin à Plélan, avant la faute de la filleule du comte Hugues.

Au rond-point des Champs-Elysées ils se séparèrent.

La baronne prit à gauche, le duc à droite.

Le soir à l'Opéra, la nouvelle du mariage circulait d'une loge à l'autre. La baronne elle-même en fit part à ses amis et reçut leurs félicitations.

Duchesse !

Une couronne irait à merveille sur ce front de reine.

Trois semaines après, les bans étaient affichés et Félix, le grand couturier, achevait les robes de la mariée.

XXIX

REVENANTS DE BRETAGNE

Pendant les sept mois qui venaient de s'écouler, Langon était abandonné, Plélan funèbre, Scaër triste.

Or, quelques jours avant la publication du mariage de M. le duc Hubert de Vaudrey avec la veuve de Jacques Bresson, il se passa dans le pays une aventure extraordinaire.

Ces choses-là ne se voient qu'en Bretagne et particulièrement au fond des cantons les plus déserts du Morbihan.

Il était environ huit heures du soir, et le soleil descendait au-dessous de l'horizon dans les ajoncs de la lande de Lanvaux, de l'autre côté des buttes de Trédion et de Notre-Dame de Kerdroguen, lorsque Corentin Cléguer rencontra la folle dans l'avenue de Plélan.

Le pauvre garçon était devenu très irritable.

La Jeannie eut un rire sarcastique, ce rire des fous aux hoquets spasmodiques, qui excita sa colère.

On aurait eu peine à le reconnaître.

Ses traits se creusaient, son teint était livide. Quelques mèches de ses cheveux noirs grisonnaient aux tempes et ses yeux s'enfonçaient dans des cavernes.

Corentin était toujours un beau gars.

Il ne ressemblait pas aux étiolés et aux malingres qu'une fièvre abat en huit jours ; sa charpente avait la force de résister à de rudes secousses ; mais sa beauté prenait un caractère moins matériel.

Elle se poétisait par la souffrance.

Son esprit aussi s'élevait. La douleur est un puissant levier.

Corentin aurait plu davantage aux paysannes de la contrée le jour où il arrachait la grenouille, aux gens de Plélan, mais à présent il devait toucher plus aisément le cœur des belles rêveuses.

Caliche, qui n'aurait pas mieux demandé que de le consoler, et Gotte le plaignaient, en soupirant, de sa décadence, mais Yvonne lui eût trouvé des charmes supérieurs s'il avait eu ce visage alors qu'ils étaient promis l'un à l'autre.

Malheureusement, elle était morte. On le croyait du moins dans la paroisse.

Et Corentin portait au fond de son cœur le deuil de celle qu'il avait aimée avec passion et qu'il aimait peut-être davantage depuis qu'elle avait disparu.

Souvent il passait des jours entiers chez le vieux Rebec et ils n'essayaient pas de se consoler. C'est à peine s'ils parlaient d'Yvonne, mais ils y pensaient toujours.

Le vieillard se frappait la poitrine et se maudissait pour sa dureté en se repentant de n'avoir pas écouté les conseils du comte Hugues.

Son orgueil était abattu.

Son entêtement de roche s'amollissait.

— C'est ma faute ! disait-il à chaque instant.

Il l'expiait cruellement.

Le souvenir d'Yvonne le hantait jour et nuit.

Elle était si douce, si bonne !

Le vieillard réservait toute sa haine pour celui qui l'avait perdue.

Mais cette haine était de l'amour en comparaison de celle de Corentin qui enrageait de son impuissance.

Le duc de Vaudrey, dont ils ne prononçaient jamais le nom, n'était pas revenu dans le pays.

Heureusement !

Car Corentin l'aurait tué comme une bête fauve.

Il n'ouvrait pas la bouche de ses projets.

Son frère seul les connaissait. Parfois il lui échappait dans ses causeries avec Jean-Marie des explosions de rage effrayantes.

Elles étaient rares, mais alors c'était un débordement de fureur épouvantable.

— Que je me trouve face à face avec lui, disait-il, et un de nous restera sur le terrain. Je n'ai pas besoin d'armes ; je lui briserai les membres ; je lui crèverai la poitrine sous mon talon !

Jean-Marie lui posait la main sur l'épaule et lui disait d'un ton mystérieux :

— Attends ! Patience !

Attendre quoi ?

Corentin regardait Jean-Marie avec des yeux hagards et ne comprenait pas.

— Laisse-nous faire. Ton heure viendra. Je le jure.

Or, ce soir-là, Corentin repoussa brusquement la folle qui lui barrait le chemin, mais elle se cramponna à son bras et lui dit :

— Tu ne veux pas m'entendre, Corentin, tu as tort. Il y a des choses que je sais et que tu ne sais pas. Je t'avais prévenu, l'an passé. Si tu m'avais écoutée, il y aurait eu des malheurs de moins.

— Eh bien !

— Les esprits reviennent.

— Que veux-tu dire ?

— On a vu des choses surnaturelles !

— Allons donc !

— Va du côté de Fontaine, la nuit. Moi, je rôde et je vois ; signe-toi quand tu passeras sous le bois, dans le voisinage des Joël.

Corentin haussa les épaules et la Jeannie s'écarta pour lui livrer passage en répétant des mots confus : Les esprits... la nuit... Fontaine !

Mais il était frappé.

Il fit quelques pas en avant et s'arrêta rêveur au moment où il allait franchir les chaînes qui ornent plutôt qu'elles ne défendent l'entrée de l'avenue de Plélan.

Jeannie psalmodiait sa chanson qui s'allongeait chaque jour d'un couplet nouveau.

Sa voix tremblante et cassée était sinistre dans la nuit.

> *Les esprits au cimetière*
> *Au clair de lune s'en vont ;*
> *Les morts sortent de la terre*
> *Et sans bruit dansent en rond,*
> *Lanlaire !*
> *Pour revoir mon amoureux*
> *J'irai danser avec eux*
> *Comme mon pauvre Pierre !*

Corentin n'était pas superstitieux, mais les paroles de « la diote » l'avaient troublé. Il sentait un frisson lui courir dans les veines !

Au fait, pourquoi ne prendrait-il pas par Fontaine pour regagner Scaër ?

Le chemin n'était pas beaucoup plus long et ses jambes étaient bonnes.

D'ailleurs, ce serait du temps passé.

Les jours lui semblaient interminables et les nuits étaient pires.

Il pensait sans cesse à la fin sinistre de la pauvre Yvonne. Il la voyait ballottée dans les courants du Guer, emportée par les eaux.

Où ? On ne le savait pas. Jusqu'à la mer peut-être.

Si encore elle avait été mise en terre chrétienne ! Il aurait eu du moins la consolation d'aller prier sur sa fosse ; mais elle était perdue, enfouie dans la vase des étangs ou dans les immenses profondeurs de l'Océan.

Il marchait lentement, comme à regret d'arriver à Scaër où, dans la solitude de sa chambre, il se retrouvait en face de ses souvenirs.

Il connaissait bien le chemin de Fontaine.

Il y était allé plus de cent fois et s'était rafraîchi souvent chez les Joël les jours de chasse lorsque l'animal qu'on suivait le conduisait de ce côté.

L'endroit était cependant solitaire, sans voisins ; les plus proches habitent à plus de trois kilomètres.

Pourquoi, si Yvonne revenait, aurait-elle choisi cet endroit plutôt qu'un autre ?

Revenir, d'abord, c'était absurde !

Propos d'insensée !

Quand on est dans la tombe, on n'en sort pas ! Il n'y a que les vieilles femmes qui puissent croire à de pareilles sottises.

Chemin faisant, Corentin se raisonnait.

Pourquoi en avait-il besoin ?

C'est qu'à mesure qu'il se rapprochait de Fontaine, une sorte de crainte mystérieuse l'envahissait.

Après tout, il se passe parfois des choses étranges ! Toutes les émotions qu'il avait éprouvées depuis un an, lui dont auparavant la vie était si simple, le rendaient plus accessible à ces terreurs religieuses.

La nuit était assez calme.

Les nuages laissaient entrevoir des coins de ciel bleu par de larges déchirures. La lune montrait ses cornes pâles au-dessus des futaies du côté de Langon, et des vapeurs blanches s'élevaient des marais et prenaient des formes de statue en montant aux étoiles.

Parfois une petite flamme errante courait sur les joncs des étangs.

Et dans les arbres, noirs sur le fond gris du firmament, des chouettes semblaient s'appeler et se répondre avec ce cri lugubre qui déchire le silence.

Corentin avait voyagé pendant son temps de service, mais le paysan breton traîne avec lui ses impressions d'enfance qui s'éveillent dès qu'il pose le pied sur le sol natal.

Elles dorment et ne meurent pas.

À trois cents pas de la maison des Joël, il s'arrêta.

Il pouvait être neuf heures du soir.

Il lui sembla que des plaintes étouffées arrivaient à son oreille dans le souffle tiède de la brise.

Évidemment c'était une illusion.

Il se remit en marche et s'avança avec précaution.

Le cœur lui battait avec violence.

Il avait beau se défendre de cette émotion en se disant qu'elle était sans fondement, qu'il faut être fou pour croire aux fantômes, aux apparitions, aux morts qui reviennent, jamais il n'avait éprouvé rien de pareil.

À la lisière du bois, au bord du pâturage des Joël, il retint son souffle.

Le pâturage descend en pente jusqu'au fond d'un étroit vallon qui se relève rapidement sur un versant couvert de taillis.

La lune, voilée par un nuage, se dégagea brusquement et, au fond de la clairière, il vit confusément une ombre noire qui semblait prier à genoux sur un tertre.

Puis elle se releva et s'avança lentement au milieu du pâturage.

Corentin eut un frisson qui le secoua des pieds à la tête.

Cette ombre avait la taille d'Yvonne ; elle lui tournait le dos, mais il reconnut ses beaux cheveux épars sur ses épaules.

Il recula de quelques pas, la poitrine serrée comme dans un étau, et s'appuya au tronc d'un châtaignier pour ne pas défaillir.

Il se souvint de la recommandation de la folle et se signa. Des larmes lui roulaient dans les yeux.

L'ombre errait en silence dans la prairie, les mains croisées sur sa poitrine, la tête basse.

De la maisonnette des Joël, une lumière filtrait à travers les fentes des contrevents fermés.

Une orfraie qui se mit à plaindre dans la nuit fit trembler Corentin qui, cependant, était un brave.

Mais il y a des heures où le grincement d'une branche secouée par une rafale, un arbre qui tend sur le chemin ses bras décharnés, une pierre levée qui prend des formes de spectre, font tressaillir l'homme le plus vaillant.

— Que Dieu nous protège ! murmura Corentin dont les dents claquaient.

L'ombre tourna lentement sur elle-même et se dirigea de son côté d'un pas égal.

La lune, en ce moment, frappa son visage en plein de sa lueur blafarde.

À la distance où elle se trouvait, Corentin ne distinguait qu'une tête pâle et des yeux éteints.

Les bras collés au sein ne faisaient pas un mouvement.

Elle s'avançait toujours en venant droit sur l'arbre auquel s'adossait l'homme qu'elle aurait aimé sans la folie dont elle avait été prise et qui l'aimait, lui, d'un amour exalté qu'il n'avait si bien compris qu'à cette heure où elle lui apparaissait environnée d'une auréole.

Lorsqu'elle ne fut qu'à quelques pas de lui, il tomba à genoux comme s'il avait voulu la supplier de ne pas s'envoler, de ne pas se fondre en rosée comme les fantômes de la nuit que le jour dissipe.

Elle vit une chose informe qui s'agitait dans l'ombre de l'arbre et poussa un cri effaré.

— Ah ! dit-elle, quelqu'un est là !

Il entendit la voix et la reconnut.

— Yvonne, murmura-t-il.

Elle voulut fuir, mais elle était trop faible encore.

Elle serait tombée en défaillance s'il ne l'avait retenue dans ses bras.

— Est-ce donc toi ? lui dit-il, le front mouillé de sueur.

Elle revint à elle et l'entraîna dans la maison de garde.

Lorsque la mère Joël la vit entre les bras d'un homme, elle fut saisie de crainte, mais, en promenant sa lumière devant le visage de cet intrus, elle reconnut Corentin.

— Dieu merci ! dit-elle, c'est un ami et il ne parlera point.

— Vivante ! répétait le frère de Jean-Marie, qui n'en pouvait croire ses yeux. Vivante ! Par quel miracle ?

— Un miracle, en effet, dit la bonne femme. Elle aurait dû mourir dix fois, mais elle se relève et deviendra forte.

— Pourquoi te caches-tu ? demanda Corentin.

— Je ne sais pas, dit-elle.

— Je le sais, moi, déclara la vieille. C'est parce que ceux qui ont voulu la tuer sont puissants. Il faut qu'on la croie morte ! Plus tard, ce sera une grande joie pour ceux qui l'ont perdue de la retrouver !

— Mon parrain le veut, dit la jeune fille. Je lui dois la vie. Lui seul pouvait se dévouer comme il l'a fait pour me sauver.

Elle lui raconta tout : le coup de couteau du drôle, le dévouement de Joson qui l'avait tirée de l'étang de Langon, les soins que le comte lui avait prodigués pendant six mois, sa tendresse de père, sa douceur et sa bonté.

Elle ne sortait pas de la maison ; quelquefois seulement, les soirs, depuis quelques semaines. Elle avait prêté l'oreille et n'entendant rien au dehors, elle avait fait quelques pas pour essayer ses forces qui commençaient à revenir.

Elle lui confia qu'elle avait reçu la veille une lettre de son sauveur, adressée à la mère Joël. Le comte lui apprenait que sa réclusion serait bientôt terminée et qu'elle redeviendrait libre.

— Comment ?

Il ne le disait pas.

Mais elle avait confiance dans sa parole.

Corentin la dévorait des yeux. Son âme était suspendue aux lèvres d'Yvonne.

Elle baissa la tête sous le feu de ce regard.

— J'ai été bien coupable, murmura-t-elle.

— Ah ! dit-il, pourquoi me le rappelles-tu ?

Elle reprit d'une voix plus affaiblie :

— J'aurais voulu mourir !

— Mourir ! s'écria-t-il, mais, malheureuse, tu n'aimes donc rien ? Ni ton père qui s'est repenti souvent de sa dureté, ni ton parrain qui t'a sauvée, ni les autres !

Il voulait parler de lui, mais l'image exécrée de M. de Vaudrey passa entre eux.

Une honte le retint.

— Si, dit-elle, mais eux comment pourraient-ils me pardonner ?

Corentin fit un effort pour chasser ce souvenir qui le rendait fou.

Des larmes brûlantes lui roulaient au bord des paupières.

— Enfin, je te retrouve, dit-il. Que me fait le reste ! Il me semble que je sors d'un affreux cauchemar.

La mère Joël intervint.

— Il faut vous taire, Corentin, dit-elle.

— Je vous le promets à une condition.

— Laquelle ?

— C'est que vous me permettrez de revenir.

... peut vous en empêcher, dit la veuve, puisque [vous savez] le chemin, mais allez-vous-en. Notre malade [a besoin] de repos.

[Il o]béit à regret.

[Il l]ui en coûtait de quitter Yvonne. Il lui semblait [qu'i]l ne la retrouverait plus et que cette apparition fugi-[ti]ve allait s'évanouir.

[La] mère Joël enferma sa prisonnière et fit au frère [de Je]an-Marie qui se décidait à la fin à partir ce qu'on [app]elle à la campagne un bout de conduite.

[Ell]e raconta à Corentin, qui buvait ses paroles, ce [qui é]tait arrivé, le courage d'Yvonne au milieu de ses [souf]frances, les heures d'angoisses quand elle était en [...].

[Un]e nuit, le comte lui avait donné l'ordre d'aller pré-[veni]r de père.

[On] croyait qu'elle allait passer.

[Pui]s un mieux s'était manifesté et on avait attendu.

— Il ne faut pas qu'on sache qu'elle vit, lui disait le [com]te.

[Ell]e ne comprenait pas bien la cause de ce secret, [mais] M. de Plélan y tenait. Il lui avait donné les ordres [les p]lus sévères.

[Y]vonne sortait rarement et malgré sa défense, mais [ell]e avait besoin de bon air.

[D'a]illeurs c'était un miracle qu'il fût passé par là. [D']ordinaire on ne voyait personne à Fontaine, surtout à [d]e pareilles heures.

[I]l n'y avait que les sangliers et les chevreuils qu'on [r]encontrait par les clairs de lune.

— [Est-]ce que la folle de Plélan ne rôde pas chez vous? [deman]da Corentin.

— [La] diôte? Bien sûr qu'elle y vient. Est-ce qu'elle [n'est] pas partout! Mais qu'est-ce que ça fait puisqu'elle [n'a] pas sa raison?

[D]'ailleurs, elle ajouta qu'elle n'avait pas dû apercevoir [pers]onne. Il y avait bien peu de temps qu'elle était en [état] de se tenir sur ses jambes. Maintenant encore elle [était] sujette à des faiblesses et à des éblouissements, et [ce qu'il] y avait, c'est qu'elle allait — il ne fallait pas en [...] — se mettre à genoux sur une petite fosse [qu'elle] connaissait.

[L]a bonne femme n'ajouta rien.

[C]orentin tressaillit et quitta la veuve du garde en lui [disant]:

— Au revoir, mère Joël.

— Oui, à bientôt!

[Pend]ant le lendemain et les jours suivants, [il] passait des heures entières à causer avec Yvonne de [le]urs jours heureux, des projets formés entre les pa-[rents].

[Y]vonne souriait de son même sourire doux et mélan-[c]olique.

[C]orentin trouvait des paroles tendres pour la conso-[ler] et lui faire oublier le deuil qui lui serrait le cœur, [celui] d'une âme blessée et atteinte d'une inguérissable [d]ouleur.

[Il] s'élevait alors au-dessus du paysan vulgaire qu'elle [avait] connu. Sa beauté était devenue moins matérielle [et] son esprit porté par les circonstances tragiques qu'il [traver]sait avait des délicatesses et des générosités qui [atten]drissaient la convalescente.

[Un] soir, il lui dit:

— Je vous apporte une grande nouvelle.

[Et] en parlant, il la fixait pour pénétrer ses impres-[sion]s.

[Il a]jouta:

— Le duc se marie!

[Elle dit] simplement et sans paraître troublée:

— [Avec] la baronne Jacques?

— [Com]ment le sais-tu?

— [Je] le devine.

— [C']est vrai. Il épouse la baronne.

[Yvo]nne haussa les épaules et répliqua sans amer-[tume]:

— [Ils] sont dignes l'un de l'autre.

Évidemment elle était guérie. Le mépris avait tué [l'i]dole.

Corentin, en s'en allant, se sentait dégagé d'un [poids] écrasant.

Le lendemain, en arrivant à Fontaine à la nuit, il trouva la maison vide.

L'oiseau s'était envolé.

— Où était-il?

La mère Joël, elle-même, ne pouvait le lui apprendre.

Dans l'après-midi, le comte était arrivé, à l'improviste, en habit de voyage.

Il devait venir de Paris.

Il apportait une pelisse pour sa filleule.

Elle s'était habillée comme à l'ordinaire.

Le comte avait jeté le manteau sur ses habits, rabattu le capuchon du manteau sur sa figure et l'avait em-menée à pied, à travers bois, jusqu'à la route qui passe au fond de la vallée.

La mère Joël avait entendu un bruit de chevaux qui s'éloignaient rapidement du côté de Plélan, mais la voi-ture n'avait pas dû s'y arrêter, car Lucas Picheu, le garde du château, était venu à Fontaine et n'avait pas vu le maître.

Le comte, en partant, lui avait renouvelé ses recom-mandations de silence, mais il lui avait promis qu'Yvon-ne ne tarderait pas à revenir.

Le comte paraissait très préoccupé.

Lui d'ordinaire si calme, il semblait agité, inquiet; il pressait sa filleule de s'habiller en lui disant qu'il n'y avait pas une minute à perdre.

Il devait se passer des choses extraordinaires.

La bonne femme n'en doutait point.

Elle entama le panégyrique de sa malade.

Pour un rien, elle aurait demandé au maître de l'ac-compagner, mais elle n'osait pas.

Yvonne était si douce qu'on ne pouvait vivre auprès d'elle sans être gagné.

Elle la défendit avec chaleur.

La pauvre fille avait été faible, certainement.

— Mais, disait-elle, pensez donc, Corentin, c'était flat-teur d'être recherchée par un duc, et de Vaudrey, en-core! Le monsieur de Langon a dû l'étourdir de ses promesses. Au surplus, si elle a été faible, elle a chère-ment payé sa dette.

Corentin s'en alla sans en écouter davantage.

Dès qu'Yvonne n'était plus à Fontaine, rien ne l'y re-tenait.

Il regagna sans se presser Scaër.

Il réfléchissait en chemin à ce qu'il avait vu et en-tendu et ne comprenait rien à des événements si obs-curs.

Pourquoi le duc de Vaudrey avait-il frappé d'un coup de couteau Yvonne, après l'avoir séduite? Pourquoi la jetait-il dans l'étang de Langon? Quel intérêt le pous-sait à la faire disparaître?

Pourquoi le comte de Plélan, un homme de la pro-bité duquel il était sûr, après avoir sauvé Yvonne, la transportait-il à cette chaumière perdue au fond des bois?

Pourquoi imposer au père la douleur de la perte de sa fille?

Comment s'était-il trouvé là juste au moment propice pour l'arracher au péril de la mort qui la menaçait? Pourquoi Joson gardait-il vis-à-vis des Cléguer, ses meil-leurs amis, un silence inexplicable?

Pourquoi, enfin, le comte Hugues amenait-il sa fil-leule sans dire où il allait?

En quel lieu était-elle? Quand la reverrait-il?

Corentin se demanda de nouveau, ce qu'il s'était de-mandé si souvent depuis un an, si sa raison ne l'aban-donnait pas.

Et il pensait à cette crainte d'Yvonne:

Pouvait-on lui pardonner?

Oui, certes, il lui pardonnait tout à elle qui avait tant souffert de sa faute, commencée dans l'illusion de l'a-mour, pour finir dans la réalité de l'abandon, du mépris et du crime.

En la retrouvant, une immense joie était entrée dans son âme. Il avait compris que tout son amour pour elle s'était ravivé ou plutôt n'était qu'endormi et se réveillait plus fort que jamais.

Il aimait Yvonne et ne pourrait aimer une autre femme.

Mais à l'aspect de sa pâleur maladive, de ses traits amaigris, de son air souffrant, il était repris d'une haine violente, mortelle contre l'autre, le duc de Vaudrey, qui ne l'avait prise que pour la torturer.

Pourquoi ce grand coupable restait-il impuni ?

Il avait promis de se taire, lui, Corentin, à la mère Joël et à la fille de Rebec, qui ne lui avaient rien appris qu'à cette condition ; mais les autres, le comte de Plélan, Joson, Yvonne elle-même, pourquoi se taisaient-ils ?

Pourquoi protéger le criminel de leur silence ?

Il aurait voulu le voir devant lui, dans ces bois qu'il traversait, seul à seul, sous la clarté des étoiles, et engager avec lui un de ces combats de sauvages qui ne se terminent que par l'extermination du plus faible.

Mais le duc ne le craignait pas.

Il était sauvegardé par la hauteur de sa condition.

Ses laquais le protégeaient.

Et il allait épouser la veuve de Jacques Bresson et ses millions !

De quelle matière étaient donc pétris ces gens de Paris que leur fortune plaçait si haut, qu'après le scandale de Plélan la baronne consentait à épouser ce brigand ?

Et le baron Noël qui prêtait les mains à ce mariage ! Était-ce possible ?

Toutes ces idées se heurtaient dans la cervelle du Breton et le plongeaient dans la stupeur la plus profonde.

Il voulait douter et ne le pouvait pas.

Vers dix heures, il aperçut devant lui la masse du château de Scaër, qui se dressait, noire, sur le fond bleu du ciel semé d'étoiles.

Le château était inhabité ; cependant, au rez-de-chaussée, dans une salle servant d'office aux domestiques, il aperçut des lumières et vit la porte ouverte.

Il s'approcha par curiosité.

A sa vue Jean-Marie s'écria :

— Où étais-tu donc ? On t'attend.

— Pourquoi ?

— Je viens te chercher.

— Où allons-nous ?

— Tu le sauras.

— Quand part-on ?

— A l'instant.

Jean-Marie n'était pas seul.

Il avait auprès de lui Joson Cadiou, mieux vêtu qu'à l'ordinaire, d'une vareuse de matelot et d'un chapeau de Breton à tête ronde et à larges bords.

C'était la première fois que Corentin le voyait depuis qu'il avait retrouvé Yvonne et appris son histoire.

Joson était laid et presque difforme ; mais il parut à Corentin ce qu'il était, c'est-à-dire sublime de courage et de dévouement.

— Fais tes préparatifs, ordonna Jean-Marie.

— Faut-il des armes ?

— C'est inutile.

— De l'argent ?

— J'en ai.

— Combien serons-nous de temps en route ?

— Que t'importe ?

Une voiture que Jean-Marie avait prise à la gare de Montauban de Bretagne, la berline qui avait déjà servi au comte de Plélan et au baron Noël, attelée de deux rosses maigres, les attendait à la grille du parc.

Lorsqu'ils y montèrent à onze heures, Jean-Marie prit son frère à part et lui dit :

— Tu hais M. de Vaudrey ?

— A mort.

— Je t'ai promis que tu serais content.

— C'est vrai.

— Eh bien ! l'heure est venue.

— Ne me trompe pas !

— Tu verras de tes yeux, dit Jean-Marie simplement.

Le cocher fouetta ses rosses ; l'attelage s'ébranla et la guimbarde s'engagea au trot sur la route en ferraillant.

XXX

MATINÉE DE CONTRAT

Le grand jour était arrivé.

A dix heures et demie, Me Durand, notaire à Paris, rue Royale, opéra son entrée dans le salon de l'hôtel du baron Jacques Bresson, à l'avenue de Messine.

Me Durand est jeune encore, très élégant, et ne ressemble point aux notaires de comédie qu'on voit apparaître au cinquième acte des drames de l'Ambigu.

Les notaires du Paris moderne sont des gentlemen et des capitalistes tout à fait corrects, des gens du monde accomplis.

Me Durand salua d'une profonde inclinaison de tête la mariée d'abord et M. le duc Hubert de Vaudrey-Langon, qui se tenait debout auprès d'elle.

Puis il adressa au baron Noël, au comte de Plélan et à Renaudet un signe affectueux.

Le baron Noël et Renaudet, chacun dans sa sphère, sont des gens d'affaires, et il existe un lien et une sorte d'alliance entre tous ces oiseaux de haut vol, notaires, avocats ou banquiers.

Ensuite, Me Durand déposa un cahier de parchemin qui paraissait assez léger sur une magnifique table en marqueterie, à coins de bronze doré, d'un travail exquis et qui appartenait, à ses débuts dans le monde, à la marquise de Pompadour.

D'ailleurs, dans ce salon immense et somptueux, il n'y avait pas une étoffe, pas un tableau, pas un meuble, pas un bibelot qui ne fût de cette gracieuse et frivole époque.

M. de Vaudrey était assisté seulement de quatre de ses amis.

D'un commun accord, les futurs avaient décidé que la cérémonie du mariage aurait lieu sans faste et sans bruit.

— Voici le contrat, dit le notaire. Pour me conformer à la volonté des parties, j'ai dû le rédiger en quelques lignes. Le régime adopté est celui de la séparation de biens. Chacun des époux se marie avec ses droits. De cette façon, il ne peut y avoir aucune équivoque, aucune difficulté possible, ni dans le présent ni dans l'avenir. Il ne nous reste qu'à procéder à la signature.

Le duc et la future duchesse suivaient le conseil du baron Noël.

Rien n'était plus simple et plus délicat.

Louise Renaud évitait ainsi au duc de Vaudray l'humiliation de sa ruine complète.

Bien qu'un mariage soit, en général, une cérémonie joyeuse, l'assistance était froide et réservée.

L'ombre du premier mari de la belle Louise Renaud planait sur les frises de ce salon splendide qu'il n'avait pas destiné à l'amant de sa femme.

L'épousée et le duc affectaient un maintien digne, et le notaire lui-même, malgré le plaisir qu'il éprouvait à enrichir son répertoire de ce qu'on peut appeler un bel acte, se tenait au diapason de ses clients.

Il offrit la plume à la mariée, qui apposa sur le contrat sa signature d'une main un peu fiévreuse.

Le marié suivit son exemple avec assez de nonchalance, les témoins avec gravité, le notaire avec une joie intérieure.

On aurait pu saisir sur les lèvres du baron Noël un sourire sarcastique qui ne fit d'ailleurs que les effleurer.

Cette signature n'était que le premier acte du drame qu'il avait préparé en silence.

La mairie ne fut que l'affaire d'un instant.

Le nonce du pape bénit ensuite cette aristocratique union dans sa chapelle.

Il ne pouvait moins faire pour le dernier rejeton de la race des Vaudrey-Langon, dont l'origine remonte à saint Louis et au delà.

Peu de personnes assistèrent à cette union, à laquelle le Saint-Père envoya, par télégramme, sa bénédiction souveraine.

Le deuil récent de la mariée expliquait le silence dont elle entourait son mariage.

Louise Renaud, duchesse de Vaudrey-Langon, sortit de la chapelle après avoir reçu les félicitations des rares invités et pris congé de son beau-frère, qui, le duc était bien forcé de le reconnaître, s'était montré envers elle d'une complaisance et d'une grâce au-dessus de tout éloge.

Elle appartenait désormais à l'homme de son choix, à celui qu'elle avait librement pris pour son amant d'abord, pour son mari ensuite.

La chaîne était rivée solidement au pied des deux complices.

Les voisins de l'avenue de Messine, attirés à leurs fenêtres par la curiosité, purent voir, à deux heures, la baronne Jacques rentrer chez elle avec son nouvel époux, dans son coupé attelé d'admirables chevaux.

On ne vit point le baron Noël rentrer dans le sien.

Quelques minutes après l'arrivée de la mariée à l'avenue de Messine, sa voiture revint, mais vide, avec le cocher et le valet de pied seuls.

La duchesse semblait avoir complètement oublié les événements qui avaient agité si terriblement les deux dernières années de sa vie.

Elle avait enfin conquis sa liberté, la fortune et un des grands noms de France.

Il ne lui restait qu'à jouir de tant d'avantages.

Lorsqu'elle fut dans sa chambre avec le duc, elle lui dit de son ton incisif :

— C'est fait. Était-ce si difficile ? Nous ressemblons aux gens qui se sont emparés d'une province par de rudes batailles. Il faut la garder et passer un trait sur le reste.

Toutes ses mesures étaient prises.

Louise Renaud était une maîtresse de maison modèle.

Elle n'oubliait rien.

Le matin, elle avait expédié Lucienne à Dieppe, en compagnie du valet de chambre de M. de Vaudrey, son fidèle Germain, afin de donner un dernier coup à la villa et de la préparer pour la réception des maîtres.

Le duc, de son côté, avait hâte de quitter Paris pour quelques jours.

Le voisinage du baron Noël lui pesait horriblement.

Sans doute il était de l'intérêt de la duchesse de conserver les meilleures relations avec le banquier.

Sa fortune, ou du moins ses revenus, seraient presque doublés, si le baron consentait à garder ses capitaux ; mais c'était un supplice pour le meurtrier de Jacques Bresson de se trouver face à face avec le frère de sa victime.

Il s'était assis dans un fauteuil et attendit patiemment que la duchesse eût changé de toilette et revêtu un costume de voyage.

Le train de Dieppe partait à cinq heures quarante, et M. de Vaudrey se promettait une distraction de ce voyage.

La baronne lui avait vanté les agréments de cette villa superbe qu'il connaissait de vue.

Il savait qu'il y trouverait tout admirablement disposé pour un séjour de quelque durée.

Il comptait sur Germain, qui connaissait ses habitudes.

Ce Germain est ce qu'on appelle un domestique de style ; mais il avait deux légers vices.

Il aimait les femmes et la table, le bon vin surtout, non pas jusqu'à l'ivresse, mais jusqu'à une douce et folâtre gaieté.

Sans ces deux travers, Germain eût été un parfait serviteur ; mais qui n'a ses défauts ?

Pendant deux ou trois jours, Lucienne et Germain devaient suffire au service de la villa, avec le concierge et les jardiniers.

Si le séjour des mariés se prolongeait, les autres domestiques en seraient avertis.

A cinq heures vingt, le coupé de la duchesse ressortit de l'hôtel et se dirigea vers la gare Saint-Lazare.

Un compartiment avait été retenu pour les deux époux.

A cinq heures quarante, le sifflet du mécanicien se fit entendre, la locomotive souffla bruyamment, et le train s'ébranla.

Bientôt il passait avec fracas sous les ponts de la place de l'Europe.

Voyage charmant quand l'amour est de la partie et que les mariés s'envolent comme des pigeons pour chercher un nid dans la verdure et les fleurs.

Mais le duc et Louise Renaud n'avaient plus rien à se dire.

L'orgueil et la cupidité les avaient réunis, et, dès Asnières, l'ennui se mit du voyage.

Le duc pensait : j'ai les millions de Jacques Bresson ! et Louise Renaud : enfin, je suis duchesse !

XXXI

MONSIEUR GERMAIN

La villa Bresson est située sur la côte, à trois kilomètres environ de Dieppe, auprès de Pourville.

C'est une vaste et opulente construction, plantée au milieu de jardins magnifiques.

Les vents d'ouest peuvent souffler avec rage, elle se tient sur ses bases de granit avec une inébranlable fermeté.

Très coquette, d'ailleurs, avec ses toitures d'ardoises couronnées de plomb, et ses épis qui dessinent sur le fond gris ou bleu du ciel leur silhouette élancée.

En hiver, elle est entretenue et gardée par deux jardiniers, dont l'un est marié.

La femme sert de concierge ; ils occupent les pavillons situés aux deux côtés de la grille et couverts de massifs d'arbres, à deux cents mètres environ de l'habitation.

Le rez-de-chaussée, enfoncé de six pieds dans le sol, comprend les salles des domestiques, les caves, et les cuisines.

Les trois étages supérieurs, bâtis en pierre de taille et en briques, jouissent d'une vue admirable sur la ville de Dieppe, la campagne et la mer.

La chambre de Louise Renaud, aménagée par le baron Jacques avec un luxe inouï, était au second étage.

D'ordinaire, sur les côtes normandes, la saison des bains de mer ne commence guère qu'au mois de juillet.

On était aux derniers jours de juin, et les villas voisines n'avaient pas reçu leurs hôtes habituels.

La villa Bresson était donc à peu près isolée.

A part les jardiniers, assez éloignés de la maison, personne ne pouvait du dehors entendre ce qui s'y passait.

Encore, lorsque ces jardiniers étaient enfermés chez eux, et les fenêtres closes, on aurait pu enlever tout le mobilier sans attirer l'attention du voisinage.

On accède à la villa de deux côtés.

Du côté des falaises qu'elle domine, en se glissant au milieu des taillis de tamarins qui les recouvrent de leurs panaches verts et roses et en escaladant, ce qui n'exige pas un grand effort, le mur d'appui qui forme, au sommet de ces falaises, un ornement plutôt qu'une défense, ou naturellement par la grille de bois, un chef-d'œuvre de menuiserie abrité par un auvent à la normande et qui donne sur la route de Dieppe.

Or, voici ce qui s'était passé dans l'après-midi à la villa Bresson :

Lucienne y était débarquée vers deux heures, en compagnie du valet de chambre de M. de Vaudrey.

Germain, cédant à son penchant pour les femmes,
s'était montré d'une galanterie excessive pendant le
voyage ; mais Lucienne n'était pas de ces filles avec
lesquelles on s'émancipe aisément, et d'ailleurs la place
était prise.

L'ancienne élève des sœurs hospitalières appartenait
à son ami Jean-Marie.

Les paroles étaient échangées.

Le mariage devait suivre de quelques semaines celui
de la baronne Jacques, quand on pourrait s'orienter et
savoir sur quel pied se poser ; car, pour le moment, la
maison Bresson semblait en complet désarroi.

Il lui fallait le temps de reprendre son assiette.

Jean-Marie l'affirmait de si bonne foi que Lucienne le
croyait en aveugle.

Mais Germain ignorait ces projets et poussait sa
pointe.

Bien que Lucienne ne fût point d'une forme irréprochable, elle avait assez de piquant et d'élégance pour
une aventure de passage.

Les deux compagnons de route s'étaient fait servir un
solide déjeuner à Dieppe, à l'hôtel de Paris, avant de se
rendre à la villa.

Ils avaient du temps devant eux.

Les maîtres ne devaient être là qu'à dix heures, à la
nuit fermée, et il n'en fallait pas tant pour mettre les
bagages en ordre et donner aux meubles le coup de plumeau suprême.

Germain était d'une gaieté étourdissante.

Le mariage de son patron lui glissait du vif-argent
dans le sang.

— Il était temps, mademoiselle Lucienne, grand temps,
confessa-t-il entre la sole dieppoise et les côtelettes
soubise. Quelques semaines de plus, et nous en étions
réduits à épouser quelque laideron pour nous remplacer. Mais nous avons mené joyeuse vie.

Germain espérait que la fête allait recommencer et ne
le cacha point.

Au dessert, le valet de chambre racontait à sa camarade, avec de curieux détails, les fredaines de son
maître.

Le vin de Beaujolais, qu'il ne dédaignait pas, combiné
avec un certain corton vigoureux qu'il affectionnait, lui
déliait la langue.

Il passa en revue toutes les maîtresses du duc depuis
qu'il le connaissait, et la liste s'allongeait, à peu près
comme celle de don Juan, quand il arriva à la duchesse.

— Oh ! celle-là, dit-il, j'ai été fixé tout de suite. Une
femme de tête ! J'ai pensé qu'elle mènerait monsieur à
la laisse. Mais quel plaisir d'être sous la coupe d'une créature pareille ! Elle était d'une beauté à donner le vertige.
La première fois que je la rencontre eut lieu, j'en éprouvai
des frémissements. C'est moi qui avais procédé aux préparatifs. Un bijou, mademoiselle Lucienne, que cette
chaumière de Langon. Un bijou à la Richelieu ! C'était
au mois de septembre, en 1881, par un jour superbe,
aussi chaud que celui-ci, un vrai temps pour aimer à
la campagne... Le cœur ne vous en dit pas ?...

— Non.

— Vous avez tort ; l'amour, c'est la poésie de l'existence.

Germain poussa un soupir à enfler la voile d'un
picoteux.

— Vous êtes sûr que c'était en 1881, Germain ? demanda la soubrette.

— J'ai une mémoire d'ange. Je vois encore la baronne
se glisser par les massifs en se dissimulant. Vous croyez
peut-être que le duc renonçait à ses autres maîtresses
en faveur de la nouvelle ?

— Dame !

— Pas du tout, il menait tout de front, comme un
attelage à quatre. Voilà comme nous étions !

Vous aussi ?

Germain esquissa un geste talon rouge.

— Je ne suis pas M. de Vaudrey, dit-il, mais
de son mieux.

Lucienne était vexée.

Décidément la baronne s'était jouée de sa
cité.

Elle, si clairvoyante, elle n'avait pas tout deviné ;
maîtresse lui cachait la moitié de son intrigue, en ne lui
révélant qu'un an plus tard et quand elle ne pou-
faire autrement.

Mais un mauvais rire effleura ses lèvres pincées.

Elle entrevoyait une belle revanche.

On a son amour-propre.

Lorsqu'elle quitta la table avec son camarade, après
un café copieusement arrosé de fine champagne authentique, additionnée d'un petit verre de rhum de la Ja-
maïque, où le soleil des Antilles semblait s'être emma-
gasiné, le confident de M. de Vaudrey était lancé.

Lucienne n'avait pas trempé ses lèvres dans le mélange tropical que l'autre lui vantait.

Elle avait au moins une vertu : la sobriété.

Germain fit à son amie un portrait de son maître qui
n'était ni flatté ni flatteur.

Il n'y a que les buveurs pour les accès de franchise
sans détours.

On dit que la vérité habite au fond des puits.

La Sagesse des nations se trompe.

C'est au fond des bouteilles.

Germain savait boire, mais il connaissait aussi son
service.

Il convient d'être équitable même envers les larbins
vicieux.

Larbin est un terme méprisant qu'il faut se garder
d'appliquer à tort et à travers. Je connais des serviteurs
qui valent mieux que leurs patrons.

Germain n'était pas de ceux-là.

Toutefois, il était adroit, discret, quand le jus de la
treille ou quelque passion féminine ne lui déliaient pas
la langue, silencieux dans sa besogne et agile comme un
cerf.

Enfin il avait des formes.

Il ne parlait jamais à son maître qu'à la troisième
personne, ce qui est un mérite inappréciable.

Dans les vieilles maisons, on aimait plus de dévouement et moins de respect.

Le siècle est en progrès. Le dévouement est parti
mais le respect survit... en paroles.

La vogue est aux serviteurs comme Germain et Lucienne.

Germain et Lucienne sont deux modèles qui se mo-
quent du prix Montyon comme d'une toupie hollandaise.

En un tour de main, ils rendirent à la villa Bresson
l'aspect d'un intérieur qu'on n'a pas cessé d'habiter et
qu'on vient de quitter pour une heure de promenade.

Les jardins, d'autre part, étaient soignés, alignés et
peignés comme les cheveux d'une dame qui se dispose
pour le bal et sort des mains du coiffeur.

Les pelouses verdoyantes paraissaient douces comme
du velours ; les fleurs étaient plus jolies que nature.

Les arbres eux-mêmes, un peu bas, combattus sans
cesse par les brises salées et violentes de la mer, étaient
taillés par des artistes et semblaient sortir d'une boîte
joujoux confectionnée pour un prince royal.

À six heures, M. Germain manifesta le désir de se
reposer, comme le Créateur quand il eut parfait son
œuvre ; mais le repos n'allait pas chez lui sans une
légère collation.

Il en informa Lucienne, qui ne fit aucune opposition
à ses projets.

Elle avait pris ses précautions.

En somme, c'était elle qui recevait.

Le duc désormais devait être chez sa femme par suite
de son contrat.

Germain n'était donc que l'hôte de la femme de
chambre.

Elle le lui insinua non sans grâce.

D'ailleurs, Germain entendait à demi-mot.

— C'est moi qui traite, dit-elle en consultant

...un cadeau qu'elle tenait de son futur, Jean-...

Les petits présents entretiennent l'amitié.

Au reste, le don devait être aussi précieux qu'utile, et Lucienne admirait sans doute énormément ce chronomètre, car elle y portait souvent les yeux.

A six heures et demie, elle jugea le moment opportun pour se mettre à table avec son compagnon ; elle le prit par le bras non sans un certain abandon, et lui dit à l'oreille ce mot qui ne valait que par le ton dont il fut prononcé :

— Allons !

Tout un horizon de plaisirs enchanteurs se déroula aux yeux du valet de chambre.

Il glissa en dessous à Lucienne un regard assez égrillard dont elle ne se formalisa point.

Un soir de noces !

Le dîner était servi dans une sorte de fumoir attenant à la grande salle à manger de l'office.

Les domestiques des Bresson étaient logés à Pourville comme des préfets.

C'était, en somme, un admirable petit salon, tendu de tous côtés de nattes d'un dessin et d'un coloris tout à fait exotiques. Des canapés de bambous très bas et très larges couraient autour de cet appartement que la plupart des rentiers de province envieraient pour leurs réceptions.

C'était superbe.

Germain en convint.

— C'est soigné chez vous, dit-il.

— Je vous crois ! Ici on ne descend pas des croisades et on ne porte pas de coquilles dans le blason, mais on ne manque pas de monnaie. Qu'est-ce que cette bicoque ? Une bagatelle, un rien, mon bon, une simple bague au doigt ! Si vous voyiez la caisse du baron Noël !

— Je ne demanderais pas mieux, soupira Germain, avec la permission d'y barboter un quart d'heure.

— Cherche ! C'est gardé, cadenassé. Pas moyen d'y faire un trou sans l'autorisation du baron. En voilà une maison qui est menée !

— Mieux que la nôtre !

— Oh ! maintenant il faudra charrier droit. Madame a de la poigne !

Les deux domestiques étaient servis par une Cauchoise plantureuse, la femme du jardinier en chef.

Il y a des hiérarchies dans tous les mondes.

Pour la jardinière de Pourville, une grosse paysanne réjouie, Germain et Lucienne, qui approchaient des gens si riches, étaient des personnages.

Le dîner, d'ailleurs, fut excellent. Le menu en avait été dressé par Lucienne et apporté de l'hôtel de Paris.

C'était un ambigu de viandes froides, de pâtés délicieux et de fruits exquis.

La villa possède un potager remarquable et des serres merveilleuses.

Les vins provenaient des caves de la maison.

Le valet de M. le duc y faisait honneur et les savourait à longs traits.

Sa journée était finie.

Il pouvait en prendre à son aise.

A leur arrivée le duc et la duchesse n'avaient besoin de personne.

Au dessert, Lucienne congédia la Cauchoise.

— Julie, dit-elle, vous pouvez vous retirer. Nous nous servirons nous-mêmes. Emportez le panier de vin qui est dans l'office et faites comme nous. C'est congé ce soir pour tout le monde.

Julie salua.

Les victuailles ne manquaient pas non plus pour les cultivateurs de jardins.

Ils pouvaient s'en fourrer jusque-là.

On avait apporté de l'hôtel de Paris des provisions pour une douzaine de personnes au moins.

— Amusez-vous, dit Lucienne.

A huit heures, la fête était complète à la villa, d'une extrémité du parc à l'autre.

Des vins que Lucienne versait sans épargne à son compagnon ne le rendaient pas seulement loquace et blagard, ils lui inspiraient une galanterie très entreprenante.

Après les fraises, il tournait des madrigaux comme Doral, de fade mémoire, et hasardait des déclarations aussi brûlantes que cyniques.

Lucienne était en belle humeur.

Elle écoutait tout avec une complaisance marquée, mais en insistant pour qu'il vidât son verre à ses amours.

— Buvez ! disait-elle en montrant à Germain une série de bouteilles ornées d'étiquettes affriolantes. Ceci est du tokai de mil huit cent cinquante-six. Goûtez-le. Il est délicieux. Le baron Jacques l'adorait. Ceci est du lacryma cristi authentique, un cadeau du duc de Palerme au baron, qui traite ses affaires d'argent à Paris !

Peu à peu la tête de Germain, quoique solide et résistante, s'alourdit ; ses gestes devinrent mous, sa parole embarrassée, et finalement, à l'instant où Lucienne lui souriait avec une bienveillance encourageante, il laissa tomber son crâne dégarni sur la table, ses deux bras s'aplatirent à droite et à gauche sur des assiettes pleines et on entendit le bruit d'une respiration tapageuse qui fit hausser les épaules de la soubrette.

Il dormait.

— Voilà mon lourdaud apprivoisé, dit-elle.

Il fallait le faire disparaître.

Ce n'était pas difficile.

Lucienne le prit par les épaules, le renversa en arrière avec précaution après avoir repoussé la table, et au lieu de le laisser étendu sur les canapés de bambous qui entourent la salle, elle le glissa adroitement dessous et le colla contre le mur, un coussin sous la tête, ce qui était le trait généreux d'une belle âme.

Ensuite, elle ferma la porte à clef et alla se promener dans les jardins.

Son précieux chronomètre marquait huit heures et demie.

Des éclats de gaieté partis du pavillon des jardiniers arrivaient à ses oreilles, et bien que cette joie fût excitée par ses présents, elle avait le don de l'agacer visiblement, car elle donnait des signes d'impatience en tournant avec inquiétude autour des pelouses.

Ce fut surtout à ce moment qu'elle consulta sa montre avec une sorte de rage.

Elle en suivait pour ainsi dire l'aiguille, qui lui semblait courir avec une rapidité désespérante.

Enfin son visage s'éclaira d'un sourire.

Les bruits du festin s'apaisaient par degrés.

On aurait dit une accalmie après une tempête.

Quelques cris encore traversèrent la nuit qui s'épaississait, mais courts, mourants, éteints.

Au loin, sur la mer, dans la direction de Cherbourg, le soleil disparu depuis longtemps ne laissait plus qu'une large rayure pourpre à la surface des eaux.

Lucienne s'approcha sur le bout du pied du pavillon où se célébrait la joyeuse orgie.

Personne ne pouvait l'apercevoir.

Tous les yeux étaient fermés.

La salle ressemblait à un champ de bataille après le départ de l'armée victorieuse.

Il n'y restait que des morts étendus sur le carreau.

Les convives étaient plongés dans un sommeil léthargique.

Julie s'était abattue sur l'épaule du garçon jardinier, assis contre le mur, où il était allé s'affaisser mollement.

Son mari, plus heureux, ronflait comme Germain mais sous la table.

Lucienne fit un geste de satisfaction.

Elle entra paisiblement dans le pavillon et vida en conscience dans l'évier de la cuisine toutes les bouteilles dans lesquelles il restait de la liqueur perfide, arrosa l'évier en lâchant le robinet d'eau, qui la répandit à flots, et remit les bouteilles à leur place.

Les jardiniers et Julie étaient de fortes natures, mais ils avaient combattu à nombre inégal.

On comptait au moins trois bouteilles par convive, et dans la quantité le meilleur vin était le plus traître.

Lucienne souffla les bougies retourna à la terrasse qui donne sur la mer, se pencha au-dessus de la falaise et attendit quelques minutes.

XXXII

L'INVASION

Le baron Noël Bresson pratiquait et prescrivait l'exactitude en homme qui n'entend pas raillerie sur ce chapitre.

Lucienne, passée en transfuge dans le camp ennemi à l'insu de sa maîtresse, se tenait en sentinelle auprès du mur de la terrasse depuis quelques instants, indifférente au spectacle de la marée qui montait lentement et des vagues qui moutonnaient dans l'ombre, à quelque distance de la côte, lorsqu'elle entendit un coup de sifflet sur la plage, au-dessous d'elle.

Elle ne pouvait distinguer dans la nuit qui devenait très obscure les auteurs de ce signal, mais elle y répondit en frappant trois coups dans sa main.

Deux minutes plus tard, une tête apparut au-dessus de la balustrade de marbre blanc qui sert de rampe aux habitants de la ville quand ils veulent contempler le point de vue féerique dont on jouit du haut de la terrasse.

— On peut entrer ? dit une voix.

— Oui.

— Germain ?...

— Il dort.

— Et les autres ?

— Rien à craindre, ils ne s'éveilleront que demain.

— Bon.

La tête fit demi-tour et ordonna :

— Suivez-moi ; sans bruit.

Ce fut comme une escalade de reîtres du moyen âge s'introduisant par trahison dans une place forte.

Les reîtres de la villa Bresson n'étaient que sept, mais ils marchaient à l'assaut avec ensemble, ils se succédèrent sur la balustrade comme des ombres.

Le porte-parole qui commandait l'escouade s'appelait Jean-Marie.

Corentin Cléguer et le boiteux, Jason Cadiou, venaient après lui.

Les quatre autres étaient de robustes garçons de recette de la banque, hauts comme des grenadiers de la garde, au service de la maison Bresson de père en fils, et habitués à exécuter leur consigne sans la discuter.

Les bureaux des grandes maisons de finance, des vieilles et opulentes familles, sont mieux organisés que la préfecture de police et n'emploient qu'un personnel irréprochable.

— Halte ! commanda Jean-Marie à sa troupe.

Et il dit à son frère :

— Viens, toi !

Les deux Bretons entrèrent dans la loge des jardiniers, étendirent le chef sur son lit auprès de Julie, la Cauchoise, et les laissèrent cuver leur vin.

Puis, ils empoignèrent l'aide par les bras et les jambes et le transportèrent dans sa chambre, dont ils fermèrent la porte.

— Les voilà coffrés, dit Jean-Marie.

Le ménage de ce côté était fait proprement.

Quatre personnes se promenaient sur la route aux abords de la grille.

Jean-Marie l'ouvrit, s'effaça avec déférence et dit à demi-voix :

— Entrez, monsieur le baron.

Le baron Noël, car c'était lui, imita Lucienne.

Il regarda sa montre à la clarté des étoiles.

— C'est bien, dit-il. Nous sommes exacts.

L'aiguille marquait neuf heures dix.

On ne peut s'étonner de la présence du baron Noël à Dieppe à pareille heure ; il avait commandé un train spécial parti aussitôt après le mariage, et obtenu ainsi une forte avance sur l'express qui amenait les mariés à la villa de Pourville.

Il n'est rien d'impossible à ceux qui disposent de la forte somme et peuvent semer l'argent sans compter.

Le train de Paris ne devait arriver à Dieppe qu'à dix heures moins vingt.

De la villa Bresson on entendit très distinctement le sifflement lointain de la machine et le roulement prolongé des wagons filant à travers les herbages et les bois qui avoisinent la ville.

Tout à coup, après s'être affaibli peu à peu, le bruit cessa.

Lucienne paraissait à ce moment le seul personnage animé qui restât debout dans la splendide propriété des Bresson.

Elle alla faire un tour d'inspection au local où gisait son prisonnier Germain et aux pavillons des jardiniers.

Tout allait à son gré.

Ses victimes étaient plongées dans un sommeil lourd que rien ne devait troubler, sommeil agréable procuré par les fumées de liqueurs capiteuses mêlées d'un chloral inoffensif apporté de Londres et qui n'en altérait ni le goût ni la limpidité.

La science a du bon.

Lucienne, rassurée de ce côté, se promena de long en large dans les jardins aussi enchantés que ceux d'Armide qui occupent l'espace compris entre la grille et le palais — car de quel autre nom appeler cette résidence merveilleuse ? — bâti par les deux frères pour le plaisir de leur idole.

Lucienne se réjouissait à la pensée du mal qui s'apprêtait et auquel elle donnait les mains.

Le duc de Vaudrey, avec la hauteur qu'il affectait envers ses inférieurs, n'avait jamais gagné ses sympathies.

Louise Renaud l'eût peut-être complètement attachée à ses intérêts, mais à la condition de l'initier sans réserve à ses secrets.

Ombrageuse autant que rapace, Lucienne avait été blessée au cœur par le silence que la baronne avait gardé dans la néfaste nuit du 26 février.

Lucienne ne lui pardonnait pas de l'avoir trompée et prise pour dupe comme les autres ; car, sans connaître au juste les détails du drame qui s'était joué dans la chambre à coucher de sa maîtresse, elle n'ignorait pas que la baronne mentait en parlant d'un suicide accompli dans l'appartement de son mari.

Elle avait entendu les deux coups de revolver tirés dans la chambre de Louise Renaud et les courtes plaintes du banquier assassiné.

Qui avait fait le coup ?

Elle ne pouvait ni le savoir ni par conséquent le dire, et, si dangereuse que fût sa langue, elle ne l'était pas au point de commettre un mensonge aussi grave et d'accuser de meurtre le duc ou la baronne sans posséder de preuves plus précises.

Lucienne, au fond, considérait donc elle-même le crime comme impossible à établir et à prouver.

Elle assistait aux mystérieux apprêts qui se déroulaient sous ses yeux et qui lui faisaient pressentir une vengeance du baron Noël avec la joie de la fortune qui lui était promise et la curiosité d'un spectateur devant lequel se joue une pièce dont il ne prévoit pas le dénouement.

Innocente, en somme, n'ayant fait, comme la plupart des servantes préférées, intimes pour ainsi dire, que favoriser complaisamment les vices de sa maîtresse et les couvrir de son silence, rassurée sur l'avenir par le capital déjà considérable qu'elle avait amassé en profitant de ces intrigues et de ces passions des puissants qu'elle servait, elle en attendait la fin avec une sorte d'indifférence, en étrangère que rien ne touche, si ce n'est le loin de sa bourse, et qui laisse les autres se débrouiller comme ils l'entendent.

Elle s'assit sur un banc et prêta l'oreille aux bruits de la route sur laquelle, à cette époque de l'année, il ne passe personne si tard.

C'était une belle nuit, un peu voilée.

Les étoiles ressemblaient à des nébuleuses.

Aux environs, c'était le silence et l'obscurité dans les villas inhabitées, éparses sur les falaises.

A droite seulement, dans les fonds, Dieppe brillait avec ses mille lumières et les feux du port.

A gauche, le phare d'Ailly projetait au loin ses clartés éblouissantes.

Au fond du petit parc, la villa Bresson n'offrait que deux points éclairés :

Le vestibule et le grand escalier d'honneur, et à gauche, au second étage, les trois fenêtres de la chambre et du cabinet de toilette de la nouvelle duchesse.

Les yeux roux de Lucienne brillaient de malice en songeant à ce qui attendait les époux dans ce lieu de délices.

Bientôt elle tendit le cou.

Dans le lointain, du côté de Dieppe, elle venait de percevoir un bruit particulier, celui d'un équipage qui s'approchait rapidement avec une sonnerie de grelots.

Puis ce furent des claquements de fouet et le grincement des roues sur le sable du chemin.

Et peu après un landau stoppa à la grille de la villa.

Lucienne se précipita.

La grille roula sur ses gonds sans bruit.

Les fenêtres des concierges étaient noires.

Ni Louise Renaud ni son mari ne s'inquiétèrent de l'absence du portier.

Le duc jeta négligemment deux louis au cocher qui tournait bride, tandis que la duchesse se dirigeait vers le vestibule et que Lucienne repoussait la barrière.

Ensuite il promena un regard de connaisseur autour de lui.

— C'est en vérité de grand air, et plus splendide encore que je ne le supposais, dit-il en rejoignant sa femme. Mes compliments !

— Vous trouvez !

Il crut devoir être galant.

En réalité, le voyage en compagnie de cette sculpturale créature, l'incarnation de l'élégance et de la forme modernes qui valent peut-être mieux que les modèles de l'antiquité devenus classiques, avait fini par réveiller sinon son amour — il n'en avait jamais éprouvé de véritable — du moins ses désirs.

En outre le changement qui s'était opéré dans sa situation lui rendait sa liberté d'esprit.

Après tout, Louise Renaud avait raison.

Désormais tous les obstacles étaient franchis.

Que pouvaient-ils craindre ?

Le passé ?

N'était-il pas enseveli dans les limbes de l'oubli ? Les morts ne sortaient pas de leurs tombes ! L'un dormait dans son caveau de marbre, au Père-Lachaise, à côté de son aïeul, le fournisseur de Napoléon ; l'autre s'était perdu dans l'immensité des marais du Morbihan, où une armée entière s'envaserait sans le découvrir.

L'avenir ?

Quel autre était plus digne d'envie ? Les millions amassés par la dynastie des Bresson l'assuraient contre tous les revers ! A lui enfin cette femme adorable, intelligente, fière et belle, qui l'avait choisi de son plein gré et se l'était enchaîné par les crimes qui ne prouvaient que la violence de son amour et la force de son ambition !

Il eut un moment de gaieté, un retour de sa verte jeunesse éteinte par les soucis, au milieu desquels il se débattait depuis des années.

Et Lucienne le vit saisir, au pied du perron grandiose, la duchesse par la taille, la renverser en arrière et lui murmurer à l'oreille quelques paroles qu'elle n'entendit pas, mais qui devaient être des paroles d'amour et d'actions de grâces.

La duchesse se dégagea et monta les degrés du perron.

Le vestibule de la villa est royal.

C'est un atrium de palais de la Renaissance vraiment monumental. Au fond, l'escalier à double révolution développe ses courbes jusqu'au faîte, sous une coupole à caissons dorés qui s'élève à vingt mètres de hauteur.

Le duc poussa un cri d'enthousiasme.

La mariée montait l'escalier lentement.

Quand elle parvint au palier de son appartement, Lucienne ouvrit la porte, se rangea pour la laisser passer et lui dit avec un accent très doux et très flatteur, sans oublier le changement survenu :

— Madame la duchesse n'a pas besoin de mes services ?

— Non. Vous pouvez vous retirer.

Mme de Vaudrey et son mari étaient seuls, en tête à tête, dans l'appartement de la jeune femme.

XXXIII

LA CHAMBRE NUPTIALE

C'était un nid de princesse, grandiose comme le reste de la villa, un luxe sobre et merveilleux d'étoffes soyeuses où la nuance d'un gris bleuâtre mêlé de teintes roses dominait.

Point de notes criardes.

Tout était doux et flatteur pour les yeux.

Rien ne les choquait.

C'était comme une immense couche moelleuse où l'on pouvait partout s'étendre sans redouter un froissement.

Le lit, immense et bas, était capitonné du lampas admirable dont les murs étaient tendus et les rideaux drapés.

Le plafond, décoré par Chaplin, le peintre des grâces voluptueuses, est souriant et frais comme les Amours qui s'enlacent dans son ciel bleu, parmi les fleurs et les nuées transparentes.

Point de meuble qui ne soit un objet de prix.

Nulle part un nid plus doux n'attendit jamais deux amoureux.

Le visage de M. de Vaudrey s'épanouit.

— De mieux en mieux, ma belle duchesse, dit-il, c'est le paradis.

Louise Renaud le regarda fixement :

— Voilà comme je vous aime, dit-elle, gracieux et souriant. Oui, je suis duchesse ! J'ai touché mon but ! J'ai conquis mes grades, comme mon père, sur les champs de bataille. Suivez mon exemple. Je ne regrette rien, moi ! Je ne désire rien ! Nous pouvons être un objet d'envie pour le monde, mais il faut être sages, effacer le passé !

Elle se débarrassa de son manteau et le jeta sur une chaise.

Elle apparut aux yeux de son mari dans sa splendeur de blonde aux chairs de marbre.

Elle portait une robe gris de lin ouverte en pointe sur le dos et la poitrine, à manches courtes, laissant à nu deux bras de déesse à demi cachés sous de longs gants de Suède sans boutons.

Le duc s'était enfoncé dans un vaste fauteuil près du lit dont le chevet était caché sous une véritable cascade de lampas, de guipures et de torsades d'une extrême richesse.

On aurait dit que, suivant l'expression populaire, ce fauteuil l'attirait et lui tendait les bras.

Et de là, il demeura en extase devant cette femme qu'il n'avait jamais vue si belle, si triomphante.

D'un geste, il l'appela auprès de lui.

Elle s'approcha avec sa grâce hautaine d'impératrice.

Il lui prit les mains.

— Au fait, dit-il de sa voix timbrée comme si elle avait été destinée de tout temps à soupirer des sérénades amoureuses, vous avez raison, Louise, ou plutôt vous êtes la raison même. Pourquoi chercher ailleurs un bonheur que j'ai entre les mains et que vous avez la générosité de m'apporter ! Dans cette chambre, je ressemble à un noyé qui se trouverait jeté par un caprice du sort sur un rivage enchanté. J'ai été insensé ; j'ai mal mené ma vie. J'étais perdu sans vous. Je suis sauvé par vous !

Il l'attira plus près encore.

— Sauvé par toi, reprit-il. Je ne saurais l'oublier et je veux oublier tout le reste, le monde entier, le passé, tout !

Elle lui mit une main sur les lèvres.

— Taisez-vous ! dit-elle.

Il acheva en la couvrant de baisers :

— Et t'aimer toujours, toi seule.

— Dois-je vous croire, monsieur le duc ?

— Je le jure !

— Vains serments ! murmura-t-elle.

— L'avenir vous prouvera ma sincérité.

Elle fit un geste de doute et soupira.

Leurs lèvres allaient se joindre.

Lentement, derrière eux, les tentures s'écartèrent, et le duc se sentit séparé de sa complice.

Il voulut bondir.

Un foulard de soie lui couvrit le visage, tandis qu'une corde le liait à son fauteuil et que quatre mains pesantes s'abattaient sur ses épaules.

En même temps la porte du salon voisin s'ouvrit et le baron Noël s'arrêta sur le seuil.

Muette de colère et de terreur, la duchesse avait reculé jusqu'à la fenêtre donnant sur la mer.

Elle voulut ouvrir et crier.

La fenêtre résista.

Et de plus cette fenêtre était défendue par un épais grillage.

Corentin, Jean-Marie et Jason sortaient du cabinet de toilette, tandis que les quatre garçons de recette stationnaient autour de leur prisonnier.

Renaudet et le comte Hugues de Piélan vinrent se placer auprès de leur ami.

— Asseyez-vous, Louise, dit le baron froidement. La sinistre comédie que nous jouons a trop duré et nous sommes au dernier acte.

Le duc ne pouvait faire un mouvement.

Il se sentit le moins fort et se résigna.

— C'est un guet-apens, dit la duchesse. Vous en répondrez devant la justice.

Le banquier sourit amèrement.

— Oh ! répliqua-t-il, je sais par expérience à quel point elle est impuissante. Voilà pourquoi je ne m'adresse pas à elle. J'estime qu'on fait mieux ses affaires soi-même.

— Que voulez-vous donc ?

— Ne le savez-vous pas ? Vous m'étonneriez, car vous êtes d'une rare intelligence.

— Mais encore ?

— Nous allons vous juger.

— De quel droit ?

— Du droit que je prends, dit-il nettement pour en finir. Assez de paroles.

La duchesse étouffait de rage, impuissante.

Le banquier la contempla longuement d'un regard où il y avait de la pitié.

— Du calme, Louise, dit-il. Imitez-moi.

— Bel exemple !

— Il y a dix-huit mois que j'en ai. Résignez-vous.

Elle s'abattit sur un divan et promena autour de la chambre son regard plein de colère.

— Monsieur de Vaudrey, reprit le baron Noël au bout d'un instant, vous allez savoir ce dont on vous accuse. Écoutez-nous, je vous prie.

Le banquier parlait avec son assurance ordinaire.

Le comte de Piélan, très ému, étudiait attentivement la physionomie des deux époux.

À voir Renaudet, les coudes appuyés sur la table devant laquelle il s'était assis à la gauche de son ami, on l'aurait pris pour un président qui se prépare au résumé d'une affaire intéressante.

Sa figure d'avocat, intelligente et ouverte, sceptique

et gouailleuse, qu'on nous passe cette expression, pouvait, malgré la gravité de la circonstance, ... ler de son caractère.

Le duc de Vaudrey, peu à peu, reprenait une ... confiance en réfléchissant.

Que pouvait le baron ?

Quelles preuves possédait-il ?

Jacques Bresson n'allait pas revenir déposer contre...

Yvonne était morte, bien morte. Il l'avait vue ... au fil de l'eau et lancée dans le tourbillon des vannes ... Langon, la poitrine trouée d'un coup de couteau.

Il ne croyait pas aux miracles.

D'une autre part, il était marié depuis le matin.

Les millions de Jacques Bresson légués à sa veuve appartenaient sans conteste.

Le duc avait tenu le testament entre ses mains.

Il en connaissait les termes.

Enfin, il possédait la lettre d'Yvonne dans laquelle lui annonçait son suicide.

Il n'avait donc rien à craindre de la justice des ...mes.

Celle du baron Noël ne pouvait être qu'un épou... sans effet.

Louise Renaud était moins tranquille.

Elle connaissait le banquier.

Pour agir avec cette assurance, il fallait qu'il ... quelque force mystérieuse.

Elle se mordait les lèvres jusqu'au sang, de ses ... dents à l'émail sans défaut, en pensant qu'elle ... laissé jouer comme une aveugle en tombant dans ... pièges de Noël Bresson.

Ainsi c'était le duc qui avait raison avec ses défian...

Elle devinait confusément encore la trahison ... cienne et ne se pardonnait pas d'avoir cru à un triomphe ... aussi facile avec un adversaire aussi fort.

Comme il l'avait trompée !

Avec quelle adresse et quelle persévérance il ... une affection presque tendre, quand il n'avait dans ... que la colère, le mépris et la haine ! Quelle puissance ... lui-même et quelle différence entre les Bresson, ... mes d'affaires à l'œil profond et perçant, à l'esprit ... et net, à la parole sûre, Jacques si bon et si dévoué ... elle, Noël plus froid, plus réservé, cachant une ... rosité délicate sous un aspect glacial, et ce fils d'une ... usée, léger, fourbe, trompeur, qui n'avait pour ... l'élégance des formes, une morgue insolente et les ... monieuses séductions d'une langue habile aux ... ges de l'amour, la seule science et la seule occupation de cet oisif inutile et vain.

Comme elle avait fait fausse route !

— Je vous préviens, monsieur de Vaudrey, dit le ... quier, qu'il vous serait inutile d'appeler. Personne ... peut vous entendre. Mes précautions sont prises.

— Je proteste contre cette lâche violence, riposta ... duc. Je n'ai jamais refusé de rendre raison à personne ... et si vous avez des comptes à me demander, je suis ... votre disposition.

Noël Bresson haussa les épaules :

— Pourquoi faire ? dit-il.

— Mais...

— Pour un duel ?...

— Sans doute.

— On ne se bat pas avec les assassins...

— Monsieur !

— On les exécute.

Le duc de Vaudrey devint livide.

— Vous êtes fou, dit-il.

— J'ai toute ma raison et vous le prouverai. ... moi, je vous prie, un instant d'attention. Je tiens à ... pliquer autant pour ces braves gens, qui m'entendent ... qui ont besoin de savoir, que pour vous. Mon frère ... ques est mort le 26 février de l'an dernier. Vous ... venez-vous ?

— Continuez.

— J'aimais mon frère d'une sincère affection. Je ... pense pas que sa veuve ait eu à se plaindre de ... qu'à cette nuit sinistre. Le lendemain, on vint m...

opérant dans la chambre de Jacques pour faire croire à un suicide. Le suicide était invraisemblable. Mon frère n'avait rien de caché pour moi. Je cherchai le mot de l'énigme et, pour dépister les coupables, je feignis de croire à la thèse de cette mort volontaire.

— Où voulez-vous en venir?

— Vous allez le savoir. Grâce à la complicité d'un médecin ami de ma famille, la police ignora mes doutes. Je vais rendre justice à l'habileté d'un des coupables. La veuve de Jacques manifesta des regrets qui pouvaient paraître sincères. Ils ne l'étaient pas. Cette femme qu'il aimait passionnément, qu'il avait prise pauvre et comblée de biens, avait un amant...

— Monsieur...

— Et cet amant, j'ignorais son nom. Pour le connaître, il suffisait d'attendre. Les criminels se trahissent eux-mêmes. M. de Vaudrey était ruiné si complètement qu'il avait pu rechercher autant la fortune que la personne de la baronne Bresson, tandis que Louise Renaud recherchait en lui autant son titre que sa personne. L'un était stupide, l'autre ambitieuse; ils étaient faits pour s'entendre.

— Au but, monsieur, dit le duc avec hauteur.

— Il me fallait des preuves. J'en avais une déjà. Vous les connaîtrez tout à l'heure. J'en voulais d'autres. On ne condamne pas sur de simples soupçons. Le hasard m'a servi à souhait. Au lieu d'un crime, j'en ai trouvé deux, le second plus atroce peut-être que le premier. Ils s'enchaînent. Je vous accuse donc, monsieur de Vaudrey, d'avoir assassiné mon frère Jacques Bresson dans la nuit du 26 février, avec une arme que vous a donnée Louise Renaud, complice de ce meurtre.

Le baron Noël se tut.

Le comte de Plélan se leva.

— Et moi, dit-il, monsieur de Vaudrey, je vous accuse d'avoir séduit d'abord une pauvre fille pour laquelle j'avais une affection profonde, d'en avoir fait votre jouet pour l'abandonner ensuite, bien qu'elle dût être mère. Ce ne sont pas là des actes punis par nos lois. Je n'en parle donc pas si cette première lâcheté n'en avait entraîné une seconde plus odieuse. Je vous accuse d'avoir frappé Yvonne Rebec d'un coup de couteau et de l'avoir jetée dans l'étang de Langon pour échapper aux conséquences de ce crime.

Frappée de la précision de ces accusations, Louise Renaud baissa la tête.

Elle attendit, le cœur serré par une angoisse mortelle. Elle commençait à comprendre.

— C'est insensé, murmura le duc, pourquoi aurais-je commis cet absurde forfait?

— Parce qu'Yvonne Rebec avait surpris le secret de l'assassinat du baron Jacques Bresson et que vous avez voulu, comme les bandits de profession, supprimer le témoin que vous redoutiez...

Il se fit un silence.

Le duc frissonna.

Comment le baron Noël et le comte de Plélan pouvaient-ils être instruits aussi clairement que s'ils avaient assisté aux scènes dont ils parlaient.

Louise Renaud fit un effort et vint à son secours.

— Des preuves, dit-elle. Je me demande si je rêve en écoutant ces calomnies. Quel but obscur voulez-vous atteindre? Finissons-en.

— Lucienne connaissait la présence de votre amant à l'hôtel Bresson dans la nuit du meurtre.

— J'attendais ce nom. Cette fille devait se vendre, mais que prouve-t-elle? Rien. J'ai eu un amant. Soit. De quel droit me le reprochez-vous? Je pourrais le nier, j'en conviens. M. de Vaudrey était là. Sa présence prouve-t-elle qu'il fût coupable d'un assassinat? Et quant à cette histoire de la séduction et de la mort d'une paysanne folle d'amour, allez la conter aux tribunaux, si vous l'osez. Qui donc pourrait y croire?

— Moi, sauf votre respect, dit Joson Cadiou ne pouvant se contenir.

— Vous? fit la duchesse qui tressaillit.

Elle se souvenait vaguement d'avoir vu cette femme attachée à sa suite, du côté de Scaër et de Langon.

Le boiteux était toujours sur son passage.

— Vous êtes voisin de Scaër, dit-elle.

— Par bonheur, répondit-il, car sans moi la pauvre fille serait enlisée au fond des marais ou accrochée à quelque racine des bords du Guer. J'ai tout vu: le monsieur de Langon jeter à l'eau Yvonne Rebec et ses bl... de la dame s'enfuir ensuite au galop.

— N'essayez pas de nier, Louise, dit le baron. Ce serait en vain. Vous étiez suivie. On surveillait toutes vos démarches. Pourquoi vous êtes-vous rivée à ce misérable?

Elle répliqua d'un ton farouche:

— Elle était morte, cette enfant; elle s'était tuée. N'a-t-elle pas déclaré à son père et à M. de Plélan qu'elle voulait mourir?

— Vous luttiez pour la vie en désespérée, dit le banquier.

Il fit un signe.

Jean-Marie ouvrit les portes du salon et Yvonne entra.

À sa vue, le duc devint livide.

C'était sa condamnation qui se dressait devant lui.

Louise Renaud étouffa un cri et tint ses yeux fixés au parquet.

Yvonne était blanche comme un spectre.

Sa robe, dégrafée, laissait à nu sa poitrine, sur laquelle il restait une large cicatrice mal fermée.

Elle semblait défaillante et prête à s'évanouir.

— La reconnaissez-vous? demanda le baron Noël.

Le duc garda le silence.

Louise Renaud se sentit vaincue.

— Vous vouliez vous tuer? dit le baron Noël à Yvonne.

Elle répondit d'une voix si faible qu'on l'entendit à peine:

— Oui.

— Pour quelle cause?

— Mon père m'avait chassé de sa maison.

— Vous aviez un amant?

— Oui.

— M. de Vaudrey?

— Oui.

— Et vous alliez être mère?

— Cinq mois plus tard.

— Qu'alliez-vous faire au château de Langon le jour du crime?

— Remettre pour le duc, sans être vue, une lettre afin de lui dire adieu et de lui pardonner.

— Louise Renaud est survenue avec son complice et vous vous êtes cachée?

— Oui.

— Vous avez entendu le récit de la mort de Jacques Bresson?

— Oui.

— Quels en sont les auteurs?

— La baronne a donné l'arme et M. de Vaudrey s'en est servi.

— Vous dites la vérité?

— Oui.

— Ensuite, que vous est-il arrivé?

— Le duc a entendu un léger bruit. Il est venu à moi et m'a ramenée dans la salle où il était avec la baronne Jacques. Le duc a voulu me faire jurer que je garderais le silence.

— Pourquoi avez-vous refusé?

— Je voulais mourir...

— Alors?...

— Le duc m'a frappée. Je ne sais plus ce qui s'est passé ensuite.

— Nous le savons, nous. Le duc et sa complice vous ont transportée à la chaussée de l'étang de Langon, où M. de Vaudrey vous a jetée vivante encore. Joson Cadiou vous en a retirée, et votre parrain, le comte de Plélan, vous a sauvée après six mois d'efforts et de craintes. Votre blessure était profonde et devait être mortelle. La présence de Joson, qui a tout vu, est un miracle.

— Monsieur de Vaudrey, reprit le baron, vous voyez que la preuve est complète. Nous aurions pu vous livrer aux tribunaux. Ils vous auraient condamné à mort, c'est probable. Il me déplaisait de remuer tant de scandale autour de vous et de la femme qui a porté le nom de mon frère et le mien. La peine, d'ailleurs, eût été trop tôt subie. J'en ai imaginé une autre qui me satisfait davantage.

Le duc releva ses yeux sur ceux du banquier et attendit.

Le baron Noël tira un papier plié en quatre de son portefeuille et l'ouvrit :

— Voici votre châtiment, dit-il.

Il est impossible de rendre l'expression de son œil gris, froid comme une lame d'acier et perçant comme une flèche.

Ce Breton aux cheveux plats, collés aux tempes, aux lèvres minces et au menton carré, tout nerfs et tout esprit, dévisageait le duc avec un dédain suprême.

— Nous avons un but et une volonté, nous autres, dit-il. Même dans son émotion, dans l'amertume de sa désillusion, Jacques qui me ressemblait a su où frapper son ennemi. Dans une vision suprême, il a compris que ce que vous vouliez, c'était sa fortune pour vous refaire, vous, décavé, vous, ruiné, duc sans duché, viveur sans argent, prodigue à bout de ressources. Alors il a griffonné ces quatre lignes que Renaudet va vous lire et d'un trait il vous a enlevé ce tas d'or que vous convoitiez et avec lequel vous comptiez restaurer votre blason. Lis.

L'avocat prit le papier et lut en scandant les mots :

Je révoque toutes les donations, de quelque nature qu'elles soient, faites par moi à Louise Renaud, ma femme, et ce pour cause d'indignité.

Fait, écrit, signé et daté de ma main en mon hôtel le 25 février 1883, à minuit.

« Signé : Jacques Bresson. »

— C'est simple, dit Renaudet. Avec ces quelques lignes, Rothschild déshériterait son neveu, même si ce neveu était son unique héritier.

— Comprenez-vous ? reprit le baron Noël. Vous avez voulu la fortune de Jacques. Jacques vous l'enlève. Moi, j'ai jugé que ce n'était pas assez. Vous avez voulu sa femme, vous l'avez. Elle est rivée à vous par une chaîne solide que vous essayerez en vain de rompre. Mais elle est pauvre. Elle ne possède pas un centime et ne peut prétendre à rien. Elle se croyait riche. Il m'a suffi de l'entretenir dans son erreur pour vous souder l'un à l'autre. Et maintenant je la chasse de son hôtel, de sa maison, comme depuis longtemps elle est chassée d'un cœur dont elle était la joie. Autant je l'ai aimée d'une affection de frère dévoué, autant je la hais. Vivez ensemble dans votre honte et dans votre misère, Jacques sera assez vengé.

La duchesse resta foudroyée, la tête serrée entre ses mains.

Ses ongles ravageaient sa magnifique chevelure blonde.

Le duc, atterré, ne fit pas un mouvement.

Le banquier s'approcha de lui :

— Si vous avez un reste d'honneur, dit-il, vous trouverez dans ce secrétaire ce qui peut vous être utile.

Et s'approchant de Louise Renaud :

— Pour vous, dit-il, si vous voulez quitter la France, voici une liasse de billets de banque. Elle vaut un demi-million. Je vous avais donné cette maison comme cadeau de noces. Je n'ai qu'une parole. Cette maison est à vous. Je vous la rachète. Personne ne vous la payerait ce prix. Je vous promets le silence et l'oubli. Vous devez une somme plus forte à la Banque Bresson. Je vous tiens quitte. Mais, si vous acceptez, vous allez faire signer par votre mari cette reconnaissance.

Il tendit à la duchesse un acte ainsi conçu :

Je me reconnais coupable du meurtre de Jacques Bresson et d'une tentative de meurtre sur la personne d'Yvonne Rebec. *Je m'oblige à quitter la France avec la duchesse de Vaudrey et à n'y pas reparaître avant vingt ans.*

La duchesse lut cet aveu de ses yeux hagards et s'approchant de son mari :

— Que décidez-vous ? lui demanda-t-elle.

— J'accepte.

— Vous aurez cette lâcheté ?

— Puisqu'il le faut, dit-il. Nous sommes vaincus. Obéissons.

Elle eut un geste de dégoût.

— Alors, signez !

Elle alla chercher une plume. Les garçons de recette détachèrent le bras droit de M. de Vaudrey qui traça son nom au bas du papier d'un trait rapide.

— Maintenant, messieurs, dit le baron Noël en se levant, notre tâche est terminée. Adieu, monsieur de Vaudrey !

Et il ajouta, avec une émotion qui lui fit trembler la voix :

— Adieu, Louise !

La duchesse baissa la tête.

Les deux époux entendirent le cortège du banquier qui s'éloignait.

Les clefs tournèrent dans les serrures.

Les gens des Bresson prenaient des précautions pour assurer leur retraite.

La chambre nuptiale devenait provisoirement une prison.

Jean-Marie entraîna Corentin qui le suivait d'un mouvement machinal, atterré par le spectacle dont il venait d'être témoin.

Le valet de chambre de Jacques Bresson fit un tour dans les communs.

— Tout dort, dit Lucienne qui le rejoignit, son chapeau sur la tête, prête à se mettre en route avec les autres.

— Et Germain ?

— Il ronfle comme un bienheureux.

Corentin Cléguer s'était arrêté près de la grille et ne la franchissait pas.

Le baron Noël, accompagné de ses amis, regagnait Dieppe, où le train spécial qui l'avait amené chauffait, prêt à partir pour Paris deux heures plus tard.

Corentin ne bougeait pas.

— Allons, dit Jean-Marie.

— Pas encore.

— Qu'attends-tu ?

Corentin fixait les fenêtres toujours éclairées de la chambre du second étage et le vestibule qui resplendissait.

— Cet homme est un assassin, dit-il. Le baron peut trouver sa peine suffisante ; moi, non !

— Que veux-tu faire ?

— Tant qu'il vit, j'aurai un poids sur le cœur, et entre Yvonne et moi il restera un fossé que je ne peux pas sauter. Cet homme a tué ! Qu'il meure !

— Corentin !

— Laisse-moi !

— Tu es fou !

— Peut-être. L'espace, la terre entière à lui, la liberté, c'est trop. Ce qu'il faut, c'est entre nous un trou si profond qu'il n'en sorte pas.

Il s'élança vers le vestibule.

Jean-Marie essaya vainement de le retenir. L'autre s'arracha de ses mains et remonta vivement l'escalier.

Les deux Bretons arrivèrent ensemble au premier étage.

Jean-Marie n'abandonnait pas son frère.

Une longue suite de corridors tendus d'étoffes et de tapisseries s'étend à droite et à gauche.

Corentin cherchait en vain à s'orienter et perdit du temps.

A la fin, il retrouva son chemin.

Au deuxième étage, il tourna une clef et pénétra dans le vestibule qui précède la chambre de la duchesse.

Il arrivait à la seconde porte lorsqu'il s'arrêta.

Les deux frères entendaient des éclats de voix, le bruit d'une discussion dans l'appartement voisin.

Voici ce qui se passait :

XXXIV

LA FEMME ET LE MARI

Après le départ du baron Noël et de ses amis, Hubert de Vaudrey et Louise Renaud restaient seuls en présence.

D'abord le duc conserva l'attitude abattue, consternée qu'il gardait en face de cet adversaire si bien armé contre lequel il ne pouvait se défendre.

Son orgueil brisé n'essayait pas une lutte inutile.

Ah ! ce Breton dont l'arrière-grand-père était un fermier misérable que ses ancêtres auraient chassé à coups de cravache de leur château de Langon, comme il avait cruellement préparé sa vengeance !

Il était plus fort que lui et d'une autre trempe !

— Je vous l'avais bien dit, commença-t-il d'une voix mordante. Mais vous ne vouliez pas m'écouter. Cet homme se jouait de nous. Ah ! les femmes ! c'est par elles qu'on se perd ! Misérable qui s'y fie et les écoute !

— Des récriminations ! dit-elle d'un air sombre. A quoi bon ? Nous avons cru à la victoire. Il faut reconnaître sa défaite. Le sort est contre nous.

Le duc ne pouvait faire un mouvement.

Les garçons de recette avaient accompli leur besogne en conscience. Il était lié à ce fauteuil massif comme un prisonnier à l'anneau scellé dans le mur de son cachot.

— Coupez ces cordes, dit-il à la jeune femme.

Louise Renaud hésita.

Que rêvait-elle ?

— Vous avez voulu être duchesse de Vaudrey, reprit-il d'un ton acerbe. Vous l'êtes. Le frère que vous admiriez tant l'a dit. Nous sommes rivés l'un à l'autre. Aidons-nous. Coupez ces cordes et délivrez-moi.

Elle resta immobile, les yeux attachés au parquet.

— Que comptez-vous faire ? demanda-t-elle en fixant sur lui un regard profond.

— Moi ?

— Vous !

— Mais je ne sais. Il faut y songer.

— Où irons-nous ?

— Où vous voudrez. L'espace nous est ouvert. Si la France nous est interdite, il nous reste l'Amérique, l'Italie, la Suisse, l'Espagne et d'autres pays. Nous choisirons.

— Vous acceptez cette loi qui nous ferme Paris, qui nous déporte comme des condamnés ?

— Puisqu'il le faut.

— Soit. Vous vous résoudrez à une vie de privations, de misère ; car qu'est-ce qu'un demi-million ? Vous en auriez pour six mois. Et après ?

— Vous exagérez. La somme est faible, mais d'autres s'en contentent. Il faut de la philosophie.

— Vous en avez manqué jusque-là.

— J'en aurai. Nous choisirons une retraite humble et cachée, aux colonies, là où la vie est à bon marché. Après tout, ce banquier a raison. Nous sommes des criminels et je m'estime heureux qu'il n'ai pas poussé la haine jusqu'à nous jeter en cour d'assises. Le duc de Vaudrey et la baronne Jacques Bresson ! Quelle cause retentissante ! A vrai dire, j'en tremblais et je ressens une sorte de bien-être en me voyant délivré de ce cauchemar épouvantable. Les billets d'audience auraient fait prime. Vos rivales en beauté, vos amies du monde, les femmes qui jalousent votre luxe savoureraient avec délices cette bizarre aventure.

— Quand partirons-nous ?

— Sans délai. Le Havre est à deux pas. Les transatlantiques nous tendent leurs cabines. Au surplus, rien n'est désespéré. Si j'en crois mes impressions, vous avez conservé une certaine influence sur notre ennemi, sur notre juge, car Noël Bresson s'en est arrogé les fonctions.

— C'est vrai.

Quel regard de compassion il vous a lancé ! Il doublera aisément le chiffre et nous donnera l'aisance au lieu de cette médiocrité. Qu'est-ce qu'un million pour lui ! A l'étranger, nous ferons encore bonne figure avec cette somme.

— Vous croyez ?

— En choisissant avec intelligence notre séjour. Tout est là.

— Il faudrait l'implorer, alors, lui demander grâce ?

— Pas besoin de s'humilier. Je lui céderai Langon. Il soldera mes dettes et me versera une prime. Nous serons en état de végéter sans trop de privations en laissant la race des Vaudrey s'éteindre, car ce ne serait vraiment pas la peine après cette sinistre histoire de prolonger sa durée. Le baron désire autant que nous éviter le bruit. Il payera.

— Vous avez raison.

Il y avait plus que de l'ironie dans le ton de la duchesse.

— Donc, dit-elle, vos réflexions sont faites ?

— En effet.

— Vous êtes résigné ?

— Puisqu'il n'y a pas moyen de faire autrement.

— Mais que penseront de nous, ces hommes, ces domestiques qui ont assisté à notre ignominie, à cet opprobre sous lequel nous sommes écrasés ?

— A quelques centaines de lieues de distance, ils me deviennent indifférents. Et puis ils se tairont. Vous comprenez que le banquier sait se faire obéir. Il aura imposé ses ordres.

— Vous avez réponse à tout.

Peu à peu le duc reprenait son aplomb un moment perdu.

Chez la duchesse, c'était l'effet contraire qui se produisait.

Ses nerfs s'agitaient, ses traits se contractaient affreusement. Elle faisait des efforts surhumains pour se contraindre.

— Tenez, ma chère, reprit-il, plus j'y pense, au fond, plus je considère que nous sommes moins maltraités que nous ne l'avons mérité. Je croyais que cet homme allait jeter feu et flamme et nous faire massacrer par ses garçons de bureau et les autres ; que ce Corentin auquel on avait fait là-bas une réputation de bourreau des crânes allait me dévorer en l'honneur de cette pauvre fille qui a reparu si mal à propos ; et tout ce monde a gagné la rue en silence. En somme, c'est heureux. En manœuvrant avec quelque adresse, nous nous en tirerons. Il n'est pas impossible que nous revenions sur l'eau un jour ou l'autre. Nous avons la jeunesse, l'expérience ; le nom reste. Nous obtiendrons un million pour commencer. Vous êtes belle à ravir. Que d'autres ne possèdent pas tant d'avantages ! Coupez donc ces câbles ! Ces Bretons sont extraordinaires. Ils les auront pris dans quelque bateau de pêche.

La duchesse, au lieu d'obéir, se tourna vers le secrétaire.

Le baron Noël avait dit :

— S'il vous reste un sentiment d'honneur, vous trouverez là ce qu'il vous faut !

Elle avait bien compris, elle.

Le sang du colonel n'était pas vicié jusqu'à la dernière goutte.

Ce secrétaire en laque de Chine n'aurait pas déparé le palais d'été du fils du Ciel.

Elle ouvrit un tiroir.

Le premier objet qui tomba sous sa main fut le pistolet qui avait tué le baron Jacques, celui-là même dont elle avait armé la main de son amant.

Elle s'en empara avec un frisson d'horreur pareil à celui qui dut agiter Cléopâtre quand elle reçut l'aspic qui allait mettre fin à ses jours.

Et, se retournant vers le duc en lui lançant un regard où se peignait le dernier mépris.

— Vous êtes lâche, en vérité, dit-elle, et il a fallu que je sois aveugle pour vous écouter et croire en vous. Mais cet homme que j'ai trahi vous était cent fois supérieur. Ce n'est pas lui qui aurait accepté l'infamie que vous subissez si aisément. Il aurait plutôt souffert mille morts que cette dégradation. Exilé, vilipendé, moqué, déshonoré, bafoué, vous, le duc de Vaudrey-Langon ! et vous dévorez cette honte ! Mais tous les Vaudrey doivent en tressaillir de colère dans leurs fosses et se voiler la face pour ne pas voir le dernier de leurs héritiers dans cette posture. Mai j'en frémis, et j'en suis à rougir de vous avoir connu. Nous avons combattu le mauvais combat ensemble. La chance nous est contraire. Il faut disparaître, mais pas par cette basse fuite qui vous sourit encore à vous pour qui les jouissances matérielles de la vie sont tout et l'honneur rien !

— Moi, je ne veux pas me courber sous cette porte d'ignominie.

— Oui, j'ai voulu être duchesse de Vaudrey, mais libre, riche, enviée. J'ai joué mon horrible partie. Elle est perdue. Allons, monsieur le duc, soyez beau joueur. On ne consent pas à se voir chassé d'un cercle quand on a du cœur ! On ne se laisse pas rayer de la noblesse si on n'est pas un lâche. Je veux bien être coupable, mais non m'abaisser devant personne. Le baron s'est montré généreux, il nous a donné le moyen de sortir en vaillants de cette sinistre impasse. Le voilà. Voulez-vous en user ?

Elle fit jouer les batteries du pistolet.

— Mais.

— Vous hésitez ?

— Je n'hésite pas.

— Alors ?...

— Je refuse.

La duchesse fit un pas en avant.

— Louise ! s'écria M. de Vaudrey.

— Ah ! décidément, dit-elle, vous êtes un misérable et j'ai honte de vous avoir aimé ! Il faut donc que j'aie du courage pour deux, mais mon père qui n'était qu'un soldat m'en a donné pour vous !

Elle ajusta une seconde, presque à bout portant.

Le duc n'eut pas le temps de pousser un cri.

Sa tête se pencha sur son épaule.

La balle lui avait troué la tempe droite.

Corentin et Jean-Marie se précipitèrent dans la chambre.

Mais ils s'arrêtèrent, pétrifiés sur le seuil.

La duchesse, superbe de dédain et de fermeté, les arrête d'un regard.

— Vous raconterez à votre maître ce que vous avez vu, dit-elle. Moi, du moins, je sais mourir.

Le pistolet fumant encore était dans sa main. D'un geste plus rapide que la pensée, elle l'appuya sur son front et fit feu.

Elle tomba foudroyée.

Et, dans cette chambre somptueuse, un silence de mort régna jusqu'au matin.

Deux époux jeunes, brillants, enviés, y étaient entrés quelques heures plus tôt.

Il n'y restait que deux cadavres.

Jean-Marie et Corentin avaient pris la fuite, épouvantés.

Mais Corentin, malgré l'horreur de ce spectacle, emportait au fond de son âme une joie immense.

Il pouvait pardonner.

Le lendemain, au lever de l'aurore, Germain s'éveilla d'un sommeil de plomb.

Il s'étonna de se trouver roulé comme un colis qu'on veut dissimuler sous les divans du fumoir.

Il eut d'abord quelque peine à se reconnaître.

Cette situation étrange et le lieu où il se trouvait ne lui étaient pas familiers.

Les os lui faisaient mal, et il éprouvait les pesanteurs qu'on ressent en général le lendemain des orgies trop corsées.

Ses idées lui revenaient en désordre et se heurtaient dans une confusion extraordinaire.

Il examina la salle où il avait passé une si mauvaise nuit.

La table restait dans l'état où il l'avait laissée la veille au soir ; seulement, si on y voyait encore des vivres, pâtés dont les murailles étaient attaquées et coupées de fruits ; — les bouteilles étaient à sec.

Il en considéra les étiquettes, qui lui rappelaient ses joies disparues, et soupira.

Tout s'expliquait.

Il était ivre à dormir sur un tas de cailloux.

Après s'être rajusté avec soin, Germain sortit dans les jardins et inspecta les lieux dans l'espoir d'y rencontrer Lucienne.

La mer, en se retirant, blanchissait à un kilomètre des falaises ; des voiles sortaient du port de Dieppe et semblaient des ailes de mouettes au vent. Des vapeurs filaient à distance en laissant derrière eux de longs panaches de fumée.

Germain, peu sensible à ces beautés, parcourut de nouveau le petit parc de la villa et s'étonna de la trouver silencieuse.

Les pavillons des jardiniers étaient fermés.

On y dormait encore.

Germain alla frapper à toutes les portes où il pouvait espérer être entendu de la femme de chambre.

Personne ne lui répondit.

Alors, pour passer le temps et dissiper les derniers brouillards qui obscurcissaient son cerveau, il descendit sur la plage et perdit deux heures en se livrant à cet exercice mélancolique qui consiste à examiner les coquillages vides et les ruisseaux tracés par la marée qui s'écoule.

D'instant en instant, il relevait la tête et contemplait la façade grandiose de la villa Bresson dans toutes les fenêtres demeuraient obstinément closes.

A neuf heures, perdant patience, il remonta sur la terrasse et aperçut les deux jardiniers et la Cauchoise qui commençaient leur travail en se frottant les yeux.

Il s'approcha de la grosse Julie et lui montrant les fenêtres de la duchesse :

— Il paraît qu'on dort ferme là-haut, dit-il.

— On ne s'en est pas privé chez nous, répliqua-t-elle. C'est cette Lucienne qui en est cause.

— L'avez-vous vue ?

— Non.

— Et vous ?

— Ni moi.

— C'est étrange.

Ce qui devait les étonner davantage, c'est qu'à onze heures personne n'avait paru, ni le duc, ni la duchesse, ni Lucienne.

Germain, très intrigué, rôda d'abord dans les escaliers et les corridors et enfin autour de la chambre.

Mais il n'osait frapper.

Un lendemain de noces !

A la vérité, le duc et la duchesse n'étaient pas dans les conditions ordinaires des mariés, mais il faut être discret dans le service.

A midi, Germain, très inquiet, se décida.

On devine qu'il n'obtint pas de réponse.

Il renouvela son manège et ne fut pas plus heureux.

Alors il appela le jardinier chef et ouvrit la porte avec lui.

Un spectacle imprévu les attendait.

Le duc, attaché à ce fauteuil magique qui pesait un poids énorme, était mort. Sa blessure était presque invisible.

A deux pas de lui, la duchesse, le front fracassé par une balle, était abattue, la face sur la peau d'ours étendue auprès du lit.

Elle tenait encore à la main la crosse du pistolet serré dans ses doigts crispés.

Sur la table à coins de bronze doré, deux liasses de billets de banque, formant ensemble cinq cent mille francs, étaient intactes.

...[dé]rangé dans la chambre.
...[splen]dides, les meubles, les bronzes ne
...[porte]nt trace de désordre ou de lutte.
...n'en était pas moins inexplicable.
...[l]es deux morts ?
...[n']était pour rien dans l'affaire.
...[Elle] gardait aux oreilles des solitaires d'une
...[vale]ur, aux doigts des bagues magnifiques
...[so]mme considérable abandonnée sur la table en
...[su]rtout l'idée.
...[Si]x heures, le parquet de Dieppe fut prévenu.
...[D]eux heures et demie, le procureur et le juge d'ins-
...[tructio]n étaient sur les lieux.
...[Tro]is heures, ils reçurent par un exprès l'ordre de
...[suspen]dre les constatations.
...[L']ordre émanait de haut lieu.
...[L'aff]aire était éclaircie.
...[Co]mment ?
...[C'est] ce qu'ils ne purent comprendre.
...[La] dépêche ministérielle contenait en outre la prière
...[de fai]re le silence autour de ce drame intime.
...[Les] journaux cependant, ceux à qui rien n'échappe,
...[par]lèrent, mais en termes vagues qui laissaient planer
...[un pro]fond mystère sur cette ténébreuse affaire.
...[Et] comment, deux jours après, s'expliquait un des
...[journ]aux du matin qui passent à bon droit pour les
...[bien] informés :
...[O]n se perd en conjectures sur un drame obscur
...[qui v]ient d'ensanglanter une des plus belles villas de la
...[côte n]ormande.
...[N]ous pouvons désigner les personnages de cette tra-
...[gé]die.
...[Le] duc Hubert de Vaudrey-Langon, le dernier re-
...[prése]ntant d'une des plus anciennes familles de la no-
...[blesse] française, venait d'épouser la veuve du banquier
...[Noël] Bresson, de la maison Bresson frères, et s'était
...[rend]u avec la jeune et belle duchesse à la villa que les
...[banqu]iers de la rue Bergère possèdent à Pourville, pour
...[pass]er sa nuit de noces.
...[Qu']est-il arrivé ?
...[O]n l'ignore.
...[Le] lendemain vers midi, les domestiques, ne voyant
...[leurs] maîtres, sont entrés dans la chambre nuptiale.
...[Un] effrayant spectacle les a terrifiés.
...[Le] duc était mort, atteint d'une balle à la tempe.
...[La] duchesse s'était fait sauter la cervelle de sa pro-
...[pre] main.
...[À] quel mobile a-t-elle obéi ?
...[C'est] ce que nul ne peut dire, et, sans préjuger l'ave-
...[nir, nous] pouvons affirmer qu'on ne le saura jamais.
...[Un] simple détail :
...[Le] duc était ruiné.
...[La] duchesse devait être puissamment riche.
...[O]n n'a pas oublié la fin entourée de ténèbres du
...[prem]ier mari de la duchesse.
...[N']y aurait-il pas quelque corrélation entre les deux
...[évén]ements ? »
...[E]t ce fut tout.
...[O]n n'essaya pas d'expliquer cette sanglante énigme.
...[L'in]fluence de l'aîné des Bresson, le respect qu'on té-
...[moig]nait à son caractère, arrêtèrent court les recher-
...[ches.]
...[O]n se livra dans le monde à une foule de suppositions
...[in]vraisemblables les unes que les autres, mais per-
...[son]ne ne soupçonna la vérité, c'est-à-dire la terrible ven-
...[ge]ance tirée par Noël Bresson du meurtre de son frère.
...[Le] secret a été bien gardé.
...[Qu]elque temps après la mort du duc de Vaudrey, le
...[comt]e fit exproprier le domaine de Langon et l'acheta.
...[Le châ]teau est rasé. On a incendié la chaumière où se
...[sont pa]ssées quelques-unes des scènes que nous avons
...[racont]ées.
...[Tout] a péri, tout.
...[Il] ne reste à la place de cette construction imposante
...[et des] communs de cette résidence princière qu'une vaste
...[maison de] régisseur bâtie par le baron Noël et occupée
...[par Jean-]Marie Cléguer, son confident.

Près de la maison du régisseur, dans une maisonnette
riante, Jason Cléguer demeure avec sa mère et ne manque
de rien. Son avenir est assuré et le bonheur du pauvre
boiteux est complet. Il jouit mieux du domaine que
lui laisse la liberté absolue, que le maître lui-même.
Jean-Marie ne s'est point marié et ne se mariera
point ; mais le baron a racheté la parole de son fidèle
Breton et consolé Lucienne avec un cadeau de cent
mille francs qui permet à l'ancienne femme de chambre
de vivre en rentière auprès de Corbeil, dans une jolie
maison de campagne où elle jouit de l'estime de son
voisinage et en particulier de son curé, qui la tient pour
une personne digne de la plus haute considération.
Deux jours après la catastrophe de Pourville, il se
passa à Plélan une scène émouvante.
Le comte Hugues y arriva seul, au soleil couchant.
Laurent Rebec, vieilli de dix ans, affaissé sur un banc,
les coudes sur ses genoux, la tête dans ses mains, se
leva au bruit de la voiture et fit quelques pas au-devant
du maître.
— Toujours triste, père Laurent ? dit le comte.
— Comme vous voyez, monsieur Hugues.
— Je vous avais prévenu. Vous n'avez pas voulu m'é-
couter. Vous aimiez pourtant votre pauvre Yvonne !
— Hélas !
— C'est surtout quand ces anges du bon Dieu ne sont
plus là qu'on s'aperçoit du vide qu'ils nous laissent !
Le bonhomme essuya une large du revers de sa man-
che.
— Je m'en vais, dit-il, monsieur Hugues, avec un re-
mords qui m'écrase.
Le comte prit la main de ce vieux serviteur et le
força de se rasseoir près de lui sur le banc qu'il venait
de quitter.
— Croyez-vous aux miracles, père Laurent ? dit-il.
— Moi ?
— Oui, vous.
— Pourquoi me le demander ? dit le vieillard, frappé
du ton du comte et de son regard.
— C'est que j'ai une bonne nouvelle à vous annoncer.
— Ne me trompez pas ! Quelle bonne nouvelle puis-je
attendre ?
— Ne vous ai-je pas dit quelquefois que vous retrou-
veriez votre fille ?
— Mais c'est impossible !
— Et si Dieu avait voulu vous éprouver, vous punir
peut-être de votre sévérité ! S'il vous avait retiré Yvonne
quelque temps pour vous démontrer à vous-même à quel
point vous lui êtes attaché !
— Monsieur Hugues !
— S'il vous la rendait !
— Oh ! ne me donnez pas de fausse joie ! Je ne la
reverrai plus !
— Vous la reverrez.
— Elle vit ?
Le jour tombait. Le ciel était empourpré des feux du
soleil couchant.
Le comte étendit le bras dans la direction de l'avenue.
Yvonne, blanche comme un lys, dans la lumière de
cette belle soirée, s'avançait lentement, soutenue par
Corentin.
Laurent Rebec tomba à genoux, les mains jointes.
— Elle, murmura-t-il.
— Oui, elle qui vous revient, sauvée !
Il n'eut pas la force de faire un pas en avant, et quand
elle se jeta dans ses bras en fondant en larmes, ce fut le
vieillard qui lui dit :
— Pardonne-moi !
Corentin a épousé Yvonne.
M. de Plélan a doté sa filleule avec les cent mille
francs déposés chez les Bresson en 1860, auxquels il
n'avait jamais touché.
Le total de son compte s'élevait à trois cent vingt
mille francs en 1885.
Pour lui, il restera garçon et on dit que ses biens re-
viendront aux enfants de sa filleule, qu'il traite comme
sa fille.

Elle occupe le château de Plélan, où le comte habite chez elle à ses voyages au Morbihan.

Yvonne est une douce et bonne mère de famille, un peu triste, mais si aimante et si charitable qu'on ne lui connaît que des amis.

Le baron Noël a vendu les hôtels de l'avenue de Mesaine, qui lui rappelaient de cruels souvenirs.

Il s'en est fait bâtir un autre aux Champs-Elysées, où il habite avec Renaudet qui ne plaide plus.

Le comte Hugues a gardé son modeste entresol de la rue Tronchet.

Chaque soir, à six heures et demie, on le voit sortir, suivre à pied la rue Royale et l'avenue Gabriel jusqu'à l'hôtel de son ami.

Les trois intimes dînent ensemble et évitent d'un commun accord toute allusion au passé.

Ce qu'ils font de bien autour d'eux est incalculable.

Et leur existence a repris son cours paisible, comme un ruisseau changé par un orage en un torrent impétueux et trouble, et qui coule ensuite ses eaux pures et lentes, entre deux rives ombragées de verdure et couvertes de gazon et de fleurs.

FIN

Le 1ᵉʳ Avril paraitra :

LA DAME AUX VIOLETTES

par

Michel MORPHY

Le roman complet : 30 centimes

www.ingramcontent.com/pod-product-compliance
Ingram Content Group UK Ltd.
Pitfield, Milton Keynes, MK11 3LW, UK
UKHW022106070726
13613UKWH00002B/966